EL ASESINO DEL VUDÚ

UN ESCALOFRIANTE THRILLER POLICIAL CON
UN GIRO IMPACTANTE

LA INSPECTORA STEPHANIE BROADBENT:
SERIE DE THRILLERS POLICÍACOS
LIBRO 1

JACK PROBYN

CLIFF EDGE PRESS

eBook ISBN: 978-1-80520-220-2

ISBN: 978-1-80520-221-9

Primera Edición

Visite el sitio web de Jack Probyn en www.jackprobynbooks.com.

CAPÍTULO
UNO

En sus dieciocho años y medio de vida, Jenny Wilde nunca había bebido tanto alcohol como la noche anterior. Los últimos días habían sido una locura y habían estado a la altura de las expectativas. La semana de bienvenida. La primera semana de universidad. La primera semana de su recién estrenada libertad. La primera semana del resto de su vida. Hasta el momento, la había pasado consumiendo cantidades peligrosas y excesivas de alcohol. Cada noche había ido progresivamente a peor: tomando chupitos en la cocina, bebiendo en la habitación de Leo —tenía la más grande de su planta— antes de marchar a la discoteca, donde había gastado una cantidad indecente del dinero de sus padres. Al final, ella y sus nuevos mejores amigos daban por terminada la noche; cada vez más tarde, ya de madrugada, a medida que avanzaba la semana.

No recordaba a qué hora habían llegado a casa, pero eso era lo último que le importaba al despertarse. Agua. Necesitaba agua. Bendita y subestimada agua.

Cuando se apartó de la pared rodando y se incorporó sobre los codos, la habitación empezó a darle vueltas, y los restos de las patatas fritas con queso para llevar de anoche amenazaron con hacer acto de presencia en sus sábanas. Se quedó inmóvil, cerró los ojos y reprimió la arcada. Con cuidado, alargó la mano hacia la botella de dos litros de agua del Tesco que había junto a su cama, desenroscó el tapón, se la llevó a los labios, se recompuso, se tragó el eructo que acababa de explotarle en la boca y se bebió el agua a morro como si hubiera pasado un mes en el desierto.

Pareció funcionar y, tras comprobar la hora en el móvil —las 10:24, más temprano de lo habitual—, sacó las piernas de la cama, metió los pies en sus Crocs de *Shrek* y se arrastró hasta el baño. Se alojaba en la International House, una de las pocas residencias del campus que ofrecía habitaciones con baño privado a los estudiantes. Como era natural, el lujo tenía un precio, pero no era ella quien pagaba la factura. Gracias, banco de Papá y Mamá.

Al apagar la luz del baño, oyó un ruido que venía de la cocina, al fondo del pasillo. Risas. Con un caso grave de FOMO —el miedo a perderse algo—, se echó la bata por los hombros y fue arrastrando los pies hasta la cocina. En su planta había otros cinco dormitorios. Otros cinco compañeros de piso.

Encontró a tres de ellos en la cocina: Leo, Hannah y Kamal, apiñados junto a los fogones. En cuanto el olor a beicon le llegó a los sentidos, la sensación de náuseas en el estómago desapareció. ¡Estaba curada!

—Aquí está —exclamó Leo al verla entrar. Era alto, musculoso, de pelo corto y, sin duda, la persona más guapa que había visto en su vida.

Ella sonrió al verlo. —Buenos días —dijo, acercándose lentamente a la nevera, donde encontró su cartón de zumo de naranja. Se llenó un vaso de su armario asignado al otro lado de la cocina.

—¿Quieres beicon? —preguntó Leo—. Llegas justo a tiempo.

—¿Hace falta que lo preguntes?

Leo soltó una risita y volvió a centrarse en la comida. Unos instantes después, estaba lista. Se sentaron en silencio mientras cada uno devoraba su desayuno. Cuando terminó, Jenny se bebió el resto del zumo de naranja de un trago y dejó el vaso sobre la mesa con un sonoro *clonc*.

—¿Qué tal os encontráis? —preguntó.

—Hecho polvo —respondió Kamal, con la sonrisa suave que parecía ofrecer a todo el mundo, como si temiera constantemente el rechazo y buscara siempre la adoración de alguna forma.

—Nunca me había dolido tanto la cabeza —respondió Hannah mientras sorbía agua de su vaso Stanley.

Todas las miradas se volvieron hacia Leo, justo cuando se metía en la boca el último bocado. —La verdad es que no me encuentro tan mal.

—Eso es porque tu cuerpo es un templo y vives a base de mil vitaminas distintas cada hora —replicó Hannah.

Leo respondió con un encogimiento de hombros indiferente. —Quizá deberías probarlo.

—No, gracias. A mí me gusta lo que es malo para la salud.

—No te gustará tanto cuando tengas cuarenta años.

Hannah puso los ojos en blanco. Solo se conocían desde hacía cinco días y ya le había cogido manía a Leo y a su personalidad vanidosa y un poco odiosa. Sí, era guapo. Pero lo que lo hacía tan poco atractivo era el hecho de que él lo sabía e insistía en animar a todo el mundo a llevar el mismo estilo de vida saludable que él.

—¿Os acordáis de mucho de anoche? —preguntó Jenny—. Yo lo recuerdo todo borroso. Recuerdo fragmentos de estar en Popworld, pero después de eso...

—No me acuerdo de mucho. Pero sí sé que *tú* ibas hecha un desastre —dijo Kamal.

—Ya me lo parecía.

—Apenas te tenías en pie.

—¿Hice...? —La ansiedad de la resaca empezó a hacer acto de presencia—. ¿Hice algo? —De repente, el olor a tabaco se activó en su cerebro y pudo saborearlo en la boca. Entonces recordó estar en la zona de fumadores, cigarrillo en mano, dando caladas como si estuviera acostumbrada a fumar treinta al día, cuando en su vida solo había probado tres. Se giró hacia Leo—. Me diste un cigarro.

—Solo para que dejaras de suplicar —respondió él—. No me dejabas en paz.

Ojalá por otro motivo.

—¿A qué hora volvimos? —preguntó ella.

—Sobre las tres.

Las pruebas de su noche de fiesta y su eventual regreso estaban por toda la cocina: las botellas vacías de licores en la encimera, los jerséis y las rebecas que se habían quitado en el último momento antes de que llegara el taxi, y la caja de kebab a medio comer con restos de comida dentro.

Mientras miraba la comida, un dolor cegador le estalló en la cabeza, y se dejó caer sobre la mesa.

—No vuelvo a beber en mi vida —declaró.

—La tercera vez que lo dices esta semana —replicó Leo mientras se levantaba de la silla y dejaba su plato en el fregadero, donde sin duda se quedaría una semana como el resto de la vajilla.

—¿Alguien ha sabido algo de Claudia? —preguntó Kamal.

—Se fue antes con ese tío, ¿no? —respondió Hannah.

—Creo que se fueron después de que yo pidiera esa ronda de Jägerbombs —dijo Jenny, desbloqueando el móvil—. ¿Alguien oyó algo cuando volvieron?

Sus compañeros de piso negaron con la cabeza.

—¿Creéis que sigue aquí? —Los ojos de Hannah se abrieron de par en par ante la perspectiva de pillar a la víctima del rollo de una noche de Claudia haciendo el paseíllo de la vergüenza.

Justo cuando lo decía, el sonido de una puerta al abrirse y cerrarse llegó a la cocina. Jenny, la más cercana a la entrada, se levantó de un salto y corrió al pasillo. Se detuvo en cuanto vio a Shun-Chow, el estudiante internacional que apenas hablaba inglés y que les había dirigido un puñado de palabras desde que llegaron.

—Buenos días, Shun-Chow —dijo.

—Hola —respondió él con timidez, antes de inclinar la cabeza y escabullirse a su habitación con la bolsa de la compra del Tesco.

Vencida por la curiosidad, Jenny se apresuró por el pasillo y se detuvo ante la habitación de Claudia. Vivían una frente a la otra. Colgando bajo el número 2 de su puerta estaba su nombre escrito con pegatinas de Taylor Swift que había comprado en Amazon. Jenny llamó, pero no hubo respuesta.

Llamó una segunda vez.

Una tercera.

Como seguía sin haber respuesta, el pánico empezó a invadirla. Claudia siempre se apresuraba a abrir la puerta o a avisar si estaba en el baño. Pero esta vez no hubo nada.

Jenny agarró el pomo.

—¿Qué haces? —preguntó Hannah—. No lo hagas, la vas a...

Pero ya era demasiado tarde. Jenny bajó el pomo y, poco a poco, se coló dentro. Había esperado que Claudia saltara de la cama y la detuviera. Nada.

Jenny empujó la puerta, entrando centímetro a centímetro en la fría habitación. La ventana se había quedado abierta. Sus zapatos estaban junto a la puerta. Varios cambios de ropa yacían tirados sobre el respaldo de su silla, sus libros y cuadernos estaban esparcidos por el escritorio.

Allí, en un rincón de la habitación, tumbada sobre el edredón, estaba Claudia, con los ojos abiertos, la mirada fija en el techo, un brazo colgando del lado de la cama, muerta.

CAPÍTULO
DOS

Apoyó los dedos de los pies en el hueco de una rama nudosa; la corteza, resbaladiza por el rocío de la mañana, seguía siendo sólida bajo su peso. Se detuvo, con las piernas tensas por el esfuerzo, y escudriñó la bóveda de hojas sobre ella en busca del siguiente agarre. Una rama gruesa sobresalía a poco más de un metro por encima de su cabeza —lisa por un lado, nudosa por el otro—, y la alcanzó, rozando la corteza con los dedos hasta aferrarse a ella.

Estaba a algo más de tres metros del suelo y no llevaba más que las zapatillas de correr, unos leggings y una camiseta de nailon húmeda. No era precisamente el equipo adecuado para escalar árboles. Había escondido la botella de agua, el móvil y las llaves de casa bajo una raíz cubierta de musgo al pie del roble, fuera de la vista del sendero que tenía a la espalda. Hacía años que no escalaba nada más alto que una escalera de mano —no desde que era adolescente—, pero el árbol la había llamado, irguiéndose sobre los demás como si la estuviera retando. Se había topado con él durante su carrera matutina por Chantry Wood y había decidido treparlo. No tenía nada mejor que hacer esa mañana.

El árbol se alzaba cada vez más alto, con las ramas formando una especie de escalera que solo se distinguía si se entrecerraban los ojos de la manera adecuada. Una caída desde la cima sería brutal, pero confiaba en sí misma. Confiaba en su agarre. Confiaba en su fuerza.

Pasaron veinte minutos. El viento arreció un poco y le refrescó el sudor que se le había acumulado en las sienes. Superó el último tramo a pulso, con las ramas cada vez más finas y combándose bajo su peso, y se acomodó en el hueco, con las piernas colgando libremente. Desde allí, el bosque se extendía a sus pies como un océano verde. Los lejanos campos de Surrey se asomaban entre los huecos de los árboles, con los setos que los atravesaban como cicatrices. Le palpitaban los brazos por el esfuerzo, con los bíceps agarrotados y los antebrazos que le ardían, pero agradeció el dolor. Significaba que aún era capaz. Que aún tenía el control.

Ahora venía lo difícil: el descenso.

Sin cuerda, sin arnés y sin nadie que la vigilara desde abajo, tendría que bajar por el mismo camino por el que había subido. Solo que más despacio. Se estiró hacia la primera rama, con el corazón latiéndole con fuerza al iniciar la bajada. Inspiró, lenta y profundamente. Confía en el árbol. Confía en tu agarre.

Justo cuando iba a colocar el pie en el último punto de apoyo, su móvil empezó a sonar. El sonido repentino, que le provocó un ataque de pánico, la sobresaltó. El pie se le resbaló de la hendidura y cayó al suelo, aterrizando sobre el hombro. Ignorando el dolor, cogió el móvil.

Kimberley, su hermana.

—Hola —dijo, sentándose en el borde de una roca cercana—. ¿Va todo bien?

—Todo bien. Solo quería felicitar a mi hermana mayor y desearte suerte en tu primer día.

—No empiezo hasta esta tarde —respondió ella con brusquedad.

—¿Qué clase de trabajo empieza por la tarde?

—El que requiere muchas horas y una cantidad monumental de esfuerzo físico y emocional.

—Suena como mi trabajo —bromeó Kim.

—Casi. Voy esta tarde a conocer al equipo.

—¿Has preparado una bolsa de chuches?

—¿Por qué iba a hacer eso?

—Como en primaria. Ya sabes, cuando tienes que llevar chuches para el resto de la clase por tu cumpleaños.

—Seguro que te encanta ser profesora. Te llevas a casa todo lo que sobra.

—A mi cintura no tanto.

Un hombre que paseaba un perro pasó a su lado. Le dio los buenos días, y Stephanie le respondió del mismo modo.

—¿Quién era? —preguntó Kim.

—Un desconocido.

—¿Dónde estás?

—Escalando.

—¿Dónde?

—En los Chantries.

—¿Fuera? ¿Sola? Steph... —dijo su hermana con el mismo tono de desaprobación que usaría una madre con su hijo—. Eso suena peligroso. Creía que la idea era empezar tu primer día sin ningún hueso roto.

Stephanie se masajeó el hombro. —Estoy bien.

El sonido de niños gritando de fondo resonó a través del micrófono. —Le dije a papá que empezabas hoy —dijo Kim—. Llevo meses hablando de este día, Steph. Desde que me enteré de que volvías.

—¿Ah, sí? Qué bien.

—Seguramente te diría que está orgulloso de ti si pudiera. Por volver al fin a casa después de tantos años. ¿Has pensado cuándo vas a ir a verlo?

Stephanie dudó antes de responder, aunque sabía que debía contestar de inmediato. —He estado ocupada.

Kim suspiró. —No podrás usar esa excusa mucho más tiempo, hermanita.

Eso era lo que temía.

—Bueno, tengo que irme. Se ha acabado el recreo. Disfruta del resto de la mañana. Que te vaya bien esta tarde. ¡Y *deja* de escalar antes de que te rompas algo!

Stephanie le dedicó una última mirada al árbol antes de colgar, recoger sus cosas y continuar su carrera.

Avanzó medio kilómetro por su ruta antes de que la música se detuviera y fuera sustituida de nuevo por la llamada de su móvil.

Esta vez era de un número que no conocía.

—Diga —dijo con cautela.

—Hola, Steph, soy el inspector jefe McGowan. Siento molestarla esta mañana. Sé que no la esperábamos hasta esta tarde, pero ha surgido algo. La necesitamos en el campus de la Universidad de Surrey lo antes posible.

CAPÍTULO
TRES

El campus de la Universidad de Surrey se encontraba enclavado a las afueras del centro de Guildford. Fundada en 1966 tras recibir una Cédula Real, se había forjado una sólida reputación en ingeniería, ciencias de la salud e incluso investigación espacial. El campus tenía un ambiente moderno y relajado y, con los años, había visto salir a un buen número de figuras destacadas, desde presentadores de televisión hasta físicos y directores ejecutivos.

Stephanie entró con el coche, pasó junto a la famosa estatua de acero inoxidable de un ciervo que había a la entrada del campus y redujo la velocidad hasta detenerse en una pequeña rotonda. Había docenas de coches de policía aparcados a un lado de la carretera que rodeaba la parte norte del campus. Al fondo se alzaba la catedral de Guildford, una estructura imponente que era el punto de referencia de la ciudad y que podía verse desde kilómetros de distancia en la A3. Apagó el motor, salió del coche y evaluó su entorno. Se sentía extraño estar allí después de tanto tiempo, como entrar en una antigua casa familiar. Los tres años que había pasado allí habían sido de los mejores de su vida, durante los cuales había estudiado Literatura Inglesa antes de mudarse finalmente a Essex y encontrar una carrera en la policía.

Sin embargo, el campus había cambiado mucho desde su última visita. Los edificios se habían vuelto más modernos y el césped más verde. El nivel de la enseñanza y los recursos habían mejorado sin duda. Aun así, seguía sintiendo esa vibración electrizante, esa atmósfera que se propagaba por el pavimento y los edificios, como si la transportara el viento que pasaba a su lado.

Pero ahora esa vibración tenía un matiz oscuro.

Steph se echó la mochila al hombro y se apresuró hacia el agente uniformado que estaba de guardia junto al cordón exterior.

—Inspectora Broadbent —dijo—. Soy de la policía de Surrey.

—¿Quién? —respondió el agente.

—Inspectora Broadbent. Acabo de empezar.

El agente consultó su registro. —No me suena su nombre.

—Eso es porque soy nueva.

El agente la midió de arriba abajo, preocupado porque una inspectora se presentara en la escena de un crimen vestida con mallas y una camiseta de correr.

—¿Tiene su identificación?

—Solo la de la policía de Essex. —Con un suspiro, rebuscó en su mochila, la sacó y se la enseñó.

El agente no pareció impresionado.

—¿Qué hace aquí? —preguntó—. Está muy lejos de Essex.

—Me han trasladado. Empiezo mañana. Pero el inspector jefe McGowan me ha llamado antes de tiempo, porque tengo entendido que ha habido un posible asesinato en uno de estos edificios. ¿Cree que puede dejarme pasar?

El agente se pensó la respuesta demasiado tiempo. Perdiendo la paciencia a marchas forzadas, ella se movió a su lado e intentó pasar por debajo del cordón. Él se interpuso en su camino y le puso una mano delante de la cara.

—Voy a tener que pedir autorización —dijo—. No puedo dejar pasar a cualquiera.

«No soy una cualquiera —pensó—. ¡Voy a ser la inspectora jefa de este puñetero caso!».

—Bien —dijo con toda la mala uva de una avispa atrapada en un frasco—. Haga lo que tenga que hacer. Y ya que está, ¿puede buscar a alguien del Equipo de Investigación de Delitos Graves? Ellos podrán confirmar quién soy. O mejor aún, llamo a McGowan por teléfono y puede hablar directamente con él, si quiere.

El agente vaciló un momento antes de escabullirse hacia el

agente uniformado más cercano. Steph observó, con renovada molestia y los brazos cruzados, cómo conversaban. El segundo agente la miró, asintió y desapareció más adelante por la calle, convirtiéndose en el segundo eslabón de una larga cadena del teléfono escacharrado. El agente a cargo del cordón llegó un momento después.

—Ahora mismo le buscamos a alguien del Equipo de Investigación de Delitos Graves —dijo, volviendo su atención al cordón, señalando que había terminado con ella y que no podía hacer otra cosa que esperar.

Se quedó allí de pie durante cinco minutos, mirando constantemente la hora en su reloj, cruzando los brazos y resoplando de vez en cuando para hacerle saber al agente que no estaba nada contenta.

Comprendía que él tenía que hacer su trabajo, pero le frustraba que lo estuviera haciendo correctamente y estaba ansiosa por entrar, convencida de que no podían permitirse perder más tiempo.

Pasaron otros cinco minutos antes de que llegara alguien que pareciera remotamente un superior.

El hombre que se le acercó vestía un mono blanco de papel de la científica. Su mata de pelo, espeso y oscuro, se salía del traje. Alto y de complexión media, caminaba encorvado, como si sus padres nunca le hubieran enseñado a mantenerse erguido. Se presentó como el sargento Devon Lafferty, y no pareció alegrarse mucho de verla.

—¿Quién es usted? —preguntó sin rodeos.

—Stephanie Broadbent —replicó ella, igualando su tono—. Soy su nueva inspectora.

Él frunció el ceño como si le acabaran de quitar el último trozo de pizza. —¿Qué hace aquí? No se la esperaba hasta mañana.

Stephanie se lo explicó.

Devon examinó su atuendo. —No puede entrar en la escena de un crimen vestida así.

—Me pondré un mono de papel. ¿Cuál es el problema?

A Devon no le gustó su tono, pero ella decidió pasar por debajo de la cinta del cordón y apresurarse hacia la furgoneta de la científica. Regresó unos instantes después, vestida de blanco.

—¿Adónde vamos? —preguntó.

—A la International House.

Sin necesidad de que le dijeran dónde estaba, Steph se dirigió hacia el edificio que, visto desde arriba, tenía forma de «E». A medida que avanzaban por la calle, la zona se volvía cada vez más silenciosa, recordando casi a un plató de una película de zombis, con los rostros en las ventanas de las habitaciones de la residencia de estudiantes como los de gente protegiéndose de la siguiente oleada.

Llegaron a la entrada del bloque D unos minutos después. Allí, se registraron en el cordón interior, dieron las gracias al agente que montaba guardia y empezaron a subir las escaleras.

—Tercer piso —indicó Devon mientras la adelantaba. Quería ser el primero en llegar. Ser el que estaba al mando.

Un nudo empezó a formarse en el estómago de Stephanie. Era el mismo nudo que se le formaba cada vez que se acercaba a la escena de un crimen. El que le restringía el movimiento. El que hacía que su mente se desbocara y la obligaba a imaginar a la víctima antes siquiera de haberla visto.

En el tercer piso, el pasillo bullía de investigadores de la policía científica que examinaban las alfombras y las paredes, entrando y saliendo de las habitaciones. Varios de ellos estaban embolsando pruebas mientras otros tomaban fotografías del edificio y del pasillo; los flashes la cegaron mientras se dirigía a la primera habitación de la derecha. El edificio estaba dolorosamente silencioso, salvo por el sonido de los monos de papel al moverse.

La habitación de la víctima era exactamente como Stephanie la había imaginado: colorida, vibrante y llena de vida. Llena de esperanzas, sueños y expectativas; esperanzas, sueños y expectativas que habían sido truncados de forma drástica. A su izquierda inmediata estaba el baño privado. En la esquina del fondo a la derecha había un escritorio y dos estanterías. En el fondo a la izquierda, la cama. Colocados en la estantería estaban los elementos típicos que uno esperaría de la habitación de un estudiante: botellas de vodka y otras bebidas alcohólicas esperando a ser consumidas con avidez; libros de la carrera que sin duda durarían más que el alcohol, quizás acumulando polvo gradualmente; y recuerdos de casa. Fotos de familiares y amigos adornaban las estanterías y las paredes. En ellas, Stephanie vio a una joven guapa y entusiasta con una sonrisa preciosa que le devolvía la mirada. El cuerpo sobre la cama había perdido esa vitalidad y, lo peor de todo, había perdido esa sonrisa.

Otros tres cuerpos, sin contar a la víctima, ocupaban la habitación. Devon señaló al único otro hombre y lo presentó.

—Este es Kenji. El jefe del equipo de la científica.

Kenji, un hombre japonés de ojos cálidos y agradables, se volvió hacia Stephanie y le tendió la mano.

—Encantado de conocerla. —Su acento era apenas discernible, casi inexistente.

—Igualmente. ¿A quién tenemos aquí?

—Claudia Bellini. Dieciocho años. Estudiante de primer año de Ciencias de la Alimentación, Nutrición y Dietética.

Stephanie echó un vistazo a los libros de texto de varios centímetros de grosor que había en la estantería. El nudo en su estómago se apretó.

—La encontraron esta mañana sus compañeros de piso. Entraron cuatro, así que, como es natural, han contaminado gran parte de la escena. No obstante, estamos embolsando y fotografiando todo lo que podemos. Deberíamos haber terminado para el final del día.

Stephanie asintió. —¿Cuándo viene el forense?

—Dentro de una hora —respondió Devon bruscamente—. Ya los he avisado. Yo me encargaré de ellos cuando lleguen.

A Stephanie no le gustó su tono, pero decidió no seguirle el juego. Miró el cuerpo.

La joven —que, en la mente de Stephanie, era prácticamente una niña— todavía llevaba la ropa de la noche anterior. Una falda corta con medias. Un fino top negro que le cubría la parte de arriba. No llevaba sujetador. Un collar de plata brillaba con la luz. En su cara, el maquillaje estaba perfecto. Tan detallado, tan expertamente aplicado. Y, sin embargo, nada de eso indicaba cómo había muerto.

Stephanie se tomó un momento de silenciosa reflexión antes de preguntar: —¿Dónde están las personas que la encontraron?

CAPÍTULO
CUATRO

Naturalmente, los compañeros de piso de Claudia estaban desolados y necesitaban consuelo desesperadamente. Tres agentes de uniforme y un par de sanitarios llevaban la última hora intentando conseguirlo. Cuando Stephanie y Devon los encontraron en el jardín del campus, un pequeño espacio verde gestionado por la Sociedad de Jardinería de la universidad, los cuatro compañeros de piso estaban sentados en un banco, llorando abrazados los unos a los otros.

—De esto me encargo yo —dijo Devon mientras se acercaban.

Stephanie se detuvo y lo retuvo. —No, de eso nada. Soy la inspectora jefe.

Él bufó. —No lo serás hasta mañana. Por ahora, esta es *mi* investigación y yo me encargaré de esto. Son *mis* testigos clave.

—*Nuestros* testigos clave —lo corrigió ella—. Un equipo. Una investigación.

—Ajá —dijo Devon con retintín. Se soltó de ella con un tirón del brazo y se dirigió hacia los compañeros de piso.

Dos mujeres. Dos hombres. Aunque ninguno parecía lo bastante mayor para ser considerado como tal. Todos parecían estar a punto de terminar el instituto y pensando qué asignaturas de bachillerato escoger. Las chicas estaban sentadas a cada lado de uno de los chicos, que las rodeaba a ambas con los brazos, como si fueran suyas por esa semana.

Justo cuando Stephanie iba a presentarse, Devon se le adelantó.
—Solo quería hacerles unas preguntas sobre lo que vieron —dijo antes de que ella pudiera abrir la boca.

—Por supuesto, lo que necesiten —respondió Leo con la confianza y la arrogancia de un gallito de instituto, dedicándoles una sonrisa lasciva. Las chicas a su lado asintieron como si les estuvieran apuntando a la cabeza con una pistola. El otro chico, al final del banco, asintió educadamente en señal de acuerdo.

—Quiero empezar preguntando por anoche —empezó Devon, pero Stephanie lo interrumpió.

—¿De dónde son?

Los estudiantes intercambiaron miradas confusas entre ellos y hacia Stephanie. Siguieron sorbiendo por la nariz y secándose las lágrimas.

—De Bristol —respondió Leo, finalmente.

—De Mánchester —replicó Jenny.

—De Nottingham —dijo Kamal.

—De Peterborough —añadió Hannah—. Y Claudia era de Birmingham.

—De todas partes —respondió Stephanie—. ¿Qué estudian?

Devon le lanzó una mirada de desaprobación que tanto ella como el resto del grupo ignoraron.

Leo se señaló a sí mismo y a Kamal. —Los dos estudiamos Económicas, Jenny está con Matemáticas y Hannah estudia...

—Veterinaria y Ciencias —terminó Hannah.

—Qué bien —dijo Steph, sonriendo a cada uno de ellos. Le devolvieron el gesto, relajándose un poco y sintiéndose más cómodos en presencia de los agentes de policía—. Vaya variedad de carreras. Recuerdo cuando vine aquí, hace ya mucho tiempo, a estudiar Filología Inglesa.

—¿Usted estudió *aquí*? —preguntó Jenny.

Steph asintió. —Como he dicho, hace muchos años. Pero fue genial. El sitio ha cambiado mucho desde entonces; se ha hecho mucho más grande y no recuerdo que hubiera tantas residencias de estudiantes. Me sorprendió ver que el Casino ya no existe.

Jenny dio un golpecito con la mano en la mesa. —¡Uf! Mi madre se llevó un disgusto tremendo cuando se enteró. Iba allí *a todas horas* cuando era joven. Decía que era el mejor lugar del mundo. Creo que es donde conoció a mi padre...

Stephanie se rio entre dientes. —Tenía sus momentos. ¿Cuál es *el* sitio de moda hoy en día?

Devon hizo ademán de interrumpir para dar por zanjado el tema, pero Hannah se aseguró de cortarlo. —El centro de estudiantes, Rubix —dijo ella, lanzándole una mirada de reojo antes de dirigirse a Stephanie—. Es la semana de bienvenida, así que tienen un montón de conciertos y actuaciones especiales programadas.

—¿La semana de bienvenida? ¿Ya? —dijo Stephanie para sí misma. La recordaba con cariño. Las noches hasta tarde. El alcohol. La gente nueva. Los nuevos amigos. La euforia pura de estar lejos de casa, disfrutando de su recién estrenada libertad—. ¿Fueron allí anoche?

—¿Anoche? —dijo Kamal, asustado. Los cuatro estudiantes se miraron entre sí, como si se hubieran metido en un lío.

—Por el pestazo a alcohol que desprenden todos, supongo que salieron a alguna parte anoche. Igual que Claudia.

Un instante de solemnidad se apoderó de ellos y bajaron la vista hacia la mesa, evitando su mirada.

—No fuimos a Rubix. —La responsabilidad de responder a la pregunta recayó, como era de esperar, en el más seguro del grupo—. El hermano de mi novia es el dueño de una de las nuevas discotecas que acaban de abrir en el centro: Red One. Así que fuimos allí. Nos consiguió entrada gratis y bebidas con descuento. A ninguno nos apetecía ir a la discoteca silenciosa de Rubix, así que acabamos allí.

—¿Red One? —repitió Stephanie, tomándolo nota mentalmente.

Leo asintió. —Es muy fan de *Star Wars*.

—¿Recuerdan a qué hora llegaron? —preguntó Devon, uniéndose por fin a la conversación.

—Serían sobre las once y media —respondió Jenny—. Estuvimos de botellón en la cocina antes de coger un Uber para ir.

Devon confirmó la hora de llegada con el recibo del Uber de Leo: 23:32. —¿Cuántos fueron?

—Cinco —respondió Kamal—. Nosotros cuatro y Claudia.

—¿Y la sexta persona de su planta? —preguntó Stephanie.

—Se lo ofrecimos, pero no bebe y no habla muy bien inglés. Va bastante a su aire.

Steph tomó nota mental de que alguien hablara con el último compañero de piso, preferiblemente después de que ella conociera a su nuevo equipo.

—¿Qué pueden contarnos sobre anoche? —continuó Devon—. Más concretamente, ¿qué pasó con Claudia? ¿Cómo se comportaba? ¿Cuánto había bebido? ¿Estaba con alguien?

—Estaba con un tío —respondió Jenny. A Stephanie le pareció notar un matiz de desdén en su voz, como si envidiara el éxito de Claudia—. Estuvieron liándose toda la noche, prácticamente desde que llegamos.

—¿Se conocían? —preguntó Devon.

Jenny negó con la cabeza. —No lo creo. Creo que simplemente se gustaron al instante. Ella estaba bastante borracha.

—¿Le compró él bebidas?

Jenny asintió. —No le quité ojo en toda la noche y le compró un par. Pero no creo que le echara nada en la copa.

Stephanie no había visto signos de agresión sexual; la ropa de Claudia seguía puesta, así que no le parecía probable. Además, si había drogas en su organismo, para cuando el forense hiciera los análisis, ya habrían desaparecido todas.

—¿Qué pasó al final de la noche? —preguntó—. ¿A qué hora se fueron todos?

—*Nosotros* nos fuimos todos a la misma hora. —Leo volvió a consultar su aplicación de Uber—. Nos recogieron a las 2:46. Luego fuimos a la freiduría del campus a por algo de comer.

—¿Dónde estaba Claudia?

Al grupo se le acabaron las respuestas. Todos se miraron unos a otros, no tan disimuladamente, decidiendo entre ellos quién sería el que respondería. Al final, Jenny, echándose el pelo hacia atrás, dijo:

—Se fue antes con el tío. Dijo que volvían aquí.

—¿A qué hora fue eso?

—Creo que se fueron sobre la una. —Sacó el móvil del sujetador y miró la pantalla—. Le envié un mensaje después para que me avisara cuando llegara a casa.

—¿Y lo hizo? —preguntó Devon, con tono acusador.

Jenny se quedó mirando el último mensaje entre ellas durante un buen rato. —Dijo: «No llames a la puerta cuando vuelvas a casa», con un emoji de un guiño.

—¿A qué hora fue eso? —preguntó Stephanie, adelantándose antes de que Devon pudiera hacerlo.

—A la una y cincuenta y ocho.

—¿Casi una hora después?

—Supongo.

—No se tarda tanto andando, ¿verdad? —preguntó Devon.

—Depende de la tajada que lleves —respondió Stephanie—. Además, no sabemos qué hicieron de camino. Podrían haberse parado a comer algo. Alguno de los dos podría haber estado echando la pota. Podrían haber estado morreándose todo el camino.

Devon fingió no haber oído nada de lo que Stephanie acababa de decir y volvió a centrar su atención en los compañeros de piso de Claudia.

—Necesitamos saberlo todo sobre ese tío con el que estaba. ¿Qué pueden decirnos de él?

Veinte minutos más tarde, habían terminado. Stephanie les agradeció a todos su tiempo, les dio el pésame, les facilitó sus datos de contacto y les sugirió que se pusieran en contacto si se les ocurría algo. Tras devolver a los estudiantes a las competentes manos de los agentes de uniforme que los habían atendido previamente, Stephanie se dirigió a su coche.

—¿Adónde vas? —preguntó Devon mientras se le pegaba al lado.

—A la oficina.

—¿Para qué?

—Para empezar esta investigación.

—Ya la he empezado yo. Antes de que llegaras.

—Ajá.

Se abrió paso entre un grupo de agentes de la científica que charlaban y dobló la esquina de un edificio antes de llegar a su coche, moviéndose por esa parte del campus con la soltura de alguien que hubiera estudiado allí durante años. Todo le venía de nuevo a la memoria.

Mientras ponía la mano en el tirador de la puerta del coche, Devon dijo: —Voy contigo.

—En mi coche, no.

CAPÍTULO
CINCO

El inspector jefe McGowan respondió a la llamada con un suspiro. Para ser un hombre por lo general afable y de temperamento bastante tranquilo, su reacción inicial pilló a Devon por sorpresa.

—¿Sí?

—¿Qué pasa, jefe?

—¿De qué habla?

—De Broadbent —replicó Devon mientras se subía al coche y encendía el motor—. ¿Por qué ha venido y se ha hecho cargo de esta investigación? —Puso el teléfono en manos libres y lo dejó caer en el asiento de al lado—. Creía que este caso lo llevaba yo.

No hubo respuesta mientras Devon hacía un cambio de sentido y aceleraba tras Stephanie. Por un momento, pensó que se había cortado la llamada.

—Se lo he dado a ella —respondió McGowan con calma, como si le estuviera hablando a un niño—. Al final estará al mando. Tenía sentido que entrara ahora.

Un denso chorro de aire caliente le salió resoplando a Devon por la nariz y tamborileó con los dedos en el volante al acercarse a una rotonda. Después de que un gilipollas en un Tesla le cerrara el paso, su frustración aumentó drásticamente.

—No puede irrumpir así sin más. No es de recibo.

McGowan se aclaró la garganta. —La inspectora Broadbent es

una detective muy veterana y con mucha experiencia. No me puedo imaginar ni por un segundo que haya hecho nada intencionadamente para molestarlo u ofenderlo. Es completamente nueva en este equipo, en esta zona y en nuestra forma de trabajar, y le agradecería que le mostrara la consideración y el respeto que merece.

—Si sabía que venía hoy, ¿por qué no me lo dijo?

—Tiene razón. Debería habérselo dicho. Y ya que estamos, ¿quiere que le informe también de cuándo voy al baño o de cuándo tengo la próxima cita con el médico para la revisión de la próstata?

Esa fue la última palabra sobre el asunto. Devon sabía que no debía presionar más a McGowan. Si quería volver a expresar su opinión, lo haría en persona.

—¿Dónde está? —preguntó McGowan mientras Devon adelantaba a un coche por el carril exterior y se pegaba al de atrás.

—De vuelta. Estaré allí en los próximos diez minutos.

McGowan no dijo nada durante un buen rato, preparándose para lo que se le venía encima.

—Bien. Hablaremos cuando llegue. Simplemente no conduzca como un loco.

—Ni se me ocurriría, señor —dijo mientras le daba las largas al coche de delante para intimidarlo.

CAPÍTULO
SEIS

El agente Giles Swinger movía distraídamente el ratón del ordenador de una esquina a otra de la pantalla mientras mascaba un chicle. Otra mañana tranquila. A su lado estaba la agente Olivia Willard, o Wellard, como la conocían cariñosamente. No porque fuera un perro, sino porque se comportaba como tal: cariñosa, atenta y, sobre todo, leal. Aunque, por lo que ella sabía, le habían puesto el apodo porque a Willard solo le faltaba una vocal para ser como el entrañable personaje de *EastEnders*, que además resultaba ser su serie favorita.

Compartían la misma bancada de mesas y, en los últimos seis meses, desde la última reorganización de la oficina, habían logrado acumular una pequeña montaña de desorden entre ellos. Para el ojo inexperto, eran desorganizados y siempre andaban rebuscando entre hojas de papel para encontrar la información pertinente. Pero para quienes los conocían, eran metódicos, diligentes y estaban bien entrenados, siempre y cuando se les diera de vez en cuando alguna recompensa por un trabajo bien hecho.

Olivia rondaba la cuarentena y Giles la consideraba una figura materna en la oficina, la mujer a la que podía recurrir para casi cualquier cosa.

Todos lo hacían.

A lo largo de los años, le habían confiado tantos secretos que Giles estaba seguro de que en algún momento de su vida la habían obligado a firmar la Ley de Secretos Oficiales. Lo sabía todo y, hasta la fecha, no lo había defraudado ni a él ni a nadie.

—Anoche me armé de valor y por fin vi *Made In Chelsea*— dijo, dejando su lata de Coca-Cola Light sobre la mesa. No era ni mediodía y ya se había bebido dos. Era adicta.

—¿Y? —preguntó Giles—. ¿Qué te pareció?

—Que son todos una panda de gilipollas engreídos. Pero *tengo* que admitir que me enganché. Y me odio por ello.

Giles le dedicó una sonrisita.

—Sabías que lo haría, ¿a que sí? Sabías que mi personalidad adictiva me acabaría enganchando hasta las trancas.

Encogiéndose de hombros, Giles respondió:

—No tengo ni idea de qué me hablas. Es mi único placer culpable y ahora *por fin* tengo a alguien con quien comentarlo; alguien que no sea mi madre, vaya. —Se dio la vuelta y señaló la oficina medio vacía, donde el único sonido era el monótono tecleo de los ordenadores y el suave zumbido del aire acondicionado en el techo.

Justo cuando terminaba, las puertas principales de la oficina se abrieron de golpe y una mujer atractiva vestida con un ajustado conjunto de deporte entró como una exhalación. Llevaba su pelo castaño oscuro recogido en una larga coleta y su expresión era la de quien acababa de correr media maratón para llegar hasta allí. Era menuda, apenas visible por encima del monitor de su ordenador.

—¿Dónde puedo encontrar el despacho del DCI McGowan? —preguntó con un tono de voz urgente y apresurado.

Giles no respondió. En lugar de eso, se quedó mirándole fijamente los ojos castaños durante un buen rato. Al final, señaló al otro lado de la sala.

Ella le dio las gracias y corrió hacia el despacho de McGowan. Giles y Olivia la vieron marchar. Justo cuando se giraban para mirarse, el DS Devon Lafferty irrumpió por la puerta y se precipitó tras ella. Un instante después, ambos entraron bruscamente en el despacho del inspector jefe.

Lentamente, Wellard se volvió hacia Giles.

—¿Quién es esa? —susurró—. No la he visto en mi vida.

—Me sorprende que no lo sepas. Eres el oráculo de la oficina.

—Su atención permanecía fija en el despacho de McGowan—. Ojalá tuviéramos cámaras o micrófonos ahí dentro —dijo él—, podríamos oírlo todo.

—Esto no es un episodio de tu programa, Giles —dijo Wellard—. Aunque es lo bastante guapa como para encajar en ese mundillo. —Las comisuras de sus labios se curvaron en una fina y socarrona sonrisa—. ¿Es por eso que te has quedado pasmado al verla? ¿Te ha intimidado la chica guapa?

Giles le lanzó una mirada ceñuda.

—Cállate. Claro que no.

Ella le puso una mano en el hombro en tono burlón.

—Vale, donjuán. Lo que tú digas. A lo mejor si se lo pides amablemente, se ve un par de episodios contigo.

CAPÍTULO
SIETE

El inspector jefe Clive McGowan, una figura imponente, estaba sentado detrás de su pequeño escritorio, con un ojo en la pantalla del ordenador y el otro en Devon y Stephanie, que se encontraban ante él. Parecían dos escolares traviesos a los que hubieran enviado al despacho del director, aunque uno de ellos aparentaba estar mucho más contento que el otro de encontrarse allí.

El despacho del inspector jefe era una estancia pequeña y cuadrada. Su escritorio, situado ligeramente a la izquierda, ocupaba el centro de la escena. La luz natural inundaba la estancia por encima de su hombro izquierdo a través de una estrecha ventana que iba del suelo al techo y, al otro lado del cristal, se extendía una vista de postal de las colinas de Surrey, un tapiz de diferentes tonalidades de verde que se fundían en una sola en la distancia.

Stephanie se sintió extrañamente reconfortada por los colores que percibía con el rabillo del ojo.

—Buenos días, inspectora —dijo el inspector jefe McGowan, levantándose de la silla para estrecharle la mano—. Siento que tenga que incorporarse en estas circunstancias.

—Encantada de estar aquí —respondió ella, soltándole la mano—. No hay nada como empezar por todo lo alto.

McGowan, un hombre que ya había pasado la cincuentena pero

que aparentaba veinte años menos, apoyó las palmas de las manos en el escritorio y señaló a Devon con la cabeza.

—Veo que ya ha conocido a uno de sus sargentos.

Stephanie desvió rápidamente la mirada en dirección a Devon, pero fue incapaz de mirarlo.

—Hemos cruzado un par de palabras.

—Confío en que la haya hecho sentir como en casa.

Stephanie correspondió a la sonrisa cómplice de McGowan y le transmitió todo lo que necesitaba con la mirada.

—¿Le ha hablado de sí mismo?

Stephanie negó con la cabeza.

—Le haré una breve introducción, ya que a él a veces le gusta darle demasiadas vueltas a las cosas: Devon lleva aquí desde que tengo memoria —tanto tiempo que, *en realidad*, no sabría decirle cuánto— y ha estado cubriendo el puesto de inspector mientras esperábamos su llegada. —McGowan hablaba con calma y de forma deliberada. Volvió la cabeza hacia Devon—. La inspectora Broadbent se ha incorporado desde la policía de Essex. ¿Cuántos años de experiencia tiene?

—Seis en el cargo, quince en total —respondió Stephanie.

—Muchos, se mire como se mire, así que sabe lo que hace y cómo conseguir resultados. Viene con un currículum intachable, pero me han dicho —y por nuestras breves conversaciones, estoy seguro de que no le importará que lo diga, Stephanie— que no tiene nada del ego que suele acompañarlo. Por eso está aquí. Y por eso va a triunfar en la policía de Surrey. Creo que tener a alguien de fuera le vendrá bien al equipo y os dará una pequeña patada en el culo.

Por el rabillo del ojo, Stephanie vio a Devon moverse incómodo y rascarse la nuca.

—Sí, lo entiendo todo —dijo bruscamente—. Y sí, encantado de conocerla, Steph.

—Stephanie —corrigió ella, lanzándole una mirada de soslayo—. Ni Steph, ni Stephy, ni siquiera Steph-fanny, como me llamaban algunos niños en el colegio. Solo cuando se haya ganado mi confianza y mi respeto podrá llamarme Steph.

Quería dejar las cosas claras desde el principio, sobre todo delante del inspector jefe, para que, si intentaba alguna gracieta, ella no fuera la única en llamarle la atención.

Devon asintió en señal de comprensión, aunque ella intuyó por su expresión que no tenía intención de usar su nombre completo.

—¿Qué pasa ahora, jefe? —preguntó—. Cuando ha llegado el aviso esta mañana, dijo que yo estaría al mando de la situación en la universidad.

McGowan se dejó caer en el asiento, conservando su energía para la conversación.

—Los planes cambian. Tiene que aprender a ser adaptable y a superar obstáculos en este trabajo, sobre todo si quiere llegar a ser inspector algún día.

Stephanie percibió la repentina inspiración de Devon.

—Además, usted ya sabía de la llegada de Stephanie. Sabía que el caso recaería en ella por lógica. Lo único que he hecho ha sido adelantarlo unas horas.

Devon suspiró pesadamente por la nariz, llenando la habitación con su decepción.

—Pero...

—Asúmalo, Devon. Ahora, si no le importa, quiero hablar un momento con nuestra nueva inspectora.

Devon cambió el peso de su cuerpo para marcharse, hizo una pausa como si fuera a decir algo, y luego giró sobre sus talones y salió del despacho. La puerta se cerró con más fuerza de lo que se consideraría educado. En cuanto se fue, la tensión en el ambiente bajó unos cuantos niveles y McGowan dejó escapar un largo y pesado suspiro.

—Bueno... Veo que su reputación la precede —dijo lentamente—. Me alegro de ver que ha causado una primera impresión duradera.

Stephanie sacó una silla de debajo del escritorio de él.

—¿Es siempre así?

McGowan ladeó la cabeza. A ella le dio la impresión de que era un hombre de modales apacibles, muy inteligente y muy hábil con las palabras.

—Solo últimamente —respondió él.

Stephanie supuso que se refería a que Devon había estado cubriendo su puesto recientemente y decidió dejarlo estar.

—Parece que tengo mucho trabajo por delante, y todavía ni he empezado —dijo ella.

—Cuando llevas tanto tiempo en esto como yo, te das cuenta de que gritar rara vez funciona. Al menos, no a largo plazo.

—Me refería a la escena del crimen de la que acabo de venir.

—Y yo también. Si lo que he oído es cierto, no creo que vaya a tener ningún problema aquí.

Eso era lo que temía. Esa «reputación» que él había mencionado antes. La que ella no sabía que tenía. La que sugería que era una detective brillante, capaz de resolver los crímenes más confusos y atroces. Como si fuera una Sherlock Holmes femenina.

Esperaba que no hubiera exagerado sus habilidades.

El teléfono sobre el escritorio de McGowan sonó. Él miró la pantalla rápidamente antes de volver a centrar su atención en ella.

—No es usted la única que va a tener esos nervios del primer día —dijo—. Hay otra persona que empieza. Agente de policía, novata del todo. Veintiséis años, recién salida de la academia. Se llama...

Fue interrumpido por unos golpes en la puerta.

—Hablando del rey de Roma.

McGowan le hizo un gesto a la persona para que entrara y, un instante después, una joven asomó la cabeza por la puerta. Detrás de la expresión nerviosa, Stephanie vio a una joven atractiva, de ojos azul mar y cejas llamativas, que aparentaba menos edad de la que tenía. Si no hubiera sabido su edad, Stephanie habría pensado que todavía estaba en el instituto.

—¿Inspector jefe McGowan? —preguntó ella, con voz vacilante—. ¿Es aquí?

—¡Bienvenida! Por favor, entre. —Clive se levantó de su asiento y le hizo un gesto entusiasta para que pasara. Le estrechó la mano y luego señaló a Stephanie—. Stephanie, esta es Eve Hope. Eve, esta es Stephanie Broadbent, su nueva inspectora.

Eve tomó la mano de Stephanie, sonriendo con torpeza, lo que reveló un hoyuelo en su mejilla izquierda y una dentadura que no había sido manchada por años de beber café.

—Encantada de conocerla, Stephanie —dijo Eve, animándose un poco—. Inspectora —corrigió.

—Stephanie está bien.

Detrás de la timidez de Eve, Stephanie creyó ver a una persona más alegre y extrovertida. Era natural que estuviera nerviosa en su primer día.

—Stephanie también se incorpora hoy —comenzó el inspector jefe McGowan—. Tiene mucha experiencia, lleva mucho tiempo en la policía y estoy seguro de que será una gran mentora para usted. Ha llegado en el momento justo, ya que ha surgido algo esta mañana. Stephanie puede ponerla al día. Ahora, solo queda que conozca al resto de su equipo. —Rodeó su escritorio, pasó a su lado en el reducido espacio y puso una mano en la puerta—. No se preocupe, no muerden.

CAPÍTULO
OCHO

Cuando entraron en la oficina principal, se encontraron al sargento detective Lafferty de pie en el centro de la sala, dirigiéndose al equipo. Se detuvo en seco en cuanto vio salir al inspector jefe de detectives.

—¿Azuzándolos ya, sargento? —dijo Clive en tono de broma, y a renglón seguido le indicó al sargento que volviera a su mesa. Devon obedeció con la desgana de un adolescente al que obligan a quedarse en el salón en lugar de poder retirarse a su habitación—. Buenos días a todos. Hay gente nueva que me gustaría que conocierais.

Sin darse cuenta, se habían colocado al frente de la oficina. Allí, el inspector jefe de detectives McGowan empezó a presentarlos al equipo. Mientras él hablaba, ella recorrió con la mirada a los agentes que tenía delante, pero no era capaz de ver a ninguno. La mente se le había quedado en blanco, sus rostros se habían vuelto borrosos y la voz tranquila y serena de McGowan se había desvanecido en un segundo plano.

Apenas fue consciente de que había terminado de hablar, y solo gracias al silencio que se hizo. Entonces sintió sus miradas expectantes clavadas en ella.

—¿Stephanie? ¿Quiere añadir algo?

Tragó saliva con dificultad. De repente, la invadió una náusea y deseó estar de vuelta en Essex, con su antiguo equipo, en su zona de confort, donde conocía a todo el mundo y todo le era familiar.

Stephanie se aclaró la garganta. —No se me dan muy bien los nombres, así que tendrán que tenerme un poco de paciencia en ese aspecto. Puede que tarde un día o dos, pero no son tantos, así que no creo que sea un gran problema. Aparte de eso, no tengo nada más que decir, salvo que tengo muchas ganas de trabajar con todos ustedes y de conocerlos mejor.

—Excelente —dijo McGowan con una palmada que a Stephanie le taladró los tímpanos—. Antes de que se me olvide, su despacho está al lado del mío. Alguien del equipo puede ayudarla a instalarse.

Dicho esto, el inspector jefe se marchó y volvió a su despacho. En cuanto cerró la puerta, las náuseas se intensificaron y se le hizo un nudo en el estómago que le subió la bilis a la garganta. Su red de seguridad había desaparecido. Estaba sola con su nuevo equipo.

—Bueno... —empezó, examinando el tapiz de rostros que tenía delante, observándolos uno por uno—. Agradezco su paciencia mientras me pongo al día con los procedimientos, dónde está todo y quién es quién. Lo mismo va por Eve. Seguro que tendrán a dos personas haciéndoles preguntas. Pero, entretanto, mientras nos instalamos y nos familiarizamos con todo, esta mañana ha sido descubierto en su residencia el cuerpo de una estudiante universitaria. Nuestra víctima es una mujer de raza blanca: Claudia Bellini, dieciocho años, natural de Birmingham, estudiante de Ciencias de la Alimentación. Todavía estamos esperando a que lleguen las imágenes de la escena del crimen. Me gustaría que alguien creara un registro en HOLMES. ¿Quién se encarga de...?

Una mano, perteneciente a una mujer bajita con el pelo largo y rizado recogido en una coleta, se alzó de un respingo entre los presentes.

—Ya está hecho, señora —dijo con un tono suave y tranquilizador. Stephanie sintió al instante una sensación de calma y consuelo que emanaba de ella. El hecho de que tuviera una sonrisa cálida a juego también ayudó—. El registro de HOLMES está iniciado, solo espero sus instrucciones sobre quién tiene que hacer qué.

—Perfecto —dijo—. ¿Y su nombre es...?

Se llevó una mano al pecho. —Perdone. ¡Ya me estoy embalando, como siempre! En cuanto se dé cuenta, me meteré en mi rincón y no volverá a oírme. Soy Olivia. Olivia Willard, agente de detectives, pero puede llamarme Wellard. El resto de la panda lo hace.

Un apodo. Eso siempre era un buen comienzo. Ayudaba a romper un poco el hielo y daba una idea de cómo era la dinámica del equipo.

—¿Tenemos ya nombre para la operación? —preguntó Stephanie.

—Detrás de usted —respondió con aspereza Devon, a su izquierda. Por suerte, Stephanie observó que la mesa de él estaba en el lado opuesto de la sala respecto a su despacho.

Stephanie giró sobre sus talones. A su espalda, ocupando toda la pared, se encontraba la sala de gestión de incidentes graves. Era más pequeña de lo que estaba acostumbrada. Antes, con la policía de Essex, había disfrutado de una sala o un espacio aparte en el edificio donde el equipo podía recopilar las pruebas y los avances de la investigación. Lo que tenía ante ella, sin embargo, era una serie de documentos —fotografías, impresiones, notas a mano— que colgaban de una hilera de tablones de corcho y pizarras blancas. Justo delante, garabateado con un rotulador de tinta negra de borrado en seco, estaba el nombre de la operación: Operación Lucifer. Debajo había un espacio en blanco donde, en los días, semanas y meses venideros, recopilarían la información. Por ahora, el espacio solo estaba ocupado por el nombre de la víctima.

—Le he dicho a Wellard que lo hiciera hace un momento —añadió Devon en lo que a Stephanie le pareció un intento innecesario de apuntarse el tanto.

—Buen trabajo, Olivia —dijo Stephanie—. Gracias.

Por el rabillo del ojo, vio cómo la expresión de suficiencia de Devon se transformaba en una mueca.

«Muy bien, Steph —se dijo—. Es hora de tomar las riendas. Es hora de demostrarles de lo que eres capaz.»

Se aclaró la garganta, cogió un rotulador cercano y se acercó a la pizarra blanca con la seguridad y el aplomo de una profesora que imparte la misma lección por centésima vez.

—El equipo forense sigue en la escena del crimen. Necesitaremos las fotos cuanto antes. Me gustaría que alguien se pusiera en contacto con Kenji para saber cuándo podemos tenerlas, junto con la lista completa de pruebas. Sin embargo, lo primero es lo primero: esta era la hija de alguien. Quiero que nuestro agente de enlace con la familia localice a los padres y les notifique el fallecimiento de su hija. Ahora mismo, estoy tratando esto como una investigación de asesinato. ¿Quién es nuestro agente de enlace?

Se alzó otra mano. Esta vez fue una mano vacilante, cargada de cautela. Pertenecía a la agente Petal Baptiste, una mujer antillana de unos cuarenta años. Llevaba unas gafas gruesas que enmarcaban unos ojos delicados y brillantes, y sus mejillas estaban ligeramente sonrojadas con un maquillaje que le daba el aspecto de un personaje de Disney. Stephanie sintió de inmediato una sensación maternal y reconfortante que emanaba de ella, rasgos que eran ideales para su puesto.

—Un placer conocerla —dijo Petal—. Me pongo a ello ahora mismo.

—Espere a que usted y yo hablemos de nuestro plan de acción. Quiero controlar lo que los padres saben y lo que no.

Petal asintió casi con vacilación, como si fuera una petición inusual.

—Según sus compañeras de piso —continuó Stephanie—, Claudia pasó toda la noche con alguien en la discoteca, el Red One. Más tarde, la pareja decidió volver a la residencia de ella sobre la una de la madrugada, poco más de una hora y media antes de que sus compañeras salieran de la discoteca y regresaran a la residencia. En primer lugar, tenemos que averiguar con quién estaba y dónde está ese individuo ahora. Es potencialmente la última persona que la vio con vida y nuestro principal sospechoso.

Señaló a dos personas al azar en la sala.

—¿Su nombre? —le preguntó al primero.

—Agente Giles Swinger —respondió él.

Era muy guapo, de una forma evidente, y le recordó a Leo, el de la universidad. Llevaba el pelo corto y engominado en el flequillo. Su mandíbula era angulosa, casi cincelada, y dos manchas rojas salpicaban sus mejillas por encima de una barba irregular. Por un momento, Stephanie pensó que podría ser por vergüenza, pero se dio cuenta de que se equivocaba cuando advirtió que sus ojos se desviaban hacia la igualmente atractiva Eve Hope.

—Encantada de conocerlo, Giles. Me gustaría que fuera al Red One con... —Hizo un gesto hacia la mujer sentada en la fila de mesas de enfrente.

—Agente Fiona Singleton, señora —respondió Fiona con la exuberancia y la emoción de alguien que llevaba toda la noche en tensión.

A Stephanie la sorprendieron los llamativos ojos de Fiona. Rondaba la treintena y, por su esbelta figura, parecía tener el mismo régimen de entrenamiento que Stephanie.

—Me gustaría que acompañara a Giles y hablara con el dueño. A ver si pueden averiguar quién trabajaba esa noche y conseguir las grabaciones de las cámaras de seguridad.

—Suena delicioso —respondió Giles.

Aquella extraña frase la pilló desprevenida. —También necesitaremos que alguien se ponga en contacto con la universidad.

Otra mano se alzó de repente, tomándola por sorpresa. Esta pertenecía al sargento detective Noah Mackenzie, un hombre de unos cincuenta años que subía la media de edad del equipo. Llevaba una vestimenta inusual, y lo primero que le llamó la atención fueron unos calcetines de neón de diferentes colores.

—Estaré encantado de llamarles —dijo. Su voz era profunda, pero poseía una cualidad controlada y reservada.

—Preferiría que les hiciera una visita en persona. Busque a la persona adecuada con la que hablar y disipe un poco sus temores. Supongo que estarán deseando enviar un mensaje a los estudiantes.

Le apuntó con una pistola imaginaria hecha con los dedos. —A la orden, mi capitana. Lo que usted diga.

Stephanie decidió que su vida iba a ser mucho más fácil con un sargento detective que con el otro. Justo cuando el pensamiento cruzó su mente, el otro sargento abrió la boca.

—¿Y yo?

—Quiero que dirija al equipo mientras estoy fuera —respondió ella.

El rostro de él se arrugó en una mueca de frustración. —¿Adónde va?

—Necesito instalarme e instalar a Eve. Luego iremos a hablar con la prensa antes de asistir a la autopsia. Le agradecería que me hiciera un resumen de todo lo que ocurra entretanto para cuando vuelva.

CAPÍTULO
NUEVE

La esquina del dormitorio de la víctima donde se encontraba el escritorio le había sido encomendada al agente de la científica Matthew Morpurgo, mientras el resto de sus compañeros estaban ocupados en el cuarto de baño o armando un jaleo tremendo en la cocina. Sonaban como una manada de babuinos tirando platos, ollas y sartenes al suelo, destruyendo cualquier prueba.

Matthew, en cambio, prefería ser más delicado en sus procedimientos. Le gustaba tomarse su tiempo y hacer un trabajo minucioso. De esa forma, si alguna vez surgía algún problema con pruebas que se hubieran pasado por alto o manipulado por accidente, nueve de cada diez veces sabía que él estaría libre de toda culpa.

La escena de este crimen no era diferente. Llevaba solo en el dormitorio la última media hora, examinando las pertenencias de Claudia y asomándose a la ventana de su vida académica a través de sus libros de texto y del cuaderno en el que había empezado a garabatear para ir adelantando trabajo.

Matthew apreciaba su trabajo. Era catártico, aleccionador, y, al terminar, a veces sentía que conocía a la víctima mejor de lo que jamás la habían conocido sus familiares y amigos íntimos. Al revisar sus pertenencias e ir desvelando las capas de sus vidas, obtenía una visión íntima de sus secretos, sus éxitos, sus dificultades y sus tribulaciones. Podía mirar detrás del telón y llegar a conocer a la víctima a un nivel más profundo e intenso.

Claudia Bellini no era diferente. Como cualquier adolescente de su edad, tenía sus problemas, sus dificultades. En otro de sus cuadernos, uno que estaba metido entre varios libros de texto, encontró un diario. En él, había garabateado varias entradas de sus primeros días en la universidad. Notas sobre cómo se sentía. Sobre cómo ya echaba de menos su casa. Sobre cómo sentía que volvía a tener problemas con la comida. Sobre cómo solo habían pasado unos días y ya estaba empezando a perder el control. El alcohol no ayudaba, pero sentía que necesitaba beber para encajar con el resto de sus compañeros de piso. Pensaba que todos eran gente encantadora, maravillosa, con la que estaba deseando vivir el resto del año; excepto Leo, que le parecía un poco baboso y creía que Hannah pensaba lo mismo.

Matthew agradecía que hubieran embolsado el cuerpo y se lo hubieran llevado de la escena del crimen. No estaba seguro de si habría sido capaz de hacer gran cosa con ella tumbada detrás, con los ojos fijos en el techo, sin vida.

Había fotografiado cada página del diario, empezando desde el principio, antes de meterlo en una bolsa de pruebas y dejarlo junto a la puerta de entrada. Hasta el momento, había conseguido examinar más de una docena de libros, buscando huellas, comprobando si había restos de fibras y fotografiando cada página.

Dirigió su atención al escritorio para cambiar un poco de aires. Sobre él estaba el portátil de Claudia, un ratón y un teclado inalámbricos, un cubilete para bolígrafos y, extrañamente, un microondas que funcionaba a la perfección.

Matthew se agachó y un quejido de dolor se le escapó. Le había vuelto a dar un latigazo en la espalda. De verdad que debería ir al médico, pero tenía miedo de lo que pudieran decirle; de que pudieran confirmar lo que él ya intuía en el fondo de su ser.

Ignorando el dolor con unos cuantos gemidos y gruñidos, Matthew centró su atención en el microondas. Primero, sacó su equipo para revelado de huellas y, con su fino pincel, empezó a frotar el compuesto metálico en el tirador. Un instante después, apareció una huella dactilar. Matthew colocó un adhesivo sobre ella y la levantó.

A continuación, fotografió la parte delantera del aparato antes de abrirlo con cuidado. Al hacerlo, se fijó en una nota adhesiva que se había caído debajo. La sacó y la leyó.

«Ábreme», decía.

Pero, para entonces, la puerta ya estaba abierta.

Dejó caer la nota en cuanto vio lo que había dentro.

Allí, en el centro del plato, había un muñeco de vudú de color marrón oscuro. Dos botones se asentaban perfectamente en el lugar donde deberían haber estado los ojos, y del centro del estómago del muñeco sobresalía un cuchillo de cocina nuevo que parecía no haber sido usado nunca.

Hasta entonces.

CAPÍTULO
DIEZ

Stephanie, Devon, Eve y Noah estaban apiñados frente al ordenador de la agente Willard. Una fotografía del muñeco de vudú descubierto en la escena del crimen ocupaba toda la pantalla. A Stephanie le inquietaba mirarlo. Parecía que la miraba fijamente, que la llamaba por su nombre. Nunca se le habían dado bien las películas de terror ni nada que contuviera una amenaza subyacente de maldad —intentaba evitarlas a toda costa—, pero por mucho que deseara apartar la vista, era incapaz de dejar de mirar.

—Esto se descubrió dentro del microondas de Claudia, en su habitación —explicó Stephanie—. El de la policía científica que lo encontró dijo que el cuchillo se clavó en el muñeco *después* de que este abriera la puerta.

—¿Como una trampa? —preguntó Eve.

Stephanie se dio cuenta de que la mujer se mordía las uñas y asintió.

—Encontró una nota sobre el escritorio que ponía «Ábreme». Se había caído y había ido a parar debajo del microondas.

—El asesino debió de ponerla ahí —sugirió Devon.

—Está en la universidad. Es bastante inteligente. No me la imagino necesitando una nota para abrir la puerta cada vez que quisiera usarlo —replicó Stephanie.

El comentario provocó que Devon la fulminara con la mirada

con gesto de profundo fastidio y se cruzara de brazos. Stephanie se percató de que Olivia Willard le sonreía con suficiencia.

—¿Por qué iba a dejar el asesino eso ahí? —preguntó Eve.

—No *sabemos* que fuera el asesino —respondió Stephanie con rapidez, deseosa de intervenir antes de que lo hiciera nadie más—. La científica ha recogido una huella del asa y se van a llevar el muñeco para examinarlo, así que, si hay alguna coincidencia, la encontraremos. Además, podría haber sido una broma de sus compañeras de piso o de algún conocido. A estas alturas, no tenemos ningún motivo para creer inequívocamente que fuera el asesino. Sí, tiene sentido que nos inclinemos por esa vía, pero no quiero dar nada por sentado hasta que lo sepamos con certeza.

Al volver a alzar la vista hacia el muñeco, sintió un nudo en la garganta y una gota de sudor se le formó en la nuca. Para combatir la ansiedad, se llevó la mano al collar y empezó a recorrerlo con los dedos. Había sido de su madre, se lo había dado al morir, y para Stephanie era más que una simple manta de seguridad. Era un recuerdo, una posesión imperecedera. Lo llevaba a todas partes y solo se lo quitaba si era absolutamente necesario.

—No quiero que por ahora nos centremos demasiado en el muñeco. Nuestra principal prioridad es encontrar al hombre con el que se fue a casa anoche.

Esperaba sonar más convincente de lo que se sentía.

El muñeco de vudú era una mala señal. Por mucho que no quisiera admitirlo, creía que solo podía significar una cosa: que habría más víctimas.

No tenían ni idea de cuándo, ni dónde, ni quiénes.

Pero una cosa era cierta.

Si no tomaba las riendas de su nuevo equipo y de la investigación, y rápido, encontrarían más de esos muñecos.

CAPÍTULO
ONCE

A la agente Fiona Singleton no sabía qué pensar de Stephanie. Su primera impresión fue que era una mujer comprensiblemente tímida, nerviosa y un poco apocada. Pero ¿encajaría bien en el equipo? No estaba segura. El equipo había trabajado como una piña durante los últimos cuatro años —sin alteraciones ni contratiempos— hasta que su anterior inspector jefe se había marchado unos meses atrás. Esa había sido la única perturbación que el equipo había conocido. A lo largo de esos años, se habían unido más y habían forjado un fuerte vínculo entre ellos. Formaban un equipo cohesionado y sacaban el trabajo adelante; Fiona esperaba que Stephanie no llegara para agitar las aguas. Eso no impidió que pensara que era atractiva.

—¿Qué te parece? —preguntó Fiona mientras se metía de un salto en el asiento del copiloto.

—Me parece maja —respondió Giles, arrancando el motor y mirando por el retrovisor.

—¿Maja?

—Sí. Parece bastante extrovertida. Y es guapa.

En eso estaba de acuerdo con él.

—Será interesante ver cómo reacciona Devon ante ella —dijo.

—¿Eve? —Giles giró el volante varias veces y salió del aparcamiento.

—¿Eve? ¿Hablas de Eve? Me refería a Broadbent, idiota.

—Ahhh —dijo Giles lentamente mientras salía del cruce y se dirigía hacia el centro de Guildford.

Ella resopló. —Lo que me imaginaba, *tú* solo piensas en una cosa.

—Mira quién habla —replicó Giles—. He visto cómo la mirabas.

Fiona se encogió de hombros para disimular su incomodidad. —Tiene buen porte.

—Creo que los dos encajarán bien. Aportarán una dinámica diferente al equipo. El ambiente se estaba volviendo un poco rancio últimamente.

Llegaron a Red One pocos minutos después. El pequeño local estaba situado en la esquina de una rotonda, encajonado entre un despacho de abogados y, como no, un kebab. Para el ojo inexperto, parecía una casa con fachada de revoco de gravilla, de no ser por los carteles de las sesiones de DJ y los artistas que actuarían durante el fin de semana siguiente. Pero para los entendidos, era una discoteca de *deep house* repleta de efectos estroboscópicos psicodélicos, máquinas de humo y una estrecha escalera que conducía a los baños, diseñada para confundir y desorientar.

El único problema era encontrar aparcamiento.

Giles, sin embargo, no lo consideró un problema. Aparcó delante del kebab, se subió al bordillo y salió del coche. El aroma a comida frita, combinado con una letanía de hierbas y especias, le invadió rápidamente las fosas nasales y le revolvió las tripas.

De repente, le apetecía una ración de patatas fritas. Pero no podía. Intentaba cuidarse, escapar del círculo vicioso de perder peso solo para volver a ganarlo tras ver el éxito que había tenido, para luego sentir asco de sí mismo antes de volver a perderlo. En ese momento, estaba en la fase de perder peso y había notado un progreso significativo. Cumplía con su rutina de ejercicio, comía sobre todo ensaladas (odiándose a sí mismo por ello) y ya había perdido unos cuantos kilos.

«Solo una ración de patatas con queso... —pensó, relamiéndose los labios con aire soñador—. No le hará daño a nadie».

El sonido de un claxon que pasó a toda velocidad lo sacó de su ensimismamiento y le recordó por qué estaba allí. Siguió a Fiona hasta la puerta principal. Un reguero de tráfico pasaba a su lado mientras esperaban.

Un instante después, apareció un hombre de unos treinta años, vestido con una camiseta negra ajustada y vaqueros negros. Tenía entradas y había intentado compensar la pérdida de pelo dejándose barba. Dos bolsas oscuras colgaban bajo sus ojos, como si acabara de despertarse tras dormir solo unas pocas horas.

—¿James Daniels? —preguntó Fiona, mostrándole su placa—. Mi compañero ha hablado con usted por teléfono, ¿no?

Daniels examinó la identificación con detenimiento. Sin decir nada, se hizo a un lado y los dejó entrar.

El interior de la discoteca era reducido, casi claustrofóbico. Dos modestas zonas de asientos flanqueaban una estrecha barra, con estanterías atestadas de botellas de todos los colores y tipos. Un par de mesas de mezclas de DJ dominaban un lado de la sala. Arriba, una celosía de luces estroboscópicas blancas colgaba del techo. Con la claridad de la luz del día, la ilusión se rompía. Lo que apenas unas horas antes había vibrado con energía, ahora parecía desnudo y expuesto. El aire estaba cargado del olor a alcohol rancio, al humo acre de la sala y al amargo regusto del arrepentimiento, pegado a los muebles rozados, a las paredes... a todo. Como si se negara a marcharse.

James Daniels estaba de pie en el centro del espacio. El nerviosismo plagaba su expresión, pero intentaba disimularlo cruzando los brazos y apoyándose en una columna negra.

—Mi compañero le ha explicado por qué estamos aquí, ¿verdad? —preguntó Fiona.

—Sí.

—¿Podríamos sentarnos en algún sitio? ¿Un despacho, quizá?

—Arriba —dijo James, luego se dio la vuelta y desapareció por la esquina, antes de conducirlos por una puerta trasera y subir por una escalera estrecha y serpenteante.

Arriba, el pasillo solo era lo bastante ancho para pasar de uno en uno. Perfecto para ellos. No tanto cuando estás borracho y tienes prisa por ir al baño.

Entraron en el despacho de James. Dentro había un pequeño escritorio y dos sillas de cuero negro. James y Fiona se sentaron mientras Giles permanecía de pie. Fiona se metió la mano en el bolsillo y sacó una foto de Claudia Bellini que habían cogido de sus perfiles en redes sociales.

—¿Cuánto tiempo lleva con este local? —preguntó ella.

—Tres años. Acabamos de empezar el cuarto. Y no hemos tenido ni un incidente desde entonces.

—Con la excepción de anoche —dijo Fiona asintiendo suavemente.

—Cierto —respondió James, pillado por sorpresa—. Pero el incidente no ocurrió aquí, no en el local, ¿verdad?

—No, hasta donde sabemos —replicó Fiona.

—Así que hemos mantenido nuestro historial intacto. Quiero que este sea un lugar seguro para que la gente venga, se lo pase bien y cree recuerdos. No quiero que lo que pasó anoche manche esa reputación. Y no me creo esa patraña de que «no existe la mala publicidad». Sí que existe si la gente se cree lo que lee y deja de venir.

Fiona jugueteó con la fotografía en sus manos, manteniendo la imagen fuera de la vista. —¿Qué puede decirnos sobre anoche?

—Solo lo que me dijeron por teléfono y lo que he visto en internet.

—¿Estaba usted trabajando?

—Siempre.

—¿Alguien más?

—Michaela, mi camarera.

—¿Eso es todo?

—Somos un bar pequeño. No necesitamos mucha gente para llevarlo.

Fiona le pasó la fotografía de Claudia Bellini a James. —¿La reconoce?

James miró la foto durante unos segundos antes de negar con la cabeza. —No me suena. Nunca se me han dado bien las caras, y cada noche entra tanta gente que, a menos que sean clientes habituales, no me acuerdo de ellos.

—Estuvo aquí entre las once y media y la una, más o menos —

dijo Fiona—. Vino con algunos de sus compañeros de piso de la universidad.

—Anoche tuvimos muchos estudiantes —dijo él—. La semana de bienvenida es una de nuestras semanas más ajetreadas.

—Pasó toda la noche con alguien. Nos preguntábamos si podría identificarlo por nosotros.

La pregunta era retórica, y James lo sabía. Se frotó los brazos, pensativo. —No la reconozco y no sé nada de que estuviera con alguien. Estuve demasiado ocupado detrás de la barra. Pero si creen que puedo ayudar de alguna manera, claro, díganmelo.

Fiona señaló el ordenador. —¿Tienen cámaras de seguridad?

—Se podría pensar que sí —dijo él, frotándose el brazo con más agresividad—. Pero no.

—¿No?

—Porque nunca hemos tenido ningún problema. Nunca las hemos necesitado. Nunca nos han robado. Nunca hemos tenido ningún altercado. Nuestros vasos son de plástico. Nadie ha sido agredido nunca. La gente solo quiere ponerse ciega y pasárselo bien. Ese es el tipo de público que atraemos aquí.

—¿Drogas? —preguntó Fiona.

Giles estaba seguro de que habría pruebas de ello por todos los baños.

—Intentamos controlarlo todo lo que podemos, pero ¿de qué servirían las cámaras?

—Podría pillarlos y prohibirles la entrada.

Una pequeña risita asomó al rostro de James. Miró alternativamente a Fiona y a Giles, casi perplejo. —¿En serio? ¿Con la que está cayendo? ¿En un momento en que esta generación de chavales bebe y sale cada vez menos? No voy a rechazar el único negocio que tengo. Si hago eso, este sitio desaparecerá, y yo también. Obviamente, no estoy diciendo que apruebe el consumo de drogas, pero no voy a cortarle el grifo a este negocio.

Fiona le quitó la fotografía a James y se la guardó en el bolsillo del abrigo. Luego, metió la mano en el otro bolsillo y sacó una tarjeta de visita.

—Nos gustaría hablar también con Michaela. Quizá ella

recuerde más. Necesitaré sus datos de contacto y su dirección. Aquí tiene mis datos por si alguno de los dos los necesita.

James cogió la tarjeta con cautela antes de examinarla durante un largo momento.

—¿Quieren que los acompañe a la salida? —preguntó.

—No sin antes obtener la información de contacto de Michaela.

CAPÍTULO
DOCE

Durante los primeros minutos del trayecto, condujeron en silencio. Stephanie vigilaba de cerca su forma de conducir, sin perder de vista el dichoso embrague que llevaba meses dándole la lata. Quería causarle una buena impresión a Eve; que era ella quien controlaba el coche y no al revés. Era solo una de sus inquietudes.

Cuando llegaron al final de la cuesta que salía de Mount Browne, la jefatura de la policía de Surrey, el sol se coló por un claro entre las nubes.

—Qué buen tiempo para tu primer día —dijo.

—He soñado que iba a diluviar —respondió Eve—. Y luego me he despertado para hacer pis.

Stephanie se rio entre dientes. —¿Qué tal lo llevas?

—Genial, de momento —respondió Eve con una sonrisa exuberante, casi infantil—. Estaba, pues, un poco nerviosa al principio, pero todo el mundo ha sido encantador hasta ahora.

Su rostro resplandecía con un optimismo juvenil e ingenuo.

—Aunque este caso me preocupa un poco —añadió. Cuando Stephanie se giró hacia ella, Eve hizo un gesto de disculpa con la mano—. También estoy emocionada. O sea, no me malinterpretes. Estoy emocionada, tengo muchas ganas, pero, a la vez, también estoy nerviosa, ¿sabes? Es mi primer caso.

Stephanie sonrió con ironía. La inocencia y la ingenuidad de Eve se traslucían en su forma de hablar.

—Yo me sentí igual en mi primer día —añadió Stephanie—. Quitándole lo de mearme encima.

—¿En serio? —dijo Eve como si acabara de descubrir el fuego.

—Fue hace mucho tiempo, cuando empezaba con el uniforme. Un tipo se dio a la fuga tras un atropello y entró en casa de alguien. Entré a por él con un compañero y lo detuve.

—¿Literalmente?

—Literalmente.

—Hala —dijo con auténtico asombro.

—Recuerdo que pensé que era lo más estúpido que podría haber hecho, pero también lo *único* que podía hacer. La adrenalina fue lo que me ayudó a superarlo.

—Qué valiente —respondió Eve—. A mí nunca me pasó nada parecido cuando iba de uniforme. La mayoría eran avisos de gente mayor y ocuparse de incidentes de tráfico leves.

—Todo es parte necesaria del trabajo. Lo que ves y vives ahí te prepara para el resto de tu carrera.

Eve empezó a morderse los dedos antes de apartarse el pelo detrás de la oreja. —Lo dices por decir, porque yo nunca he visto un cadáver.

—¿No?

—Solo estuve de uniforme literalmente doce meses antes de que me trasladaran, y lo peor que vi fue a alguien desde el otro lado de la habitación, no de cerca, ¿sabes a lo que me refiero?

Stephanie asintió. —Eso cambiará cuando asistamos a la autopsia.

Parte del brillo juvenil del rostro de Eve se desvaneció.

—Tendrás las próximas dos horas para prepararte. Pero no te preocupes, estarás bien. Como ya te he dicho, la adrenalina te ayudará a superarlo. Y si hace falta, tendremos un cubo a mano.

Eve soltó una risita nerviosa mientras su atención se posaba en el salpicadero con tranquila incomodidad. La idea de los cadáveres comenzó a consumirla rápidamente.

En ese momento, Stephanie sintió crecer en su interior un impulso sobreprotector que no había experimentado en años. Desde que ella y su hermana se habían hecho mayores y se habían distanciado, había permanecido latente, pero nunca había desaparecido. Eve le recordaba a su hermana pequeña en muchos aspectos —su ingenuidad, su inocencia juvenil, su entusiasmo y empuje, por no mencionar sus gestos y su forma de hablar—, y, de repente, Stephanie sintió que su instinto de hermana mayor se activaba.

Quería guiar a Eve, moldearla y convertirla en una agente buena, sólida y completa. Pero también quería protegerla, escudarla de las duras realidades y los horrores que el mundo podía ofrecer.

Una tarea en la que, en su mayor parte, había tenido éxito con su hermana. Por lo menos, en lo que concernía al mayor mal que ambas habían conocido.

CAPÍTULO
TRECE

Según había aprendido enseguida, gran parte de ser inspectora jefa de policía consistía en tener el control.

No solo de su equipo y de lo que sucedía en la investigación, sino también de lo que ocurría fuera de ella. Manipular y mover los hilos desde el puesto de mando de su mente. Además, si controlaba la investigación, se controlaba a sí misma. Y viceversa. Ambas cosas iban de la mano.

Era algo que siempre había hecho, algo que se había visto obligada a aprender de niña: la necesidad de sentir que tenía el control, no solo de sí misma, sino también de su hermana.

Si estaba al mando, no podían hacerle daño. Ni a su hermana tampoco.

Las mismas reglas se aplicaban a una investigación importante. Si ella estaba al timón, todos salían beneficiados, y tener un control férreo del flujo de información que se filtraba a la opinión pública era una parte fundamental. En Essex había desarrollado una estrecha relación con varios periodistas de los periódicos locales. Controlaba los mensajes y la información que se les filtraba y, a cambio, ellos la ayudaban con cualquier obstáculo o contratiempo que pudiera encontrar.

Era una relación bidireccional.

Llegaron a la sede del *Surrey Live* en Guildford veinte minutos después. El edificio era un gran bloque que se alzaba por encima de los árboles, erigido como un centinela de ladrillo rojo a orillas del río Wey. Antaño un almacén victoriano, su fachada se elevaba cinco pisos y su simetría solo se veía rota por la descolorida puerta blanca marcada con la palabra «Private» y el protuberante muelle de carga suspendido sobre soportes de hierro. Grabado en lo alto del ladrillo estaba el antiguo nombre del periódico: The Surrey Advertiser.

En el interior, el ambientador de lavanda no conseguía enmascarar el olor a madera podrida y a moqueta de hacía décadas.

Mientras Stephanie y Eve subían los escalones hacia el segundo piso, oían el tecleo furioso en los teclados y, al llegar a la puerta abierta, el sonido se intensificó. Para sorpresa de Stephanie, solo había cuatro personas dentro creando aquel estruendo, con la atención centrada exclusivamente en las pantallas de sus ordenadores y ajenas a su llegada.

Stephanie llamó a la puerta.

El hombre más cercano a ellas se giró en su silla y se les acercó. Cerca de los sesenta, llevaba un traje que le quedaba tres tallas grande. O había perdido mucho peso, o ya no tenía a nadie que le aconsejara qué talla de traje comprar.

—¿En qué puedo ayudarlas? —preguntó.

Stephanie se presentó a sí misma y a Eve, y pidió hablar con el responsable.

—Ese soy yo. Louis Brown.

Stephanie le estrechó la mano. Su apretón fue más firme de lo que esperaba.

—Soy el director del *Surrey Live* —continuó—. ¿Hay algo en lo que pueda ayudarlas?

—Solo quería presentarme —dijo ella—. Hacerme una idea de cómo trabajan y de cómo podemos colaborar.

Los ojos de Louis se oscurecieron, al igual que el resto de la habitación, cuando una nube se tragó la luz del sol.

—Pasen a mi despacho —dijo.

Su «despacho» era una pequeña cafetería a la vuelta de la esquina del edificio. Pidieron las bebidas en el mostrador y encontraron una mesa junto a la ventana, rodeados de clientes que pedían el almuerzo.

—Hacen un sándwich a la plancha de pollo y pesto que está de muerte —dijo él.

—No hemos venido a comer —replicó Stephanie. No tenía apetito—. ¿Cómo ha colaborado con la policía de Surrey y con el Equipo de Investigación de Delitos Graves en el pasado?

Louis se lamió el café de los labios. —Ha sido una forma de trabajar bastante estándar —explicó—. Siempre hemos estado muy agradecidos al equipo por proporcionarnos la información solicitada. Ya sé que no somos los que más pintamos, pero recibimos a muchos residentes locales pidiendo información sobre asuntos de la zona, y mucha gente confía en nosotros, sobre todo en lo que respecta a Surrey. A veces tenemos la información. A veces no. La mayoría de las veces no podemos informar de nada porque nuestros periodistas no se enteran o, para cuando llegan, es demasiado tarde. Y si es demasiado tarde, la comunicación puede resultar complicada. Hacemos lo posible por no perjudicarlos ni pisarles el terreno.

—¿Con quién ha estado trabajando últimamente?

Otro sorbo. A este ritmo, se terminaría la bebida antes de empezar a responder a la pregunta. —Últimamente con Devon, desde que se fue su predecesor.

Eso era lo que temía. En Essex, ella y su antiguo sargento, Caleb Morgan, habían gestionado de cerca la relación con la prensa, trabajando juntos como un equipo. Con Devon, sin embargo, intuía que esa asociación sería, en el mejor de los casos, unilateral, si no inexistente.

—Pienso trabajar de una forma un poco diferente —dijo ella, enderezando la espalda—. Para empezar, yo seré su principal punto de contacto. Sé que es un poco heterodoxo, pero me gusta estar al mando del flujo de información en ambas direcciones. Considero que usted y su equipo son un activo valioso y, por experiencia, sé que pueden ser un factor decisivo a la hora de ayudar en las investigaciones. Lo que imagino es una asociación bidireccional. Les daré toda la información que pueda, preferiblemente a ustedes primero. Y, a cambio, ustedes me pasarán cualquier pista u orientación que pueda ser relevante. —Entrelazó los dedos en un gesto metafórico—. ¿Qué le parece?

p>

Louis alternó la mirada entre Stephanie y Eve. En su mente, tenía sentido. De hecho, era demasiado bueno para ser verdad. Nunca se le habían acercado de esa manera en sus veinte años de historia en la publicación. Se tomó un momento para considerar su respuesta.

—Aunque en teoría suena bien —dijo en voz baja—, tendremos que esperar a ver cómo resulta en la práctica.

—No hay mejor momento que el presente —empezó Stephanie —. Tengo una noticia para usted de la universidad. ¿Tiene papel y bolígrafo?

CAPÍTULO
CATORCE

Había tenido cuidado de omitir el elemento más importante: el descubrimiento del muñeco de vudú en la escena del crimen. Sí, quería empezar su relación profesional con buen pie, pero todavía no quería desvelar toda la información. No cuando no sabían lo que significaba.

Control. Eso era lo que había dicho su antiguo inspector jefe. Controla el flujo de información y tendrás a todo el mundo a tus pies, suplicando más. Cuanto más supliquen, más dispuestos estarán a ayudar.

Poco después de salir de la cafetería, Stephanie recibió una llamada de alguien que decía trabajar con el patólogo asignado al cuerpo de Claudia Bellini para confirmar que estaban listos para su visita y la de Eve.

El trayecto hasta el hospital universitario de Surrey se vio plagado de tráfico a la hora de comer y, tras sortear varias rotondas y semáforos, llegaron con cinco minutos de retraso.

El depósito de cadáveres estaba sepultado en la parte más baja y solitaria del edificio, olvidada por la luz del sol, donde el aire estaba cargado de antiséptico y pena. No había ventanas. Solo una extensión de pasillos grises que se tragaban el sonido y parecían resonar con los susurros suaves y persistentes de los muertos.

Steph odiaba asistir a las autopsias. Había visto su primer cadáver a los nueve años; un momento que se le había quedado marcado a fuego en los huesos. Desde entonces, la muerte se había convertido en una compañera silenciosa y persistente. Conocía su olor, su quietud, el silencio antinatural que traía a una habitación. Y, sin embargo, a pesar de los años, a pesar del uniforme y la placa, nunca se había vuelto más fácil.

Los muertos la turbaban, no por lo que eran, sino por lo que ya no podían ser. Cada uno yacía allí inacabado, una vida truncada a media respiración, a medio pensamiento. Una adolescente con la garganta rajada que nunca haría los exámenes. Un hombre de mediana edad que había sufrido un infarto y nunca pediría perdón. Una mujer que todavía llevaba el esmalte de uñas desconchado, con los dedos asomando por debajo de la sábana, que nunca volvería a pintárselas.

En el fondo de todo, a veces, Steph encontraba consuelo allí. En el silencio. En la certeza. Los muertos no podían hacerle daño. No podían gritar ni mentir ni levantar la mano.

A diferencia de los vivos.

—Debe de ser usted Steph —dijo una voz desde el otro extremo de un largo pasillo.

—*Stephanie* —respondió ella mientras se acercaba.

La voz pertenecía a Leanna Moore, la patóloga del Ministerio del Interior. Se había quitado la pantalla protectora y se había bajado la mascarilla para revelar unos labios finos enmarcados por un rostro estrecho. Debajo del traje de papel, vestía una combinación multicolor de ropa. —Encantada de conocerla. Estoy segura de que nos iremos conociendo a partir de ahora. Supongo que está aquí por la chica, ¿y no por la fascinante conversación? —dijo.

—Por ambas cosas.

El rostro de Leanna se abrió en una sonrisa. —Aquí abajo somos muy complacientes. Todos nuestros huéspedes se lo pasan de maravilla.

—Seguro que todavía no ha recibido ninguna mala reseña —dijo Eve mientras Leanna ponía la mano en la pesada puerta cortafuegos.

Al abrirse la puerta, Eve palideció y se quedó paralizada. Leanna se percató de su vacilación y retrocedió al pasillo.

—¿Es su primera vez?

Eve asintió, con la mirada perdida en la puerta.

—Uno se acostumbra al olor. Al final. Es como la moqueta de un pub al final de la noche, aunque no le recomiendo que saque la lengua. Visto uno, vistos todos. —Leanna volvió a poner una mano en la puerta y se giró hacia Stephanie—. ¿Usted está bien?

—¿Yo? Estoy bien.

—Estupendo. Porque solo tengo una fregona.

La sala de autopsias era fría y clínica, con las paredes pintadas de un tono de blanco que hacía que todo pareciera demasiado limpio. Las encimeras de acero inoxidable relucían bajo la dura luz de los fluorescentes y, en el centro de la sala, sobre una mesa de metal, yacía Claudia Bellini, desnuda. Sin la ropa, Claudia estaba más delgada de lo que Stephanie había supuesto. Las costillas, la clavícula y la pelvis sobresalían de forma prominente bajo su pálida piel. Un ligero hematoma le rodeaba la garganta como un collar apretado. Tenía los brazos a los lados y las uñas de las manos pintadas de un azul cielo desconchado.

Un pequeño pájaro grabado en la muñeca de la chica le llamó la atención a Stephanie. Se quedó inmóvil, con la mirada fija en las alas extendidas en pleno vuelo. Su madre tenía un tatuaje similar; uno que Steph solía reseguir de niña. Se llevó la mano al collar de su madre y lo apretó. Inmediatamente, los latidos de su corazón, que se habían acelerado, empezaron a remitir.

La solemnidad de la sala se veía distorsionada por The Rolling Stones, que sonaban a todo volumen por los altavoces. Leanna se dirigió a una mesa de trabajo en la esquina y bajó el volumen antes de reunirse con Eve y Stephanie en la puerta. Ambas inspectoras se habían puesto trajes protectores y mascarillas.

Leanna se acercó arrastrando los pies hacia el cuerpo y luego les hizo una seña para que se acercaran. Stephanie dio el primer paso, pero luego vaciló, esperando a que Eve la siguiera. Los movimientos de la inspectora novata eran cautelosos y deliberados, como los de un cachorro de león que se acerca a un cadáver por primera vez. Stephanie la observó atentamente, caminando a su lado a cada paso. Reprimió el impulso de cogerle la mano y apretársela con fuerza.

Leanna las observó con silenciosa reflexión mientras se acercaban.

Eve dejó escapar un pequeño y agudo jadeo en cuanto vio la cara de Claudia.

—Se hace más fácil —susurró Stephanie—. Confía en mí. A mí me gusta hacer como que están durmiendo.

Incapaz de apartar la mirada del cuerpo de Claudia, Eve asintió lentamente.

—Claudia Bellini —comenzó Leanna, para hacer avanzar la conversación—. Dieciocho años y medio. Pelo castaño, ojos marrones. Cincuenta y ocho kilos. Ciento sesenta y ocho centímetros. —Se dirigió a la cabeza de la víctima, señalando su cuello—. Los hematomas y las marcas en la piel indican que fue estrangulada o asfixiada.

—¿Esa es la causa de la muerte?

Un asentimiento.

—¿Huellas dactilares? ¿ADN?

Negó con la cabeza. —No fue obra de unas manos —dijo.

Stephanie soltó el collar de su madre. —¿Qué usaron para matarla?

—A juzgar por su tráquea aplastada, diría que algo más fuerte, más grande. Una rodilla, quizás.

—¿Su asesino se arrodilló sobre su garganta? —preguntó Eve. Para sorpresa de Stephanie, estaba aguantando el tipo extraordinariamente bien. No había vomitado. No se había desmayado. No había roto a llorar, aunque, por el enrojecimiento de sus ojos, posiblemente era solo cuestión de tiempo. Quizá era la conmoción. Quizá estaba demasiado aturdida, demasiado desconcertada para hacer otra cosa que no fuera mantener los ojos fijos en la cabeza de Claudia Bellini.

—Sí, esa sería mi hipótesis. Algo que casi le habría aplastado la tráquea y que finalmente la asfixió.

—¿Cuánto tiempo habría estado encima de ella?

—Con esa presión en la garganta, un par de minutos.

Eve miró alternativamente a Stephanie y a Leanna. —¿No la habría oído nadie? ¿No habría gritado?

Ahora fueron Leanna y Stephanie las que se miraron, decidiendo en silencio quién debía responder.

—Perdonad si hago demasiadas preguntas —dijo, con un tono de pánico y cohibido.

—No te disculpes —respondió Stephanie—. Las preguntas son buenas. Así es como se aprende. Y recuerda...

—No hay preguntas tontas —terminó Eve.

Stephanie sonrió en respuesta. Eso era exactamente el tipo de cosas que diría su hermana.

—De todas formas, estás haciendo todas las preguntas que yo tenía en mente. A este paso, me quedaré sin trabajo y no necesitaré bajar la próxima vez. Pero en respuesta a tu pregunta, planteas una cuestión válida. Sin embargo, a esa hora de la noche, la única persona en su planta era Shun-Chow. Anotaré que alguien hable con él para averiguar si oyó algo. Y, Leanna puede corroborarlo, pero si el asesino tenía la rodilla en la garganta de Claudia, lo último que habría podido hacer es emitir un sonido.

Leanna asintió.

Eve pareció profundamente insatisfecha con esa respuesta. —¿No se defendió?

—Por lo que tengo entendido, estaba increíblemente borracha. Puede que incluso le hubieran echado algo en la bebida. Podría haber intentado defenderse, pero en su estado, no habría servido de mucho. Si lo hubiera hecho, Leanna habría encontrado ADN bajo sus uñas. —Stephanie se giró hacia la patóloga, ofreciéndole una mirada expectante con una ceja arqueada.

—Parece que yo también me quedaré sin trabajo, a este paso. —Leanna se ajustó la mascarilla, apretándosela contra la nariz mientras se dirigía a las manos de Claudia—. He tomado muestras, pero debajo de esas uñas azules no he encontrado nada. La almohada asfixiándola probablemente tampoco ayudó. Su asesino se curó en salud. Rodilla en la garganta, almohada en la cara. No habría durado mucho.

Había algo brusco, algo crudamente objetivo en esa afirmación que desconcertó a Stephanie. Se detuvo a imaginar la escena:

Claudia entrando a trompicones por la puerta del dormitorio, riendo, colgada del cuello de su amante, haciéndole callar cuando él emitía un sonido. Luego él la arrojaba sobre la cama, inmovilizándola con la rodilla, aplastándole la tráquea. ¿Había estado consciente? ¿Sabía lo que estaba pasando? ¿Había pensado que era parte de un juego sexual al que no había consentido?

Esa particular línea de pensamiento provocó la siguiente pregunta de Stephanie: —¿Hay algún signo de agresión sexual?

Bajo la mascarilla, Leanna frunció los labios. —Absolutamente nada. Me llegó completamente vestida y murió completamente vestida. No hay signos de penetración vaginal o anal. He echado un vistazo y su himen sigue intacto.

—¿Era virgen?

Leanna asintió.

—¿Hay algo más que debamos saber?

Leanna recorrió con la mirada todo el cuerpo desnudo de Claudia. —No mucho más en relación con la causa de la muerte; sin embargo, algunas cosas que quizá le resulten interesantes son que definitivamente estaba borracha —pude olerlo en cuanto la abrí—, pero no había sido una gran bebedora antes de esto.

—Natural, dada su corta edad y que acaba de empezar la universidad.

—Cierto. Sin embargo, sí que he detectado algunos daños que esta joven le había hecho a su cuerpo.

—¿Como qué?

Leanna se acercó a la boca de Claudia y la abrió, revelando una dentadura mal cuidada. —Se provocaba el vómito —dijo.

—¿Que se provocaba el vómito? —preguntó Eve.

Stephanie cerró la boca casi involuntariamente.

—El esmalte de sus dientes está gravemente desgastado por los vómitos excesivos. Tiene varios desgarros en el esófago. Sus riñones están en muy mal estado. No creo que tuviera la regla desde hacía unos meses y sus huesos eran ligeramente menos densos de lo que esperaría de alguien de su edad. No los he analizado, pero estoy segura de que sus niveles de potasio y sodio serían alarmantemente bajos. Si tuviera que decirlo, lo más probable es que tuviera un trastorno alimentario; uno con el que había luchado durante muchos años. Diría que la última vez que vomitó fue varias horas antes de su muerte.

Stephanie volvió a poner la mano en el collar de su madre y cualquier hambre que sintiera desapareció. El impulso de meterse un chicle en la boca regresó, pero lo reprimió tragando saliva profundamente.

—Gracias por eso —dijo lentamente—. Eso es de gran ayuda.

Justo cuando estaba a punto de apartar la atención del cuerpo sobre la mesa, Eve hizo una seña de que quería decir algo.

—Espero que no os importe que diga esto, pero... —Se rascó la cabeza—. Estoy un poco inspirada por vosotras dos.

Stephanie y Leanna se miraron con curiosidad. Ninguna de las dos tenía idea de a qué se refería.

—Creo que sois una inspiración —continuó Eve—. Mujeres en puestos de alto rango. Me estáis demostrando que se puede conseguir.

Leanna resopló. —Miro a gente muerta todo el día. No hay nada glamuroso en eso.

—Pero es importante.

Stephanie le sonrió cálidamente. Ella sentía lo mismo. Esa incesante necesidad de demostrar su valía —de ser mejor, más aguda, más dura, más orientada a su carrera— nunca había desaparecido. Se había vertido en el trabajo como hormigón, dejándolo fraguar alrededor de las grietas de quien solía ser. Las amistades se habían desvanecido. Había perdido el contacto con su hermana. El amor, cualquiera que fuera su forma, había quedado en la puerta hacía años. Pero había seguido ascendiendo. No por la gloria. Ni siquiera por sí misma. Por momentos como este. Si ella tenía que llevarse los golpes para que gente como Eve pudiera ascender sin sufrir, que así fuera. Merecía la pena.

CAPÍTULO
QUINCE

Devon apagó el cigarrillo contra la pared, con la última calada de humo aún picándole en los pulmones. La retuvo un instante, dejando que las toxinas se extendieran por su cuerpo, antes de soltarla lentamente entre los labios fruncidos. El tabaco le ayudaba a calmar los nervios, a aplacar la irritación que se le enroscaba en el pecho y se encendía cada vez que pensaba en Stephanie. Había irrumpido como si el caso fuera suyo —una advenediza que no sabía nada de la zona ni del equipo— y los estaba llevando en la dirección equivocada. Estaba demasiado centrada en el mierdecilla que se había ido a casa con la víctima, pero Devon sabía que ese no era el camino a seguir. Su atención debía centrarse exclusivamente en la muñeca descubierta en la escena del crimen.

La sala de operaciones estaba en silencio cuando volvió a entrar, a media luz por el resplandor grisáceo del final de la tarde. La mayor parte del equipo estaba en sus mesas, trabajando en silencio en las tareas que Stephanie les había encomendado: Giles, Olivia, Fiona y Noah. Los miembros originales del equipo. La gente en la que confiaba.

Devon dio una palmada, seca y deliberada, para atraer la atención de la sala.

—Fiona, Giles, ¿en qué estáis trabajando?

Giles abrió y cerró la boca como un pez. Odiaba que lo pusieran en evidencia.

—Intento contactar con el camarero del Red One.

—¿Fiona?

—Buscando grabaciones de videovigilancia del camino a casa de Claudia anoche —respondió, con más claridad que su compañero agente.

—¿Noah?

El otro sargento se apartó de su mesa y se reclinó en la silla con su habitual estilo relajado.

—Pasando notas a limpio —fue todo lo que dijo.

Devon señaló hacia el fondo de la oficina.

—¿Wellard? La misma pregunta para ti.

—Gestionando el HOLMES, sargento. Llevo toda la mañana metiendo datos en este puñetero sistema y creo que algo interfiere con el wifi, porque está siendo una pesadilla. He tenido conexiones de internet por línea conmutada más rápidas que esta.

—A lo mejor es la muñeca de vudú —comentó Giles.

Devon dirigió su atención al tablón de incidencias de la pared. Entrecerró los ojos y se fijó en la foto de la muñeca de vudú, que habían sujetado con una chincheta roja. Se apresuró a acercarse y la arrancó del tablón.

—Acabo de hablar con la inspectora Broadbent y dice que tenemos que cambiar de táctica. —Dio varios golpecitos a la fotografía de la muñeca de vudú—. Esta es nuestra máxima prioridad. Tenemos que averiguar de dónde ha salido, a quién pertenece y qué significa.

—¿Y qué hay de nuestras otras tareas? —preguntó Fiona.

A Devon no le gustó la insinuación en su tono.

—Dejad todo lo que estéis haciendo y haced lo que os voy a decir: tenemos que encontrar o traer a un experto local en vudú. Si no, Fiona, ya que lo has pedido con tanta amabilidad, te nomino a ti para que hagas la investigación por mí.

La expresión de Fiona se agrió.

—Lo siguiente, quiero que el análisis de la muñeca y de la huella del microondas se envíen al laboratorio con carácter de urgencia. Los especialistas tienen que agilizarlo lo más que puedan. No importa lo que cueste. Noah, ¿puedo dejártelo a ti?

Noah hizo una pistola con el dedo en dirección a Devon mientras giraba en su silla.

—¿Y yo qué, sargento? —preguntó Wellard, asomando la frente por encima del monitor de su ordenador.

—Sigue haciendo lo que estás haciendo. Avísame si persisten tus problemas de conexión.

Wellard bajó lentamente la cabeza hasta su posición normal sin responder.

—¿A qué se debe este cambio repentino de dirección, Devon? —preguntó Fiona. Esta vez tuvo la cortesía de levantar el brazo, lo que Devon agradeció enormemente.

—Le he insistido a Steph en la importancia de la muñeca. Ya estaba dudando, y estamos de acuerdo en que el cuchillo en la muñeca podría significar el método de asesinato que se utilizará en una posible segunda víctima. Si no tenemos cuidado, podríamos tener entre manos a un asesino en serie.

Una ola de solemnidad recorrió la oficina.

—Cambiando de tema, *también* he dejado caer la idea de ir al pub después de terminar aquí. Para conocer un poco mejor a Eve y a Steph.

—Pensaba que le gustaba que la llamaran Stephanie —comentó Fiona. Había oído a uno de los informáticos cometer ese error mientras montaban la mesa de la inspectora.

Devon desestimó el comentario con un gesto de la mano como si espantara una mosca.

—¿Quién se apunta?

Nadie respondió de inmediato.

—Lamentablemente, la inspectora Broadbent se ha negado —dijo—. Todavía le queda mucho por deshacer las maletas. Pero sé que Eve se apuntará.

Eso esperaba. Tendría que preguntárselo y hacer todo lo posible por convencerla.

Finalmente, tras unos instantes de persuasión silenciosa, mirándolos con ojos severos, todos aceptaron.

CAPÍTULO
DIECISÉIS

Enclavado junto al río Wey, en pleno centro de Guildford, The Weyside solía estar abarrotado de gente a todas horas: los que comían entre semana, los que iban a tomar algo después del trabajo y todo lo que te puedas imaginar. Patos y gansos serpenteaban con elegancia por el agua, flotando de un lado a otro y apartándose para dejar pasar a los piragüistas y las barcas por su hogar. Había sido el bar de siempre del equipo durante los últimos cinco años y todos conocían a la dueña, Cindy, como si fuera una más de ellos.

Fueron llegando uno a uno, deshaciéndose tanto de los abrigos como del peso del día a partes iguales. Devon fue directo a la barra, listo para pedir la ronda de siempre y un gin-tonic extra para Eve. Giles se dejó caer en el reservado de la esquina y Fiona y Noah se acurrucaron a su lado, mientras que Eve se colocó en el borde del reservado, al otro lado de Noah. Olivia arrastró una silla de una mesa cercana y se desplomó en ella.

En cuanto llegaron las bebidas —cervezas, gin-tonics y una sidra solitaria para Noah—, algo en el grupo se relajó. Durante las próximas horas, no serían más que gente normal. Podían olvidarse de los horrores que habían presenciado. Habían dejado sus demonios en la puerta hasta que se vieran obligados a recogerlos de camino a casa.

—Bueno —empezó Devon, levantando su pinta en el aire—, en nombre del equipo, solo quería dar una gran bienvenida a la agente

Hope. Veo que ya estás encajando bien y sospecho que te irá de maravilla con nosotros. Tengo muchas ganas de trabajar contigo y ver de lo que eres capaz.

Un vítor resonó alrededor de la mesa. Levantaron los vasos, los chocaron y luego dieron un sorbo unánime y festivo a sus bebidas.

Eve dejó con cuidado su vaso sobre la mesa, con una sonrisa radiante. En el breve lapso de las pocas horas transcurridas desde que entró por primera vez en la oficina, había pasado de ser una mujer tímida e insegura de sí misma a alguien que parecía llevar allí años y ser una parte fundamental del equipo.

—Gracias, sargento —empezó, marcando el hoyuelo de su mejilla—. No habría sido capaz de conseguirlo si no fuera por vosotros, que sois un encanto. De verdad que agradezco todo lo que habéis hecho por mí hoy. Habéis sido fantásticos y estoy superagradecida de estar en un equipo como el vuestro; sois infinitamente mejores que la gente con la que trabajaba antes. Es una pena que Stephanie no haya podido venir.

Todas las miradas se volvieron hacia Devon, esperando ansiosas su respuesta. Él se escondió tras su vaso de Guinness. —Quizá en otro momento —respondió. Deseoso de cambiar de tema, se volvió hacia Eve—. ¿Qué tres cosas interesantes deberíamos saber sobre ti? ¿Qué tipo de cosas contarías en una primera cita?

Eve dejó el vaso sobre la mesa. —Ya me gustaría, para empezar. ¿Qué tal si jugamos a dos verdades y una mentira?

—Me *encanta* ese juego —dijo Olivia con entusiasmo.

—Adelante, pues —respondió Devon—. Eve primero. Impresiónanos.

Eve se lo pensó un momento, mirando su vaso, sumida en sus pensamientos. —Vale... Tengo once plantas de interior y todas tienen nombre; nunca me he roto un hueso; y puedo recitar de memoria todo el guion de *Chicas malas*.

Un silencio contemplativo se apoderó de la mesa mientras todos calculaban mentalmente cuál era la mentira entre las verdades.

—Me creo lo de *Chicas malas*, sin duda —dijo Giles, seguro de sí mismo—. Estoy convencido de que mi hermana también puede, y tiene más o menos tu edad.

—Me cuesta creer que nunca te hayas roto un hueso —dijo

Noah—. ¿En serio, nunca? Creo que yo me rompí el tobillo a los diez años.

—No todo el mundo es un temerario como tú —respondió Olivia con un gesto de desaprobación—. Creo que eso es lo más probable que sea verdad.

Eve asintió, confirmando la sospecha de Olivia. La mesa estalló en vítores.

—Venga, va —dijo Giles—, ¿cómo se llaman tus plantas?

Eve contó los nombres con los dedos. —Terry, Jeremy, Sir Prickles, Malik, Dresden, Eric, Kevin, Moira, Rhubarb, Petal McGee y Planty McPlanterson. Ahora te toca a ti. ¿Cuáles son tus dos verdades y una mentira?

El resto del equipo se miró con aire avergonzado. Giles señaló de inmediato con el dedo a Devon, que se estaba lamiendo los labios.

Se aclaró la garganta. —Muy bien, vosotros lo habéis querido: una vez me quedé encerrado en un pub toda la noche; tengo un tatuaje de un pingüino; y sé tocar el violín.

—El violín.

—Ni de coña tocas tú el violín.

—Si tú tocas el violín, yo soy Dave Grohl —dijo Giles.

Devon confirmó que su mentira era que no sabía tocar el violín. De hecho, no sabía tocar ningún instrumento. Era tan musical como un burro en medio del desierto de la Patagonia.

—Me muero por saberlo —dijo Eve, inclinándose hacia delante—. ¿Dónde está el tatuaje?

—¿Quieres verlo?

—Mientras no esté cerca de tu culo… —intervino Noah.

Con una sonrisa burlona, Devon se levantó de su asiento, se sacó la camisa por fuera del pantalón y se la levantó para mostrar un pingüino esquiador, con máscara de esquí y cicatriz incluidas, en las costillas.

—Vaya —dijo Eve—. Qué valiente. Yo tengo uno en la muñeca y ya me dolió bastante. ¿Qué se te pasó por la cabeza para hacerte eso y por qué te lo hiciste ahí, de entre todos los sitios?

—La inmadurez —respondió Devon mientras volvía a su asiento, dejando la camisa por fuera—. Tenía dieciocho años y estoy casi seguro de que fue por una apuesta. Durante mucho tiempo quise quitármelo, pero ahora le he cogido bastante cariño y es un buen tema para romper el hielo. Aunque intento no ir desnudo por ahí todo el tiempo. Bueno, ¿quién es el siguiente? ¿Noah?

A regañadientes, Noah compartió su versión del juego. —Casi me reclutan para el MI5. Una vez corrí una maratón disfrazado de plátano. Nunca he tomado una taza de café en mi vida.

La respuesta del equipo fue unánime: que había corrido la maratón como un plátano, únicamente porque no tenía el físico para ello. Rondaba la cincuentena y su estómago sobresalía como una sandía.

—Error —respondió, sonriendo como si acabara de terminar la maratón—. Lo hice cuando tenía veinte y tantos con un par de colegas. Pensamos que sería divertido participar disfrazados. Quedé el primero de un grupo de diez. Antes estaba bastante en forma. —Perdió rápidamente la concentración al empezar a rememorar una época en la que su sistema cardiovascular estaba en mucha mejor forma—. Mi mentira era que casi me reclutan para el MI5. Ligera vuelta de tuerca a la verdad: lo solicité, pero nunca me aceptaron. Ni siquiera pasé la primera fase del proceso de selección.

—Seguramente te vieron corriendo una maratón disfrazado de plátano y pensaron: «No podemos confiarle a este tipo secretos de Estado. Se resbalará por el camino en algún momento...» —dijo Giles, riéndose de su propio chiste. Pero como no tuvo la acogida que esperaba, añadió—: ¿He hecho un chiste? ¿Lo pilláis? Piel de plátano... derrapar... ¿como en *Mario Kart*?

Eve le puso una mano de consuelo en el antebrazo. —Lo hemos pillado todos —dijo—. Es que no nos ha hecho gracia.

—Qué borde —replicó Giles, dando un largo trago a su cerveza.

—Tu turno —dijo Devon.

—Ahora ya no quiero jugar.

—Deja de dar la nota —espetó Olivia.

La figura materna del equipo había hablado. Giles tardó apenas dos minutos en elaborar sus respuestas. —Una vez me hice viral en TikTok. Puedo aguantar la respiración más de cuatro minutos. Nunca he salido del Reino Unido.

—Tonterías —dijo Devon de inmediato, levantándose la manga para mostrar un reloj Tag Heuer—. Demuéstralo.

—Eso va en contra del objetivo del juego.

—Si es verdad, tienes que demostrarlo.

—Vale —murmuró Giles, encogiéndose de hombros.

—Yo creo que es lo de TikTok —respondió Olivia—. Te sigo en TikTok y nunca te he visto publicar nada.

Su argumento fue suficiente para convencer al resto del equipo. Devon y Noah no tenían ni idea, mientras que Eve no sabía lo suficiente sobre él como para tomar una decisión con convicción alguna. Aunque se lo estaba pasando en grande. Pensó que el juego, junto con el alcohol, era la forma perfecta de romper el hielo, la manera ideal de conocer mejor a su equipo. Era una lástima que Stephanie no estuviera allí para acompañarlos.

—Mi mentira es... —Giles tamborileó con los dedos en la mesa, creando suspense—. Sí que he salido del Reino Unido; unas vacaciones con los colegas cuando tenía dieciocho años.

Devon levantó la mano. —Espera un momento. ¿Estás diciendo que te has hecho viral en TikTok *y* que puedes aguantar la respiración cuatro minutos?

La convicción rezumaba del joven agente mientras asentía. —Participé en un TikTok que se hizo viral en la cuenta de un colega, y...

—¡Eso no cuenta! —intervino Eve, sintiéndose un poco achispada por el alcohol que circulaba por su torrente sanguíneo—. No fuiste *tú* el que se hizo viral.

Giles le puso la mano en la cara en broma. —Yo lo cuento.

Devon dio un golpecito a su reloj. —Aguanta la respiración. Demuéstralo.

Tras hacerse crujir los nudillos y las articulaciones del cuello, Giles inspiró profundamente varias veces antes de contener la respiración. Sus mejillas se hincharon todo lo que pudieron. Devon empezó a contar, con un ojo en el reloj y el otro en el pecho de Giles. Si el agente hacía el más mínimo movimiento o indicio de que estaba respirando ilegalmente, lo pillaría.

Durante los dos primeros minutos, nada. Ni rastro de esfuerzo, ni de que Giles estuviera haciendo trampas.

Pero después de otros veinte segundos, Devon vio que las fosas nasales del hombre se dilataban ligeramente. Justo cuando iba a llamarle la atención, Eve le pellizcó el puente de la nariz a Giles y, en pocos segundos, este se estremeció y soltó un jadeo.

—¿Qué haces? ¿Intentas matarme?

—Tramposo —dijo ella con orgullo, ante un coro de vítores. Un puñado de clientes del pub les dirigieron miradas de amonestación.

La última del equipo en jugar fue Olivia.

—Muy bien. Mi turno —dijo, limpiándose una gota de su gin-tonic de la comisura de la boca.

La mesa se inclinó para escuchar.

—Uno: conocí a mi marido en un concierto de Take That. Dos: di a luz a mi hijo en el asiento trasero de un Uber. Tres: hago mi propia ginebra en el garaje.

Hubo algunos murmullos.

—Me creo lo de Take That —dijo Giles—. Creo que probablemente también te casarías con tu *próximo* marido allí.

—Solo si fuera Gary Barlow. —Sonrió, lenta y satisfecha—. Es lo de la ginebra. Apenas sé hacer una tostada sin supervisión y no sabría ni por dónde empezar a destilar la mía. He ido a Silent Pool a probar la suya, pero yo nunca podría hacerlo. Probablemente acabaría bebiéndomela toda y emborrachándome como una cuba. En cuanto al Uber... la mejor propina que ha recibido ese conductor en su vida, me parece a mí.

—Espero que le dieras cinco estrellas después de eso... —comentó Noah.

Las risas recorrieron la mesa. Cuando fueron cesando, Devon se terminó la bebida, la dejó sobre la mesa y se levantó de la silla.

—Bueno —dijo, dando una palmada—. ¿Quién quiere otra?

CAPÍTULO
DIECISIETE

El microondas zumbaba en la angosta cocina con un ruido parecido al de un aspirador. Stephanie permanecía descalza sobre el linóleo frío, con los brazos cruzados con fuerza sobre el pecho, rodeada de cajas apiladas sin orden ni concierto, observando el plato girar con una apagada expectación. El aire estaba cargado del olor a plástico quemado y a queso artificial.

La cena: una lasaña que sin duda estaría apenas tibia por el centro, pero abrasadora por los bordes. Si es que lograba reunir el valor para comérsela.

Mientras la comida proseguía su viaje para convertirse en algo parecido a un plato comestible, su mirada se desvió hacia el cuarto de baño. La puerta estaba entornada lo justo para revelar el fino perfil de la báscula digital, guardada junto al inodoro. Al principio no se movió. Se limitó a mirarla fijamente, con un dolor que crecía en su mandíbula apretada.

Luego fue hasta allí de puntillas, en silencio, como si hacerlo con más ruido pudiera hacer que el edificio se le viniera encima. La báscula se encendió en cuanto rodeó una caja que llevaba escrito *¿BAÑO?* con un rotulador negro y grueso, y se subió sin hacer ruido. Se quedó mirando el número que apareció, luego espiró por la nariz y esperó a que volviera a parpadear.

No cambió.

Se bajó, sin decir palabra, y volvió al microondas justo cuando este pitó. El film de plástico que protegía la comida se había hinchado y roto. Lo retiró mecánicamente, liberando una columna de vapor que le quemó la cara.

La lasaña le pesaba en las manos mientras la llevaba al sofá. Apartó una caja a medio abrir con la etiqueta *LIBROS Y TRASTOS*, dejó la bandeja sobre la mesa de centro y se sentó.

Pero no comió.

Se quedó allí sentada, quieta y en silencio, viendo cómo el vapor se enroscaba hacia arriba y se desvanecía en la nada.

Pronto, la imagen de la pantalla del televisor que tenía delante se disolvió y fue reemplazada por la imagen de Claudia Bellini, tendida en la mesa de la morgue. La adolescente estaba delgada. Delgada de una manera que la hacía parecer frágil. El mismo aspecto que tenía y que sentía Stephanie a veces. Se había dado cuenta de que algo no iba bien con Claudia en el momento en que se acercó al cuerpo en el depósito. Las clavículas afiladas, las pálidas crestas de las costillas, demasiado visibles bajo su piel. Lo mismo que veía ella cada vez que se miraba al espejo.

Llevaba años librando la misma guerra silenciosa. Una que se luchaba con silencio. Y *en* silencio. La obsesión por comer, las purgas, las comidas que se saltaba, el rehuir la comida.

Desde hacía un tiempo, lo tenía bajo control. Había vigilado su peso de cerca, había estado pendiente de su salud mental. Pero desde la muerte de su compañero —desde el día en que se culpó por perder a una de las personas más cercanas de su vida—, había empezado a sentir que perdía el control, a sentir que volvía a caer en los viejos hábitos.

No lo haré.

No lo haré.

No *lo hagas.*

Stephanie parpadeó con fuerza y se llevó la mano al collar de su madre; de repente, las imágenes se desvanecieron. Se quedó mirando la lasaña. Aún humeante. Aún intacta. Su olor le revolvía el estómago. Se puso en pie, fue hasta la ventana y descorrió la cortina gastada y a medio colgar que había dejado el inquilino anterior. Fuera, las farolas iluminaban el cielo con un apagado tono ámbar y las hojas húmedas se pegaban al pavimento. Un par de faros de coche reptaron lentamente por la calle antes de desviarse hacia la oscuridad.

Necesitaba salir. Movimiento. Aire.

Sin volver a mirar la lasaña, entró en el dormitorio y se puso la ropa de correr: mallas, una camiseta de manga larga y unas zapatillas que habían visto demasiados kilómetros y muy pocos descansos. Sin música, sin móvil, solo ella y la noche.

Se ató los cordones con precisión militar. Tirantes, con doble nudo.

Correr era una de las pocas cosas en su vida que le proporcionaba reglas: un dolor medible, algo que podía controlar.

Cerró la puerta con llave a su espalda y salió a la calle, donde el calor de principios de otoño aún se aferraba a los últimos retazos del estío. Empezó despacio, dejando que el ritmo se apoderara de ella, con los pies golpeando el pavimento como un metrónomo, llevándola adonde quisieran.

CAPÍTULO
DIECIOCHO

Del grifo salía un chorro de agua fría. Cogió el jabón, se echó un poco en la palma de la mano y empezó a frotárselo por la piel y debajo de las uñas. Mientras se secaba las manos bajo el secador, la puerta del baño se abrió y entró Eve con los ojos legañosos.

—Buenos días —dijo Stephanie.

—Buenos días, inspectora —respondió Eve con voz pastosa.

El olor a alcohol se le escapaba por los poros y le impregnaba el aliento.

—¿Una noche dura, la de ayer?

El poco color que le quedaba en el rostro, ya de por sí pálido, de Eve desapareció al instante. —En principio solo íbamos a tomar un par.

—Eso es lo que dice todo el mundo. Me imagino que hoy habrá muchas cabezas doloridas.

Eve soltó una risita nerviosa, sin moverse del umbral de la puerta.

—¿Adónde fuisteis?

—Al Weyside, junto al río.

—Lo conozco.

—¿Consiguió terminar de desempaquetar todo?

—¿Desempaquetar...?

Eve ladeó la cabeza y entrecerró los ojos. —Devon, bueno, el sargento Lafferty, dijo que usted no podía venir porque todavía tenía un montón de cajas por deshacer.

Stephanie se quedó con la boca abierta. ¿Cuál era la mejor forma de abordar esto? ¿Seguirle la corriente y ahorrarse una conversación incómoda con Eve? ¿O ser sincera y desenmascarar al sargento Lafferty como la víbora que estaba demostrando ser? Nadie la había invitado, nadie le había pedido que se uniera a ellos para las copas de bienvenida.

Al final, decidió que era mejor guardar las apariencias.

—Sí —dijo, poco convencida—. Todavía me queda una montaña de cosas, pero ya está casi todo hecho.

La sonrisa de Eve sugería que no estaba del todo convencida. —Seguirá encontrando cajas dentro de seis meses, cuando crea que ya lo ha hecho todo. —Pasó junto a Stephanie en dirección al cubículo más cercano—. A mis padres les pasó lo mismo cuando se mudaron de casa. Aquello era interminable.

La alarma del móvil de Stephanie vibró.

—Nos vemos en la reunión informativa —dijo ella.

—¿Ya? —respondió Eve desde el cubículo—. ¡Necesito hacer pis!

Steph no culpaba a Eve por lo de la noche anterior; era nueva en el equipo, estaba ansiosa por causar buena impresión, por conocer a todo el mundo a nivel personal y no sabía nada. Pero eso no impidió que Steph se sintiera descorazonada y decepcionada por su decisión de asistir. Eve era su red de seguridad, el puente entre ella y el resto de su nuevo equipo. Si perdía el contacto con ella, le resultaría difícil integrarse. Claro, solo había sido una noche, solo una quedada para tomar algo, pero no quería sentirse apartada antes siquiera de haber empezado.

A las 9:01, el sargento Noah Mackenzie era el único que estaba sentado junto a la sala de operaciones, con las piernas cruzadas. Era tan relajado como una tabla de surf.

Stephanie empezó a pasearse de un lado a otro. Durante los dos minutos siguientes, el resto del equipo fue apareciendo gradualmente desde la cocina, con tazas de café en la mano, inmersos en sus conversaciones, a excepción de Eve, que entró apresuradamente desde el baño. La incorporación más reciente al equipo fue la única que se disculpó por llegar tarde.

Ni rastro del sargento Lafferty.

Por fuera, Stephanie era la viva imagen de la calma. Pero por dentro, echaba humo. Las nueve eran las nueve. Sin excepciones. Con su anterior equipo en Essex, les había inculcado tan a fondo que llegaran a las 8:55, a veces incluso a las 8:50, que nunca había tenido ningún problema. Ayudaba tener un sargento dispuesto, a quien admiraba y respetaba enormemente, para asegurarse de que todo el mundo cumpliera.

No quería gobernar con mano de hierro. No quería gritar y chillar para hacerse entender; la mayoría de las veces, tenía el efecto contrario. En lugar de eso, prefería predicar con el ejemplo. Nunca le pediría a nadie que hiciera algo que ella no estuviera dispuesta a hacer. Para ella, eso era lo que hacían los líderes. En lugar de ladrar órdenes y crear discordia en el equipo, quería gestionarlos de cerca, íntimamente. Quería conocerlos uno por uno a nivel personal. Cada uno trabajaba de forma diferente, y ella tenía interés por entender qué motivaba a cada persona, ya que quería sacar lo mejor de su equipo. Pero si las cosas no empezaban a cambiar, tendría que hacerlo ella.

—Buenos días a todos —empezó, resuelta—. Sé que puede que haya alguna que otra resaca, pero una hora límite es una hora límite. Si os pido que estéis aquí a las nueve, quiero decir a las nueve. Estamos al principio de una investigación de asesinato y necesitamos concentración total.

Unos suaves murmullos recorrieron el equipo. Le pareció oír una disculpa por ahí.

—Mientras esperamos a que llegue Devon, me gustaría saber cómo os fue ayer. —Señaló a Giles y Fiona—. ¿Qué pasó en Red One?

Fiona le dio un informe claro y conciso.

—¿Pudisteis encontrar alguna grabación de cámaras de seguridad de Claudia volviendo a casa?

Fiona negó con la cabeza.

—¿Y encontrar su identidad?

Otra negativa. La miró con frialdad.

—Investigué lo del muñeco de vudú, inspectora —dijo ella, con un tono teñido de cautela—. He conseguido que un experto venga hoy. Solo necesito confirmar la hora.

La mente de Stephanie se quedó en blanco. —¿Muñeco de vudú?

—Lafferty dijo que quería que centráramos nuestros esfuerzos en averiguar a quién pertenecía el muñeco y cómo se había hecho —añadió Olivia «Wellard» Willard.

Claro que lo hizo.

Devon se había adueñado de su investigación. Le había dicho al equipo que ignorara sus instrucciones y siguiera las suyas. Le estaba arrebatando el control de su investigación. Debería haber estado furiosa con él. Debería habérselo echado en cara delante del equipo. Pero cada vez que pensaba en Devon, se acordaba de su anterior sargento, Caleb. La última vez que le había dado una orden, él se había encontrado cara a cara con un asesino y había muerto. Era algo por lo que no se había perdonado del todo, y algo que sospechaba que nunca haría.

No estaba segura de poder decirle lo que tenía que hacer. Todavía no.

—Bien —dijo tras una larga pausa—. Perdón, sí. Se me había olvidado por un momento. ¿Y... y cómo os fue a vosotros?

Justo cuando Fiona iba a responder, la puerta de la oficina se abrió y Devon entró como una exhalación. Tiró la mochila al suelo y se apresuró a sentarse en la parte de atrás del grupo. Se disculpó, pero Stephanie sintió que no había sinceridad en sus palabras.

En algún lugar de la oficina, sonó un teléfono. Olivia fue la primera en cogerlo. Se levantó de un salto de la silla y se abalanzó sobre el teléfono. Habló eficientemente por el auricular, tomando notas al mismo tiempo. Cuando colgó, se volvió hacia Stephanie.

—Siento interrumpir, inspectora, pero el hombre con el que estaba Claudia Bellini la noche que murió acaba de presentarse y ha dicho que le gustaría hablar con nosotros.

CAPÍTULO
DIECINUEVE

Kieran Holt era un estudiante de segundo de Ciencias del Deporte que vivía en Battersea Court, justo enfrente de la biblioteca, aunque pasaba poco tiempo allí. En su lugar, dedicaba la mayor parte del tiempo al gimnasio o al polideportivo. Pertenecía a varias asociaciones deportivas: rugby, lacrosse, fútbol y fútbol americano, y formaba parte de un club de atletismo local. Poseedor del encanto juvenil que conllevaba practicar esos deportes y, con su más de metro ochenta de estatura y sus hombros anchos, se presentaba como un chico seguro de sí mismo, extrovertido y popular. Sin embargo, mientras acompañaba a Stephanie a su habitación en la cuarta planta del edificio Tate, evitaba a sus vecinos y se bajaba la capucha de su sudadera de la Sociedad de Rugby de la Universidad de Surrey para cubrirse la cara.

Si Stephanie necesitaba alguna prueba más de su condición atlética y su amor por el deporte, esta era evidente en la montaña de equipamiento que encontró en su habitación. Stephanie había elegido hablar con él en su residencia: un lugar donde se sentiría más tranquilo y relajado. Su cuarto olía ligeramente a desodorante y a loción para después del afeitado. La cama individual estaba sin hacer y había ropa —principalmente pantalones de chándal, camisetas y unos pantalones cortos de rugby llenos de barro— esparcida por el suelo. Una hilera de botes de proteínas se alineaba en el alféizar como si fueran trofeos, y un mezclador descansaba junto a una barrita de proteínas a medio comer sobre su escritorio. Una bolsa de deporte había sido abandonada junto a la pata del escritorio, y de ella asomaban un balón de rugby, un montón enmarañado de bandas elásticas de resistencia y un cinturón de halterofilia. Una toalla colgaba del respaldo de una silla, secándose con el calor que emanaba del radiador. Sobre la mesilla de noche había una botella de agua medio vacía y un ejemplar de *Men's Health* con un hombre presuntuoso y sin camiseta en la portada.

Era una habitación que gritaba energía y ambición. Pero bajo todo aquello, Stephanie percibió una inseguridad en Kieran: el caos de un chico que se esfuerza por parecer un hombre.

—Póngase cómoda —le dijo él mientras hacía un intento chapucero de última hora por ordenar el lugar.

Se preguntó a cuántas mujeres les habría dicho eso antes. —De pie estoy bien.

Kieran se quedó de pie, incómodo, en el centro de su habitación, con las manos en los bolsillos de la sudadera.

—¿Qué tal es compartir baño con sus compañeros de piso? —le preguntó ella.

Él se encogió de hombros. —No es tan malo como podría pensarse. A veces es un poco incómodo, pero nos llevamos bien, así que no hay problema. Todavía nadie ha pillado a otro... —Empezó a reír, pero la animación de su voz se desvaneció rápidamente.

—Debe de ser una pesadilla si quiere traer gente a casa —dijo ella.

—Yo... no sabría decirle.

—¿Es porque siempre ha ido usted a casa de ellas?

A Kieran le tembló la mandíbula. —No lo hice la otra noche, si es a eso a lo que se refiere.

—Cuénteme qué pasó —dijo ella, sacando el móvil del bolsillo para tomar notas.

Kieran se echó la capucha hacia atrás, dejando al descubierto una mata de pelo rubio. —Ya sé qué parece —dijo en voz baja—. Seguro que sus amigas le han contado que nos estábamos enrollando y que nos fuimos a casa juntos. Pero solo quería limpiar mi nombre. Me ha estado consumiendo por dentro.

—Cuénteme qué pasó.

La capucha volvió a su sitio, como si fuera su capa y le otorgase el superpoder del valor.

—Empezamos a hablar en la cola de la discoteca, ¿vale? Red One. Ya había estado un par de veces. No es que sea mi tipo de ambiente, pero mis colegas y yo pensamos en ir para variar. Éramos cuatro en total: tíos del equipo de rugby.

—En cuanto entramos en la cola, me puse a hablar con Claudia, a meterme con ella por tener un apellido italiano sin tener sangre italiana. Dijo que lo único italiano que tenía era que le gustaba la pasta, pero entonces le dije que, bajo esa premisa, el mundo entero era italiano. —Un destello de su conversación le iluminó el rostro —. Cuando entramos, me ofrecí a invitarla a una copa. Para entonces ya iba bastante perjudicada, pero yo necesitaba otra solo para poder seguir.

—¿Por qué?

—Porque... porque no era mi tipo de siempre, ¿sabe? Yo... necesitaba más alcohol para...

—¿Aliviar el mal trago de liarse con alguien menos atractivo que usted? —terminó ella.

Kieran bajó la mirada al suelo, avergonzado. Era demasiado cobarde para admitirlo.

—Así que compró un par de copas. ¿Y luego qué?

—Empezamos a enrollarnos, a bailar, a charlar.

—¿Le echó algo en la bebida?

Los ojos de Kieran se abrieron de par en par, ofendido. —¡No! Nunca. Simplemente nos fuimos emborrachando más y más a medida que avanzaba la noche.

—¿Qué pasó después?

—No recuerdo a qué hora nos fuimos. Sería sobre la una o así. Para entonces, yo ya iba bastante ciego. Aunque no tanto como ella. Estuvo agarrada a mi brazo todo el camino a casa.

—¿Fueron andando?

—Pasando la estación, por Walnut Tree Close.

Stephanie lo recordaba bien: la carretera interminable que se hacía aún más larga después de una noche de fiesta. Peor para los residentes, sin duda.

—Tardamos una eternidad —continuó—. No parábamos de

besarnos. Me iba diciendo todo lo que me iba a hacer. Y entonces, cuando llegamos al puente sobre las vías del tren, vomitó por todas partes. Encima de mis zapatillas y mis vaqueros; me los destrozó.

El olor y la sensación del vómito invadieron la nariz y la garganta de Stephanie. Volvió a agarrar el collar de su madre.

—¿Todavía los tiene? —preguntó.

—Los vaqueros están en la lavandería, pero las zapatillas no estaban tan mal. Las limpié un poco.

—Voy a necesitarlas como prueba.

—¿Me las devolverán?

—Posiblemente. ¿Qué pasó después de que vomitara?

—Le entró el pánico. Se puso como una fiera conmigo. Me apartó de un empujón y me dijo que la dejara en paz.

—¿Qué hizo ella?

—Corrió de vuelta a su residencia.

—¿Fue usted tras ella?

—Lo pensé, pero... —Su nuez se convulsionó al tragar saliva—. Pero, para ser sincero, se me quitaron un poco las ganas, así que volví a mi cuarto. Creo que estaba avergonzada, más que nada. La verdad es que no se la puede culpar. Si yo hubiera potado delante de una chica, probablemente querría deshacerme de ella lo más rápido posible.

Stephanie asintió, pensativa, y luego terminó de teclear las notas en su móvil.

—¿Me cree? —preguntó él, y la desesperación hizo que se le quebrara la voz.

—No es una cuestión de si le creo o no. La cuestión es si podemos demostrar lo que dice o si *usted* puede demostrarlo.

Kieran se sacó el teléfono móvil del bolsillo y se lo plantó a Stephanie en la cara. En la pantalla había un puñado de mensajes que había enviado a un chat de grupo, explicando lo que había pasado. La hora de los mensajes corroboraba lo que decía, pero eso no lo absolvía de toda culpa. Si Claudia hubiera estado en el estado que todos decían, entonces no se habría dado cuenta de que él enviaba esos mensajes si hubiera intentado cubrirse las espaldas. No, lo único que lo exoneraría y lo eliminaría como sospechoso de la investigación sería un puñado de declaraciones de testigos presenciales y grabaciones de cámaras de seguridad.

—Por favor —empezó—. Por favor, tiene que creerme. No tuve nada que ver con esto. Lo único que sé es que atravesó la biblioteca y luego simplemente desapareció. Es todo lo que sé. No la seguí; no fui tras ella. Nunca haría nada para hacerle daño a alguien así. Tiene que creerme.

Aunque no debía, Stephanie lo hizo.

Sí que le creyó.

CAPÍTULO
VEINTE

Stephanie cerró la puerta tras ella y Kieran. Pronto llegaría una unidad de forenses para embolsar las pruebas para su análisis.

Al darse la vuelta para marcharse, casi chocó con un hombre que doblaba la esquina.

—Madre mía —dijo él, retrocediendo—. Mis disculpas. No esperaba que estuviera usted ahí.

El hombre era alto, de hombros anchos y bien plantado. Vestía unos chinos beis, una camisa Gant a juego y botines de ante; una bufanda azul marino era lo único que le faltaba para completar el aspecto de un profesor de literatura inglesa. Sin embargo, la cinta que le colgaba del cuello y en la que se leía «Martin Bell - Bienestar Estudiantil» echó por tierra esa idea rápidamente.

—¿Es usted..., es usted de la policía? —le preguntó a Stephanie. Un destello de sorpresa se registró en su cuidado rostro.

Ella asintió despacio. —Inspectora jefe Broadbent.

—¿Broadbent? Perfecto. Soy Martin Bell. ¿Le ha dicho Noah que viniera? Me preguntaba si llegaría alguien a tiempo. Sé que están ustedes muy ocupados. No quería presionarles demasiado.

Stephanie le estudió los ojos. Llevaba más de un minuto sin parpadear. —¿Presionarnos para qué?

—¿No se lo ha dicho Noah? Acordamos que sería buena idea hablar con algunos de los estudiantes para disipar cualquier temor. Están..., como es comprensible, están conmocionados. Ya hemos enviado una nota a toda la promoción para notificarles lo que ha sucedido.

—Sí, ayudé a redactarla con Noah —mintió.

—Perfecto. Entonces, será usted la más indicada para dar una charla en persona —dijo él, alisándose un puño—. ¿Si no es mucha molestia? Como ya he dicho, sé que está ocupada.

Stephanie consultó su reloj. Estaba dispuesta a ayudar. Tenía sentido que ella, como cabeza visible de la operación, ayudara a disipar las preocupaciones de los estudiantes.

Se volvió hacia Kieran y le dijo que esperara allí hasta que llegara un agente uniformado para llevarlo a la comisaría. El adolescente asintió y se bajó la capucha sobre los ojos.

—Guíeme —le dijo a Martin.

—Estos chicos viven demasiado conectados hoy en día —explicó Martin mientras bajaban varios tramos de escaleras—. Todo lo que leen o ven no hace más que aumentar la incertidumbre. Es muy diferente a nuestros tiempos, ¿no cree?

Stephanie le lanzó una mirada de desaprobación.

—Perdón —dijo él, sujetándole la puerta de salida para que pasara—. No quería decir nada... No quería decir...

—Sé lo que quería decir —dijo ella mientras salía a un pequeño patio. Fuera, el olor a hierba, que había notado vagamente al llegar, se había intensificado. Provenía de una ventana abierta en alguna parte. Estaba segura de que iba contra las normas, pero eso no los iba a detener. Dudaba que el aumento de la presencia policial tuviera algún efecto tampoco.

Martin la condujo por otro tramo de escaleras —¿acaso siempre había habido tantas?— hacia la biblioteca; la entrada era un hervidero de actividad. Grupos de estudiantes se acurrucaban juntos, abrigados, con las mochilas colgadas de los hombros. Cada uno con su propia identidad, cada uno con sus propias pasiones, su propio pasado, su propia historia, su propio futuro. Stephanie los observó a todos con afecto.

A veces deseaba poder volver a ser estudiante. Revivir la

libertad. Revivir su juventud; disfrutar de lo que no había sido destruido de ella, al menos.

Un momento después, Martin señaló el anfiteatro del campus. Siete filas de asientos, dispuestas en forma de hexágono, rodeaban el punto central. Detrás había un oasis de vegetación entre el beis y el gris de los edificios y las residencias para que otros estudiantes pudieran estar de pie. El área ya se había poblado con más de un centenar de ellos, apiñados. El suave murmullo de conversaciones presas del pánico resonaba en el espacio.

Mientras Stephanie seguía a Martin hacia el centro del anfiteatro, este le presentó a dos miembros femeninos del equipo de bienestar estudiantil. Le estrecharon la mano con entusiasmo, agradeciéndole repetidamente su presencia.

—Encantada de ayudar —dijo ella, aunque el nudo que se le estaba formando rápidamente en el estómago sugería lo contrario. Nunca se le había dado bien hablar en público. Nunca le había gustado de verdad. Siempre sentía que los nervios le jugaban una mala pasada y la hacían trabarse con las palabras. Tampoco le gustaba dirigirse a las generaciones más jóvenes. Temía que la juzgaran, que susurraran palabras crueles a sus amigos, como habían hecho tan a menudo durante su infancia.

—Gracias por acompañarnos hoy aquí —empezó Martin, con su voz resonando en el anfiteatro, clara y concisa—. La universidad se ha puesto en contacto con todos sus profesores, y son conscientes de que muchos de ustedes vendrían esta tarde. Como todos sabrán, ayer ocurrió un terrible incidente con una de sus compañeras, y es nuestro deber ayudarles en este proceso. Tanto si están de duelo, como si tienen miedo o están preocupados, estamos aquí para ayudar. Hemos invitado a la inspectora jefe Stephanie Broadbent para que responda a cualquier pregunta que puedan tener. Ella está a cargo de la investigación de la muerte de Claudia. A todos nos entristeció mucho conocer la trágica noticia, y haremos todo lo posible por ayudarles. Stephanie...

Martin dio un paso atrás y le hizo un gesto para que ocupara su lugar.

Con cautela, ella inspiró, enderezó los hombros y avanzó.

Están todos desnudos, se dijo. Incluso los feos.

Un silencio abrumador se instaló en el anfiteatro. Por un momento, el mundo pareció dejar de girar.

—Gracias por la presentación, Martin —dijo, paseando la mirada por la multitud—. Me llamo inspectora jefe Stephanie Broadbent y soy la investigadora principal del caso del asesinato de Claudia Bellini. No estoy aquí para asustarlos, pero tampoco voy a mentirles. Ayer por la mañana, la encontraron en su residencia después de una noche de fiesta. Murió por asfixia. No tenemos todas las respuestas, pero sospechamos que alguien la siguió hasta su habitación y le quitó la vida.

»Sé que esto puede sonar angustioso, pero es importante que sepan que estamos trabajando sin descanso. Estamos haciendo todo lo posible para encontrar a la persona responsable. Pero necesitamos su ayuda. Si vieron algo, aunque no estén seguros de que importe, por favor, den un paso al frente y cuéntennoslo. Si no se sienten seguros, díganlo. Si tienen miedo, no pasa nada. También estamos aquí para eso.

»Llevo mucho tiempo en este trabajo. El suficiente para saber lo rápido que se propaga el miedo, lo rápido que pueden tergiversarse las historias. Así que esta es la verdad: no es su trabajo resolver esto. Es el nuestro. Pero sí es su trabajo cuidar los unos de los otros. Mantengan la cabeza alta. Confíen en su instinto. Y por favor, por favor, por favor, por favor, no vuelvan a casa solos, por muy cerca que parezca. Odio decirlo, pero su vida podría depender de ello. Y si ven algo, por favor, llamen a la policía. No importa lo trivial o insignificante que sea. No podremos hacer nada para ayudarles si es demasiado tarde.

Su última frase pareció resonar más tiempo. Un muro de rostros solemnes y apesadumbrados la miraba fijamente. No hubo murmullos ni susurros apagados como ella esperaba. Nada más que un zumbido grave de silencio.

—¿Alguien tiene alguna pregunta? —preguntó la responsable de bienestar estudiantil a su lado.

Una mano se alzó a medias en la primera fila. Pertenecía a un chico que parecía que acabara de entrar en la pubertad. —¿Fue alguien de la universidad? En plan..., ¿alguien que conozcamos? —habló con un marcado acento escocés.

—Aún no tenemos todas las respuestas, pero estamos investigando todas las posibilidades, incluidas las conexiones con la universidad. Por eso es importante que estén atentos. Si saben algo, aunque parezca insignificante, dIgannoslo. ¿Alguien más?

Nada.

—Si alguien tiene alguna pregunta y no está preparado para hacerla aquí, por favor, pónganse en contacto con sus tutores, sus profesores, sus amigos, sus responsables de bienestar. Hay mucha gente dispuesta a ayudarles. Y estamos colaborando estrechamente con la universidad para garantizar que todas las preguntas y preocupaciones sean respondidas. No se les ignorará. No se les hará de menos. Por último, también me gustaría añadir que los rumores pueden hacer tanto daño como la verdad. Sé que todos estáis en las redes sociales y sé que probablemente lo estáis comentando en vuestros grupos de chat, pero por favor, no difundáis historias a menos que sepáis que son un hecho. Déjennos hacer nuestro trabajo como es debido.

Mientras los estudiantes empezaban a moverse, Stephanie retrocedió, con una punzada de culpa encendiéndose en su interior. La habían mirado como si ella tuviera todas las respuestas, como si pudiera ponerles un escudo protector. Pero no podía. Lo único que podía hacer era proporcionarles la información que necesitaban para protegerse. De ellos dependía que hicieran caso a sus palabras.

Y de ella dependía atrapar al asesino antes de que ellos tuvieran que necesitarlo.

Stephanie se hundió en el asiento del conductor, y la puerta se cerró con un golpe sordo. No arrancó el motor. En lugar de eso, se quedó mirando fijamente el salpicadero, con la vista perdida, y en el reflejo del embellecedor de plástico, los rostros de los estudiantes reaparecieron. Con los ojos muy abiertos. Asustados.

Entonces surgió otro rostro. Más suave. Más viejo. El de su madre. Yacía muerta en el sofá, con marcas rojas alrededor de la garganta. Stephanie parpadeó con fuerza, pero la imagen persistió. Sus dedos se movieron instintivamente hacia la fina cadena de plata que llevaba al cuello, recorriéndola alrededor de su garganta. Siempre le había quedado demasiado ajustada, constriñéndole ligeramente las vías respiratorias. Pero la conservaba a pesar de todo, llevándola como una penitencia; el dolor que sentía era un recordatorio diario de su inacción, de cómo había llegado demasiado tarde para proteger a su madre de lo que había sido inevitable. Sus dedos se clavaron en la cadena, apretándola con más fuerza contra su piel, como si el dolor pudiera de alguna manera compensar los años de culpa. Nunca lo hacía.

Mientras metía las llaves en el contacto, su móvil vibró.

—¿Todo bien, jefa? —empezó Noah—. He oído que has dado un discurso alucinante hace un momento.

—«Alucinante» no es la palabra que yo usaría. ¿Qué necesitas?

—Acaba de llegar una pista —explicó—. Claudia era miembro del club de escalada. Al parecer, coqueteó un poco con uno de los otros miembros en la fiesta de la asociación la primera noche de la semana de novatadas. Voy para allá a hablar con el tipo, por si quieres venir.

CAPÍTULO
VEINTIUNO

El Surrey Sports Park era una estructura imponente de varios millones de libras situada a veinte minutos a pie del campus. Albergaba una piscina olímpica de ocho calles, varios campos de fútbol, pistas de squash, pistas de tenis, canchas de baloncesto, un gimnasio moderno de última generación —utilizado también por el equipo de rugby profesional de los Harlequins— y un rocódromo de doce metros.

Con ochenta bloques de búlder de diferente dificultad, había desafíos para todos los niveles. Stephanie estiró el cuello hacia el cielo, admirando la altura y la majestuosidad de la estructura.

—¿Te imaginas ahí arriba? —dijo una voz a su espalda. Distante. Lejana.

No fue hasta que la figura se plantó frente a ella que se dio cuenta de que le hablaba a ella. Delgado y fibroso, con los antebrazos como cuerdas por años de escalada, era ligero de pies. Una camiseta descolorida del Surrey Sports Park se le ceñía al cuerpo enjuto y, en los pies, llevaba un par de pies de gato profesionales de gama alta. Justo encima de la ceja tenía una cicatriz tenue y su pelo corto y oscuro estaba salpicado de restos de magnesio. Un arnés de escalada alrededor de su cintura tintineaba como un carrillón de viento cuando se movía.

—Lo intentaría —dijo ella.

El hombre la observó un momento, examinando sus pantalones

de vestir baratos y su blusa. No iba vestida para la ocasión, pero eso no iba a detenerla. Manteniendo la atención fija en lo alto del rocódromo de doce metros, se quitó los zapatos y la chaqueta fina.

—Voy a tener que pedirle que firme unos formularios —dijo el hombre.

Ella desestimó el comentario con un gesto.

—No, de verdad. Es por una cuestión de seguridad. No puedo dejarla subir sin más.

Stephanie suspiró, empezó a calzarse de nuevo y, de repente, cambió de opinión. Ignorando al hombre que estaba a su lado, cruzó la colchoneta mullida hasta el pie del rocódromo y posó la mano en la primera presa. Empezó a trepar con movimientos instintivos. Había escalado en solo integral tantas veces que veía el camino ante ella iluminarse como una luz, indicándole el siguiente agarre para las manos o el siguiente apoyo para los pies.

—¡Eh, no puede hacer eso! ¡Tiene que bajar!

Pero ella no lo escuchaba. Estaba demasiado concentrada, demasiado absorta en su siguiente movimiento.

No había nada como escalar en solo integral. El factor riesgo-recompensa era incomparable. El riesgo era que podía caer y lesionarse de gravedad; la recompensa era un subidón de ego, una palmadita silenciosa en la espalda por haberlo conseguido sin ayuda, sin el auxilio de nadie.

Llevaba escalando desde que tenía uso de razón. El roble de nueve metros del jardín para escapar de los gritos. Las tuberías de desagüe de la casa de acogida para escaparse por la noche. Era una vía de escape. Una liberación. Solo ella y el ladrillo. Ella y las presas.

Ella, sus manos, sus pies.

Si hacía un movimiento en falso, era culpa suya. De nadie más. Ella tenía el control.

—Stephanie —la llamó Noah desde abajo—. Te agradecería que bajaras, por favor. ¡No se me da muy bien la sangre!

Aquello pareció activar una alarma en su cerebro. Que quizá lo que estaba haciendo, dadas las circunstancias y la compañía en la que se encontraba, fuese, en efecto, una mala decisión. Con cuidado, con más cuidado que el día anterior, Stephanie descendió por el rocódromo, encajando el pie en los precarios apoyos, controlando la respiración e ignorando el dolor lacerante en los antebrazos y los pulmones.

Unos momentos de tensión después, llegó abajo y saltó el último metro, aterrizando suavemente sobre la superficie acolchada. Miró a Noah. Tenía los ojos abiertos como platos por el miedo y la incredulidad. El empleado compartía la expresión de Noah.

—No debería haber hecho eso —dijo él.

—Lo sé. Pero me preguntó si me imaginaba ahí arriba.

—Pero no era una invitación para que lo escalara sin ningún arnés de seguridad.

—A mí me ha parecido impresionante —intervino Noah—. O sea, un poco psicótico, pero impresionante a pesar de todo. Al menos de niña no tenías miedo a las alturas. A mí no me verás ahí arriba.

Ella echó un vistazo rápido al rocódromo y luego a Noah. —¿Ni con arnés?

—Ni hablar.

Riendo con torpeza, el hombre se metió en la conversación. —Perdonad, chicos... No sé qué acaba de pasar, pero ¿qué ocurre aquí? ¿Puedo ayudaros en algo?

Noah se metió la mano en el bolsillo del abrigo y sacó su placa. —Queríamos hablar con un tal Alec Donnelly, sobre...

—Soy yo. —El pánico cruzó el rostro de Alec mientras daba un paso atrás—. ¿Qué es esto...? ¿Qué he...? ¿Qué está pasando aquí? ¿Es una especie de broma?

—Nos preguntábamos si podríamos hablar con usted sobre su relación con Claudia Bellini.

Alec tardó un momento en reconocer el nombre en su expresión.

—¿Claudia? ¿Por qué?

—Supongo que se ha enterado de lo que le ha pasado, ¿no?

Alec asintió, con los ojos muy abiertos. —Se unió a la asociación el primer día... —Hablaba despacio, como si los engranajes de su mente se estuvieran parando.

—Y la otra noche intimaron más de la cuenta —dijo Noah.

Ahora la boca de Alec se abrió, revelando una dentadura

amarilla y manchada por el tabaco. —Yo... yo... ¿Creen que tuve algo que ver con lo que le pasó?

De repente, Stephanie fue consciente de que estaban manteniendo la conversación en medio del rocódromo, rodeados por grupos de escaladores que empezaban a prestarles atención.

—¿Hay algún sitio más privado donde podamos tener esta conversación? —preguntó ella.

Alec la miró como si le acabara de hablar en francés.

—Más por su bien que por el nuestro —añadió ella.

Finalmente, reaccionó y los condujo a un pequeño despacho de dirección cerca de la recepción. Noah cerró la puerta tras ellos y dijo: —¿Es cierto que intimaron la otra noche?

—¿Intimar? ¿Intimar? No, no intimamos. Fue solo un beso. Un par de veces. Y ya está. Los dos íbamos bastante borrachos. Pero no pasó nada entre nosotros. Pregúntenle a cualquiera de los otros chicos que estaban allí. Pregúntenle a Dean. A Varun. ¡Pregúntenle a cualquiera de ellos! ¡Les dirán que no pasó nada entre nosotros!

Su voz se amplificó en la pequeña habitación.

—¿Por qué no pasó nada entre ustedes? —preguntó Stephanie —. ¿De quién fue la decisión?

—¿Eh?

—¿Quién decidió no seguir adelante?

—Ambos. Salimos, nos emborrachamos, nos liamos y luego cada uno por su lado. No era como si hubiera algo serio entre nosotros. Acabábamos de conocernos. Además, habría sido incómodo si nos hubiéramos acostado y al día siguiente tuviéramos una quedada de la asociación. Lo intenté en mi primer año y no funcionó.

—¿Así que no la rechazó a usted?

Alec negó con la cabeza como si le fuera la vida en ello. Luego levantó ambas manos en señal de rendición. —Sinceramente, solo estábamos en el pub del centro, de ruta de pubs. Yo estaba hablando con algunos de los nuevos, ella estaba cerca, nos pillamos mirándonos y entonces nos besamos. No fue más de diez, veinte segundos como *mucho*. Después, cada uno se fue por su lado.

—¿Ha hablado con ella desde entonces? —preguntó Stephanie.

Alec negó con la cabeza. —Si les soy sincero, no he vuelto a pensar en ella. Fue una de esas cosas sin importancia.

—Bueno, pues si nos atenemos a sus mensajes de texto y a las conversaciones con sus amigas —empezó Noah—, ella sí que pensaba en *usted*.

Alec soltó un profundo suspiro, cargado de culpa.

—Lo siento —dijo—. Sé que lo que le pasó fue una tragedia, y todavía no me lo puedo creer. Pero no he hablado con ella ni he pensado en ella desde esa noche. No tuve nada que ver.

—¿Se le ocurre alguien que pudiera querer hacerle daño?

No lo pensó mucho. —Sinceramente, no tengo ni idea. Como he dicho, lo siento.

Stephanie se metió la mano en el bolsillo y sacó su tarjeta de visita. Mientras se la entregaba a Alec, dijo: —Mantenga los oídos abiertos. Seguro que por aquí pasan muchos estudiantes. Si oye algo, ya sea alguien mencionando su nombre o hablando de lo que le pasó de cualquier forma, quiero que me llame. ¿Entendido?

Alec le cogió la tarjeta y la examinó. —Lo siento de nuevo.

—No pasa nada —respondió ella—. Puede compensarlo apuntándome como socia. Supongo que permiten que cualquiera use los rocódromos, ¿no?

—Siempre que tenga el equipo adecuado.

Veinte minutos y varios documentos después, era miembro de pleno derecho del Surrey Sports Park.

—Lástima que no abran hasta tarde —dijo mientras volvían hacia su coche.

—Lástima que no tengan una política para mantener alejados a los que tienen instintos suicidas —comentó Noah—. Casi me das un infarto ahí detrás.

Stephanie soltó una risita. —¿Qué? ¿Nunca has vivido al límite?

Noah se detuvo junto a su coche y puso una mano en el tirador. —No, tengo una hipoteca. Y ningún seguro de vida. No puedo permitirme vivir peligrosamente.

—Será eso, o es porque tienes miedo de lo mucho que podría gustarte.

Abrió la puerta del coche. —Perseguir a los malos desde mi mesa, en la comodidad de la oficina, es suficiente aventura para mí.

Ella señaló el cielo gris sobre sus cabezas. —¿Siendo esta la excepción?

Noah no respondió. Mientras se subía al asiento del conductor, gritó: —He hablado con los chicos y están deseando un segundo asalto en el pub esta noche. Me ha costado convencerlos, ¿eh? Así que puedes aparcar la mudanza un par de horas.

—¿Y si digo que no?

—Entonces quedarás como una auténtica cabrona. Solo vienen porque tú no fuiste anoche.

—¿Y por qué harían eso? —preguntó ella.

—Porque quieren conocerte. No son mala gente si les das una oportunidad. Ah, y porque ya les he dicho que habías dicho que sí. —Noah le disparó con una pistola hecha con los dedos, sonriendo de oreja a oreja mientras cerraba la puerta—. Nos vemos en comisaría, jefa. Conduce con cuidado. Estaría bien que volvieras de una pieza.

CAPÍTULO
VEINTIDÓS

En el Weyside zumbaba el murmullo de las conversaciones, sobre el que de vez en cuando se alzaba una carcajada, procedente sobre todo del largo reservado que el equipo había ocupado en un rincón.

Stephanie los localizó al instante. No con la vista, sino con el oído: el estruendo grave y gutural de la risa de Noah y el cacareo agudo de Olivia.

Se detuvo un momento en el umbral. Debería haberle resultado reconfortante, normal. Así había sido a ciento treinta kilómetros de allí, en Essex, con su antiguo equipo. Pero allí todavía se sentía como una extraña, una intrusa. No ayudaba el hecho de que sentía el peso de la investigación oprimiéndole detrás de los ojos. Que el asesino de Claudia Bellini seguía suelto mientras ellos se relajaban, bebían y olvidaban los horrores del día. Ella no encajaba en esa clase de sosiego. Y, sin embargo, allí estaba: intentándolo. Intentando sonreír. Intentando suavizar las arrugas que el trabajo y el trauma le habían grabado. Quería conocer a esa gente. Confiar en ellos. Quizá incluso ser una de ellos.

Antes de que pudiera siquiea plantearse dar media vuelta, Noah la vio y la llamó con un gesto exagerado. Con un suspiro y el más leve atisbo de sonrisa, se dirigió a la mesa. Cada paso parecía más deliberado de lo que debería.

Noah se hizo a un lado para dejarle sitio y dio unas palmaditas en el banco a su lado con una sonrisa. Ella se sentó sin decir palabra y saludó al resto con un educado asentimiento, deteniendo la mirada en Devon un instante de más.

Él alzó su pinta a modo de saludo burlón, con una sonrisa afilada.

Eve se inclinó hacia delante con expresión radiante. —¡Has venido! Empezaba a pensar que eras un mito.

Stephanie consiguió sonreír. —He pensado que tenía un par de horas libres.

—Nos estás malacostumbrando —comentó Fiona mientras sorbía una copa de vino—. ¿Quieres algo?

Steph negó con la cabeza. —Esta noche no.

—¿Más cajas que deshacer?

—Algo así.

—Te lo perdiste anoche —dijo Olivia a su lado, posando una mano en la delgada muñeca de Stephanie—. Estábamos jugando a las dos verdades y la mentira. Nos faltan las tuyas...

Stephanie se quedó mirando la mesa de madera durante un largo momento. Sabía adónde conducía aquello, y no era un lugar al que quisiera ir todavía. Pero, al igual que con la invitación, no tenía más remedio que seguirles el juego.

—¿Dos verdades y una mentira?

—Que no sean aburridas —dijo Eve.

—¿Que no sean aburridas? De acuerdo. A ver...

Alrededor de la mesa, los demás guardaron silencio, observándola con diferentes grados de interés. Eve estaba al borde del asiento, Giles se inclinó ligeramente y Olivia le dedicó una sonrisa suave y alentadora. Incluso Devon levantó la vista de su pinta.

—Que no sea aburrido —repitió Stephanie, más para sí misma que para nadie. Su primer instinto fue dar una respuesta evasiva, pero se darían cuenta al momento—. No se me da muy bien esto.

—A ninguno de nosotros. No vas a librarte tan fácilmente.

Stephanie exhaló, una respiración lenta y cuidadosa. —De acuerdo. Uno: me encanta pintar y tengo más de doscientos cuadros en casa. Dos: hablo polaco con fluidez. Y tres: una vez me planteé dejar la policía la noche antes de enterarme de que iba a ser sargento.

Se hizo un silencio momentáneo en la mesa mientras asimilaban las palabras de Stephanie. Entonces Giles se inclinó, observándola con los ojos entornados como si fuera un sudoku especialmente difícil.

—Sin ofender —dijo lentamente—, pero no te imagino pintando. Para nada.

Eve sonrió. —Estoy con Giles. Aunque lo del polaco podría ser verdad. Das esa impresión, como si pudieras desatar el infierno sobre alguien en cinco idiomas sin apartar la mirada.

—Yo creo que la mentira es lo de dejarlo —dijo Noah, sorprendentemente reflexivo—. No me pareces el tipo de persona que se echa atrás. Nunca.

Stephanie enarcó una ceja, con una ligera contracción en la comisura de los labios. —¿Estás seguro?

Noah no respondió. En su lugar, le dio un sorbo tentativo a su bebida.

Olivia volvió a poner la mano sobre el brazo de Stephanie. —Yo creo que es lo del polaco —dijo.

Stephanie señaló a Olivia. —Tenemos una ganadora —explicó—. Bueno, sé decir alguna palabrota. En Essex había un sargento llamado Tomek Bowen, que era medio polaco, medio inglés. Estábamos trabajando juntos en un caso y teníamos una tarde libre, así que le pedí que me enseñara algo de polaco. Como era de esperar, me enseñó todos los tacos, que todavía recuerdo a día de hoy.

—Como yo —dijo Giles—. Lo único que recuerdo del alemán del instituto son las palabrotas, y desde luego no me las enseñó mi profesor.

Una oleada de risas recorrió la mesa.

—Un momento..., ¿doscientos cuadros? —preguntó Eve, dejando su bebida en la mesa—. ¿En serio?

Stephanie se encogió de hombros. —No me gustan las paredes vacías.

Ni lo que le recordaban.

—¿Y qué pintas?

—Cualquier cosa. Nada.

—¿Podemos ver algunos?

Steph negó con la cabeza. —Lo dudo.

—Ah. ¿En serio? Pero aun así, eso es talento de verdad. Giles apenas sabe calentar una sopa en el microondas.

—¡Oye! —replicó Giles, fingiendo estar ofendido—. Que sepas que hoy he dominado el arte de los fideos instantáneos.

Stephanie sonrió, a su pesar.

Fiona ladeó la cabeza. —¿Por qué estuviste a punto de dejarlo?

—¿Perdona? —preguntó Stephanie.

—La tercera. Has dicho que estuviste a punto de dejarlo la noche antes de que te hicieran sargento. *A punto*. ¿Por qué?

A Stephanie no le gustó el tono acusador de Fiona. En ese momento, sintió que todos los ojos la observaban, quemándole agujeros en la piel. Se tomó un instante, con la mirada fija en el borde del vaso de cerveza de Noah, mientras el ruido del pub se volvía de repente distante.

Antes de responder, tomó una gran bocanada de aire.

—Porque acababa de salir de una investigación que me había destrozado. Trabajaba día y noche, apenas dormía, me aislaba de la gente. Esa noche, después de que todo hubiera terminado, me di cuenta de que ya no me reconocía. Y no sabía si el trabajo me estaba convirtiendo en alguien con quien no podría vivir... o si solo estaba revelando quién era yo en realidad. A la mañana siguiente, me presenté de todos modos. No había terminado.

La mesa se quedó en silencio; no un silencio incómodo, sino reflexivo. Y, por primera vez, Stephanie no se sintió como una extraña que miraba desde fuera. Todavía los estaba calando, y ellos, sin duda, todavía la estaban calando a ella, pero algo había cambiado. Les había revelado un pequeño fragmento de sí misma y de su historia.

CAPÍTULO
VEINTITRÉS

La oficina de noche era otra historia. Abandonada, desolada, despojada de la urgencia del día. Estaba en silencio, salvo por el zumbido del servidor tras una puerta cerrada, el aire acondicionado que alguien había dejado encendido y el leve murmullo de las luces del techo, que proyectaban largas sombras sobre el desgastado suelo de linóleo. Los escritorios, cual pequeñas islas desiertas, mostraban rastros de papeles que delataban ideas a medio terminar, tazas de café congeladas junto a notas inacabadas. La única actividad provenía del lento parpadeo mecánico de la fotocopiadora en modo de espera.

Stephanie se quedó un momento en el umbral, con las llaves aún en la mano y la respiración contenida. Se sentía como si entrara en una iglesia fuera de horas: silenciosa, vacía, llena de fantasmas. Y ninguno amistoso.

Avanzó con cuidado, y el eco suave de sus zapatos planos resonó mientras cruzaba la sala hasta su escritorio. Dejó el abrigo en el respaldo de la silla y se hundió en ella, con la mirada fija en las notas del caso que había sobre la mesa. Sintió una opresión en el pecho. La investigación se estaba estancando, escapándosele de entre los dedos. Solo habían pasado veinticuatro horas, pero estaba perdiendo el control. El numerito de Devon de antes no la había afectado en su momento, pero ahora que estaba sola, ahora que estaba a solas con sus pensamientos, se daba cuenta de lo mucho que la había desestabilizado. Y, aun así, no había tenido el valor de plantarle cara. ¿Qué le pasaba? ¿Por qué era tan débil?

Y la confesión en el pub.

¿Por qué lo había hecho? Había abierto una ventana a su vida, aunque fuese minúscula, y les había ofrecido una visión de esa versión de sí misma. Ahora que la ventana estaba abierta, les sería mucho más fácil colarse, echar un vistazo y marcharse con un recuerdo.

Si quería hacerse con las riendas de la investigación y de su relación con el equipo, iba a tener que cortar por lo sano. Y afrontarlo de la única manera que sabía.

El silencio le arañaba los oídos y le desgarraba los pensamientos. Abrió el portátil. Lo volvió a cerrar. Pasaron dos minutos. Luego cinco. El estómago le roía con su hambre familiar y ansiosa. Cogió el móvil, buscó la aplicación que necesitaba —volviéndola a descargar de la App Store después de haberla borrado varias semanas antes— y luego hizo el pedido.

Veinte minutos después, llamaron a la puerta. Stephanie reconoció a la mujer, la había visto por el edificio.

—Creo que esto es para ti... —dijo, entrando en la sala y dejando la caja de Domino's Pizza en el borde del escritorio de Stephanie.

Stephanie fingió una sonrisa. —¿Perfecto, gracias. ¿Quieres un trozo?

La mujer se llevó una mano al estómago, casi por instinto. —¿Yo? No. Estoy intentando cuidarme. Disfrútala. Huele *de maravilla.* —Inspiró hondo al salir de la oficina.

Stephanie se quedó mirando la caja de pizza un momento, mientras sus punzadas de hambre se intensificaban. Cogió la caja de cartón y la apoyó sobre el teclado. El olor le revolucionó el estómago. Y entonces la devoró. Trozo a trozo. Grasa, sal, queso, todo fundiéndose en su boca. Hasta que no quedó nada. El estómago se le contrajo con una mezcla de alivio y arrepentimiento a partes iguales. Le llenó el vacío del pecho durante apenas cinco minutos.

Luego llegó la oleada de culpa. Densa. Ácida.

Se movió de forma automática, rápida, como había hecho cientos de veces. Al baño, cerrando la puerta con pestillo tras de sí. Los dedos en la garganta. Las rodillas en el suelo frío. El ardor de siempre en la garganta, la presión tras los ojos, las manos temblorosas sobre la taza del váter después. El alivio que venía envuelto en vergüenza.

Mientras la cisterna tiraba a sus espaldas, salió del cubículo tambaleándose y empezó a lavarse las manos. Se inclinó para enjuagarse la boca, evitando el espejo. Siempre evitando el espejo. Siempre incapaz de mirarse a la cara después de lo que había hecho. Incapaz de enfrentarse a sus demonios de frente.

Justo cuando iba a lavarse las manos, con el hedor a vómito denso en la nariz y la garganta, se abrió la puerta del baño.

Stephanie se quedó helada.

La detective Olivia Willard estaba allí, con una mano todavía en el pomo. Su mirada saltó del rostro pálido de Stephanie al cubículo que se llenaba de agua rápidamente.

Stephanie permaneció encorvada sobre el lavabo, aterrorizada.

Ninguna de las dos habló durante un largo momento. Entonces Stephanie se irguió, limpiándose una gota de agua de la barbilla.

—¿Qué haces aquí? —preguntó, con voz ronca y quebrada.

Olivia miró hacia atrás, como si la respuesta estuviera en el pasillo. —Te he seguido hasta aquí —dijo—. Después del pub. Vi algo en tu cara. Así que te he seguido. He estado un buen rato pensando si entrar o no. Luego me he acordado de que necesitaba una cosa de mi escritorio.

—Ya veo.

—No quería... —continuó Olivia—. No... O sea, lo he oído, pero... —Tragó saliva con fuerza. Luego, su rostro se llenó rápidamente de calidez, una comprensión silenciosa en sus ojos—. No preguntaré nada y no diré nada —prosiguió, en voz baja a pesar del vacío de la oficina—. Solo... que sepas que estoy aquí. Si alguna vez quieres... ya sabes. *No* estar bien.

A Stephanie se le hizo un nudo en la garganta. Asintió con rigidez, con la mirada fija en un punto por encima del hombro de

Olivia. Algo en la forma de hablar de Olivia la golpeó con fuerza. No había juicio. Ni teatro.

—Descansa —dijo Olivia—. Por la mañana tenemos trabajo.

Luego se marchó, dejando a Stephanie en el silencio, con un dolor en el pecho que, de algún modo, era más intenso que antes.

CAPÍTULO
VEINTICUATRO

Haciendo malabares con su taza de café de acero inoxidable en una mano y su cuaderno de bocetos en la otra, el doctor Ian Kettle mantuvo abierta la puerta del Ivy Arts Centre con su cartera de cuero. El sonido de pop de los ochenta atronaba en los auriculares de su Walkman. Mientras recorría el pasillo, tarareando el pop sintetizado de Depeche Mode, se vio reflejado. Llevaba uno de sus mejores atuendos: una americana de pana de color morado oscuro, un fedora a juego, tirantes negros enganchados a la cinturilla del pantalón y un par de zapatos brogue que exhibían todos los colores del arcoíris.

Era un hombre con estilo y clase, famoso en todo el campus por su excéntrica forma de vestir. A menudo se decía que se había equivocado de vocación al convertirse en artista en lugar de diseñador de moda, pero a él le gustaba mezclar ambas cosas, creando arte con la moda y moda con el arte. Ambas, en su opinión, eran formas de expresión universales.

A esa hora de la mañana, antes de que el campus despertara de su noche de deseo carnal y etílico, el Ivy Arts Centre estaba desolado y en silencio. Le encantaba. Le daba tiempo para pensar, para respirar y para concentrarse en su última obra.

Su rincón en el centro de artes se encontraba en la parte trasera del edificio, lejos de las instalaciones de artes escénicas. Normalmente, el lugar bullía de actores, coreógrafos, escenógrafos y directores que montaban la última producción, volcando sus vidas en el trabajo.

La canción cambió a *Sweet Dreams* de Eurythmics mientras avanzaba por los pasillos, adentrándose en el edificio. Finalmente, encontró lo que buscaba: el aula 3BA. El hogar de su última obra maestra. Estaba en el centro de la sala, a la vista de todos los estudiantes. Artistas. Actores. Intérpretes. Cualquiera que se interesara. Solía pasar allí las primeras horas de la mañana, añadiéndole cosas, retocándola y cubriendo los errores del día anterior. Todo antes de que empezara la jornada laboral. Adoraba cada momento de la creación, y los días en que no podía satisfacer su pasión se sentía perdido y desolado.

Al acercarse al aula 3BA, se dio cuenta de que la puerta estaba entreabierta.

Extraño.

La Sociedad de Arte siempre la cerraba con llave diligentemente después de sus reuniones.

Se quitó los auriculares y se acercó con cautela, con el eco de sus zapatos resonando por el pasillo. Dio un suave golpe en la puerta y la empujó para abrirla.

—¿Hola? —empezó—. ¿Hay alguien ahí?

Ninguna respuesta.

Lo primero que le golpeó fue el olor. No era pintura, ni barniz, ni trementina, sino algo agrio y pesado que se le pegaba a la garganta.

Quizá alguien había derramado algo y, presa del pánico, había huido de la sala avergonzado.

O quizá alguien había entrado a la fuerza y había destrozado su cuadro, desfigurándolo con su porquería.

Entró.

Se equivocaba. Se equivocaba de todas todas.

Una chica, con vaqueros anchos y una sudadera holgada, yacía despatarrada en el suelo, con la sangre formando un charco bajo ella como una sombra grotesca. Tenía un brazo echado a un lado, los dedos flácidos y manchados de carmesí. Unos tajos gruesos, de un rojo intenso, teñían su jersey y su camisa. Al principio, pensó que era pintura. La prueba de una broma cruel y de mal gusto.

Pero entonces un trozo de piel desnuda sobre el ombligo reveló una herida punzante bajo su abdomen.

El café de Ian cayó al suelo con un chasquido sordo, y su garganta se cerró en torno a un sonido que no había emitido en años.

—¡No! ¡Por el amor de Dios, no!

Su grito ronco resonó por el pasillo interminable.

CAPÍTULO
VEINTICINCO

Las imágenes del rostro torpe, inquieto y, aun así, extrañamente cálido y reconfortante de Olivia la habían mantenido despierta toda la noche. Peor aún, la habían perturbado los pensamientos que lo acompañaban. ¿Y si se lo contaba al equipo? ¿Y si la delataba delante de todos? ¿Y si se lo guardaba en su contra y lo usaba para chantajearla?

Su secreto más profundo, oscuro y vergonzoso —algo con lo que había luchado casi toda su vida y de lo que se había avergonzado durante el mismo tiempo— había quedado al descubierto ante alguien a quien apenas conocía.

Sintió un gran alivio al entrar en la oficina y no ver a Olivia en su mesa. Antes de que tuviera tiempo de instalarse, el inspector jefe McGowan salió de su despacho.

—Creía haber oído a alguien —dijo él, con esa clase de sonrisa amable que hacía que la mayoría de la gente se sintiera segura—. ¿Tiene un minuto?

Stephanie dejó caer el bolso al suelo y lo siguió hasta su despacho. Él cerró la puerta tras ella y rodeó el escritorio; sus movimientos eran lentos y metódicos, como si tuviera todo el tiempo del mundo. Sobre la mesa, una taza de cerámica adornada con las palabras «Keep Calm and Let the DCI Handle It» humeaba con fuerza.

—Ha llegado pronto —empezó él.

—Usted también.

—También me ha llegado que estuvo trabajando hasta tarde.

A Stephanie se le heló la sangre. No dijo nada.

—Me habían dicho que era buena —dijo él mientras se dejaba caer lentamente en la silla—. Ahora veo por qué.

Exhaló un largo y profundo suspiro de inmenso alivio. Él no lo sabía. O, si lo sabía, había decidido no sacar el tema.

—Solo tenía algunas cosas de las que... de las que quería ocuparme —respondió ella.

—Me alegro de oírlo. ¿Cómo va todo? —Se reclinó en la silla, expectante.

Stephanie se sentó con la espalda recta y las palmas de las manos juntas sobre el regazo. —Adaptándome, señor. Ha sido... intenso. Pero el equipo parece competente.

Clive la estudió un momento. —¿Muchos de ellos no paran de elogiarla. ¿Algún motivo de preocupación?

Devon, pensó al instante.

—Este es un espacio privado —dijo Clive en voz baja—. Lo que diga aquí no saldrá de estas cuatro paredes. Tiene mi palabra.

Stephanie carraspeó. Todavía le dolía la garganta por la purga de la noche anterior. —Si le soy sincera, me está costando lidiar con Devon. No sé qué le pasa, pero parece que está saboteando algunas partes de la investigación.

El inspector jefe asintió, pensativo. Stephanie empezó a juguetear con su collar.

—Le dio al equipo una nueva serie de tareas e instrucciones, fingiendo que se las había dado yo para que las transmitiera. He trabajado con algunos gilipollas en el pasado, señor. Pero él está demostrando ser el mayor de todos.

—Le agradezco que me lo haya comunicado —respondió él con un suspiro suave y delicado que fue casi un susurro—. Devon está pasando por algunos... problemas personales. Pero eso no es excusa para traerlos al trabajo. ¿Quiere que hable con él?

Ella negó con la cabeza. —Déjemelo a mí. Si no consigo controlarlo, entonces le agradeceré que intervenga.

—Muy bien. ¿Qué tal va el desembalaje?

Ella resopló. —Lento.

—Me lo imaginaba. Qué pena el momento. ¿Tiene a alguien que la ayude?

Steph negó con la cabeza. —Estoy sola ante el peligro.

—¿Y su hermana? Por lo que dijo, estaba desesperada por tenerla de vuelta aquí.

—Usted no la conoce. Es una maniática de la limpieza. No se acerca ni loca hasta que esté todo hecho.

—Qué mujer más lista —dijo él tras una pausa—. ¿Cómo van las cosas con la universidad? ¿Qué progresos se han hecho?

Stephanie lo puso al día sobre lo último, sobre su visita al campus y al parque deportivo, sobre que estaban esperando el análisis del muñeco de vudú y sobre que seguían intentando identificar al asesino a través de las grabaciones de las cámaras de seguridad del campus.

—¿Qué le dice su instinto? —preguntó Clive.

—¿Mi instinto?

—No la traje aquí por sus habilidades sociales.

Stephanie se acomodó en una postura más cómoda y finalmente soltó el collar. —Creo que esto es más que un simple ataque selectivo. Creo que forma parte de algo peor. El muñeco de vudú... me inquieta. Creo que podríamos estar ante algo más gordo.

—¿Cómo qué?

—Un asesino en serie.

El resoplido que salió de sus labios resonó en la habitación. —¿Un asesino en serie? ¿En Guildford? He oído cosas fantásticas en mi vida, pero... solo ha habido un asesinato.

—No si el cuchillo en el muñeco de vudú sugiere que habrá más.

—Pero no sabe quién, ni cuándo, ni dónde, ni por qué...

Ella endureció la mirada. —Cierto, pero sí sabemos *cómo*.

Una pausa inquietante se instaló sobre el escritorio, interponiéndose entre ellos.

Antes de que ninguno de los dos hablara, el teléfono de Stephanie sonó en su bolsillo. Clive le confirmó que podía contestar.

—Inspectora Broadbent —dijo.

—¿Hola? ¿Inspectora? Hola, soy Laurence, de la centralita. Solo quería informarla de que estamos recibiendo varios avisos de un incidente esta mañana en el campus de la Universidad de Surrey.

—¿En la universidad? —preguntó, mientras sus ojos se encontraban lentamente con los de McGowan.

—Sí. Los informes indican que uno de los estudiantes ha sido apuñalado en un aula.

CAPÍTULO
VEINTISÉIS

Para cuando Stephanie llegó al Ivy Arts Centre, con una intensa sensación de *déjà vu*, Devon y Noah ya estaban allí, ataviados con sus trajes de protección forense, mientras ella entraba en el aula de arte 3BA.

El espacio era más grande de lo que se había esperado. En el centro de la sala había un círculo de caballetes que recordaba a una versión artística de Stonehenge. En los márgenes, el material y el equipo de arte se desparramaban de cajas, armarios y guardarropas. Lo primero en lo que se fijó fue en el olor denso y empalagoso a pintura que flotaba en el aire, y agradeció llevar la mascarilla que le protegía la garganta debilitada de los vapores. En la pared de la izquierda, un lienzo de sesenta por cuarenta pulgadas a medio terminar presidía la estancia.

El cadáver estaba en la esquina del fondo a la izquierda, rodeado por dos agentes de la científica ocupados haciendo primeros planos de su cara, sus heridas y sus extremidades. Stephanie pensó que había algo extrañamente artístico en las fotos del cuerpo, en la forma en que otras fotografías colgaban de las paredes a modo de inspiración, y en cómo el asesino había pintado una imagen salvaje y brutal, usando a su víctima como lienzo.

Muchas de las pinturas y fotografías de la sala le recordaron a las suyas: el paisaje, los edificios, las oscuras revelaciones sobre la vida y la psique de los artistas, y las pinceladas oscuras y enérgicas que se desangraban sobre el lienzo. Las suyas no eran ni de lejos tan logradas.

—¿Por qué has tardado tanto? —le preguntó el sargento Lafferty mientras ella se acercaba.

—¿Y cómo es que *tú* has llegado tan rápido? —replicó ella.

—Me ha llamado la centralita, igual que a ti.

—¿Cómo? Pedí ser la primera a la que avisaran si surgía algo.

Él se encogió de hombros, con indiferencia. —Supongo que ha sido la fuerza de la costumbre —respondió—. Ya estamos todos aquí, ¿cuál es el problema?

Ella decidió no responder, no entrar al trapo, y dejó que la frustración se enconara en su interior. Pensó en Caleb, su antiguo sargento. Él nunca habría hecho algo así. Nunca se habría extralimitado ni habría interferido en su papel como inspectora jefa de la investigación.

Empezaba a pensar que darle una orden y que él sufriera el mismo destino que Caleb podría no ser tan mala idea, después de todo.

—¡Ya estás aquí!

La voz llegó desde detrás de ella. Leanna Moore, la patóloga, entró a toda prisa y se detuvo junto a Stephanie.

—Un placer volver a verte. —Le dio un codazo amistoso en el brazo—. Me alegro de poder estar aquí para este, ¿sabes? Acelera un poco el proceso.

Leanna se acercó al cuerpo y saludó educadamente con la cabeza a los sargentos.

—Supongo que querrás saber cómo la mataron, ¿no?

—No —respondió Stephanie sin rodeos—. Quiero saber si alguien ha encontrado otro muñeco de vudú.

Casi inmediatamente después de hacer la pregunta, sus ojos se posaron en un recipiente de plástico azul oscuro en el alféizar de la ventana. En un lateral, pintado con plantilla rosa, ponía: «Ábreme». Stephanie se dirigió directamente hacia la caja y miró dentro.

Ya le habían quitado la tapa. Dentro, vio otro muñeco de vudú flotando en una masa de agua. Se llevó la mano al cuello.

—¿Quién ha abierto esto? —Señaló al muñeco, que la miraba

con sus ojos rojos, moviéndose en silencio por el agua, atormentándola, burlándose de ella.

—He sido yo. —Había un matiz de orgullo y desafío en el tono de Devon.

—¿Perdona?

—Lo he abierto yo, inspectora. Lo he visto en cuanto he llegado.

Ella tragó saliva y respiró hondo. *Tranquila, tranquila, tranquila.*

—¿Quién te ha dado permiso para hacerlo?

—Nadie, inspectora. Lo he visto y he pensado que sería bueno para la investigación.

—Devon —espetó ella, manteniendo la vista fija en el muñeco, que ahora había girado ciento ochenta grados—. ¿Estás tú al mando de esta investigación? No. Sabías que venía; podrías haberme esperado. Pero no lo has hecho. Soy la única que puede abrir esto. ¿Me entiendes?

No hubo respuesta.

Se giró y lo fulminó con la mirada.

—¿Me entiendes?

Algo brilló en los ojos de Devon mientras asentía con aire hosco.

—Y el resto de vosotros —dijo, dirigiéndose a Leanna y a los agentes de la científica—. Si, Dios no lo quiera, nos encontramos con más cajas de estas que digan «Ábreme», nadie, bajo ninguna circunstancia, puede abrirlas a menos que tenga mi aprobación explícita. ¿Entendido?

Un suave murmullo de conformidad recorrió la sala.

Stephanie les dio las gracias y luego volvió a centrar su atención en el muñeco. El aire de la habitación se espesó, su peso le oprimía el pecho. Le costaba respirar mientras su mente reconstruía lo que tenía delante. El cuerpo que yacía en el suelo había muerto exactamente como había vaticinado el último muñeco de vudú: una puñalada en el estómago.

Ahora no había lugar a dudas.

Se enfrentaban a un asesino calculador y despiadado. Un asesino que tenía un plan.

Y si no lo atrapaban, pronto, alguien moriría ahogado.

CAPÍTULO
VEINTISIETE

El equipo se dirigió a la sala de crisis con una rigidez contenida. Stephanie sintió una atmósfera de aprensión que se mascaba en la sala, exacerbada por los rumores que empezaban a extenderse por la oficina. La noticia del segundo muñeco de vudú se había difundido rápidamente y, a estas alturas, todos en el equipo pensaban en ello, temiéndose lo peor: que un posible asesino en serie hubiese llegado a Guildford por primera vez. Su pintoresca y bonita ciudad había sido manchada, empañada y desgarrada por los actos de una sola persona.

De ellos dependía mantener a los ciudadanos a salvo, y hasta el momento estaban fracasando.

Gran parte de esto era algo tácito, que se comunicaba con las miradas y las expresiones.

Aun así, Stephanie quería dejarles bien claro que, si no se ponían las pilas, aparecerían más cadáveres.

Sacó una copia impresa del rostro de la víctima y la pegó en el tablón de corcho, junto a la inerte imagen de Claudia Bellini. —Paulina Potter —empezó—. Diecinueve años. Estudiante de segundo de carrera. La han encontrado muerta en el aula de arte, asesinada a puñaladas. —Señaló la fotografía del primer muñeco de vudú—. La mataron de la forma que nos dijeron que pasaría. —Colocó en el tablón una imagen del segundo muñeco en el agua—.

Y así es como morirá nuestra próxima víctima si no hacemos nada para evitarlo.

Hizo una pausa para dejar que lo asimilaran. Una mezcla de horror y pánico se dibujó en los rostros de su equipo. Los miró uno a uno, deteniéndose un instante antes de continuar. Sin embargo, no se atrevió a mirar a Olivia. No desde la noche anterior. No desde que descubrió...

—¿Qué tenemos de Paulina Potter hasta ahora? —preguntó Stephanie.

—Era estudiante de Ciencias de la Alimentación —empezó Fiona.

—¿Lo mismo que Claudia?

Fiona asintió. Stephanie trazó una línea entre los nombres de las dos víctimas.

—Vive fuera del campus —continuó Fiona.

—¿Qué hacía anoche en esa aula para que la mataran?

Le tocó hablar a Giles. —Asistía a una de las reuniones semanales de la Sociedad de Arte —explicó, dejando su taza de café en el suelo—. Se reúnen todos los martes para pintar, dibujar y enseñarse mutuamente en qué han estado trabajando. Quien la encontró, el doctor Ian Kettle, fue quien la fundó en su día, pero la dirigen y gestionan sobre todo los estudiantes. La mayoría de las veces se quedan con las obras; otras veces las venden en ferias de artesanía o en puestos en el centro de la ciudad.

—Ese tal doctor Kettle... ¿es un posible sospechoso?

Giles se encogió de hombros, sin ser de gran ayuda. —Parecía bastante afectado cuando hablé con él.

—De todas formas, tenlo en cuenta. ¿Qué más dijo?

—No mucho. —Consultó rápidamente sus notas—. Hay diez miembros en la sociedad. Todos tienen distintos niveles de talento. A algunos les gusta dibujar anime, a otros pintar, a otros hacer bocetos de rostros. Cada mes celebran un concurso de dibujo en vivo, pero el primero de este año aún no ha tenido lugar.

Stephanie no creyó que nada de eso fuera importante.

—Habla con el resto de los miembros de la sociedad —le ordenó—. Averigua qué saben y qué piensan de Paulina. Puede que alguien le tuviera antipatía. ¿Algo más?

Eve levantó una mano con timidez. —He intentado mirar sus redes sociales —comenzó—, y parece que Paulina era lo que se dice famosa en TikTok.

Lo dijo de una manera que sugería que no creía que Stephanie supiera lo que era TikTok.

—¿Qué te hace decir eso? —preguntó Stephanie.

—Tenía algo más de medio millón de seguidores y decenas de millones de visualizaciones.

—¿De qué?

—De TikTok.

—Sí, eso ya lo sé. ¿Pero de qué eran sus vídeos?

—De su arte. —Eve sacó el móvil del bolsillo, lo desbloqueó y empezó a enseñárselo al equipo—. Muestra el antes y el después de sus obras. Hacía un montón de cosas. Ilustraciones, dibujos a carboncillo, paisajes, edificios, escenas de películas, *fan art* de personajes, versiones hiperrealistas de retratos y personas; incluso llegó a compartirlos con la gente que había dibujado. Por lo que parece, tenía un talento increíble.

Stephanie observó con asombro algunos de los vídeos que aparecían en la pantalla. Era verdad: la joven poseía un talento descomunal que dejaba en nada cualquiera que tuviera Stephanie. Su arte siempre había sido algo personal, un pasatiempo, una vía de escape catártica de la infancia. Pero ver lo que esta chica estaba mostrando al mundo la hizo sentirse una inepta.

No vales nada...

Nunca serás nadie en la vida...

—Muy bien —dijo Stephanie mientras devolvía el móvil—. Quiero que sigas con eso. A ver si alguien ha estado comentando sus publicaciones, interactuando con ella, alguien de la universidad o con quien haya podido tener contacto. Y crúzalo también con los perfiles jade Claudia Bellini y su diario.

Stephanie volvió a centrar su atención en el tablón. Las luces parecieron atenuarse, a excepción de la que apuntaba al muñeco de vudú que flotaba en el agua.

—Noah —empezó—. ¿Conoce bien la zona?

—He vivido aquí toda mi vida, señora —respondió él.

—Bien. Quiero que llame a todos los lugares que tengan una

masa de agua —una piscina, un lago, un río— y les pida que estén atentos a cualquier actividad sospechosa. Si tienen a algún estudiante trabajando allí, intentando ganar un poco de dinero para pagarse la universidad, póngalos en una lista aparte. Nuestro asesino va a elegir a alguien y lo va a ahogar. Tenemos que estar preparados para cuando llegue ese momento.

—Tenemos que detenerlo antes de que lleguemos a ese punto —intervino Devon con una respuesta sarcástica—. Parece que ya está dando por perdida a la siguiente persona.

Ella lo ignoró y se volvió hacia Olivia, aunque todavía era incapaz de mirarla a los ojos. —Me gustaría que buscaras conexiones entre nuestras dos víctimas. Recopila toda la información del HOLMES y elabórame informes de victimología. Tiene que haber algo que vincule a Claudia Bellini y Paulina Potter. Mira sus profesores, los compañeros de clase que puedan tener en común, cualquier sociedad o grupo del que formaran parte... cualquiera con quien hayan podido tener contacto recientemente. A partir de ahí, tendremos que crear una lista de posibles víctimas y ver si podemos analizar quién podría ser la siguiente. Y *después* protegerlas antes de que les ocurra algo.

La última frase fue pronunciada con veneno y dirigida implícitamente a Devon. El sargento lo notó. Enderezó la espalda y alzó la barbilla.

—¿Y qué quiere que haga yo?

—Quiero que vaya a mi despacho —dijo ella—. Usted y yo tenemos que hablar un momento.

CAPÍTULO
VEINTIOCHO

Un pesado silencio se instaló en cuanto Devon cerró la puerta con un suave clic. Ni un ruido, ni un murmullo de la oficina principal. Ni siquiera la unidad del aire acondicionado se había encendido. Todo quieto, silencioso.

Salvo por el profundo tamborileo de su corazón, que le retumbaba en los oídos.

No habló. No le ofreció asiento. En lugar de eso, se quedó de pie al otro lado del escritorio, con los brazos cruzados, mirándolo fijamente. Devon permaneció cerca del umbral, y la tensión entre ellos crepitaba como la electricidad estática.

El despacho contenía lo más básico: dos sillas, un escritorio y el monitor de un ordenador con todos los accesorios necesarios. En el poco tiempo que llevaba allí, había intentado hacerlo suyo, dejar su impronta: la planta de interior mustia en el borde del escritorio; la lata de caramelos de menta; el frasco medio abierto de crema hidratante para manos; la taza de café que decía «El jefe más pasable del mundo». Aparte de eso, estaba vacío; sus efectos personales cabían en una sola caja pequeña y ligera. Si la echaban en ese mismo instante, se habría marchado en cinco minutos.

Se preguntó con qué rapidez podría Devon recoger sus cosas.

—Creo que usted y yo tenemos que hablar —dijo sin rodeos.

La expresión de Devon no delató nada.

—¿Tenemos algún problema? —preguntó ella.

Seguía sin reaccionar.

—Le he hecho una pregunta, Devon.

—No, señora —respondió él con la misma educación de un niño obligado a disculparse—. Ningún problema.

—Entonces, ¿por qué actuó a mis espaldas?

—¿Cuándo he hecho yo eso, señora?

Ella suspiró. Ya había oído esa actuación antes. Había un límite a las veces que podía hacerse el tonto antes de que ella le cantara las cuarenta.

—El otro día. Le dijo al equipo que yo había cambiado el plan. Dio instrucciones en mi nombre. ¿Qué le dio derecho a hacer eso?

—La pista del muñeco de vudú era más sólida. Tomé una decisión.

—¿Y qué averiguó de su experto? ¿Algo que nos vaya a ayudar en esta investigación?

Él negó con la cabeza. —No, señora. Todavía no.

—Ha socavado mi autoridad. —Su voz era de acero—. Eso no volverá a ocurrir.

Él inclinó la cabeza sin decir nada. En ese instante, vio un destello de Caleb en aquel gesto. Su antiguo sargento había hecho el mismo movimiento, solo que siempre había sido en circunstancias diferentes y más cordiales.

—¿Y lo que ha pasado antes, en la escena del crimen? ¿Por qué abrió la caja antes de que yo llegara?

—Vi la caja y la abrí. No lo pensé. Creí que actuaba en el mejor interés de la investigación.

Lo que, a grandes rasgos, se traducía en que creía estar actuando en su propio interés.

—Soy la máxima responsable de la investigación —sentenció ella—. Tengo autonomía absoluta sobre lo que sucede.

—Nunca hemos trabajado así —replicó él—. Siempre se me ha dado más control en las investigaciones.

Ella se tomó un momento, inspiró y se recompuso. —Puede que así fuera con su anterior inspector, pero conmigo tiene que ganarse ese privilegio. No es un derecho.

Devon se movió, incómodo ante el comentario. Percibió que no le gustaba la idea de tener que esforzarse para conseguir lo que quería, que estaba tan acostumbrado a que le dieran las cosas hechas y a tener el control de ciertos aspectos de una investigación que cualquier otra cosa le parecía mal y un ataque personal.

—Sé que debe de serle difícil adaptarse al cambio, pero no soy su enemiga —continuó ella—. No soy una mala persona. He venido aquí a ayudarle a usted, a ayudar al inspector jefe, a ayudar al resto del equipo.

—¿Es eso lo que le dijo a su último sargento?

El comentario fue como un puñetazo en la garganta. Abrió y cerró la boca, pero no le salió nada.

—¿Perdone?

—Investigué su último caso antes de que viniera aquí —empezó él—. Aquella vez que mandó a su sargento a la muerte.

La mente de Stephanie se quedó en blanco. Empezó a fallarle el pulso. Se llevó la mano al collar, pero tenía el cuerpo tan entumecido que no podía sentirlo.

—No tiene ningún derecho a sacar ese tema —dijo con la voz quebrada—. Vivo con esa decisión cada día. Usted no conoce el dolor por el que he pasado por lo que le ocurrió, así que no hable de cosas de las que no sabe nada. Siempre daré la cara por mi equipo. Cualquier error que cometan, lo cometo yo. Cada vez que meten la pata, es por mi culpa. Y lo que le pasó a Caleb... nadie carga con ese peso o esa culpa más que yo. Y ahora, si eso es todo, me gustaría que saliera de mi despacho y que se fuera a casa por lo que queda de día. Hemos terminado.

Observó con frialdad cómo le daba la espalda y cerraba la puerta. En cuanto esta se cerró por completo, dejó escapar un largo y profundo suspiro que desinfló todo su cuerpo. Antes de que pudiera pensar más en Devon y en su actitud beligerante hacia ella, sonó su móvil.

Kimberley, su hermana.

—¡Stephy, guapa! ¿Cómo va todo?

—Ocupada. ¿Qué quieres?

—¿Sabes qué día es?

Abrió la boca para responder, pero se contuvo al ver la fecha en su ordenador. Se le formó un nudo en la garganta.

—No puedo... —dijo.

—Sí que puedes. Tienes que hacerlo. Por favor, Steph. Por mí. Y no puedes escaquearte. Sabré si me estás mintiendo.

CAPÍTULO
VEINTINUEVE

La casa olía ligeramente a tostada quemada, a humedad, a moho y a alcohol. A muchísimo alcohol. En la cocina, donde le habían ofrecido una taza de té, Fiona vio varias botellas de vodka vacías expuestas sobre la encimera como si fueran trofeos; migas y superficies manchadas junto a restos de comida; platos y tazas sin fregar amontonados en el fregadero. No cabía duda de que era una casa de estudiantes. Años de abandono en manos de adolescentes descuidados, agravados por un casero que sentía aún menos respeto por la casa que sus inquilinos.

El salón estaba mucho peor. Dos solitarios sofás de color beis, llenos de cientos de rozaduras, manchas y marcas, miraban hacia una esquina vacía de la pared. La moqueta, descolorida y raída, parecía no haberse cambiado en décadas. En el espacio donde debería haber una televisión había una única mesa de comedor de IKEA, lo bastante grande para dos personas. A su lado, una ventana daba a un jardín largo y extenso. Hacía solo unas semanas que vivían allí y el jardín ya estaba descuidado. Una maraña de hierba alta, árboles de ramas bajas y un patio cubierto de malas hierbas. Al fondo, un tendedero combado se mecía suavemente con la brisa.

—¿Quiere sentarse? —preguntó Mya, una chica menuda de ascendencia sudasiática. Llevaba el delineador de ojos muy marcado y el esmalte de uñas desconchado. Su jersey holgado le caía sobre los hombros y llevaba el pelo oscuro recogido en una coleta.

—Creo que deberíamos sentarnos todas —replicó Fiona mientras se dirigía al espacio libre más cercano en el sofá. Se arrepintió al instante y sintió lástima por las estudiantes que tenían que pasar el tiempo allí.

Pocos instantes después, el resto de las chicas fueron entrando en el salón. Cuatro en total, cada una con aspecto de acabarse de despertar.

—Siento molestarlas esta mañana —empezó—. Sé que están todas en plena semana de novatadas, pero hay algo que necesitan saber.

Durante los siguientes minutos, les explicó lo que le había ocurrido a Paulina Potter. La reacción de las chicas fue la esperada. Corrieron las lágrimas y las ventanas casi se resquebrajaron por el tono de sus lamentos. Fiona las consoló a todas con un abrazo y una mano reconfortante en la espalda antes de que finalmente encontraran consuelo las unas en las otras, acurrucándose juntas en grupo.

Cuando superaron la conmoción inicial, Fiona volvió a acomodarse en el sofá y les sonrió con calidez a cada una de ellas. —Sé que esto es duro y mucho que asimilar ahora mismo; lo comprendo y, sinceramente, si no tuviera que tener esta conversación con ustedes, no lo haría. Están todas en estado de *shock*, y es comprensible. Pero ahora mismo, tengo que hacerles algunas preguntas para que podamos encontrar a la persona que ha hecho esto.

—¿Ha sido la misma persona que mató a esa otra chica en el campus? —preguntó una chica llamada Georgia. Alta y espigada, llevaba el pelo teñido de un desordenado rubio fresa e iba vestida con un pijama desparejado. Hablaba de forma animada, gesticulando con las manos.

—De momento, estamos tratando los asesinatos como casos sin relación —dijo Fiona, para no asustar a las chicas y provocar el pánico.

—Tienen que estarlo —continuó Georgia—. ¿Por qué si no iban a morir dos personas en el campus la misma semana?

—Como he dicho, por ahora no los consideramos conectados. Pero eso no significa que las cosas no vayan a cambiar a medida que avance nuestra investigación. Por eso estoy aquí. Ustedes son quienes mejor conocían a Paulina. Podrían ayudarnos.

Los hombros de Georgia se relajaron ante la sugerencia.

—¿Cuánto tiempo hace que se conocen? —preguntó Fiona, sacando su libreta.

—Desde primero —respondió Georgia, hablando por el resto del grupo—. Nos conocimos todas en la residencia de estudiantes.

—¿Y ahora viven juntas?

Asintieron.

—¿Qué tal ha ido?

—Bien.

—¿Quién tiene la habitación más grande?

—Paulina —respondió Mya—. La del último piso. La reformaron hace un par de años. Ella ayudó a organizarlo todo, así que se la dimos como agradecimiento.

—Seguro que le sacó buen provecho.

—Es perfecta para ella —respondió Lilly, una chica rubia y bajita con un piercing en la nariz y gafas de montura gruesa, jugueteando nerviosamente con los dedos—. Debería verla. Tiene pinturas y dibujos por todas partes.

—Me encantaría —dijo Fiona—. ¿Estaba siempre creando?

—Siempre. A veces incluso, como, a las dos de la madrugada. Vivía para ello. Hasta intentó enseñarnos un par de veces, pero a ninguna se nos daba bien.

—¿Tengo entendido que era popular en TikTok?

Georgia asintió. —Era una locura. Algunas de las visitas que conseguía eran increíbles. Consiguió su primer contrato con una marca el mes pasado.

Fiona tomó nota. —Debía de estar eufórica.

—Lo estaba, de verdad que lo estaba —continuó Georgia. Era evidente para todos en la habitación que ella quería ser la que hablara—. Se esforzó y trabajó muchísimo. Fue genial ver que diera sus frutos de esa manera. Es que... es que no puedo creer que la hayamos perdido.

Fiona cogió un pañuelo y se lo pasó.

—¿Cómo la han visto estos últimos días? ¿Contenta de estar de vuelta?

Georgia asintió, secándose con delicadeza los restos de maquillaje que le quedaban bajo el ojo. —Estaba deseando volver. No creo que... no creo que le gustara mucho estar en casa. Creo que sus padres le daban la lata para que dejara el arte, que hiciera algo con lo que pudiera ganar dinero. Supongo que se callaron la boca cuando le llegó el contrato con la marca.

—Pero no estaba *del todo* feliz... —empezó Lucy en voz baja.

Fiona intuyó que, de todas las chicas, Paulina era la más cercana a Lucy; la callada y reservada Lucy.

—¿Por qué?

—Durante el verano, alguien... alguien le había estado enviando mensajes por TikTok. Un chico llamado Damien.

—Puaj, Damien —resopló Georgia, acompañando el sonido con un gesto de fastidio.

—¿Volvió con él? —le preguntó Mya a Lucy—. A mí me dijo que no había pasado nada entre ellos.

Lucy esperó un momento antes de hablar, dirigiéndose a Fiona. —Se conocieron una noche de fiesta el año pasado, unos meses antes de las vacaciones de verano. Él fue a su piso un par de veces, y ella al suyo. Ella no quería nada serio. Pero él sí. Y... —se humedeció los labios, conteniendo las lágrimas—. Y durante el verano, me contó que no había parado de mandarle mensajes, diciendo que estaba deseando volver a verla, deseando abrazarla. Se estaba portando de una forma muy siniestra.

—¿Paulina respondió?

Lucy asintió. —Solo un par de veces. Por educación. Se dio cuenta de que no podía ignorarlo sin más porque sabía que se encontrarían en algún momento.

—¿Cómo?

—Estaban en el mismo club de atletismo.

Otra nota. Esta vez tuvo que repasar varias veces lo escrito mientras la tinta de su bolígrafo empezaba a agotarse.

—¿Le importaría darme su apellido?

—Veitch. Damien Veitch —explicó Lucy—. No sé qué aspecto tiene; nunca lo he visto. Pero seguro que puede encontrarlo de alguna manera en los cursos de la universidad.

Fiona terminó de tomar su última nota. Mientras ponía el

capuchón a su bolígrafo, estudió a cada una de las chicas, observando sus expresiones rotas y desoladas. Deseó poder abrazarlas a todas, decirles que todo saldría bien, que solo era un sueño. Pero la vida no era tan amable. Aun así, estas chicas necesitaban positividad, un recordatorio de las cosas buenas de Paulina. No necesitaban quedarse ahí sentadas, dándole vueltas, pensando en la forma en que había muerto.

Era hora de que hiciera lo que se le daba bien e inyectara algo de vida en la habitación que, metafóricamente, había albergado dos cadáveres.

—Bueno —dijo con entusiasmo, burbujeante, mientras se levantaba de un salto del sofá—. Basta de hablar de eso por hoy. Enséñenme la habitación de Paulina. Me encantaría ver algunas de sus obras en persona.

CAPÍTULO
TREINTA

Por fin había llegado el momento. El día que había estado temiendo desde su regreso. El día que su hermana Kimberley le había recordado incesantemente en una llamada tras otra.

—Steph, no olvides que esta semana es el cumpleaños de papá.

—Steph, ¿puedes decirme si vas a ir a ver a papá? Pensé que podríamos ir juntas.

—Steph, acaban de llamarme de la residencia y tiene muchas ganas de vernos este fin de semana. Han organizado una fiesta y les dije que iríamos las dos.

Qué mala suerte la suya que su primer día coincidiera con la misma semana del cumpleaños de su padre. Si hubiera seguido trabajando en Essex, habría tenido una excusa, una razón para no ir, una distancia de ochenta millas que justificaba su ausencia un año más.

Pero ya no era así. Ahora solo unos pocos kilómetros la separaban de ver al hombre con el que quería pasar el menor tiempo posible.

—Ha tenido un cumpleaños estupendo —empezó el enfermero, Wayne Lyons, mientras seguían por el pasillo hacia la habitación de su padre—. Le hemos cantado todos el *Cumpleaños feliz* en la sala común. Se ha comido una buena porción de bizcocho de limón que le ha hecho Julie. Se le dan muy bien los dulces; los hace para todos nuestros residentes. Naturalmente, tu padre ha sido el que más ha comido. Creo que ha repetido dos o tres veces.

—Siempre fue muy goloso.

Wayne se movía con brío y un candor alegre en el tono de voz. Para un observador externo, habría parecido un entusiasta de su trabajo, alguien a quien le encantaba lo que hacía. Pero para Stephanie, cuya impresión de él y de toda la residencia se había visto empañada por la relación con su padre, sencillamente, le resultaba cargante.

Deseaba estar lo más lejos posible de allí.

—¿Cómo se ha encontrado últimamente? —preguntó ella.

—Ya sabe —respondió Wayne—, tiene días buenos y días malos, como todo el mundo. Polly es la persona más indicada para hablar de eso.

Polly. Reconoció el nombre. Estaba segura de haberlo oído o visto en alguno de los correos electrónicos que había ojeado cuando Kimberley organizó el traslado a la residencia. Hasta ahí llegaba su relación con esa mujer.

Finalmente, se detuvieron frente a la habitación número trece. En la puerta, en una placa de plástico, figuraba el nombre de Colin Broadbent.

Un nombre en el que no había pensado en mucho tiempo. Un nombre que la mareaba.

¡Mira lo que has hecho! ¡Ha sido todo por tu culpa!

Wayne dio un suave golpe en la puerta antes de abrirla con cuidado. La habitación olía ligeramente a antiséptico y a orina, con un sutil toque de algo más dulce: el ambientador con aroma a limón que había en la habitación libraba una batalla perdida. De inmediato, vio una cama individual pegada a una esquina. A su lado había una robusta mesilla de noche de roble atestada de artículos de primera necesidad: una jarra de agua, un pastillero, pañuelos de papel y un reloj digital con números de gran tamaño. Fotografías en marcos desparejados abarrotaban la cómoda. Imágenes de Kimberley y su marido, Jason, en su boda; una foto de Stephanie con su uniforme de policía que no recordaba haberse hecho; una fotografía de su madre, sentada en la playa, sonriendo a la cámara.

Imágenes de momentos que para Colin ya solo existían en aquellos recuerdos capturados.

La puerta del armario estaba entreabierta y dejaba ver ropa cuidadosamente etiquetada que Colin ya no recordaba cómo elegir adecuadamente.

Su padre estaba sentado en un sillón gastado, mirando fijamente el televisor, que emitía algo alegre a bajo volumen. Por suerte, solo estaba perdiendo la cabeza, no el oído.

La demencia había empezado unos años antes. Primero, había comenzado a mostrar signos de desmemoria: hacía las mismas preguntas, perdía objetos cotidianos, repetía las mismas historias, llamaba a la gente por nombres equivocados. Luego vino la confusión: no reconocía la distribución de su propia casa, se perdía en paseos que había hecho durante años, le costaba seguir conversaciones sencillas. El diagnóstico llegó poco después, pero para entonces, el hombre que ella y Kimberley habían conocido ya había empezado a desvanecerse.

Llevaba seis meses en la residencia y su pelo, ya casi todo cano, se había clareado drásticamente, y tenía la espalda encorvada de una forma que ella no recordaba. También había perdido mucho peso. La piel, otrora tersa, le colgaba ahora de las mejillas, y los vaqueros que antes le quedaban ajustados en la cintura ahora le caían holgados sobre las caderas.

Pero todavía había algo en su rostro, en su expresión, en sus ojos, que no mostraba signos de desaparecer. La malevolencia, la manipulación, el cálculo. Una historia de maldad grabada en cada poro de su rostro, en cada pelo descuidado de su barbilla. Puede que se estuviera apagando —lenta, implacablemente—, pero el hombre que una vez había hecho de su vida un infierno no se había ido del todo. Seguía ahí, en alguna parte, bajo la mirada ausente y perdida que le dedicó cuando ella entró. Tras unos segundos, el reconocimiento se registró en su cerebro y le sonrió lentamente.

La misma sonrisa lenta y torcida que solía aparecer justo antes de que dijera e hiciera algo que ningún padre debería hacer. Al verla, se rodeó el collar con una mano y apretó la otra en el bolsillo, pellizcándose un trozo de carne del muslo a través del pantalón para mitigar las náuseas.

—Stephy... —dijo lentamente, y su sonrisa lasciva se ensanchó, volviéndose más amenazante.

¡Cállate, zorra estúpida! ¡¿Ves lo que has hecho?!

—Hola, papá —dijo ella, evitando su mirada todo lo que pudo.

—*Bueno* —dijo Wayne, excesivamente alegre—. Veo que tenéis mucho de qué poneros al día. Os dejo a solas. Estaré en el despacho por si me necesitáis.

Puso una mano en el brazo de Stephanie antes de irse.

Al cerrarse la puerta, el pecho se le oprimió y su respiración se volvió superficial. Era como si el aire desapareciera de la habitación. Las paredes se le echaban encima. Una abrumadora sensación de pavor y pérdida de control la asaltó por todos lados.

—¿Cómo estás, Stephy?

No fue capaz de responder. Asesinos, violadores, secuestradores; se había topado con todos ellos. Pero ninguno, ninguno en toda su carrera, era tan malo como el hombre que tenía enfrente.

—Feliz cumpleaños —fue lo único que se le ocurrió decir, mientras se aferraba al collar con tanta fuerza que se le clavaba en la piel.

—¿Es mi cumpleaños? Qué bien. Gracias por venir. ¿Ha habido una fiesta?

Hizo una mueca. —Al parecer.

—¿Te ha gustado?

—No he podido venir. Tenía que trabajar.

—Ah, sí. ¿Dónde trabajas ahora?

—Aquí.

No tenía nada que decirle. Nada en los veinte años transcurridos desde la última vez que lo había visto que quisiera comentar. No merecía saber lo bien que les iba a ella y a Kimberley sin él en sus vidas. Lo bien que habían sobrevivido a su infancia gracias a los sacrificios de ella, a su liderazgo y a lo rápido que se había visto obligada a madurar. Aunque estaba segura de que su hermana lo había puesto al corriente de cada detalle de sus vidas.

—¿Dónde está Kimberley? —preguntó él, mientras otra sonrisa aparecía lentamente en su rostro.

—Ya ha venido.

—Ah. Qué bien.

—¿Y qué tal tu madre?

Stephanie apretó la mandíbula con frustración, mordiéndose la mejilla. El dolor se extendió por su boca, tan potente e intenso que la distrajo del moratón que se estaba formando rápidamente en su muslo.

No te atrevas a hablar de ella. No te atrevas a mencionarla delante de mí.

—Adiós, papá —dijo, dándose ya la vuelta.

No podía soportar estar allí ni un minuto más. No podía soportar estar en la misma habitación que él más de lo necesario. Se le puso la piel de gallina mientras su cuerpo se estremecía de incomodidad y una cacofonía de emociones se agitaba en su interior. Furia. Dolor. Culpa.

Las imágenes de su sonrisa lasciva se quedaron grabadas en su visión mientras recorría el pasillo a toda prisa. Necesitaba desterrarlas. Necesitaba sacarlo de su cabeza y de su vida.

Necesitaba vomitar.

CAPÍTULO
TREINTA Y UNO

Stephanie se detuvo en seco junto a la salida. La puerta tenía una alarma y era necesario que la abriera un miembro del personal. Intentó abrirla ella misma varias veces, pero fue inútil.

—Vaya, qué prisas —dijo una mujer que cojeaba mientras se acercaba—. ¿Ya te han asustado y te vas?

—Tengo que volver al trabajo —respondió Stephanie.

La mujer introdujo un código PIN en un teclado numérico y le sujetó la puerta. Justo cuando Stephanie estaba a punto de salir del edificio, la mujer la llamó y le indicó que tenía que registrar su salida.

—Por si hay un incendio —explicó—. Diría que yo no pongo las reglas, pero, por desgracia, en este caso no es cierto.

Mientras Stephanie garabateaba la hora de salida en el papel —exactamente seis minutos después de haber llegado—, la mujer se inclinó y echó un vistazo a la página.

—¿Eres la hermana de Kimberley?

—Sí.

La mujer se limpió la mano en los pantalones. —Soy Polly. Encantada de ponerte cara por fin.

—Igualmente —respondió Stephanie mientras le estrechaba la mano a Polly con recelo. Quería largarse de allí cuanto antes.

—Solo he tratado con tu hermana —explicó Polly.

—A ella siempre se le han dado bien este tipo de cosas.

—Tengo entendido que estabas fuera.

Steph asintió. —Parece que se las ha apañado bien sin mi apoyo.

—¿Kimberley dijo que te habías mudado a Guildford?

Stephanie lo confirmó con otro asentimiento.

—¿Eso significa que te veremos más por aquí? Siempre pregunta por ti.

—¿Te refieres a Kimberley?

—No. A *ti*. —Polly la señaló, como si la estuviera culpando—. Siempre menciona tu nombre, pregunta cuándo vas a venir de visita. Creo que te echa mucho de menos.

Steph forzó una sonrisa.

—Le encantaría que pasaras por aquí más a menudo.

¿A qué jugaba esa mujer? ¿Intentaba hacerla sentir culpable para que viera con más frecuencia al hombre que le había arruinado la vida? ¿Darle su valioso tiempo mientras a él se le agotaba el suyo?

Si supiera...

—Tengo que volver al trabajo —dijo Stephanie bruscamente, indicando que no había lugar para más conversación.

—Claro. —Polly le tendió la mano otra vez—. Bueno, ha sido un placer conocerte.

Mientras Stephanie la cogía a regañadientes por segunda vez, una imagen de su padre resurgió. Esta vez estaba medio desnudo, apestando a alcohol, subiendo las escaleras con paso pesado, entrando en el dormitorio de sus padres, cerrándole la puerta en la cara a Stephanie antes de que empezaran los ruidos y los gritos.

Y se formaran los moratones.

¡Cállate, puta zorra estúpida!

Al cerrar la pesada puerta tras de sí, Stephanie inspiró profundamente. Grandes bocanadas de aire inundaron sus pulmones, aliviando la presión de su cuerpo. Podía respirar de nuevo. Podía volar. Era libre. Libre de las ataduras de su padre.

Justo cuando iba a entrar en el coche, sonó su teléfono móvil. Esperaba que fuera un miembro del equipo para ponerla al día de algunas de las tareas que había asignado, y no la residencia llamando para decir que se había olvidado de algo.

En cambio, era su hermana.

—¡Steph! —chilló Kimberley al otro lado del teléfono—. ¿Ya has ido a ver a papá?

—Me voy ahora.

—¿Cómo estaba?

—Bien.

—¿Se ha acordado de ti?

—Sí.

—Te dije que siempre preguntaba por ti.

—Pensaba que lo decías solo para que fuera.

—Claro que no. Te echa de menos.

—Si tú lo dices...

—No te pongas así, Steph. Es todo lo que nos queda. Y no sabemos cuánto tiempo más va a estar con nosotros.

Steph gruñó.

—Creo que de verdad deberías esforzarte más ahora que estás aquí.

Otro gruñido, seguido de una respuesta a medias.

—Bueno —continuó Kimberley—, basta de hablar de él. ¿Qué haces este fin de semana?

—Iba a coger la bici de montaña y salir a dar una vuelta.

—Pues ya no —dijo Kimberley—. Vienes a cenar a casa conmigo y con Jason.

CAPÍTULO
TREINTA Y DOS

Desde que era pequeña, siempre le había costado desconectar. El miedo constante que su padre le había inculcado durante la infancia la persiguió el resto de su vida. Los estruendos que resonaban en el salón de abajo. Los gritos que provenían del dormitorio. La puerta que se abría con un chirrido en mitad de la noche...

Con los años, había encontrado varias actividades que la ayudaban a olvidar y a procesar el trauma: la pintura, el *running*, la escalada y el jiu-jitsu.

Una de las incorporaciones más recientes era el ciclismo de montaña. Le encantaba la emoción de la subida y el rápido descenso por el terreno húmedo e irregular. Se deleitaba con el esfuerzo y la tortura a los que sometía su cuerpo. Adoraba el subidón de adrenalina cuando se precipitaba cuesta abajo por una pendiente pronunciada a cincuenta kilómetros por hora, dependiendo únicamente de su intuición y de sus reflejos; un error de cálculo y se estrellaría de cabeza contra una roca afilada o un árbol.

Solo eran ella, la bicicleta de montaña y el sendero. Igual que con la escalada, ella tenía el control. Si algo salía mal, era culpa suya. Si se caía, era culpa suya.

Si se caía y se rompía la clavícula, solo podría culparse a sí misma.

Los últimos días habían pasado volando y sin incidentes.

Concretamente, nadie más había acabado muerto. Durante ese tiempo, el equipo había estado trabajando sin descanso para reunir todas las pruebas posibles sobre quién había matado a Claudia Bellini y a Paulina Potter. Habían rastreado las redes sociales de ambas víctimas en busca de conexiones, pero no habían encontrado nada. Habían escudriñado el diario de Claudia Bellini, pero no había servido de nada. Las únicas conexiones que habían establecido eran que ambas chicas pertenecían al mismo club de *running* y que estaban en el mismo curso, con los mismos profesores y alumnos.

Lo que les faltaba eran pruebas reales y tangibles. En ambas escenas del crimen, había habido escasez de ellas. O, desde otro punto de vista, había habido tantas pruebas, con tanta gente entrando y saliendo de la habitación de Claudia y del aula de arte 3BA, que los equipos forenses no habían podido discernir nada concreto, a excepción de una huella dactilar encontrada en el microondas del dormitorio de Claudia Bellini.

La prueba clave, sin embargo, estaba en las grabaciones de las cámaras de seguridad del Centro de Arte Ivy. Olivia había descubierto al presunto asesino entrando en el centro a la hora de la muerte de Paulina. Una figura se había colado en el edificio, completamente vestida y con capucha, con los rasgos ocultos, y se había dirigido al aula de arte 3BA. Poco después, se había marchado.

Se creía que el sospechoso era el estudiante del que los amigos de Paulina habían informado a Fiona: Damien Veitch. Tenía la misma altura, la misma complexión y, por las fotos que habían visto en sus redes sociales, llevaba una sudadera con capucha idéntica. Desde entonces, se habían hecho varios intentos para localizar al joven, y entre Fiona, Giles y Devon habían visitado su domicilio y asistido a algunas de sus clases con la esperanza de encontrarlo allí. Pero nada. El hombre se había esfumado, había desaparecido por completo.

Stephanie estaba segura de que acabaría apareciendo. Pero en ese momento, solo podía pensar en la mejor ruta que tenía delante. ¿El descenso gradual y más suave? ¿O el más empinado y accidentado?

Al final, eligió el segundo.

En lo alto, las nubes se cernían pesadas y bajas, cubriendo St Martha's Hill con un velo gris acero. Se le sonrojaron las mejillas con cada aliento mientras permanecía en lo alto de la pendiente, un pie en el pedal y el otro plantado en la tierra, con el corazón martilleándole en el pecho.

Se impulsó.

Los neumáticos escupieron tierra y guijarros a su espalda mientras la gravedad tomaba el control. Se inclinó hacia delante, acariciando los frenos con los dedos. Chirriaron como cerdos, rasgando el silencio del bosque. Los árboles se convirtieron en borrones de color verde oscuro a ambos lados. El corazón se le aceleró. Las piernas se le tensaron. Su respiración era superficial, rápida y angustiada.

Durante los primeros veinte metros mantuvo el control, maniobrando las ruedas por el sendero, sobre las raíces y los baches del terreno con cuidado y precisión. Pero unos metros más adelante, algo cambió. Creyó ver una figura entre los árboles. Un hombre parecido a su padre, observándola. En las manos sostenía algo que relucía.

El collar de mamá.

Detrás de él había dos chicas: Claudia Bellini y Paulina Potter. Sus rostros estaban pálidos, llenos de las súplicas que habían dirigido a las manos de su asesino.

—*Por favor, déjame ir.*

—*¡No hagas esto!*

Ahora acudían a ella.

—*Vénganos, Stephanie.*

La aparición la distrajo un instante de más y no vio la raíz que sobresalía en el sendero como un dedo admonitorio. El neumático delantero la golpeó con fuerza, haciendo que el manillar se torciera de lado. Por un momento, quedó suspendida en el aire, ingrávida. Entonces el mundo dio una voltereta.

Salió despedida por los aires y su cuerpo se estrelló contra el suelo con un golpe sordo. Primero el hombro, luego las costillas, luego la cadera, expulsando el aire de sus pulmones.

La bicicleta cayó con estrépito a su lado, con las ruedas girando suavemente. No se movió. No podía. Un dolor agudo le recorrió el costado. La visión se le nubló por las lágrimas. No sabía si por el golpe o por pura frustración. Arriba, a través del dosel de los árboles, había un claro entre las nubes, y un fino rayo de sol caía sobre el lugar donde había visto las figuras. Cuando estiró el cuello para verlas, se sintió aliviada al comprobar que habían desaparecido.

CAPÍTULO
TREINTA Y TRES

El dolor en el hombro y la cadera no había remitido al llegar la noche. Todavía se estaba masajeando el costado con el pulgar cuando la puerta principal se abrió de golpe y su hermana la recibió. Aquella noche, Kimberley llevaba una elegante falda negra y una chaqueta de punto de rayas blancas y negras. Llevaba el pelo arreglado y se había aplicado una fina capa de maquillaje en un rostro que, en opinión de Stephanie, nunca lo había necesitado. Su hermana era guapa en todos los sentidos.

Stephanie, por el contrario, siempre se había considerado el patito feo del dúo. Era Kimberley quien siempre acaparaba la atención de los chicos en el colegio. Era Kimberley la que tenía novios en la veintena y la treintena. Mientras tanto, Stephanie se ocupaba de preocuparse por ella, de asegurarse de que estaba a salvo y de que actuaba con sensatez. No había tenido tiempo, ni ganas, de encontrar el amor. Tampoco creía ser del todo digna de él. Quizá por eso la mayoría de los pretendientes mantenían las distancias en cuanto veían su actitud y su expresión.

El amor, entre otras cosas, nunca había estado entre sus prioridades. Ya había visto el *amor* antes y, a juzgar por lo que había vivido, se le habían quitado las ganas para siempre. Como la versión del amor de sus padres era el único ejemplo que tenía, no quería saber nada de él. Lógicamente, eso la volvía cautelosa y desconfiada con cualquiera que intentara entrometerse y pretender a su hermana pequeña.

—¡Ya estás aquí! —dijo Kimberley, su voz resonando por toda la pintoresca calle residencial, donde las casas costaban poco menos de un millón de libras y los coches de cada entrada parecían sacados de una película de James Bond.

—¿Me doy la vuelta si quieres?

—No seas tonta —dijo Kimberley mientras tiraba de Stephanie hacia dentro cogiéndola del brazo.

Se quitó los zapatos en la puerta y examinó el vestíbulo. La casa de Kimberley y Jason era todo lo que la suya no era: acogedora, bien decorada, moderna; el tipo de sitio al que te mudarías sin pensártelo. Estaba claro que habían invertido mucho tiempo, dinero y esfuerzo en que tuviera ese aspecto. O más bien, *Kimberley* había invertido mucho tiempo, dinero y esfuerzo. Veía la impronta de la personalidad de su hermana cosida en cada tejido del edificio, lo que solo se acentuaba al pasar a la cocina: la nevera Smeg de la que siempre había hablado; la cocina Aga con la que soñaba desde que la vio en un catálogo en el centro de acogida; los paneles verdes sobre un fondo azul oscuro que encajaban con su personalidad. Era la casa de Jason —*oficialmente*, al menos—, pero ella la había convertido en un hogar.

En la encimera, varias ollas y sartenes borboteaban, y la luz del horno de abajo estaba encendida. El olor a comida llenaba la estancia.

—¿Vino?

Stephanie negó con la cabeza. —Conduzco.

—Tonterías —insistió Kim—. Es fin de semana. Estás fuera de servicio. Y te voy a obligar a tomarte una copa, quieras o no.

Cuando Stephanie fue a coger su copa, hizo una mueca de dolor.

—¿Estás herida? —preguntó Kim, posando una mano preocupada en su brazo.

—Solo ha sido un accidente de bici.

—¿Has ido en bici sola? ¿Otra vez?

Stephanie se quitó de encima la mano de su hermana. —Siempre voy sola.

Kimberley la ignoró y corrió hacia el congelador, donde encontró una bolsa de hielo. A pesar de las protestas de Stephanie, Kimberley la envolvió en un paño de cocina y se la apretó contra el hombro.

—No hace falta que hagas esto —replicó Stephanie—. Soy capaz de cuidarme sola.

—Es mi turno de devolverte el favor. Después de todos los años que te pasaste cuidando de mí.

Stephanie se rio entre dientes. Si ella supiera la mitad de la historia. Con la compresa en una mano y la bebida en la otra, Stephanie preguntó: —¿Dónde está Jason?

—Arriba. Terminando una cosa del trabajo. Bajará en un minuto.

Stephanie tomó un sorbo de su bebida y estudió a su hermana mientras se afanaba en la cocina. —¿Es eso lo que te pones para trabajar?

—¿Esto? ¿Qué tiene de malo?

—Solo pregunto.

Kim se detuvo y echó un vistazo al atuendo de Stephanie. —¿Es eso lo que *tú* te pones para trabajar?

—Es lo único que tengo, así que sí. Técnicamente, me lo pongo para todo.

—Tú y yo tenemos que ir de compras.

—No, no tenemos que ir.

Stephanie odiaba ir de compras. Lo detestaba. No se le ocurría nada que le apeteciera menos. Lo odiaba tanto que a menudo pensaba que preferiría pasar la noche en el depósito de cadáveres.

—Te vendrá bien —continuó Kimberley, pero Stephanie no la escuchaba—. ¿Cómo va la mudanza?

Stephanie tomó otro sorbo. —Ahí sigue. No se va a ir a ninguna parte.

—¿Necesitas que vaya a hacértela?

—Parece que ya tienes bastante con lo tuyo.

Ese comentario detuvo a Kim en seco. Se quedó paralizada mientras transportaba un cazo de agua hirviendo al fregadero. —¿Qué quieres decir?

—Pareces cansada —dijo Stephanie con sinceridad. El tono

juguetón de su conversación anterior había desaparecido. Ahora usaba su voz de hermana mayor—. Como si algo te hubiera mantenido despierta.

Kimberley negó con la cabeza. —Es que el trabajo ha sido muy intenso.

Stephanie no la creyó. Conocía a su hermana lo bastante bien como para darse cuenta de cuándo mentía. Pero antes de que pudiera indagar más, el fuerte estrépito de unos pasos que bajaban corriendo las escaleras la interrumpió. Un instante después, un hombre alto, moreno y apuesto, vestido con una camisa elegante y ajustada y unos chinos, apareció en el umbral. Jason había entrado en la vida de Kim hacía casi diez años, y llevaban siete casados. Stephanie recordaba la primera vez que lo conoció, en una cafetería en el centro de Colchester, Essex, cuando Stephanie le cedió su dormitorio y durmió en el sofá durante un fin de semana largo. Stephanie tuvo la misma impresión ahora que cuando lo conoció: era educado, encantador y sabía decir las cosas adecuadas. Tenía sus sospechas —era algo inherente a haber cuidado de su hermana durante tanto tiempo—, pero parecía hacerla feliz. Y mientras su hermana fuera feliz, ella también lo era.

—Stephanie —dijo él, abrazándola—. Qué alegría verla.

Ella hizo una mueca al apartarse. —Igualmente.

—Lo siento, no quería hacerle daño.

—Se ha hecho daño *ella misma* —intervino Kim—. Es todo autoinfligido. No sientas pena por ella.

Una expresión de intriga apareció en el rostro de Jason. —¿Qué se ha hecho?

—Me he caído haciendo ciclismo de montaña.

—Y el otro día fue a hacer escalada sola —añadió Kimberley—. Sola, y *sin* arneses ni sujeción.

—Toda una adicta a la adrenalina —respondió Jason, y luego le puso una mano en el otro hombro—. Bueno, tiene usted buen aspecto. Hacía mucho que no nos veíamos, y siento haber llegado tarde. Tenía que terminar un par de cosas.

—¿En fin de semana?

—Ya sabe cómo es esto. La apasionante vida de la bolsa nunca para.

—Tienes suerte de que esté aquí —señaló Kimberley—. Se suponía que tenía que estar en Japón por trabajo, pero el viaje se acortó.

Stephanie captó un atisbo de acusación en el tono de su hermana que llevaba tiempo sin ser expresado.

—Me alegro de que haya podido estar aquí —dijo Stephanie, deseosa de aliviar la creciente tensión en la sala. Sabía cómo empezaban estas cosas —las había visto de primera mano— y también sabía cómo acababan... Se llevó la mano al collar de su madre y sintió que empezaba a calmarse.

—Te queda un poco apretado —observó Kimberley—. ¿No has pensado en añadirle algunos eslabones?

Stephanie negó con la cabeza.

—Yo creo que le queda bien —añadió Jason, saliendo en su defensa.

—Lo tiene desde que tengo uso de razón y todavía no me quiere decir de dónde lo sacó.

—Ya te lo dije, fue un regalo de mamá.

—Me sigue fastidiando que a mí no me diera uno.

Antes de que Stephanie pudiera responder, el agua hirviendo de la vitrocerámica se derramó, lanzando columnas de vapor al aire. Kimberley entró en pánico y limpió rápidamente. Jason y Stephanie ofrecieron su ayuda, pero ella los echó de la cocina al comedor, y ellos se apresuraron a entrar en silencio, con torpeza.

A Stephanie nunca se le había dado bien la cháchara; la conversación forzada con gente que no conocía muy bien. Y Jason no era una excepción.

—¿Qué tal el trabajo? —preguntó él—. ¿Cómo se está adaptando al nuevo entorno y a vivir de nuevo en Guildford? Supongo que será como si nunca se hubiera ido.

Pero no era así. En algunos aspectos, todo parecía igual que veinte años atrás. En otros, cada rincón de la ciudad, de la zona y de la gente había cambiado. Ya no reconocía nada, y cuanto más tiempo pasaba allí, más se sentía como una extraña.

—Aún es pronto —respondió ella—. Pero mi nuevo equipo me mantiene ocupada.

—Y ese caso del que oí hablar en las noticias —dijo él—. Con los estudiantes. Ya tiene el trabajo hecho para usted.

«Demasiado ocupado para ayudar en casa y pasar tiempo con tu mujer, pero mucho tiempo para leer las noticias locales», pensó ella.

—No hay nada como que te tiren de cabeza a la piscina —respondió.

—Aun así, debe de mantenerla despierta por la noche.

Eso, y el miedo. Y la paranoia. Y la culpa. Y el remordimiento.

—El progreso es lento, pero confío en que lo conseguiremos.

Justo cuando Jason iba a responder, la puerta de la cocina se abrió y Kimberley irrumpió, cargada con varios platos de comida humeante. Jason y Stephanie se apartaron de su camino mientras ella dejaba los platos sobre la mesa. Le ofrecieron ayuda una vez más, pero de nuevo, ella la rechazó y les ordenó que se sentaran. Unos minutos más tarde, un hermoso asado dominical, con pollo, patatas, verduras, coliflor con queso y salsa, estaba delante de ellos, con volutas de vapor elevándose suavemente en el aire.

Kimberley golpeó su copa con la cuchara, reclamando su atención. —Solo quería decir, Steph, gracias por venir esta noche. Hacía mucho tiempo, pero es genial tenerte de vuelta. No sabes lo feliz que estoy, y lo feliz que está papá también, de tener a mi hermana mayor de vuelta. —Alzó su copa—.' Por la familia —añadió.

—Por la familia —replicó Stephanie, obligándose a apartar la imagen de su padre al fondo de su mente.

CAPÍTULO
TREINTA Y CUATRO

Lo que había empezado como una velada agradable y encantadora no tardó en torcerse por las conversaciones sobre su padre. Sobre lo estupenda que era la residencia, el apoyo y el cariño que recibía allí, que Stephanie tenía que ir a verlo más a menudo y que debía volver a conectar con él y recordarle quién era ella antes de que su memoria se desvaneciera por completo.

Durante todo el tiempo, Stephanie había asentido educadamente y asumido el papel de hermana amable, sobre todo por Jason, pero también porque no había querido prolongar una conversación que ya era de por sí dolorosa.

Como resultado, se marchó de casa de su hermana más estresada de lo que había llegado. Para calmarse, se puso la ropa de correr y salió a correr en plena noche.

Tenía la boca pastosa por el regusto y el ardor del vómito cuando entró en el campus universitario. Charcos de luz emanaban de las altas farolas, alargando las sombras sobre el sendero vacío. Las siluetas de los edificios académicos se cernían contra el cielo nocturno, con sus ventanas brillando como cuencas vacías. Por encima, las nubes, bajas y densas, atrapaban el resplandor de las luces de sodio que teñían el mundo de un ámbar apagado. Las zonas verdes y los pasillos de hormigón que normalmente bullían de estudiantes estaban ahora desiertos, los bancos vacíos, el aire inmóvil. El lugar estaba extrañamente silencioso, en marcado contraste con el bullicio habitual durante el día. La respiración de Stephanie era una sucesión de jadeos cortos y controlados mientras ponía un pie delante del otro. Al subir una cuesta empinada para llegar a la asociación de estudiantes, los sonidos de conversaciones y risas se filtraban por las ventanas abiertas de las residencias: estudiantes socializando, preparándose para salir de fiesta, jugando a videojuegos, viviendo la vida con libertad, sin límites.

En lo alto de la cuesta, llegó al anfiteatro. Le vinieron a la mente destellos de su discurso del otro día, pero desaparecieron tan rápido como aparecieron en cuanto vio a una joven que bajaba las escaleras con toda naturalidad, con un par de auriculares en los oídos.

Stephanie se paró al pie de la escalinata y le hizo una seña para que se detuviera. La joven se detuvo con un movimiento controlado y la estudió con atención antes de quitarse uno de los auriculares.

—¿Sí? —espetó.

—¿Qué haces? Es medianoche y vas por ahí sola.

—Perdona, ¿tú quién eres? —Tenía un marcado acento del este de Londres.

—¿No has visto las noticias sobre las dos chicas que han muerto en el campus? Tienes que tener cuidado. No deberías andar por aquí a estas horas de la noche, sola y con auriculares. Tienes que ser prudente. Podría pasarte cualquier cosa.

La chica se ajustó la correa del bolso en el hombro. —Lo mismo podría decirte yo a ti. Tú también estás aquí sola en mitad de la noche.

Stephanie alzó la barbilla ligeramente. —Es diferente. Soy policía. Puedo defenderme.

—¿Policía? ¿Has estado trabajando en el caso?

Ella asintió.

—¿Y... y qué haces aquí?

—Correr me ayuda a pensar, a procesar las cosas.

—¿Quieres algo más en lo que pensar? —preguntó la estudiante.

—Adelante...

—No he oído mucho del tema —empezó—. He intentado mantener un perfil bajo y eso. Pero lo que sí he oído es que mucha gente dice que puede que lo haya hecho uno de los profesores, ¿sabes?

Stephanie recordó lo que había dicho en ese mismo lugar. Que los rumores eran la muerte de la verdad.

—Gracias —dijo, para que la adolescente se quedara tranquila—. Lo tendré en cuenta. ¿Adónde vas?

—A casa —respondió la chica.

—¿Dónde está?

—En Kernel Court. —Señaló por encima del hombro de Stephanie—. Una residencia nueva que abrieron hace un par de años porque la universidad no paraba de tener un exceso de solicitudes.

—¿Quieres que te acompañe?

La joven se lo pensó un momento y luego negó con la cabeza educadamente.

—No pasa nada —respondió mientras se quitaba los auriculares de los oídos y se los guardaba en el bolsillo.

A regañadientes, Stephanie dejó que la chica se fuera. No quería intimidarla ni presionarla. En lugar de eso, se puso en marcha en la dirección opuesta y dio un rodeo, calculando el tiempo para poder ver a la chica justo cuando salía del campus y se dirigía al puente que llevaba a su residencia.

Como una protectora vigilante, no le quitó el ojo de encima hasta que estuvo a salvo.

El único problema era que ella era solo una estudiante, y había varios miles más como ella, y no había suficiente Stephanie para todas.

CAPÍTULO
TREINTA Y CINCO

Stephanie se alegró de haberse despertado sin llamadas de la Central a la mañana siguiente. Aunque había visto a la chica entrar en su bloque de pisos y cerrar la puerta con firmeza tras de sí, una parte de ella todavía temía que hubiese corrido la misma suerte que Claudia Bellini. Que alguien la hubiese seguido hasta dentro, se hubiese colado en su dormitorio y le hubiese tendido una emboscada.

Esa sensación de inseguridad y paranoia empeoró cuando entró en el despacho del inspector jefe McGowan. Detrás de él, las persianas estaban echadas a medias, dejando entrar la luz tenue y encapotada de la mañana. Él levantó la vista hacia ella y asintió con un gesto que fue tanto un saludo como una invitación. Mientras apartaba la silla, Stephanie intentó leerle la expresión, pero él no dejaba traslucir nada. Iba impecablemente vestido con su uniforme de policía, como de costumbre, pero esa mañana se fijó en que llevaba un reloj con una fina correa de cuero, uno que no le había visto antes.

—¿Se ha dado un capricho el fin de semana? —preguntó ella, señalando con la cabeza la muñeca de él.

—¿Esta antigualla? Lo tengo desde que era un crío. Dejaron de fabricarlos, y sus piezas, hace una década. Ahora me da miedo ponérmelo por si lo estropeo.

Stephanie esbozó una sonrisa.

—¿Por si lo golpea contra el teclado o le cae algo de tinta de bolígrafo, quiere decir?

Una leve sonrisa cruzó su boca. El momento de ligereza fue breve.

—Confío en que haya tenido un buen día libre durante el fin de semana —dijo—. Una oportunidad para descansar, recargar las pilas y demás. Pero ahora tenemos que meter una marcha más. Me pasé todo el día de ayer atendiendo llamadas de la policía de West Midlands y de Northumberland. Como las víctimas son de esas zonas, todo el que ha tenido contacto con ellas ha empezado a llamar a sus comisarías locales, a hacer preguntas y a soltar nombres. Ambos comisarios principales están ofreciendo su ayuda, que por ahora he rechazado, pero si las cosas siguen intensificándose a este ritmo, no tendré más remedio que recurrir a otros.

Stephanie no dijo nada. Se limitó a sostenerle la mirada.

—También ha habido *mucha* cobertura mediática en los últimos días —continuó—. Ha salido por toda la *BBC*, el *Daily Mail* y el resto de medios. No quiero sonar como un disco rayado —¿es esa la metáfora correcta? Da igual, lo que digo es que acepté que se uniera al equipo basándome en su historial. Me dijeron que obtendría resultados. Y hasta ahora lo único que veo son dos cadáveres, un montón de ruido y muy pocos progresos.

¡Ya lo sé! Quiso gritarle en la cara. *¡Ya lo sé, joder! ¡Sé la mala pinta que tiene! ¡Sé lo mal que me hace quedar! ¡Lo estoy intentando! ¡Solo deme más tiempo!*

—Sí, lo entiendo perfectamente, señor —dijo en voz baja—. Hablaré con el equipo ahora y les recalcaré la urgencia de todo esto.

—Gracias —dijo él mientras ella se levantaba de la silla—. Como le he dicho, no quiero, pero si las cosas continúan...

—Lo entiendo.

Cuando Steph puso la mano en la puerta, él añadió:

—Tiene que darse cuenta de que nunca hemos tenido nada como esto. Y cuanto más tiempo pasa, creo que podría tener razón, creo que podríamos tener algo *gordo* entre manos. Solo espero que podamos resolverlo antes de que llegue a ese punto. Por dentro, estoy entrando en pánico.

Ella esbozó una sonrisa.

—No se preocupe, señor. Lo disimula mucho mejor que la mayoría de la gente con la que he trabajado.

CAPÍTULO
TREINTA Y SEIS

A los pocos minutos, el equipo se reunió en la sala de reuniones. De vuelta, la miraba una mezcla de caras somnolientas y cansadas, con la típica desgana del lunes por la mañana, de gente que no quería estar allí o que no había dormido lo suficiente durante el fin de semana, junto a los rostros enérgicos y vibrantes de aquellos que o bien habían dormido o estaban tan cargados de cafeína que sus cuerpos no se daban cuenta. Fiona y Eve pertenecían a esta última categoría. Ambas parecían llenas de vida y como si quisieran estar allí. Ansiosas. Esa emoción era evidente en sus rostros en cuanto vieron que Stephanie se acercaba. La cínica que había en ella pensó que estaban exagerando, intentando ganarse su favor e infundirle confianza, como si fuera una compañera nerviosa a punto de hacer una presentación importante. La otra parte de ella creía que simplemente formaba parte de su personalidad. Todos los demás, en cambio, parecían como si les acabara de decir que corrieran un kilómetro y medio a treinta grados. Todos excepto Devon, que estaba murmurando en voz baja con Noah al fondo del semicírculo, con la resaca de su conversación todavía presente.

—Devon —lo llamó—. ¿Está con nosotros?

—¿Qué? Ah, sí. Perdone, señora. —Se removió en su asiento para mirarla de frente—. Prosiga.

—Gracias —dijo ella, añadiendo una dosis extra de sarcasmo

para que el resto del equipo lo captara. Volviéndose hacia el tablón del caso, continuó—: Llevamos poco menos de una semana en la Operación Lucifer y me gustaría saber en qué punto estamos para poder reajustar mejor nuestras prioridades para la semana que entra.

Stephanie cogió su taza de café de una mesa cercana y tomó un sorbo.

—Devon, ya que está tan hablador esta mañana, a ver qué tiene que contarnos.

—Bueno... —empezó, reclinándose en la silla, con las manos entrelazadas detrás de la nuca—. He estado investigando las muñecas, ya que creo que ahí es donde debería centrarse nuestra atención. Las dos muñecas que se encontraron en las escenas del crimen están siendo examinadas. Los resultados se esperan para dentro de un par de semanas.

—¿Un par de semanas? ¿Por qué tanto tiempo?

—Porque hay un atasco, como siempre.

Dejó escapar un suspiro.

—Lo dejaremos en segundo plano, si va a tardar tanto. ¿Qué es lo que están examinando?

—Para ver de qué están hechas y si hay algún rastro de pruebas en ellas.

—¿Por qué?

—Porque podrían llevarnos al asesino... —dijo él como si fuera obvio.

—¿Qué importancia tiene de qué están hechas?

Él se inclinó ligeramente hacia delante. No le gustó su tono, ni la forma en que se dirigía a él. Lo sintió como un ataque.

—A mi modo de ver, o bien alguien las ha comprado o las ha hecho a mano. Si las han comprado en algún sitio, entonces estamos de suerte; no hay ningún lugar en Guildford donde se pueda comprar ese tipo de cosas, así que todo lo que tenemos que hacer es encontrar algún sitio que las venda y ver si han enviado algún pedido a Surrey recientemente. Y *cuántos*.

A Stephanie no le gustó esa última frase. ¿Cuántos? ¿Cuántas víctimas más habría hasta que el reguero de sangre del asesino se detuviera? ¿Cuántas víctimas más hasta que finalmente lo atraparan?

Se le erizó el vello de los brazos.

—Si eso no funciona —continuó él—, y resulta que están hechas a mano, entonces podríamos encontrar una mercería local que venda los materiales con los que están hechas.

—A ver si lo he entendido. ¿Quiere buscar en el vasto océano de internet con la esperanza de encontrar un lugar que venda muñecas de vudú? ¿O quiere buscar por todo el país una tienda de lanas que le vendiera los componentes a alguien? Suena a una tarea titánica.

—¿El país? ¿Por qué el país?

—Porque esto es una universidad. Estudiantes de todo el país, y del mundo entero, han venido a estudiar aquí. Si nuestro asesino es un estudiante, podría ser de cualquier parte. Pensé que se habría dado cuenta de eso.

Devon no tuvo nada que decir. Stephanie reprimió una sonrisa de suficiencia mientras se dirigía a Giles y a Eve.

—¿En qué punto estamos con los amigos, compañeros de piso y de clase de las víctimas?

Los detectives se miraron el uno al otro, decidiendo quién sería el primero en hablar. Giles le cedió la palabra a Eve.

—Hemos realizado entrevistas a testigos y de entorno con los compañeros de piso tanto de Claudia como de Paulina. Hemos empezado a hablar con *algunos* de sus compañeros de clase; sin embargo, eso está en nuestra lista de tareas para esta semana —explicó—. Hay que hablar con mucha gente, pero creo que podemos hacerlo, ¿no te parece, Giles?

—Por supuesto —dijo él, con un tono que desmentía la elección de sus palabras.

—Me ha llegado que corre el rumor de que podríamos estar buscando a uno de los profesores —dijo Stephanie—. Ya sé que dije que no quería centrarme en rumores, pero es algo en lo que he estado pensando y tiene sentido. Son de fiar; tienen acceso a todos los lugares del campus, quizá incluso más que los estudiantes, y puede que crean que pueden pasar desapercibidos. Así que quiero que os centréis en ellos. Haced una lista de todos los profesores con los que ambas chicas han tenido clase alguna vez y entrevistadlos. Otra vez, si es necesario. Sugeriría repartir el trabajo para ir más rápido, pero averiguad dónde estaban ambas noches y cuál es su conexión con las chicas más allá de sus clases. Ahora mismo, una de mis mayores preocupaciones es el móvil. ¿Por qué están haciendo esto? Por lo que tengo entendido, estas chicas eran gente normal y corriente. No hacían daño a nadie. Pero algo me sugiere que fueron elegidas por una razón específica. ¿Por qué? —La pregunta era retórica, pero algunos miembros del equipo negaron con la cabeza, inseguros—. Devon, usted es nuestro experto residente en vudú. ¿Por qué deja el asesino las muñecas?

Una expresión de orgullo cruzó el rostro del sargento mientras se acomodaba en su asiento.

—Tuve una videollamada con alguien que sabe un par de cosas del tema. Un profesor de antropología religiosa de la universidad, de hecho. Dijo que las muñecas de vudú no son lo que Hollywood nos ha hecho creer. No se trata solo de clavar alfileres en muñecas para hacer daño a la gente. En realidad son herramientas espirituales que se usan para la curación, la protección e incluso la comunicación con espíritus o deidades. Lo que nuestro asesino está haciendo, decirnos cómo morirá la siguiente persona, es simplemente apropiarse de la imagen, lo hace para causar efecto. No tiene nada que ver con el vudú de verdad.

Stephanie no sabía si eso ayudaba o lo complicaba todo aún más.

—Supongo que eso significa que nuestro asesino no es una persona religiosa obsesionada con las muñecas; solo las usa para infundir miedo. —Inhaló bruscamente—. Aun así, no nos dice por qué...

Un momento de reflexión descendió sobre la sala. Poco después, se levantó una mano. Era de Fiona.

—¿Qué quiere que hagamos con el club de corredores, señora? —preguntó la agente—. He de admitir que no me importaría pasarme por allí en una de sus carreras. A lo mejor encuentro allí a la futura señora Singleton.

—Qué asco, son todos unos críos —replicó Giles.

Fiona negó con la cabeza enérgicamente.

—Que no. Me han dicho que también está abierto a adultos.

—Salida —dijo Giles en broma—. Siempre supe que había que tener cuidado contigo.

—Mirar no hace daño a nadie.

—Al menos podrán dejarte atrás cuando empieces a perseguirlos con la lengua fuera.

Una oleada de risas recorrió el equipo. Para su sorpresa, Stephanie se encontró uniéndose a ellos. Entonces se dio cuenta rápidamente de que el momento había terminado.

—Olivia... ¿Alguna novedad sobre las cámaras de seguridad?

Esa mañana, fue capaz de mantenerle la mirada durante unos segundos más que antes. Había una expresión de silencioso entendimiento en el rostro de la detective.

—He seguido revisando las grabaciones de la noche de la muerte de Paulina. He rastreado las imágenes de todo el campus y no hay nada. Quiero decir, no hay mucho para empezar. No hay tantas cámaras, pero de las que sí tenemos grabaciones... No veo al asesino entrar en el campus por ninguna parte.

En una sección del tablón, uno de los miembros del equipo había colocado un gran mapa del campus universitario. En él, se habían fijado dos marcadores que indicaban las escenas del crimen de las víctimas, con la fecha y la hora en una nota debajo.

—Tanto Paulina como Claudia fueron asesinadas en el lado oeste de la universidad —empezó Stephanie—. Es de suponer que nuestro asesino entró por la carretera principal que lleva al campus, pasando la estatua de Stag Hill, o por la catedral, al sur.

—Hay un sendero que lleva al parque deportivo, al Tesco y a un montón de residencias de estudiantes —añadió Olivia—. Por la Escuela de Arte Dramático de Guildford.

—¿Alguna grabación?

Olivia negó con la cabeza.

—Vale, así que supongamos que nuestro asesino entró por aquí... sin ser visto, en mitad de la noche. —Miró los mapas de nuevo, esta vez prestando atención a los alrededores—. ¿Adónde pudo haber ido? ¿Al sur, hacia la ciudad? ¿Al oeste, hacia Manor Park y el hospital? ¿O al norte, hacia Stoughton? —Señaló Western Road, que estaba situada al norte del campus—. Paulina Potter vivía fuera del campus, pero habría tenido que pasar por el sendero todos los días, especialmente la noche que murió. Quizá nuestro asesino conocía sus movimientos. —Los engranajes empezaron a girar en su cabeza. Cerró los ojos, imaginando la escena de la muerte de Paulina. La chica había entrado en el campus con su equipo de pintura, lista para una noche de expresión y creatividad—. El asesino sabía dónde estaría y a qué hora. La había seguido y había esperado a que estuviera sola. Si esto fuera un acto aleatorio, podría haber matado a cualquiera. Podría haber apuñalado a cualquiera hasta la muerte. Pero Paulina... tenía que ser Paulina. Y tenía que ser escenificado de esa manera. ¿Por qué...?

Había estado hablando consigo misma, pero Fiona le respondió.

—¿Hemos hablado con el tipo que la acosaba en TikTok? —preguntó—. Él sabría dónde iba a estar y cuándo.

Stephanie chasqueó los dedos.

—Buena idea. Pero eso no explica lo de Claudia...

—No importa. Podría haber algo entre Damien y Claudia. No lo sabremos hasta que hablemos con él.

Stephanie se giró hacia Olivia; la esperanza se filtraba de su expresión.

Olivia negó con la cabeza.

—Todavía no consigo localizarlo.

—Noah, ¿alguna suerte con la universidad en ese frente?

Otra negación con la cabeza. —Nadie ha sabido nada de él, señora. Hemos contactado con sus compañeros de piso. Hemos intentado llamar a su puerta. Sus profesores no lo han visto. Nadie sabe dónde se ha metido.

Se le ocurrió una idea.

—¿Tiene trabajo?

Fiona miró sus notas.

—Alguien mencionó que era dependiente en el Tesco.

CAPÍTULO
TREINTA Y SIETE

El coche avanzaba con un ronroneo por la carretera, mientras los neumáticos zumbaban sobre la superficie irregular. La acompañaba Wellard, que hojeaba su libreta. Un perfume dulce emanaba de su ropa; oleadas frescas de la fragancia llegaban hasta Steph cada vez que Olivia se movía o se revolvía en el asiento. Era la agente que más sabía sobre el adolescente desaparecido, Damien Veitch, así que tenía sentido llevarla con ella. El único problema era el silencio entre ellas, denso y pesado por los recuerdos de la otra noche. En cuanto habían subido al coche, Stephanie se había sentido incómoda, extraña. Era como si Olivia tuviera las palabras en la punta de la lengua. Intentó mantener la atención fija en la carretera, pero los ruidos en su cabeza aumentaban de volumen.

—Sobre la otra noche... —empezó, con voz queda, casi quebrada.

—No tenemos por qué hablar de ello.

—Quería darte las gracias.

Olivia giró la cabeza lentamente. —No tienes por qué.

—Sí que tengo. Podrías haber dicho algo. Pero no lo hiciste.

—Como ya te dije, tu secreto está a salvo conmigo. No es asunto mío, no tiene nada que ver conmigo. A menos que quieras hablarlo, claro.

Stephanie no dijo nada y condujeron en silencio unos instantes.

Cuando pararon en el semáforo que había frente a Red One, dijo:

—Por cierto, eres la única persona que lo sabe.

—¿Ah, sí?

—En la vida —añadió Stephanie.

—Menuda carga que llevar.

—No recuerdo cuándo empezó —dijo mientras el semáforo se ponía en verde—. Pero fue hace mucho tiempo. Era joven. Muy joven.

—Siento oír eso —replicó Olivia. No había rastro de juicio en su voz.

—Supongo que se me dio tan bien ocultárselo a todo el mundo que nunca pensé que me pillarían.

—Un problema compartido es un problema reducido a la mitad.

Pero no lo sentía así. En todo caso, había sido peor desde que Olivia la había sorprendido. En Essex, había pasado meses, si no años, sin purgarse. Sí, había habido algún que otro desliz cuando el estrés de la vida, la investigación de un asesinato y las presiones del cargo la superaban. Pero, en su mayor parte, lo había tenido bajo control; era una parte de su personalidad que había logrado reprimir. Sabía que seguía ahí —*siempre* estaría ahí; un demonio acechando en las sombras—, pero lo había enjaulado, lo había escondido, y ella estaba en posesión de la llave. Solo que ahora..., la jaula estaba abierta y el demonio estaba saliendo lentamente de nuevo.

—Es solo que... —Stephanie vaciló y luego la miró de reojo—. No quiero que pienses que por esto soy menos capaz de hacer mi trabajo.

Olivia cerró la libreta y la apoyó con suavidad en su regazo. Cuando habló, su voz era queda pero firme. —Stephanie, si por un segundo pensara que no puedes hacer tu trabajo, no estaría sentada en este coche contigo.

Stephanie asintió con rigidez, manteniendo la vista en la carretera.

—Eres una buena detective —continuó Olivia—. Eres lista, centrada. Lideras desde el frente. Eso no desaparece porque estés sobrellevando algo.

Stephanie tragó saliva con dificultad.

—He visto a mucha gente en este trabajo intentar ocultar sus problemas —dijo Olivia—. Se lo guardan todo, fingen que no está ahí. Y es entonces cuando explotan. ¿Pero tú? Sigues en pie. Eso cuenta, y mucho.

Stephanie apretó la mandíbula. Sentía que la emoción volvía a aflorar, esa extraña mezcla de gratitud y vergüenza. Se sentía indigna de ello.

—No quiero tu compasión —masculló.

—No es compasión —dijo Olivia—. Es respeto. Pero..., que seas fuerte no significa que seas irrompible. Todo el mundo tiene su límite. Y quiero que sepas que siempre puedes contar conmigo si sientes que vas a llegar a él.

El coche volvió a sumirse en el silencio, pero este era diferente.

Unos instantes después, Stephanie espiró por la nariz. —Gracias, Wellard.

—Cuando quieras, sargento.

Y, por primera vez desde aquella noche, Stephanie pudo respirar y mirar a su agente a los ojos sin miedo a ser juzgada.

A quince minutos a pie del campus, el hipermercado Tesco Extra era el sustento vital de los estudiantes sobrios, borrachos y colocados que lo frecuentaban. Abierto veinticuatro horas al día, siempre estaba concurrido, densamente poblado por estudiantes que solían estar de resaca, medio dormidos y pelados de dinero, en busca de pizzas congeladas, fideos instantáneos, aperitivos nocturnos para calmar la gusa y la cerveza o los licores más baratos.

Mientras Stephanie tomaba la rotonda y se desviaba hacia el aparcamiento, apenas se percató del paso de cebra que tenía delante. Para cuando vio movimiento, ya era demasiado tarde. Un joven con capucha apareció de repente frente a ella, su figura repentina y ensombrecida por la tenue luz de la mañana. Con el impacto, golpeó contra el capó, rodó con un golpe sordo y seco, y luego se desplomó en el asfalto hecho un ovillo. Stephanie pisó el freno a fondo, con el corazón desbocado en el pecho, y el coche se detuvo con una sacudida.

—¡Dios mío, acabo de atropellar a un chaval!

Apagó el motor, salió disparada del coche y rodeó el capó. La figura estaba en medio de incorporarse del suelo.

—¡Joder, tía!

Stephanie extendió la mano para ayudarlo, pero él se la quitó de encima.

—¡Me has atropellado con el coche!

—Lo siento mucho —dijo, abrumada por el pánico—. No te he visto. ¿Estás bien?

El chaval se puso en pie. Parecía tener unos diecinueve años, quizá menos; su rostro aún conservaba los rasgos suaves de la adolescencia. El pelo largo y negro se le escapaba de la capucha de la sudadera y le caía sobre la frente, cubriéndole a medias un ojo. Los vaqueros le quedaban demasiado grandes, ceñidos a la cintura con un cinturón, y una maltrecha mochila le colgaba de un hombro.

—Creo que me has jodido la cadera —dijo, y luego gimió con fuerza al apoyar el peso en la pierna.

Fue entonces, al echar la cabeza hacia atrás, cuando Stephanie vislumbró su rostro. Lo reconoció al instante por las fotos que Olivia había impreso y colocado en el tablón de la oficina.

—¿Damien?

Pero no lo había dicho Stephanie. Se giró para ver a Olivia saliendo a medias del coche.

Damien Veitch se quedó helado. Sus oscuros ojos estudiaron detenidamente a Olivia. Luego se volvió hacia Stephanie. La comprensión, combinada con el pánico y el miedo, se apoderó de él y salió disparado a través de un pequeño parque infantil cercano. Stephanie no esperó. El instinto se impuso y salió tras él, con los pies agradecidos por la familiar superficie de hierba. Damien se desvió en ángulo, en dirección a la carretera principal que llevaba a su residencia de Manor Park, cojeando ligeramente, con una mano apoyada en la cadera. No era rápido, pero estaba desesperado, y la adrenalina le daba acelerones que lo mantenían justo fuera de su alcance.

—¡Alto! —gritó—. ¡Policía!

Damien no hizo caso. Apretó el paso, casi tropezando con sus propios pies mientras trepaba por una pequeña pendiente que conectaba el parque con la carretera. Stephanie pegó un acelerón y se abalanzó sobre su espalda, empujándolo contra la parte trasera de una parada de autobús. Usando todo el peso que pudo, lo inmovilizó contra el panel, con su aliento caliente en la nuca de él.

—Damien —dijo—, mira que es difícil dar contigo. Creo que ha llegado la hora de que tú y yo tengamos una charlita.

CAPÍTULO
TREINTA Y OCHO

Damien Veitch no había dejado de quejarse de su lesión en la cadera desde que puso un pie en la sala de interrogatorios. Tampoco había dejado de amenazar a Stephanie con una demanda millonaria, algo que, a pesar de su absurdo, la preocupaba ligeramente. Al fin y al cabo, ella *lo había* golpeado con su coche. *Lo había* atropellado en un paso de cebra sin visibilidad. *Le había* lesionado la cadera. Quizás no en la medida que él afirmaba, a juzgar por el esprint que había pegado para esquivarla, pero aun así se culpaba por no haberlo visto al tomar la curva, por estar demasiado distraída.

Como resultado, le había pasado el interrogatorio a Giles y a Eve. La teoría era que, como se habían pasado toda la mañana y todo el fin de semana interrogando a testigos y tomando declaraciones, deberían ser expertos en la materia. Y, en verdad, lo eran. En secreto, Giles pensaba que él y Eve hacían un buen equipo. No solo en el sentido profesional, sino también en' el romántico. Romántico empedernido, se enamoraba de cada persona atractiva en la que posaba la vista, lo que convertía los interrogatorios a ciertos testigos y sospechosos en una auténtica pesadilla. Pero con Eve era diferente. Era alegre y extrovertida, con una personalidad y un sentido del humor fantásticos. Para colmo, era su tipo "sobre el papel", como dirían los concursantes de su *reality show* favorito, *Love Island*. Sus energías estaban en sintonía, y siempre se sorprendía a sí mismo sonriendo en cuanto ella entraba en la habitación. ¿Era amor? Demasiado pronto para decirlo. La conocía desde hacía menos de una semana. Pero eso no significaba que no pudiera serlo. El único problema era que trabajaban juntos, lo que creaba un potencial campo de minas de problemas en el futuro. En sus diez años de carrera en el cuerpo de policía, no había conocido a nadie que hubiera tenido una relación exitosa con un compañero de trabajo. Claro que pasaba, pero no tenía a nadie de cuya experiencia pudiera aprender, nadie a quien pudiera pedir consejo.

En lugar de eso, tendría que adentrarse solo en el camino menos transitado, con Wellard para recoger los pedazos cuando todo se fuera inevitablemente al traste.

Giles entró en la sala de interrogatorios poco después de Eve, con la estela del perfume de ella aún flotando en el aire. Allí encontraron al joven de diecinueve años repantigado en una silla, apoyado contra la pared, con un brazo sobre el respaldo de la silla y la capucha calada sobre los ojos.

—Buenas tardes, Damien —empezó Giles mientras él y Eve se sentaban frente a él—. ¿Cómo va esa cadera?

—Duele un infierno —respondió el estudiante—. Os lo digo en serio, si no me sacáis de aquí pronto, os voy a demandar.

—Antes de eso, solo hay unas cuantas preguntas que quisiéramos hacerle, si no le importa —continuó Giles.

—Pues *sí* que me importa.

Giles abrió la boca como si fuera a decir algo, vaciló y luego dijo:

—Bueno, pues qué pena, porque se las vamos a hacer de todos modos.

—Paso. Sacadme de aquí, por favor. —Damien se cruzó de brazos y se hundió más en la silla. Si se hundía más, quedaría casi en horizontal y desaparecería bajo la mesa.

Eve sacó su cuaderno y lo examinó un momento.

—Aquí dice que eres estudiante de segundo de Arte Dramático, ¿es correcto?

Damien gruñó.

—¿Es eso lo que estás haciendo ahora? ¿Estás actuando para nosotros?

Damien levantó la cabeza, mirándola con el ceño fruncido, visiblemente ofendido.

—También tengo entendido que eres de Exeter, ¿verdad?

—Sí. —Su actitud se había suavizado ligeramente, volviéndose menos brusca.

—¿Qué tal te va la vida de estudiante?

—Bien.

—¿Y la carrera?

—También bien.

—¿No has pasado por las dudas de segundo año, entonces?

—¿Qué..., qué es eso?

—¿Eso de decidir dejarlo todo en segundo y plantearte entrar en la policía? ¿No? Pues seré solo yo —dijo Eve, con un tono demasiado agradable.

Damien soltó una risita y se irguió un poco en la silla. En muy poco tiempo, ella había conseguido desarmarlo y convencerlo de que bajara la guardia. Pero el trabajo aún no estaba hecho. Quedaba un largo camino por recorrer antes de que cooperara por completo.

—No, todavía no he pasado por eso —respondió él.

—Crucemos los dedos para que no te pase. A veces desearía haber seguido, los amigos, los recuerdos, la vida social... No me malinterpretes, habría entrado en la policía igualmente. Solo que en otro momento de mi vida. —Volvió a mirar su cuaderno—. Pero si no has pasado por las dudas de segundo, ¿cómo es que mis compañeros y yo no pudimos encontrarte en tu piso ni en clase en los últimos días?

El repentino cambio de dirección pilló a Damien por sorpresa.

—¿*Qué*?

—Estuvimos en tu piso un par de veces, pero no estabas.

—¿Por qué estabais en mi piso?

—¿Por qué no estabas *tú* allí? —preguntó ella—. Empezábamos a preocuparnos. Por un segundo, pensamos que tendríamos que llamar a la policía, pero luego recordamos que nosotros somos la policía. Menos mal que no tuvimos que tirar la puerta abajo.

—¿De qué estáis hablando? —preguntó Damien, irguiéndose lentamente en su asiento, centímetro a centímetro.

—¿Dónde estabas, Damien? —preguntó Giles, con un tono más imponente.

—Estaba en casa de un amigo.

—¿Todo el fin de semana?

Un asentimiento.

—¿Dónde?

—En Stoughton. Uno de mis colegas de primero vive fuera del campus.

—¿Y para qué fuiste allí?

Un encogimiento de hombros. El exterior rudo y brusco había empezado a resquebrajarse, dando paso a un joven más apacible y respetuoso.

—Necesitaba escapar —dijo.

—¿Escapar de qué?

—De lo que vi...

—¿Qué viste?

Damien se giró para mirarlos, con los brazos apoyados en la mesa y la cabeza gacha.

—Ya sabéis lo que vi —dijo—. Por eso estoy aquí, ¿no?

Eve sacó una fotografía de su cuaderno y la deslizó sobre la mesa. En cuanto quedó a la vista, Damien la miró, levantó la cabeza y la apartó de un empujón.

—¿Eres tú? —preguntó ella.

—Sabéis que sí.

—¿Qué hacías allí, Damien?

Antes de que pudiera responder, se secó el rabillo del ojo.

—Solo quería verla —empezó—. Darle una sorpresa. No esperaba verla así...

—¿Qué relación tienes con Paulina?

—Somos amigos.

—¿Nada más?

Negó con la cabeza.

—Aunque te gustaría, ¿no?

Levantó la cabeza una fracción, confundido.

—Nos han informado de que tuvisteis un pequeño lío antes del verano. ¿Es cierto?

—Solo fue un beso.

—También nos han informado de que te obsesionaste un poco con ella a partir de ese momento. ¿Es cierto?

—¿*Obsesionado*?

—Comentabas sus publicaciones. La esperabas a la salida de sus clases. Le enviabas mensajes por TikTok.

—No estaba *obsesionado*. Solo... —Rompió a llorar, su cuerpo se estremecía con cada sollozo—. Solo intentaba hablar con ella, ver si podía pasar algo entre nosotros.

Dejaron que el joven sollozara unos momentos antes de que Giles continuara.

—¿Qué hacías en el Ivy Arts Centre el jueves por la noche, Damien?

Entre jadeos cortos, agudos e hiperventilados, respondió:

—Quería darle una sorpresa. Me había estado ignorando, así que pensé en ir a saludarla, a ver en qué estaba trabajando. Pero yo no tuve nada que ver con lo que le pasó. ¡La encontré así, de verdad! —Cuando los miró a ambos a los ojos, los suyos estaban enrojecidos e inyectados en sangre, y la fina película de líquido los hacía brillar bajo la luz artificial—. Yo no la maté. No fui yo. Tienen que creerme.

—¿Qué estabas haciendo antes de encontrarla? —inquirió Eve.

—Estaba... en mi piso, viendo la tele. Entonces me di cuenta de la hora que era y salí. No pensé que todavía estaría allí. Se me había hecho tarde...

—Así que entraste, la encontraste, ¿y luego qué? —preguntó Giles.

—Salí corriendo. Entré en pánico. Yo... sabía que vendríais a buscarme, pensando que había sido yo, así que me fui a casa de mi colega, donde pasé todo el fin de semana colocado. Yo... no podía asimilarlo. No he dejado de llorar desde entonces. Y en cuanto llegó el correo electrónico de la universidad, supe que me estaríais buscando.

Damien rompió en otro mar de lágrimas cuando terminó. Eve, tomando la iniciativa, salió de la habitación y regresó con una caja de pañuelos. Él los cogió con cuidado, murmurando un «gracias» al hacerlo.

—Es la verdad —dijo, sorbiendo por la nariz—. Se lo prometo. Les prometo que no tuve absolutamente nada que ver con lo que le pasó a Paulina.

CAPÍTULO
TREINTA Y NUEVE

Stephanie no había tenido tiempo de procesar la información de Eve y Giles cuando recibió una llamada telefónica. Echó un vistazo a la pantalla, les dio las gracias por su tiempo y, en cuanto la puerta se cerró tras ellos, descolgó.

—Louis —dijo ella, girándose en la silla para mirar por la ventana—. Me alegro de hablar con usted.

—Llevo un tiempo dándole vueltas —respondió el director del *Surrey Live*.

—Igualmente. He estado queriendo llamarle, pero han ido surgiendo cosas.

—Usted dijo que quería que esto fuera una colaboración mutua —su tono de voz bajó un par de grados—. Pero no me ha dado nada. Ni noticias, ni novedades. Veo que muchos de los periódicos nacionales están cubriendo esto más que nosotros.

Fuera, un pájaro grande cruzó la ventana. Abajo, en el campo, varios agentes entrenaban a perros policía en diversas pistas de obstáculos. El sonido de sus ladridos se colaba por una rendija del cristal.

—Le aseguro que no les he dado nada —explicó ella—. Ya sabe cómo son algunos. Se aferrarán a cualquier pequeño dato o rumor que puedan encontrar. Ya le he contado todo lo que hay que saber. Dos víctimas, dos estudiantes, dos mujeres jóvenes a las que les han arrebatado la vida.

—Necesito más. Tengo lectores comentando y enviando correos electrónicos para pedir novedades.

Stephanie no lo dudaba. Pero, por su experiencia, la mayoría de esos correos eran de lectores que enviaban sus condolencias, no que exigían más información.

—Escuche —empezó—. Voy a ser sincera con usted: ahora mismo estamos interrogando a exparejas, compañeros de piso, compañeros de clase y profesores en relación con estas muertes. No hemos realizado ninguna detención, ni estamos cerca de hacerlo. Por supuesto, seguimos solicitando la colaboración ciudadana de cualquiera que pueda saber algo, así que le agradecería que siguiera apoyándonos en ese frente.

—Pero eso tiene un precio, Stephanie.

Ella suspiró. —No, no lo tiene. Usted sigue obteniendo sus ingresos por publicidad, exactamente igual. —Dejó el teléfono sobre la mesa y lo puso en modo altavoz—. ¿Ha oído hablar alguna vez de la confianza, Louis?

—Hay que ganársela —respondió él—. Y ahora mismo usted no está haciendo nada para ganársela.

—Igualmente —replicó ella—. Pero, como le dije el otro día, nos necesitamos mutuamente. Puede que no sea un toma y daca inmediato, pero con el tiempo se equilibrará. Las cosas nos saldrán bien a ambos en diversos momentos en el futuro.

Louis refunfuñó al otro lado del teléfono. —Tengo que escribir algo nuevo. Nuestro equipo no puede seguir dándole vueltas a la misma historia. La participación de los lectores ha caído en picado.

Ella inspiró hondo y soltó el aire lentamente por la nariz. —Lo siento, Louis. No tengo nada para usted. Pero llega un punto en el que tiene que plantearse qué es más importante: hacer justicia a las víctimas y encontrar la verdad, o conseguir más clics.

Una hora más tarde, Stephanie libraba dos batallas: una en su estómago, que le decía que tenía que comer y que tenía que comer rápido, y la otra con un cargador de portátil que se había aflojado y amenazaba con apagarle el ordenador en cuanto se saliera del todo. Los recursos tecnológicos que le habían proporcionado el primer día dejaban bastante que desear, pero no había querido quejarse. Podía apañárselas para trabajar en la oficina sin portátil —de hecho, hasta le ayudaba no tenerlo—, pero lo necesitaría en perfecto estado para cualquier trabajo que decidiera llevarse a casa por las tardes.

Antes de que pudiera coger el teléfono fijo para llamar al equipo de informática, llamaron a la puerta. Un instante después, Noah asomó la cabeza y de inmediato se puso a examinar las paredes desnudas del despacho.

—Caray, jefa. Veo que de verdad has conseguido que este sitio parezca un hogar. ¿De dónde has sacado ese buen gusto para el diseño de interiores?

Ella se recostó en la silla, con cara de póker. —Imagino que del mismo sitio que tu peluquero.

Él la apuntó con el dedo a modo de pistola. —*Touché*. —Entró y cerró la puerta tras de sí. En la mano llevaba dos vasos de café—. Esto tiene un aire a tanatorio, a autopsia y a muerto.

—Entonces va con la marca.

Noah le ofreció uno de los vasos de café para llevar. —Bueno, si vamos a meternos en el rollo lúgubre y desalmado, he traído los accesorios a juego. Solo, sin azúcar. Hay quien diría que va a juego con tu sentido del humor, pero yo no, jefa.

Stephanie cogió el vaso, riendo entre dientes. —Tienes suerte de que esté demasiado cansada para tirártelo a la cabeza.

Él se dejó caer en la silla de enfrente, soltando un suspiro. —¿Que tú estás cansada? Tengo dos hijos de menos de cinco años, y a uno le están saliendo los dientes. ¿Has probado alguna vez a interrogar a un chaval de diecinueve años después de tres horas de sueño y con una canción de Peppa Pig metida en la cabeza?

Ella sonrió. —Suena como una forma especial de tortura psicológica.

—Peor. Al menos los asesinos acaban confesando.

Stephanie sorbió un poco de café. —¿Qué ocurre? No has venido solo para criticar mi feng shui o para tomarme el pelo.

Él dejó el vaso de café en la mesa, lamiéndose los labios. —Acabo de hablar por teléfono con Martin Bell, el responsable de bienestar estudiantil de la Universidad de Surrey.

—Parece un hombre encantador —dijo ella con sarcasmo.

—Es un hombre *aterrorizado*, eso te lo aseguro.

—¿Por qué?

—Dice que su oficina no ha parado de recibir solicitudes y preguntas de los estudiantes. Se preguntaba si no sería mucha molestia que alguien, preferiblemente usted, fuera allí a dar otra charla a los alumnos.

CAPÍTULO
CUARENTA

La oficina de bienestar estudiantil estaba escondida en la esquina de una concurrida avenida del campus. Stephanie llamó dos veces a la puerta antes de entrar. El aire olía ligeramente a café rancio y a ambientadores de lavanda. Sentado detrás de un escritorio abarrotado se encontraba el responsable de bienestar estudiantil de la universidad, a quien ya había conocido: Martin Bell. Desde la última vez que lo vio, su pelo estaba más arreglado y su rostro brillaba bajo la luz fluorescente. Su sonrisa fue inmediata y amplia, revelando una dentadura impecable. Daba la impresión de calma, pero Stephanie percibió algo más, un pánico oculto en sus ojos, como un pato que patalea frenéticamente bajo el agua.

—Detective —exclamó él desde el otro lado de la oficina, con la mano ya extendida—. Qué alegría volver a verla. Y muchas gracias por venir con tan poco preaviso. —Señaló su escritorio al fondo de la estancia—. ¿Confío en que no le haya supuesto demasiada molestia?

—Nunca. Siempre dispuesta a ser la cara visible de la organización.

Aunque odiara cada segundo.

Llegaron a su escritorio. Martin le indicó que se sentara, pero ella rehusó.

—¿Le ofrezco algo de beber?

—Creía que venía a dar una charla a los alumnos.

—Así es. Pero ha llegado pronto. He pensado en atenderla antes.

Stephanie miró el reloj, se dio cuenta de que no tenía ningún otro sitio al que ir y sacó la silla de delante del escritorio de Martin.

—Un vaso de agua, por favor.

—Marchando.

Unos instantes después, Martin volvió con un vaso de plástico lleno de agua de un dispensador de la oficina. El agua estaba fría, casi helada, y le durmió los dientes al sorberla.

—¿Cómo va todo? —preguntó Martin mientras se dejaba caer con cuidado en la silla de su despacho. Ahora había en su voz un matiz de pánico y prisa—. Con la investigación, quiero decir.

Ella lo miró con recelo. —Lenta, pero segura. Llegaremos al fondo del asunto.

Él asintió con un entusiasmo desigual. —Bien... Bien... Aquí también hemos estado a tope. Sin parar, vamos. Han venido muchísimos alumnos diciendo que se sienten angustiados e inseguros, que les da reparo salir por la noche.

—Me alegro de oírlo —dijo Stephanie. Su tono se mantuvo neutro, pero su mirada se posó en la pila de carpetas codificadas por colores que había junto al codo de él—. Aunque no todo el mundo se lo está tomando en serio.

—¿Ah, sí?

Le explicó el incidente de la otra noche con el alumno en el anfiteatro.

—Los chicos de hoy en día... —dijo él—. Hacemos todo lo posible por cuidarlos, pero la mayoría de las veces creen que lo saben todo.

Los dedos de Martin revolotearon nerviosamente sobre las carpetas. Stephanie lo vio hurgar en una etiqueta en la esquina superior de una de ellas.

—¿De qué informan los alumnos? —preguntó—. ¿Algo concreto? ¿Personas, lugares, incidentes que puedan señalar?

Él tragó saliva. —Un par afirmaron haber oído a alguien siguiéndolos cerca del parque deportivo a altas horas de la noche. Pero no hay ningún patrón. Creo que solo son nervios a flor de piel.

—Necesitaremos ver copias de esas declaraciones.

La sonrisa de Martin vaciló. —Por supuesto. Yo... iba a enviárselas a Noah, pero he estado hasta arriba. Como le decía, ha sido un no parar. Hemos tenido colas de gente fuera, haciendo preguntas para las que no tenemos respuesta. Por eso está usted aquí, para disipar algunos de sus miedos y quizá responder a más preguntas.

Stephanie asintió cortésmente. Otro vistazo al reloj. El final de la jornada laboral se acercaba. Tenía su primera clase de jiu-jitsu esa noche. No quería perdérsela.

Martin se aclaró la garganta, sacándola de su ensimismamiento. —Ya podemos ir bajando. Los alumnos deben de estar llegando.

Se dirigieron a la salida de la oficina. Mientras Martin le sujetaba la puerta para que pasara, dijo: —Hay otra cosa que probablemente debería saber: muchos alumnos han mencionado la idea de dejar el campus y volver a casa hasta que todo esto se resuelva. El vicerrector ha dicho que bajo ninguna circunstancia se puede permitir que eso ocurra.

CAPÍTULO
CUARENTA Y UNO

A Stephanie no le gustaba la idea de retener a los estudiantes en la universidad en contra de su voluntad, sobre todo con un asesino que podría estar merodeando por el campus. Pero no había dejado que su desacuerdo con la decisión se reflejara en su rostro ni en su forma de hablar. Se recordó a sí misma que era inspectora, no la encargada de tomar decisiones. Su trabajo consistía en proteger, investigar y atrapar al responsable. Aun así, la inquietud la carcomía. Mientras observaba al grupo de estudiantes reunidos en el centro de estudiantes, que se aferraban a sus mochilas con ojos recelosos, sintió que el peso de la investigación la oprimía. ¿Y si la próxima víctima estaba en esa misma sala? ¿Y si retenerlos allí los estaba poniendo directamente en peligro?

La idea persistió mientras les daba las gracias a todos por asistir. Había habido un turno de preguntas y respuestas, en el que había respondido a unas cuantas. A la salida, un puñado de estudiantes se le acercaron para hacerle las preguntas que no se habían atrevido a formular en público por timidez.

Justo cuando se despedía de una joven estudiante de Biología, se le acercó un hombre de poco más de cuarenta años. Alto, pero de complexión delgada, como si sus extremidades hubieran crecido demasiado rápido y nunca hubieran acabado de asentarse. Su ropa era impecable y su rostro estaba bien cuidado. El pelo, de un castaño rojizo desvaído, lo llevaba muy corto, dejando al descubierto un cuero cabelludo pálido y pecoso. Era un hombre atractivo, probablemente un éxito con las estudiantes. Pero fueron sus manos lo que atrajo la atención de Stephanie: de dedos largos e inquietos, con las uñas mordidas hasta la carne.

—Inspectora... —Su voz era tranquila, casi suave.

—Usted debe de ser Tristan —dijo ella, estrechándole la mano.

—Tristan... ¿Cómo ha...?

—Reconocí su cara por los informes de mis compañeros. Tengo entendido que usted dio clase a ambas chicas durante sus estudios de grado, y mis compañeros le han hecho algunas preguntas sobre su trato con ellas.

La mayor parte del centro de estudiantes se había vaciado, pero unos cuantos grupúsculos de alumnos todavía se dirigían hacia la salida.

Tristan miró por encima del hombro y bajó la voz. —De eso quería hablarle. —Otra ojeada—. Espero que me perdone, pero esto no ha sido fácil para mí. Yo... empiezo a estar preocupado.

—El asesino parece tener como objetivo a las estudiantes. Creo que usted no corre peligro.

—No es por eso —continuó él—. Es por mi trabajo. Sus compañeras... creo que primero fue Eve, y luego Fiona... cuando vinieron a interrogarme... me amenazaron con mi trabajo, con mi carrera, diciendo que iba a perderlo todo. Yo... —Se dio golpecitos con el dedo corazón izquierdo contra el pulgar, de forma rápida y rítmica, como si marcara un compás que solo él podía oír—. No puedo permitirme perder mi trabajo.

—¿Por qué iba a perder su trabajo?

—Porque... —Se contuvo, ladeando la cabeza. Otra mirada por encima del hombro—. ¿No está al corriente?

La expresión de ella no reveló nada.

Con un profundo suspiro, se pasó los largos dedos por el pelo impecable. —¿Sobre el *incidente*? ¿Conmigo y Paulina?

El interés de Stephanie se despertó. —No he llegado a esa parte del informe. ¿Le importaría darme más detalles?

—Fue un error estúpido. Nunca debería haber pasado. Fue durante mi horario de tutorías el año pasado. Paulina había reservado hora para hablar de un trabajo que tenía que entregar y...

nos pusimos a hablar. De cosas personales. De su arte. Le comenté que había visto algunos de sus vídeos de TikTok; ella se ofreció a que grabáramos uno juntos. Se levantó de la silla y vino a sentarse en mi regazo. Me quedé desconcertado; no supe qué hacer. Entonces se abalanzó sobre mí y me besó. Yo-yo-yo-yo la aparté, pero lo hice con tanta fuerza que se cayó y se golpeó la cabeza con la silla. Intenté ayudarla, pero salió corriendo.

Stephanie asintió lentamente, con expresión neutra. —¿Y por eso está preocupado?

—Esa no es la peor parte: lo grabó todo con la cámara. Ha sido un verano horrible. No he podido pensar en otra cosa. Estaba convencido de que lo usaría para que me despidieran.

—¿Llegó a llevarlo a la universidad?

Tristan negó con la cabeza. —No. O, si lo hizo, no pasó nada. Recursos Humanos nunca se puso en contacto conmigo. Ninguna queja formal. Pensé que tal vez había cambiado de opinión o había visto que no era lo que había planeado. Pero entonces... —Titubeó, las palabras se le atascaron en la lengua—. Esta semana, cuando volvió, deslizó un boceto mío por debajo de la puerta de mi despacho. Y luego, el día que murió, vino a mi despacho.

—¿Por qué?

—Quería disculparse. Y entonces... entonces lo intentó de nuevo.

—¿Por qué no lo denunció?

—Porque tenía miedo —dijo rápidamente—. Miedo de que, si lo hacía, se pusieran en lo peor. Ya sabe cómo van estas cosas. No hay forma de explicarlo que no suene incriminatorio. —Rio con amargura, pasándose una mano por la cara—. He estado pisando sobre huevos desde entonces. Cada vez que el jefe de departamento convoca una reunión, pienso: «Ya está. Estoy acabado».

El tic había vuelto, más rápido ahora.

—Bueno, está muerta —replicó Stephanie sin rodeos—. No tiene nada de qué preocuparse. Su trabajo está a salvo.

Él agitó su esquelético dedo en el aire. —Ahí es donde se equivoca. Ahora, después de haberles contado esto a *ustedes*, probablemente piensen que la maté para hacerla callar.

—¿Lo hizo?

Tristan abrió la boca y volvió a cerrarla. Su rostro se crispó con una mezcla de sorpresa, ofensa e indignación. —No —dijo finalmente, con una voz más profunda esta vez—. Por supuesto que no. Pero sé cómo parece. Un profesor de mediana edad y una estudiante de veintitantos, alguien de la mitad de mi edad, que de repente acaba muerta. No es que grite inocencia, ¿verdad?

Stephanie no parpadeó. —Tiene razón. No lo hace. ¿Por qué me cuenta esto?

—Porque necesito que me crea. No la toqué. Después de lo que pasó entre nosotros el día que murió, la eché de mi despacho y no volví a verla. No quiero que todo esto se venga abajo por un solo error.

Stephanie se cruzó de brazos. —Entonces no tiene nada de qué preocuparse. ¿Verdad?

CAPÍTULO
CUARENTA Y DOS

Tumbada boca arriba, Stephanie sintió la colchoneta fría bajo ella mientras recuperaba el aliento; las luces fluorescentes del techo danzaban ante sus ojos. Hizo una mueca de dolor al incorporarse sobre los codos, pues le punzó el dolor en la cadera y el hombro por la caída anterior. Debería haber pospuesto su primera clase de jiu-jitsu, pero tenía demasiadas ganas. Ya había llamado y firmado todos los documentos. No quería perdérsela.

Stephanie había descubierto el deporte por casualidad. Un folleto en una cafetería de Essex ofrecía una clase de prueba gratuita para principiantes. Tras estar a punto de echarse atrás, no tardó en enamorarse de él. De la liberación física de su estrés, resentimiento y agresividad. Pero era más que eso; era el control, la precisión, la forma en que su complexión menuda y su fuerza importaban menos que la estrategia. Allí, en la colchoneta, solo estaban ella y su oponente. Nada más. No había pensamientos en espiral ni recuerdos que reclamasen su atención. Ni ansiedad por la investigación en la que estuviera trabajando ni por las voces de su cabeza. Solo sus pies descalzos, sus manos al descubierto y la fuerza de cada músculo de su cuerpo. Intentando sobrevivir.

Si se hacía daño, era porque había cometido un error.

Salvo cuando su oponente era campeona nacional y antigua promesa olímpica.

Maya Corcoran estaba de pie, cerniéndose sobre ella y ofreciéndole una mano. Stephanie la cogió con una sonrisa tensa.

—No está mal —dijo Maya, ajustándose el cinturón negro—. Cada vez mejor. Pero sigues dejando el flanco izquierdo muy al descubierto.

Stephanie envidiaba a la chica en muchos aspectos. Era rápida, ágil y tenía una fuerza engañosa. Peor aún, ni siquiera había roto a sudar y su fina capa de maquillaje seguía perfectamente intacta. Mientras tanto, Stephanie sentía el sudor goteándole por la frente y acumulándose en el hueco de la espalda.

—Me acordaré para la próxima vez —dijo Stephanie, ajustándose su propio cinturón—. Espero que para entonces se me haya bajado el moratón.

Maya sonrió y sus mejillas juveniles brillaron bajo la luz. —La próxima vez intentaré no tirarte otra vez sobre esa cadera. Has aterrizado con fuerza.

—Nunca se sabe, a lo mejor es al revés.

—Entonces serás la primera —dijo Maya, riendo entre dientes, aunque no había ni rastro de arrogancia en su tono—. La mayoría de la gente con la que entreno no volvería después de una proyección así.

—Que te derriben es la parte fácil —replicó Stephanie, secándose la frente con la manga de su gi—. Lo que cuenta es volver a levantarse.

—¿Cuánto tiempo llevas practicándolo? —preguntó Maya.

—Más o menos un año. No mucho. ¿Y tú?

—Toda la vida. Un compañero del colegio celebró su cumpleaños y estábamos jugando en el castillo hinchable. Uno de los padres me vio derribar a alguien y me dijo que se me daría bastante bien. Él me metió en esto.

—Qué bueno.

—A partir de ahí, gané un par de torneos y luego competí a nivel nacional.

Stephanie reconoció un acento familiar. —¿De dónde eres?

—De Essex —respondió Maya—. De Chelmsford.

—Conozco bien la zona.

—¿Ah, sí?

Stephanie asintió. —Trabajo con la policía.

—¿Y qué te ha alejado de las encantadoras calles de Chelmsford?

—El trabajo.

Maya asintió, pensativa, mirándose los pies. —¿Has estado investigando ese caso de las dos chicas?

Stephanie bajó la cabeza.

Antes de que ninguna de las dos pudiera continuar, el instructor de la clase dio una palmada que resonó en el pequeño espacio. —Muy bien, gente, se acabó por hoy. Buenas llaves esta noche. Id a casa, poneos hielo en las articulaciones, bebed agua y, por el amor de Dios, no salgáis a beber justo después de esto.

Hubo algunas risas dispersas en el grupo, unas cuantas palmadas en los hombros y reverencias mientras todos empezaban a dispersarse hacia los bordes de la sala para recoger sus cosas. Eran diez en total. Un grupo lo bastante pequeño como para enfrentarse a todos los oponentes al menos una vez por sesión. No tan grande como para que no hubiera suficiente espacio en las colchonetas.

Stephanie y Maya se dirigieron a una esquina de la sala y empezaron a recoger sus cosas.

—¿Cómo vas a volver a casa? —preguntó Stephanie, poniéndose la chaqueta por un brazo.

—Andando.

—¿Por dónde vives?

—En el campus. No está lejos de aquí.

—¿Eres estudiante? —preguntó Stephanie, incapaz de ocultar su sorpresa—. O sea, sabía que eras joven, pero...

—El jiu-jitsu no paga las facturas —respondió Maya—. Mis padres pensaron que sería mejor que tuviera un plan B por si acaso. —Se echó la bolsa al hombro.

Se dirigieron hacia la salida. Junto a la puerta estaba el instructor, Sam, cuya ancha complexión casi la llenaba por completo.

—Buen trabajo hoy, Stephanie —dijo él, con los músculos a punto de reventar el gi—. ¿Qué te ha parecido?

Stephanie señaló a Maya. —Mientras esta no venga la semana que viene, me irá bien.

—Y entonces me quedaría sin negocio. Tenemos suerte de tenerla. Pero lo has hecho bien contra ella. Te he estado observando un par de veces. No puedo decir lo mismo de todo el mundo. Tienes talento.

—O una conmoción cerebral —murmuró Stephanie, frotándose el cuello mientras salían al aire fresco de la noche.

Frente a ellas estaba el centro comercial Friary, que se erigía imponente tras la estación de autobuses. Las farolas bañaban el edificio de ladrillo con un tenue resplandor anaranjado.

—¿Estarás bien para volver a casa? —preguntó Stephanie—. No me importa nada llevarte.

Maya sonrió con suficiencia y luego se miró el cinturón negro. —Sé cuidarme sola. Pero si la cosa se pone fea —dijo—, siempre puedo quitármelo y empezar a darles con él.

CAPÍTULO
CUARENTA Y TRES

Tom Singfield se despertó de un sobresalto; sintió un brusco tirón en la sudadera. Parpadeando contra la neblina gris azulada de las nubes que tenía encima, Tom entrecerró los ojos para enfocar el borrón de plumas que le picoteaba el pecho.

—¡Eh! ¡Fuera! —gruñó, espantando a la urraca, que batió las alas con indignación y se escabulló por el césped.

Lo siguiente que sintió fue el dolor en el cuerpo. El dolor de huesos por haber pasado una noche incómoda en un banco de madera del parque. El dolor sordo en la cabeza por las malas decisiones de la noche anterior. El frío lo empeoraba todo. La ropa húmeda, empapada por la humedad del aire y el rocío del banco, se le pegaba a la espalda, robándole el calor del cuerpo. Se estremeció de forma incontrolable al bajar las piernas del banco y empezar a revisar sus pertenencias, mientras la columna le crujía como una cremallera al abrirse.

¿Móvil? Sí.

¿Cartera? Sí.

¿Llaves? Seguían sin aparecer. De lo contrario, habría pasado la noche en la cama y no a la intemperie, muerto de frío junto al lago del campus. Dormir junto a la gran masa de agua de la zona este del campus le había parecido una buena idea a las tres y media de la madrugada, pero ahora, mientras una pequeña ráfaga de viento creaba ondas en la orilla, ya no pensaba lo mismo.

En fin, de los errores se aprende.

Como darle las llaves de tu piso a un completo desconocido para un truco de magia.

El cabrón las había hecho desaparecer de verdad.

Lentamente, Tom se levantó del banco y avanzó a trompicones, listo para emprender el largo camino a casa. Solo quería meterse en la cama y olvidar que aquella noche bochornosa había ocurrido.

Mientras caminaba con dificultad hacia la silueta familiar de su edificio, se desvió instintivamente por el centro del campo, hacia la hondonada poco profunda donde se encontraba el lago, principalmente ornamental, con una pequeña fuente que a veces cobraba vida a borbotones cuando alguien se acordaba de encenderla.

Estaba a medio camino cuando aminoró la marcha, frunció el ceño y volvió a mirar.

Había algo en el agua.

Al principio, pensó que era basura. Tal vez un abrigo negro, abandonado o arrojado allí por algún estudiante, enredado en las algas. Pero a medida que se acercaba, la forma adquirió el peso de algo real. Humano.

Era una mujer. Flotaba boca abajo, vestida con un traje blanco de artes marciales, con los brazos extendidos como alas y el pelo oscuro abierto en abanico alrededor de su cabeza como si fueran algas. El suave movimiento de la fuente cercana hacía que su cuerpo se meciera de forma casi rítmica.

A Tom se le revolvió el estómago. El frío se desvaneció al instante, sustituido por una nauseabunda sacudida de adrenalina. Retrocedió tambaleándose, con los zapatos resbalando en la hierba mojada y el corazón desbocado.

—Mierda —susurró, reculando—. Mierda, mierda, mierda.

Y entonces se dio la vuelta y echó a correr. Hacia su piso, en busca de ayuda, hacia cualquiera que pudiera saber qué demonios se suponía que tenía que hacer ahora. Porque lo que había visto en la espalda de la mujer le había metido el miedo en el cuerpo.

Una pequeña caja con un simple mensaje: *Ábreme*.

CAPÍTULO
CUARENTA Y CUATRO

A la mañana siguiente, Stephanie se sentía como si la hubiera atropellado un autobús. Dos veces. Sin ropa de protección. Y luego la hubieran apaleado con palos de hockey.

La sesión de jiu-jitsu de la noche anterior la había dejado más agotada de lo que esperaba. Le dolían los músculos y le palpitaban con un dolor que no sabía que fuera posible en lugares que no sabía que podían doler. Se había creído fuerte, bien entrenada, tonificada, pero enfrentarse cara a cara con un cinturón negro campeón nacional puso rápidamente las cosas en perspectiva.

Con cuidado, capaz de moverse solo un centímetro a la vez, sacó las piernas de la cama y se arrastró hasta el baño. Por alguna razón, un dolor le invadió la cabeza y se sintió mareada. Quizá era por la botella de agua intacta en su mesita de noche, junto con el vaso lleno que había tenido la intención de beber en el baño. Lo cogió y se lo fue bebiendo a sorbos mientras iba al váter, con cuidado de no beber demasiado para que no le hinchara el estómago. Un olor nauseabundo persistía en el baño, recordándole que necesitaba comprar ambientadores. No esperaba visitas pronto, pero siempre era buena idea estar preparada. Con los años, Stephanie se había acostumbrado al olor que la seguía a todas partes; era un recordatorio de la vergüenza, de la culpa que sentía. También era un recordatorio de su aspecto, de los cumplidos que recibía de la gente que decía que había perdido peso y que tenía buen aspecto.

Permaneció sentada en el inodoro unos instantes más, con la mente a la deriva. Fuera, a través de una pequeña rendija de la ventana, le llegó el sonido de un grito agudo que rasgó el silencio. Por un segundo, se quedó helada. No por el sonido en sí, sino por lo que removió en su interior.

Volvía a tener seis años. Agazapada detrás del sofá. El denso zumbido estático del televisor a sus espaldas. El portazo de una puerta. La voz de su madre, afilada por el miedo. El rugido de su padre, seguido del sonido de carne golpeando carne y el grito que lo acompañó.

Y luego el silencio, que fue rápidamente roto por Kimberley gritando en sus brazos.

Sosteniéndola con fuerza, acurrucada contra su pecho. Esperando. Rezando para que el sonido de unos pasos no se acercara a ellas.

Stephanie se agarró el collar, recorriendo su cuello con él. El pulso se le aceleró y se le quedó la mirada perdida. El sonido de unos niños gritándose entre ellos la sacó de su trance. Tiró de la cadena, se levantó y se lavó las manos lentamente, observando el agua arremolinarse y correr sobre sus dedos.

Cuando terminó, bajó las escaleras arrastrando los pies. El dolor en los músculos seguía ahí, pero su cerebro no lo registraba. Al pie de la escalera, cuadros a medio terminar y abandonados se apoyaban contra el rodapié. Solía pintar todos los días, antes y después del trabajo, pero desde la muerte de Paulina Potter, no había sido capaz de mirar sus pinceles. Cada pincelada, cada línea, solo habría servido como recordatorio de la muerte de la estrella de TikTok.

El resto de la casa estaba en un estado tan frágil como su mente. Su gi de jiu-jitsu yacía arrugado junto al radiador, donde lo había tirado la noche anterior. El cubo de la basura de la cocina rebosaba, con recipientes de plástico que amenazaban con caerse. La ropa sucia serpenteaba desde el salón en pequeñas islas de prendas: calcetines desparejados, un pantalón de chándal, la camisa de trabajo, antes blanca, manchada de base de maquillaje.

Era un caos.

Entonces, llamaron a la puerta.

Se quedó helada. El golpe fue suave, vacilante, pero lo

suficientemente fuerte como para atravesar el ruido martilleante de su cabeza. Se ciñó la bata y se acercó a la puerta, abriéndola sin mirar por la mirilla.

Al otro lado había un hombre enjuto de unos setenta y tantos años, con el pelo cano, gafas demasiado grandes para su cara estrecha y una chaqueta de punto que había visto décadas mejores. Su vecino de al lado. Lo había visto por ahí y había estado pensando en presentarse.

—Buenos días —dijo en voz baja—. Siento molestarla. No estaba seguro de si estaría en casa, pero me alegro de conocerla por fin. Pensé en presentarme y darle la bienvenida a la calle. Jimmy, Jimmy Walgrave. —Extendió su mano cubierta de manchas seniles.

—Stephanie. Stephanie Broadbent.

—Muy a lo «James Bond» —dijo con una sonrisa—. ¿Qué le parece la zona?

—Tranquila. Más tranquila de lo que estoy acostumbrada.

—¿De dónde se ha mudado?

—De Essex. Pero nací y me crie aquí.

—Ah. Los de Guildford siempre encontramos la forma de volver al nido —dijo—. A mi hijo y a su mujer les pasó lo mismo. Pero sospecho que podría tener algo que ver con necesitar un abuelo que hiciera de canguro en cualquier momento.

Eso explicaba el grito de fuera de la ventana.

—Le pido disculpas si han hecho un poco de jaleo antes. Están de lo más hiperactivos y no estoy acostumbrado a tener tanta energía dando saltos por las paredes.

Stephanie parpadeó con fuerza. —No pasa nada, de verdad. Ni me he dado cuenta.

—¿Está segura? —Miró por encima del hombro de ella hacia el pasillo desordenado—. Recuerdo las dificultades de una mudanza. Es un no parar.

Ella echó un vistazo atrás y observó las cajas en el suelo. —Ha sido una semana larga. Pero ya lo conseguiré.

—Bueno, si necesita una mano, no tiene más que decírmelo —dijo él, suavizando aún más la voz—. Le ofrecería mis servicios, pero mi espalda ya no es lo que era. Sin embargo, siempre puedo llamar a mi hijo para que venga a ayudar.

Stephanie esbozó una sonrisa irónica, sin decir nada.

—En fin —dijo, retrocediendo un paso—. Ya sabe dónde encontrarme. Ah, y antes de que se me olvide, hoy es la recogida del contenedor negro. Por si tiene algo de lo que necesite deshacerse.

Stephanie le dio las gracias educadamente y luego se despidió con la mano. Al cerrar la puerta tras él, inspiró hondo, observando el desorden frente a ella. No estaba lista para una tarea tan monumental. Todavía no.

Arriba, su móvil empezó a vibrar en la mesita de noche. Subió corriendo las escaleras tan rápido como se lo permitieron sus fatigados músculos y huesos y contestó a la llamada.

Era Devon.

—Buenos días —dijo ella.

Él fue directo, al grano. Sin florituras ni rodeos.

—Vas a tener que venir al campus otra vez. Tenemos otro.

CAPÍTULO
CUARENTA Y CINCO

Sé cuidarme sola.

Las palabras de Maya Corcoran resonaban en su cabeza.

Pero si la cosa se pone fea, siempre puedo quitármelo y empezar a zurrarles con él.

El cinturón de jiu-jitsu de la chica no estaba y, por un instante, Stephanie se preguntó si lo habría intentado. Si Maya habría tenido la oportunidad de quitárselo y azotar a su asesino con él.

Pero, aunque lo hubiera hecho, sus intentos de defenderse habían sido, a fin de cuentas, inútiles. Su cuerpo sin vida yacía en el agua, con la cara sumergida y el gi flotándole alrededor de la cintura, lo que le daba el aspecto de un ángel caído. Un puñado de buzos de la policía, ataviados con el equipo completo, con aparatos de respiración y trajes de neopreno, estaban en el lago, moviéndola con cuidado hacia la orilla. Stephanie observaba, paralizada y ausente, mientras la acercaban.

Todo el campo estaba acordonado y docenas de agentes uniformados contenían a la horda de estudiantes. Era la primera vez que el asesino dejaba a una víctima a la vista de todos. El murmullo tenso y acallado de la multitud bajaba por la colina, ahogando el sonido de la fuente que había a pocos metros.

Un pequeño ejército de la policía científica se movía por el campo. Su tarea de examinar forensemente toda la zona llevaría todo el día. Pero primero tenían que levantar el cadáver, y Stephanie les había dicho que no empezara ningún trabajo hasta su llegada.

Quería ser ella quien abriera la caja.

Quería ser ella quien descubriera cómo matarían a la siguiente víctima.

Tras unos minutos de espera angustiosos y dolorosos, por fin sacaron del agua el cuerpo de Maya. Dejaron la caja a un lado y la pusieron boca arriba. El agua, llena de algas y suciedad, no había tratado bien su rostro pálido y azulado. El limo y la mugre le habían ennegrecido las mejillas y los ojos vidriosos. Se le habían enredado hierbas en el pelo apelmazado y una pequeña ramita se le había metido en la nariz.

A Stephanie le volvió a palpitar la cadera de dolor. Un castigo, sin duda, por cómo había llevado la investigación. Pero el dolor que sentía en ese momento no era suficiente. Necesitaba sentir más.

Y lo sentiría.

Pronto.

Su teléfono empezó a sonar. Miró el identificador de llamada: Louis Brown. ¿Cómo se había enterado ya? ¿Alguien del equipo? ¿Devon? Rechazó la llamada, pulsando el botón rojo con el pulgar un poco más fuerte de lo necesario, y luego puso el teléfono en modo avión. Así, nadie podría localizarla.

—Inspectora —dijo Giles en voz baja a su espalda, mientras ella se guardaba el aparato en el bolsillo—. Leanna está aquí.

Ajustándose más los guantes, Stephanie se dio la vuelta y vio a la patóloga dirigiéndose hacia la escena del crimen, apurando los últimos metros como si fuera la primera vez que corría en años.

—No me hagas volver a hacer eso —dijo al detenerse junto al cuerpo.

—¿Hacer qué?

—Hacerme correr así.

—Yo no te he hecho hacer nada.

—Sí, lo has hecho. —Le apuntó con el dedo en la cara a Stephanie—. Con esa mirada que me has echado. No me gusta que me metan prisa.

—Son imaginaciones tuyas —espetó Stephanie.

Leanna abrió los ojos de par en par, sorprendida.

—¿Empezamos? —dijo Stephanie, cuyo humor empeoraba por segundos.

La patóloga se agachó y empezó a examinar el cuerpo de Maya.

—¿Está muerta, no? ¿A no ser que haya caminado sobre el agua?

Stephanie negó con la cabeza, en silencio y observando.

—No hay signos inmediatos de traumatismo —continuó Leanna—. Pero diría que murió ahogada.

Tal como había predicho el muñeco de vudú.

—¿Cómo la redujeron? —preguntó Stephanie—. Era fuerte. Anormalmente fuerte.

—¿Cómo lo sabe, inspectora? —preguntó Giles.

—Entrené con ella anoche. Era campeona nacional de jiu-jitsu.

Giles inspiró bruscamente una bocanada de aire. —Quizá la tomaron por sorpresa o la golpearon por la nuca.

—No habría podido defenderse si le hubieran metido la cara bajo el agua —añadió Leanna.

Stephanie no quería creerlo. Quería creer que Maya se había defendido, que le había pateado el culo a su agresor y que no fue hasta que él cambió las reglas del juego y la golpeó en la cara con un arma que finalmente sucumbió a sus ataques. Y pagó el precio más alto por ello.

—¿Cuánto tiempo?

Leanna ladeó la cabeza, pensativa. —Complicado. El agua la ha conservado, pero si la viste anoche y todavía lleva puesto el equipo, entonces supongo que fue poco después de que estuvieras con ella.

Stephanie buscó el collar de su madre, pero no pudo encontrarlo bajo los guantes y el traje forense.

Si tan solo hubiera llevado a Maya. Si la hubiera *obligado* a subir a su coche. Quizá seguiría con ellos. Quizá no se habría convertido en su tercera víctima.

—¿Algo más? —preguntó, con la voz quebrada.

—Por ahora no. Te diré más cuando la examine como es debido.

Stephanie cerró los ojos e inspiró hondo. Al abrirlos, rodeó el cuerpo de Maya y se dirigió hacia la caja.

—¿Jefa? —preguntó Giles.

Ella no respondió.

—¿Jefa? ¿Quiere que lo haga yo? Podría no ser seguro.

—Está bien. Puedo hacerlo.

Stephanie se agachó y apoyó las rodillas en la hierba húmeda y cubierta de rocío. Se quedó mirando la nota, ÁBREME, escrita con un rotulador negro permanente.

¡Haz lo que te digo, puta cría estúpida!

¡No vuelvas a desobedecerme, zorra imbécil!

Contuvo el aliento mientras despegaba la nota de la tapa, con cuidado de no alterar ninguna posible huella. Se la pasó a un agente de la Científica cercano, que la metió delicadamente en una bolsa de pruebas.

A continuación, Stephanie centró su atención en la tapa de plástico. Al abrirla con cuidado, la caja emitió un leve clic.

Brotó una chispa.

En un instante, el muñeco que había dentro —el mismo que había visto dos veces antes con sus ojos de botón y su torso cosido— se prendió fuego. Las llamas florecieron en su pecho, lamiendo el hilo y ennegreciendo la tela. Stephanie retrocedió de un respingo, protegiéndose la cara con el antebrazo mientras el calor surgía hacia fuera en una ráfaga corta y violenta. El muñeco se retorció en el fuego, sus ojos de botón burbujearon y estallaron, las costuras se abrieron para revelar un relleno ennegrecido que ardía sin llama como el incienso.

Para cuando se hubo recuperado, el muñeco se había reducido a cenizas y plástico derretido en el fondo de la caja, y el hedor del acelerante persistía en el aire.

A su espalda, alguien soltó una palabrota entre dientes.

Stephanie no se movió, se limitó a mirar los restos carbonizados de la caja.

—No me lo puedo creer —susurró—. Va a quemar vivo a alguien.

CAPÍTULO
CUARENTA Y SEIS

No se detuvo mucho en la carta. Al fin y al cabo, todo sabía a lo mismo y acababa en el mismo sitio.

—Un kebab döner gigante con patatas fritas y extra de queso, por favor —dijo mientras golpeaba el mostrador con impaciencia con la tarjeta de débito.

—Sin problema, señorita —respondió el dueño mientras introducía el pedido en el sistema.

Mientras ella pagaba con la tarjeta, el hombre empezó a prepararle la comida. Echó una bandeja de patatas en una freidora y se puso a cortar la carne en otra bandeja. De inmediato, el olor a carne a la parrilla y a cebolla le asaltó los sentidos y le invadió la mente.

Los dolores y molestias de la noche anterior prácticamente habían desaparecido, reemplazados por el miedo, la pena y la culpa. La investigación empezaba a escapársele de las manos. En menos de una semana ya habían muerto tres personas; tres personas que dependían de ella y de su equipo para que los protegieran. Era como intentar sujetar una pastilla de jabón; cada hilo de la investigación se le escurría entre los dedos.

No podía acallar la voz de Maya en su cabeza. No podía silenciar los pensamientos que la atormentaban.

¡Ven aquí! ¡Ven aquí cuando te estoy hablando! ¡No me obligues a hacerlo!

Se llevó la mano al collar de su madre. Por suerte, ahora que se había quitado el traje forense y llevaba su ropa transpirable, pudo sentirlo. Pero esta vez no sirvió de nada para acallar el ruido, silenciar los pensamientos o borrar las imágenes de la muñeca en llamas.

Solo había una forma de hacerlo.

Unos instantes después, el dueño del kebab le entregó una bolsa de plástico caliente y pesada. Murmuró un rápido agradecimiento y salió huyendo hacia la luz del día. Agachó la cabeza y mantuvo la vista baja mientras se metía en el coche aparcado frente a la discoteca Red One.

Dentro del coche, rasgó el papel de aluminio con manos temblorosas y empezó a comer como si alguien fuera a robárselo. Comía deprisa, de forma mecánica, casi sin masticar. Apenas registraba el sabor en la boca o en el cerebro, solo la sensación de la comida grasienta y picante deslizándose por su garganta con cada bocado.

Sacó el móvil del bolsillo, vio que seguía en modo avión y lo arrojó al asiento del copiloto. Seguramente su equipo intentaba ponerse en contacto con ella para saber adónde se había marchado con tanta prisa. Pero podían esperar. El mundo podía esperar.

Aquel era su momento de control antes de volver a perderlo.

CAPÍTULO
CUARENTA Y SIETE

Tenía la cabeza inclinada sobre la taza del váter, un fino hilo de saliva le colgaba de la comisura de los labios, el sabor agrio de la bilis le persistía en la lengua, la garganta le ardía por el esfuerzo y tenía los dedos cubiertos de porquería.

Se obligó a mirar dentro de la taza, un recordatorio de cómo había empezado todo: un castigo por comerse toda la comida de la casa, por colarse en la nevera y disfrutar de los últimos aperitivos de papá hasta no dejar nada.

—*¿Qué te hace tan especial para que puedas comértelo todo mientras los demás no prueban bocado? ¡Niña gorda!*

Y entonces empezaban las palizas. No para ella. Al menos, no al principio.

Mamá. Siempre dirigidas a mamá.

—*Esto lo saca de ti. Es igual que tú, una cerdita egoísta y glotona. Una pequeña zorra desagradecida.*

Después venía un puñetazo, una bofetada, tirarle del pelo a su madre y arrojarla al suelo.

—*Sé lo que andáis diciendo las dos de mí. Esta es mi casa. Mis reglas.*

Stephanie escupió en el agua. La imagen del maltrato desapareció entre las ondas, y se apartó de la taza, sentándose sobre los talones. Se limpió la boca con el dorso de la mano. El dolor en su cuerpo había regresado, peor esta vez, a causa de la molestia sorda en las costillas y la sensación de vacío en el estómago. Se quedó allí un momento más, con la mirada fija en la porcelana, pensando en lo mucho que desearía haber podido cambiar, en lo diferente que podría haber sido su vida.

Cuando regresó a Guildford tres semanas antes, todo había estado bajo control. La bulimia se había vuelto manejable; solo asomaba su fea cara en circunstancias extremas.

Hasta ahora.

Cuando los asesinatos de dos mujeres jóvenes eran culpa suya por no haber actuado lo bastante rápido, igual que cuando su madre había muerto.

Control.

En aquel entonces, tenía algo que controlar: a Kimberley. Se aseguraba de que ella y su hermana se escondieran en el armario, cantando juntas, fingiendo que jugaban a algo, dibujando con sus ceras a la luz de la linterna que había metido a escondidas. Había protegido a su hermana pequeña; había controlado lo que veía, oía y experimentaba.

La había protegido.

Pero desde que habían crecido y se habían distanciado, había sustituido a su hermana por sus víctimas; ella se encargaba de protegerlas.

Hasta ahora.

Tiró de la cadena y se puso en pie, con el cuerpo temblando mientras se apoyaba en el lavabo. A continuación, cogió la báscula digital encajada en el lateral del váter y se subió. Algo de fuerza volvió a su cuerpo; pesaba un par de kilos menos. Mientras la devolvía a su escondite, evitó su reflejo en el espejo. No podía mirarse; clavarse en la taza del váter era castigo suficiente.

Un caramelo de menta o un chicle para quitarse de la boca la culpa y la vergüenza, y ya estaba lista para salir.

Salió del baño sin prisa, aferrándose al collar. Al empezar a bajar las escaleras y entrar en la cocina, se vio transportada a casa de sus padres casi treinta años atrás. Estaba oscuro, era casi medianoche. La televisión sonaba de fondo. Acababa de salir a hurtadillas del dormitorio para comer algo: una manzana, sobras de la cena del cubo de la basura. Se moría de hambre, nunca había sentido unas punzadas como aquellas, pero no era para ella. Era para Kimberley. Su hermana había estado llorando sin parar, suplicando por comida.

Stephanie entró de puntillas en la cocina y se dirigió a la nevera. Al abrirla, un ruido llegó desde el salón. Se quedó helada. Un instante después, apareció su madre, hablando deprisa y en susurros.

—Deberías estar durmiendo —siseó.

—Comida.

—Lo sé, cariño. —Su madre se acercó al aparador del otro lado, abrió un armario y sacó un paquete de patatas fritas sin abrir. El envoltorio crujió tanto que casi las delató—. Cógelas —dijo—. Pero date prisa. Y no dejes de correr.

El consejo de su madre no sirvió de mucho para evitar que su padre las pillara a las dos. No sirvió de mucho para detener las palizas. Aquella noche, a Stephanie la habían separado de Kimberley y la habían obligado a dormir en el baño, donde el dolor había sido tan grande, el deseo de comer tan inmenso, que había mordisqueado el rollo de papel higiénico que colgaba junto a su cabeza. No tardó mucho en devolverlo.

Durante un buen rato, permaneció en el pasillo, mirando hacia la cocina. La nevera asomaba por detrás del marco de la puerta, y sintió un fogonazo de hambre estallar en su estómago. Un instante después, apareció una figura: vieja, desnutrida, con unos vaqueros que le colgaban holgadamente de la cintura, pero no era suficiente para distraer de la malevolencia y la maldad que se arremolinaban en sus ojos.

—¡Fuera de mi casa y fuera de mi cabeza! —gritó, golpeándose la sien con el talón de la mano.

Necesitaba salir de casa. Lejos de allí, lejos de todos.

Entonces sus ojos se posaron en la bicicleta de montaña apoyada contra la pared del pasillo, con barro y matojos de hierba colgando de ella.

CAPÍTULO
CUARENTA Y OCHO

El viento le azotaba la cara, tironeando de su chaqueta y golpeándole el pelo contra la frente. Cada curva, cada subida, cada sacudida sobre una raíz o una roca ayudaba a disipar la niebla de su cabeza. Le ardían los músculos y le costaba respirar, pero era una distracción bienvenida, un respiro bien recibido de la sinfonía interminable de dolor y autodesprecio.

Su recorrido la había llevado a través de Chantry Wood, un antiguo bosque seminatural y pradera de doscientas acres, antes de llegar a Shalford, a poca distancia del centro de Guildford. Desde allí, había ido en bicicleta por la carretera, esforzándose por seguir el ritmo del tráfico, en dirección al cementerio de The Mount. Tras una pendiente implacable que casi le había agotado los músculos de las piernas, llegó al cementerio por el sur y se bajó de la bicicleta junto a la torre Booker. Construida en 1839 por orden del alcalde de la ciudad, Charles Booker, la estructura octogonal había servido originalmente como lugar de conmemoración para sus dos hijos antes de convertirse más tarde en un observatorio astronómico. La imponente estructura de ladrillo se alzaba a la entrada del cementerio, actuando como un guardián. Dejando la bicicleta apoyada en la valla de hierro, Stephanie entró con paso cansado en el cementerio; respiraba de forma entrecortada y le temblaban las piernas.

Aunque no se debía a la subida.

En el cementerio de The Mount estaban enterrados muchos nombres famosos, como el de Lewis Carroll, y varias de las tumbas más antiguas databan del siglo XIX. Pero no era por eso por lo que estaba allí. Para ella, había alguien más importante que todos los que vinieron antes y después.

Era el lugar donde estaba enterrada su madre. Un lugar que no había visitado desde su última estancia prolongada en Guildford.

El cementerio se extendía ante ella en una silenciosa solemnidad. Los árboles proyectaban sombras alargadas como dedos sobre el sendero que rodeaba el perímetro. Más allá, podía ver la extensión de tejados y la catedral de Guildford entre las nubes bajas.

Sus zapatillas crujían suavemente sobre el camino de grava mientras ascendía por la pendiente, pasando junto a las tumbas más nuevas con mármol impoluto y flores artificiales, y junto a aquellas con fechas demasiado próximas entre sí para ser justas. Se le hizo un nudo en la garganta y se agarró el collar cuando vio la tumba de su madre. El musgo y los líquenes habían reclamado la lápida como suya, y las esquinas se habían erosionado con los años.

Stephanie se dejó caer sobre la hierba húmeda y se sentó con las piernas cruzadas en la base de la lápida. Bajó la vista hacia la hierba y empezó a jugar con ella como si fuera una colegiala en el patio.

—Hola, mamá —dijo, hurgando en un manojo de musgo—. Soy yo... Siento que haya pasado tanto tiempo. He estado ocupada con el trabajo. Sé que no es excusa...

Un puñado de hojas, levantado por el viento, cruzó la hierba, llamando su atención por el rabillo del ojo.

—Pero la buena noticia es que he vuelto. Trabajo con la policía de Surrey. Kim está contenta, como te imaginarás. La vi el otro día. Tiene muy buen aspecto. De hecho, muy, muy buen aspecto. Parece que ha encauzado su vida. —Dejó caer el musgo y una sonrisa se abrió paso con cuidado en su rostro—. Supongo que al final le ha ido bien, a pesar de todo. Al menos a una de las dos. Nunca olvidaré el sacrificio que hiciste por ella... El sacrificio que hiciste por *nosotras*. Me alegro por ella. Tiene un trabajo genial, una casa preciosa y un marido que la quiere. Pero... pero sigue en contacto con papá. Sé que es un tema difícil de llevar. Lo he intentado.

Pero... —Inhaló profundamente, contuvo la respiración unos segundos y luego la soltó de golpe—. Basta de hablar de él. Cuanto menos piense en él, mejor. ¿Tú qué tal? Tenemos mucho de qué ponernos al día, seguro. Yo... yo sé que has estado velando por mí. Lo he sentido, incluso cuando he hecho cosas de las que no estoy orgullosa. —Sorbió por la nariz con fuerza, secándose una lágrima del rabillo del ojo—. Te echo de menos, mamá. Y sigo sintiéndolo. Lo sentiré siempre...

—No lo sientas.

La voz la tomó por sorpresa y le recorrió la espalda un escalofrío mientras se le encogía el estómago. Al principio, pensó que era su madre hablándole desde el más allá, pero al oír unos pasos, se dio cuenta de que se equivocaba. Un hombre, alto y delgado, de pelo cano y brillante y con unas gafas de montura fina, que llevaba una camisa de cuadros metida por dentro de unos vaqueros, se acercaba con cuidado, con los brazos a la espalda.

—No lo sientas —repitió él—. Nunca es buena idea lamentarse. En vez de eso, agradece. Agradece los recuerdos, agradece los errores, agradece las lecciones.

Se acercó más. Stephanie sintió una calma inmediata a su alrededor, hasta tal punto que no le importó su interrupción.

—La gente piensa que los cementerios son para los finales —continuó él, paseando la mirada por la hilera de lápidas—, pero en realidad, son un lugar para los comienzos. Las conversaciones que no pudimos empezar o terminar cuando aún estaban vivos.

Stephanie asintió. Un nudo se le había formado en la garganta, reteniendo sus palabras como rehenes.

Él señaló la lápida. —¿Tu madre?

Otro asentimiento.

—Tengo a toda mi familia enterrada aquí. Mis padres, mi hermano. Mi mujer.

—Me imagino que ya tendrás tu sitio reservado —respondió Stephanie.

—Qué va, yo no. —Soltó una breve carcajada y mostró una sonrisa pícara, revelando una dentadura perfectamente simétrica—. A mí no me encontrarás pudriéndome aquí dentro. No, prefiero que me incineren, gracias. Eso o en el mar.

—¿En serio?

—Sí. Solo para joder a la familia. Lo tengo todo planeado. Cogeré una de mis motos y me lanzaré directo al agua. ¡Así nadie podrá venir a decirme lo que de verdad pensaban de mí!

Por primera vez en lo que pareció una eternidad, Stephanie se rio. Una explosión que brotó de sus labios y rodó sobre las lápidas. La tomó por sorpresa. Hacía tiempo que no sentía esa emoción. Y había surgido hablando de la mortalidad, nada menos. El tipo de cosa con la que lidiaba todo el día, todos los días.

—Por cierto, soy Dave —dijo él, tendiéndole la mano.

—Stephanie. Me gusta tu camisa.

—¿Esto? Me la compró mi nieto en Florida. Es mi favorito. —Su voz se hinchó de orgullo.

—Parece un buen chaval.

—Es mi colega. Mientras se esfuerce y no se meta en líos, le irá bien.

—Una lección para todos.

Dave sonrió y se quedó un momento más.

—Ha sido un placer conocerte, Stephanie —dijo mientras empezaba a caminar hacia la salida, paseando con las manos a la espalda—. Cuídate.

CAPÍTULO
CUARENTA Y NUEVE

Casi una hora después, regresó a la oficina. Duchada, aseada y renovada.

Al entrar en la sala, se percató del silencio. Estaba vacía, a excepción de Eve y Fiona, que estaban sentadas una al lado de la otra, cuchicheando en voz baja. Stephanie no oía lo que decían, pero intuyó que la conversación giraba en torno a ella. Y aunque no fuera así, la ansiedad en su mente la convenció de que sí.

—¡Dios mío, estás viva! —exclamó Eve, levantándose de un salto y corriendo hacia ella, como si fuera un perro perdido que acabara de regresar tras semanas de ausencia—. ¿Adónde has ido? ¿Dónde has estado?

Fiona se unió a ellas en la puerta antes de que Stephanie pudiera responder.

—Nos has tenido preocupadas un rato —dijo Fiona.

—¿Un *minuto*? Habla por ti. Yo pensaba que te había pasado algo malo. —La inocencia y la ingenuidad juveniles en el rostro de Eve llenaron a Stephanie de culpa.

Era la misma expresión que le ponía su hermana cuando eran pequeñas cada vez que Stephanie recibía una paliza o la obligaban a ver cómo su padre le hacía daño a su madre. Cuando abría la puerta del dormitorio, su hermana la recibía con la misma mirada de ojos muy abiertos y aliviados. Estaba ayudando a mamá y a papá a construir algo, decía. A arreglar algo. En aquel entonces, se había visto obligada a mentirle a su hermana, a fingir que estaba bien y que todo iría bien.

Pero no fue capaz de mentirle a Eve.

—Necesitaba escapar —dijo—. Solo necesitaba despejarme.

—¿Adónde has ido? —preguntó Fiona.

—A casa. Y luego he salido con la bici. Solo... necesitaba procesar las cosas.

Fiona asintió, pensativa. No había juicio en su expresión. De hecho, a Stephanie le pareció percibir compasión. —Sé cómo te sientes —dijo—. Es mucho que asimilar. No puedo ni imaginar cómo es para ti..., bueno, para las dos, en realidad. Sois nuevas aquí. Todo os resulta desconocido. No nos conocéis muy bien. Steph, tú tienes el estrés añadido de la mudanza y de lidiar con toda la ansiedad que eso puede acarrear. Lo entiendo...

Steph no supo qué decir.

—Yo solía hacer algo parecido cuando empecé —continuó ella.

—¿Qué quieres decir?

—Desaparecer. Solía esfumarme cuando las cosas se me hacían demasiado cuesta arriba. En el trabajo, en casa. Era un desastre. Un par de veces, simplemente me fui de casa y no volví hasta varias horas después. A veces estaba fuera toda la noche. Estaba... «rota» no es la palabra adecuada..., pero no estuve bien durante mucho tiempo. Entonces, algo hizo clic y puse mi vida en orden. Supongo que me acostumbré, en realidad. Me volví insensible, me insensibilicé a lo que hacemos y logré controlar lo que fuera que pasaba por mi cabeza.

Esa era una faceta de Fiona que Steph no había visto venir. Se había sincerado, se había vuelto vulnerable al compartir una información tan íntima y personal. Stephanie la admiró enormemente por ello. Eve, por otro lado, parecía como si acabaran de decirle que le quedaban seis semanas de vida.

—¿Eso significa que voy a pasar por algo parecido?

Fiona le puso una mano en el brazo a la detective. —Probablemente. Pero tienes a dos mujeres fuertes y con experiencia que pueden ayudarte a superarlo. Sabemos cuándo llegan los malos momentos y cuándo están por venir. También sabemos cuándo los buenos están a la vuelta de la esquina. No hay muchos, la verdad, pero eso es lo que los hace mucho más hermosos cuando llegan. Cuando meses, quizá *años* de duro trabajo al final dan sus frutos y consigues el resultado que querías.

Aquello pareció disipar algunos de los temores de Eve. Sin embargo, el rastro de angustia en su rostro sugería que todavía había mucho más acechando bajo la superficie.

Steph señaló con un gesto la oficina vacía. —¿Qué me he perdido?

Fiona miró por encima del hombro. —Te alegrará saber que Devon se ha autonombrado al mando mientras no estabas.

«Por supuesto», pensó ella.

—Giles sigue en el lugar del crimen, creo —continuó Fiona—. O eso o está en la autopsia. Noah está en la universidad, tratando con el rector, intentando decidir qué hacer a continuación. Y Wellard está hablando con los compañeros de piso de la víctima, y los uniformados se están encargando del puerta a puerta.

Stephanie respondió asintiendo. Por supuesto, Devon se había encargado de repartir funciones y responsabilidades al resto del equipo en su ausencia. En cuestión de minutos, había tomado el control de la operación, asegurándose de dejar su impronta en ella.

—¿Qué hacéis vosotras dos aquí? —preguntó Steph.

—Esperar —respondió Eve.

—¿A qué?

—Órdenes —dijo Fiona—. Quiere que estemos disponibles por si surge algo de lo que tengamos que ocuparnos. Entre usted y yo, jefa, no creo que confíe en nosotras tanto como en los demás.

Stephanie lo sopesó por un momento. ¿Estaba Devon eligiendo a sus favoritos basándose en con quién había pasado ella más tiempo o en quién creía él que eran sus más allegadas? No sabía mucho de aquel hombre, pero no creía que fuera algo descartable.

Antes de que pudiera responder, el sonido de una tos resonó desde el interior del despacho del inspector jefe.

—Eso me recuerda —dijo Fiona rápidamente— que McGowan ha preguntado por usted y quiere verla en cuanto volviera.

Steph echó un vistazo a la placa de la puerta del hombre. —Gracias por avisarme.

CAPÍTULO
CINCUENTA

Esperó lo que le pareció una eternidad, cambiando el peso de un pie a otro, con la cabeza gacha, incapaz de mirar a sus compañeros, que sin duda la observaban con ansiosa expectación. Al final, la llamaron desde dentro y abrió la puerta. Sentado detrás de su escritorio, quitándose las gafas, estaba el inspector jefe Clive McGowan.

—Ah, inspectora, ya está aquí. Por favor, tome asiento.

No había malicia en su forma de hablar. Ni agresividad, ni decepción. Era neutra, tranquila. Sin embargo, Stephanie intuyó que la conversación sería todo lo contrario. Apartó la silla con cuidado, como si temiera que fuera una trampa, y luego se sentó, manteniendo las rodillas juntas y colocando las manos en el regazo.

—Parece que tiene algunas explicaciones que dar —dijo McGowan, con la voz aún tranquila y mesurada—. Por lo que he oído, se ha marchado sin más de la escena del crimen, sin explicar adónde iba, qué iba a hacer ni cuánto tiempo estaría fuera.

—Puedo explicarlo.

—Eso esperaba. —Apoyó las manos en el escritorio, entrelazando los dedos.

Stephanie inspiró y luego soltó el aire lentamente antes de empezar. —Todo se me hizo un poco cuesta arriba. Anoche estuve con Maya, la víctima. Estábamos en una clase de jiu-jitsu. Me ofrecí a llevarla a casa y, al verla así..., me afectó. Así que salí a dar una vuelta en bici. Necesitaba despejarme, olvidarme de ella por un momento, y acabé en la tumba de mi madre. Simplemente necesitaba a alguien con quien hablarlo. Era la única forma que tenía de sobrellevarlo.

McGowan asimiló lo que acababa de oír.

—Ha abandonado a su equipo —dijo—. Eve estaba fuera de sí. Pensó que le había pasado algo *grave*. Y debo admitir que yo también.

Ella bajó la cabeza. —Lo sé. Lo siento.

—Si no es usted apta para este trabajo, entonces...

—No termine esa frase —lo interrumpió Stephanie—. Se lo ruego. Sigo siendo la persona adecuada para este trabajo. Me trajo por una razón.

—Sí, porque me dijeron que conseguía resultados. Porque era tenaz. Porque pensaba de forma diferente al resto de sus colegas. Porque ve cosas que los demás no ven. Y, sin embargo, hasta ahora, me ha dado motivos para creer que eso no es cierto. Que todo ha sido una mentira.

Stephanie abrió la boca, pero no le salió nada.

—Entiendo que tiene ciertos problemas de donde sea —no me interesa saber cuáles—, pero no puede dejar que afecten a su trabajo, Steph. Esta gente depende de usted para que los lidere y los guíe. ¿Cómo puede darles eso si ni siquiera está presente?

Ella asintió. —Tiene razón, les he fallado.

Se encogió de hombros. —Todavía no. Aún tiene tiempo de compensarlo.

—¿Conservo el trabajo?

Una sombra de sonrisa. —Por ahora. No sería justo por mi parte deshacerme de usted tan pronto sin ofrecerle ningún apoyo.

—¿Qué quiere decir?

—Ayuda. ¿Necesita alguna? Como le dije el otro día, varios comisarios y superintendentes de cuerpos vecinos se han puesto en contacto para ver si necesitamos ayuda. Hasta ahora he rechazado todas las ofertas, ya que no creía que fuera lo que usted quería. Pero si eso ha cambiado, solo tiene que decírmelo...

Ella lo entendió y agradeció la oferta de apoyo, pero no la

quería. Era terca. Y creía en su capacidad para hacer el trabajo, para hacer justicia a las víctimas.

Aunque la destrozara.

—Puede decirles que estamos bien —respondió con resolución.

McGowan la estudió durante un largo instante, sus ojos buscando algo en su rostro —duda, miedo, el más mínimo indicio de que iba de farol—, pero todo lo que encontró fue el fuego del que le habían advertido cuando accedió a traerla. Que era testaruda, poco convencional e implacable.

Él asintió levemente, mitad en señal de reconocimiento, mitad con resignación. —De acuerdo. Pero entienda esto, Stephanie. La próxima vez que tengamos esta conversación no seré tan indulgente ni comprensivo. Y no preguntaré; tomaré las medidas necesarias para dotar a esta investigación de los recursos que necesita. Si algo así vuelve a ocurrir, no podré defenderla. Usted es más consciente que la mayoría de las presiones de este trabajo y de las decisiones que tendré que tomar si me veo obligado a ello.

Tragó saliva con dificultad, la garganta seca, y luego se obligó a sostenerle la mirada.

—Entendido.

McGowan se inclinó hacia delante, apoyando los antebrazos en el escritorio. —¿Aún tiene un equipo ahí fuera, Stephanie. Me permite recordarle que los utilice?

—Creo que Devon se ha encargado de eso. Por lo que tengo entendido, ya se está comportando como si me hubieran apartado del equipo para siempre.

Clive se mordisqueó la mejilla izquierda. —Bueno, pues más le vale recordar a todo el mundo quién manda y cómo funcionan las cosas por aquí. Si no me falla la memoria, una vez dijo que daría la vida por su equipo; que cualquier error que cometieran ellos, lo cometía usted.

Ella asintió.

—¿Sigue manteniendo eso?

Otro asentimiento.

—Entonces parece que tiene algunos errores que rectificar. Y no solo los suyos.

CAPÍTULO
CINCUENTA Y UNO

La música *house* atronó en el gimnasio en cuanto abrió la puerta. La segunda agresión a sus sentidos fue el hedor a productos de limpieza. Normalmente, el olor habría hecho saltar las alarmas —que Sam, el dueño, había estado intentando ocultar algo de la noche anterior—, pero como ella había estado allí, como había visto lo que había pasado y había presenciado en persona lo sudorosos que estaban algunos de sus oponentes, lo descartó al instante.

Sin embargo, eso no lo hizo más fácil de digerir.

El exportero de discoteca de metro ochenta y ocho saltaba a la comba con furia al fondo de la sala. Se fijó en Stephanie y en Eve en cuanto entraron. Stephanie había traído a la joven agente con ella como forma de disculparse y de hacer caso a las sabias palabras del inspector jefe McGowan. Llevaba una tableta, lista para tomar notas con diligencia.

—¡Stephanie! —la llamó Sam, dejando caer la comba al suelo y cruzando la colchoneta a saltitos. A pesar de su tamaño y peso, se movía con ligereza, con la destreza de alguien que sabía cómo controlar casi todos los aspectos de su cuerpo—. ¿Cómo se encuentra después de lo de anoche?

—Adolorida —dijo ella, y luego se volvió hacia Eve—. Eve, este es Sam. Sam, esta es Eve.

—Encantado de conocerla —respondió Sam, secándose una gota de sudor de la frente—. ¿La ha convencido para que se apunte o algo?

—No exactamente —replicó Eve.

—Hemos venido por lo de Maya —añadió Stephanie.

—¿Maya? ¿Qué pasa con ella?

Antes de que Stephanie pudiera responder, él se dirigió a las taquillas del otro lado de la sala y apagó la música. Un denso silencio se instaló en el lugar mientras regresaba lentamente, habiendo perdido al parecer su ligereza de pies.

—Por favor —dijo—. Dígame qué le ha pasado a Maya. ¿Está bien?

—Somos de la policía —respondió Stephanie—. Soy inspectora de la policía de Surrey y Eve es agente. Anoche, Maya fue asesinada en el campus. Estamos intentando...

—¿Asesinada? —Se le quebró la voz. Se apoyó en la pared para sostenerse—. ¿Maya? ¿Está segura de que es ella?

Stephanie asintió.

—No... No puede ser. ¿Cómo ha..., cómo ha muerto?

—Ahogada. Intentamos averiguar sus movimientos de anoche. Obviamente, ambos estuvimos aquí, pero me preguntaba si vio u oyó algo inusual cuando se fue.

Sam negó con la cabeza. Sus ojos se abrieron de par en par y su mirada se posó en las colchonetas del centro de la sala.

—¿Qué hizo usted cuando terminó la sesión? —le preguntó.

—¿Cree que yo he hecho esto?

—Es el procedimiento —contestó—. Usted y yo fuimos de las últimas personas que la vieron con vida. Tengo que hacer estas preguntas.

Sam se secó otra gota de sudor de la frente, aunque Stephanie intuyó que era por un motivo distinto al del ejercicio. —Sobre anoche...

—Continúe.

—Sé la pinta que va a tener. Y sé cómo va a sonar. Pero lo saco a relucir ahora para que no piense que pasó algo entre nosotros, porque no fue así.

—Cuénteme —entonó Stephanie.

Cruzándose de brazos, dijo: —Después de que se fueran todos, me quedé una media hora, puede que más. Estaba ordenando el sitio, como hago después de cada sesión. Cuando me fui, crucé el pueblo en coche y vi a Maya de pie frente al cine. Así que paré y le ofrecí llevarla.

Stephanie sintió que se le cortaba la respiración. Eve, de pie a su lado, ya había empezado a teclear rápidamente en su tableta.

—¿Aceptó?

Sam vaciló, frotándose la nuca. —Sí. Parecía sorprendida de verme allí.

—¿Por qué estaba esperando allí?

—Bueno, no estaba *esperando*. Iba de camino a casa. Dijo que había parado en un Nando's al volver después de la sesión. Di la casualidad de que la alcancé.

—¿Y entonces?

Stephanie no era consciente de lo que la rodeaba, del sonido de Eve tecleando en la pantalla, de los coches que pasaban por la ventana, del olor a productos químicos que se le adhería a la garganta.

—Me dio su dirección y la dejé.

—¿Dónde? ¿Dónde la dejó? —Su tono se volvió más enérgico, teñido de un matiz de desesperación. Imágenes de ella y Maya luchando juntas en las colchonetas empezaron a desfilar por su mente, seguidas de las explícitas escenas de ella boca abajo en el agua.

—La dejé al principio del campus. Junto al puente. Dijo que no pasaba nada, que podía hacer el resto del camino andando.

—¿A qué hora fue?

Sam se encogió de hombros. —Serían sobre las nueve. Quizá más tarde.

—Necesito que sea específico, Sam. Es importante.

—Sobre las nueve, nueve y cuarto.

—¿Seguro?

—Sí. Tan seguro como puedo estarlo.

Stephanie miró a Eve, que estaba ocupada tomando notas. Vio

las horas en la pantalla y le agradó que la agente lo hubiera anotado todo.

—¿Cómo estaba el campus? —continuó.

—¿A qué se refiere?

—¿Había mucha gente? ¿Estaba tranquilo? ¿Había una fiesta descomunal en la calle?

—Tranquilo —dijo—. Excepto por un grupo de estudiantes de hockey que bajaba por la carretera. Salieron del campus justo cuando yo paraba junto al bolardo.

—¿Y luego qué pasó?

—Yo... me despedí, la dejé y ya está.

—¿Vio hacia dónde fue?

Sam negó con la cabeza.

—¿Lo siguieron?

—¿Cómo?

—Que si lo *siguieron*, Sam. ¿Lo siguieron? ¿Alguien en un coche, quizá? ¿O a pie? ¿Se dio cuenta de algo extraño?

El hombre no se lo pensó mucho. —Sinceramente, no estaba pendiente. Y, para serle honesto, ni siquiera sabría en qué fijarme.

—¿Adónde fue después de dejar a Maya?

—A casa.

—¿Y eso dónde está?

—En Worplesdon.

—¿Cuál es su matrícula?

Sam se la dio.

Stephanie se volvió hacia Eve. —Apunte que alguien compruebe eso en las cámaras de seguridad y el ANPR.

—¿Cree que tuve algo que ver con esto? —preguntó Sam, con un tono casi ofendido.

—No. Pero tengo que asegurarme de que no fue así. Y tengo que asegurarme de que nadie más piense que sí. Se llama descartarlo. Y espero que podamos, por su bien.

Stephanie le agradeció su tiempo y luego le indicó a Eve con un gesto que tomara sus datos de contacto. A continuación, se dirigieron hacia la salida.

Mientras Eve mantenía la puerta abierta, él preguntó: —¿Tendré que cerrar el gimnasio? —Su voz estaba cargada de miedo.

—No, Sam. No será necesario.

—¿La veré la semana que viene para otra sesión?

Pensó en Maya. En la sonrisa de la chica, en el breve vínculo que habían creado.

—No —dijo solemnemente—. No creo.

CAPÍTULO
CINCUENTA Y DOS

Stephanie no sabía qué hora era cuando llegó a casa esa noche. Solo sabía que era de noche, que estaba cansada y que los retortijones de hambre que sentía en el estómago no habían remitido desde la mañana. El resto de la tarde la había distraído de comer o beber algo sustancioso, aparte de los ocasionales aperitivos azucarados y ultraprocesados de la máquina expendedora. El equipo, a medida que había ido regresando a la oficina, había celebrado su presencia como si hubiera vuelto de entre los muertos. Para Noah y Giles, esas fueron sus palabras exactas. Para su sorpresa, se lo habían tomado bien. En su mayor parte, no se habían mostrado resentidos por su desaparición; no se habían sentido ofendidos, no se lo habían tomado a mal ni como algo personal. Con la excepción de Devon, que no había dicho nada al respecto, todos se habían alegrado de que estuviera bien, a salvo y que se sintiera mejor. Había pensado en llevar a Devon aparte otra vez para echarle la bronca por tomar el control de su investigación, pero no pudo encontrarlo; la estaba evitando a toda costa. Cada vez que salía de su despacho, él se levantaba de la silla y bajaba a la zona de fumadores. Cada vez que entraba en la cocina a por un café, él fingía recibir una llamada telefónica.

Se estaba comportando como un cobarde, pero ella tenía cosas más importantes de las que preocuparse, como llamar a la comisaría de la zona de Maya Corcoran para pedirles que comunicaran la noticia del fallecimiento a sus padres. Por la tarde, la noticia de su muerte se había hecho pública, pero no fue hasta que los padres de Maya fueron notificados de su defunción cuando su nombre se compartió públicamente con *Surrey Live*. Desde entonces, la comisaría se había visto inundada de llamadas de la comunidad expresando su preocupación y apoyo. Una de cal y otra de arena. La paciencia y la sensación de seguridad de la gente se estaban agotando a marchas forzadas y el nivel de rencor hacia Stephanie y su equipo iba en aumento. Tres adolescentes muertas en el plazo de una semana y ni siquiera tenían un posible sospechoso. No tenían ninguna pista tangible. No se habían encontrado más pruebas de ADN o huellas dactilares en ninguna de las escenas del crimen, y lo poco que tenían todavía se estaba analizando y no llegaría hasta dentro de una o dos semanas. No había grabaciones de cámaras de seguridad de los ataques en el campus. Lo único que tenían era una imagen granulada de un hombre con capucha, que había resultado ser Damien Veitch.

Se estaban quedando sin opciones, y Stephanie mentiría si dijera que confiaba en obtener un resultado pronto. Pensaba que antes estallaría la Tercera Guerra Mundial.

El desorden de la casa no contribuyó a mejorar su humor. El caos campaba a sus anchas tanto en su casa como en su mente, pero estaba demasiado abatida y desmoralizada para hacer nada al respecto. Había oído que a algunas personas les gustaba limpiar cuando estaban disgustadas, pero a ella no se le ocurría nada peor. Así que pasó por encima de la miríada de cajas, ropa, zapatos y la caja de herramientas que había en el pasillo para llegar a la cocina. Cuando abrió la nevera y no encontró nada dentro, dejó escapar un largo y profundo suspiro.

Necesitaba comida. Algo rápido, algo fácil. Algo que pudiera meter en el horno o en el microondas y olvidarse.

Soltando todo el aire de su cuerpo, cerró la nevera y se dirigió a la puerta de entrada, cerrándola de un empujón enérgico que resonó por toda la calle, notificando sin duda a su vecino de que estaba allí.

Fuera, el cielo nocturno se extendía, amplio y despejado, salvo por la luz de un avión que rasgaba el lienzo. Acechando junto a la luz de la luna había varios puntitos de luz, a millones de kilómetros de distancia, que luchaban por abrirse paso. Todavía quedaba ese calor de finales de verano en el aire, así que decidió hacer el corto trayecto a pie hasta el supermercado local.

Llegó al final del camino de entrada antes de que la llamaran. Su vecino, Jimmy, abrió su puerta de golpe y saltó al patio, saludándola con la mano.

—Perdona que te moleste —dijo, bajando de repente el tono cuando oyó su eco rebotar en las casas—. ¿Tienes prisa?

—No mucha —dijo ella, ignorando el gruñido de su estómago.

Jimmy entornó la puerta, dejando que una fina brizna de luz atravesara el césped, y luego se acercó apresuradamente, ajustándose el fino jersey al cuerpo. Su cabeza se movió rápidamente de un lado a otro de la calle mientras se detenía a su lado.

—Perdona tanto misterio, pero no quiero que se entere toda la calle —susurró—. Pero he pensado que deberías saberlo. Probablemente no sea nada. Probablemente sea yo, que soy un poco paranoico, y no quiero que pienses que soy un vecino cotilla ni nada de eso, pero...

—¿Qué pasa, Jimmy? —insistió ella; las punzadas de hambre le estaban acortando la mecha considerablemente.

—Antes, ha venido un hombre —empezó, con un susurro—. Creía que habías llegado pronto a casa e iba a ayudarte con el cubo de la basura.

Ella echó un rápido vistazo al cubo negro que seguía donde lo habían dejado los basureros.

—Pero entonces lo he visto mirando por el buzón, así que me he parado a preguntarle si necesitaba algo.

—¿Quién era?

—No lo sé —respondió Jimmy—. No lo ha dicho.

—¿Qué quería?

—Ha dicho que te buscaba a ti.

Stephanie se detuvo un momento. Una chispa de preocupación empezó a encenderse en su interior. —¿Qué aspecto tenía?

—De mediana estatura, pelo negro. No le he prestado mucha atención.

Devon, pensó.

—¿Cuándo ha sido?

Jimmy se rascó la nuca. —Habrá sido sobre la hora de comer, a primera hora de la tarde.

Asintiendo, replicó: —Probablemente era solo uno de mis compañeros —respondió—. Hubo un momento en que intentaban localizarme.

—Claro. Bueno, si estás segura...

No lo estaba, pero no había nada que pudiera hacer al respecto ahora.

—Si vuelve a pasarse, ¿me lo harías saber?

Jimmy confirmó que lo haría, y entonces Stephanie le dio su número de móvil.

—Gracias por vigilar —añadió.

—De nada —respondió Jimmy—. Tenemos una especie de vigilancia vecinal bastante buena por aquí, solo que sin nombre. Bueno, creo que me voy a la cama. Los nietos me han dejado hecho polvo.

El supermercado local todavía estaba abierto cuando llegó. Por los pelos. Faltaban cinco minutos para cerrar. Mientras rebuscaba entre lo que quedaba en las estanterías, sintió las miradas altivas del personal deseándole todos los males. El resultado fue que acabó cogiendo a toda prisa una lasaña para microondas cuya fecha de caducidad vencía en tres horas.

Como era de esperar, resultó sosa, insípida y sin alma. Pero le había llenado el hueco del estómago.

Pasó el resto de la noche mirando la televisión sin ver nada, observando cómo las imágenes parpadeaban en la pantalla sin asimilar nada de lo que ocurría.

Cuando finalmente sintió que empezaba a entrarle sueño, era casi medianoche. Todo el vecindario estaba en silencio. Por suerte, el sonido de los niños gritando también había desaparecido. Mientras apagaba la luz del salón, pensó en el hombre que había venido a buscarla.

¿Había sido Devon? ¿Y por qué? Esto último era lo que más le preocupaba. ¿Por qué él, de todo el equipo, habría ido a buscarla?

¿Se había dado un golpe en la cabeza? ¿O solo intentaba hacer las paces, demostrar que no era tan gilipollas?

Le costó asimilar esa idea mientras subía las escaleras y se dirigía a su habitación. Siempre estaba deseando meterse en la cama al final del día, especialmente en su funda nórdica de ositos de peluche que le daba la sensación de estar abrazando a uno de verdad. La usaba durante todo el año, incluso con el calor sofocante del verano. Le recordaba a la manta a la que ella y Kimberley se habían aferrado en el armario o cuando se escondían debajo de la cama. La hacía sentirse segura, protegida. Mientras se metía en la cama, añadió otra capa de protección cogiendo su osito de peluche y apretándolo contra su pecho.

El pequeño peluche, al que había llamado Bart por su personaje favorito de *Los Simpson*, era pequeño y estaba raído por algunas partes, con un ojo y una pata ligeramente más sueltos que el otro, remiendos improvisados de hacía años que de alguna manera habían aguantado. Su pelaje, que una vez fue de un pálido color miel, se había apagado con la edad hasta volverse de un color amarillento como manchado de té. Pero a Stephanie no le importaba. Bart seguía con ella. Bart todavía existía.

Un regalo de su madre, que le dio en su cuarto cumpleaños, lo había llevado a todas partes. Lo había arrastrado por la calle mientras caminaban hacia el parque. Lo había manchado con ceras cuando jugaba en la guardería. Como la manta, había estado a su lado en cada tormenta, agarrado en sus brazos durante las discusiones nocturnas de la planta baja, aferrado con fuerza bajo las sábanas mientras intentaba bloquear los gritos y los golpes. Había absorbido las lágrimas que tenía demasiado miedo de llorar delante de nadie.

No era solo un juguete. Era un testigo. Lo único que nunca le había hecho daño, nunca le había mentido, nunca la había abandonado.

Mientras se acurrucaba a su alrededor, quedándose dormida poco a poco, el mundo exterior seguía lleno de asesinos, violencia y dolor, pero en ese momento, con Bart metido bajo su barbilla y el edredón apretado contra su pecho, era lo más cerca que se sentía de creer que estaba a salvo.

CAPÍTULO
CINCUENTA Y TRES

Una luz zumbaba y parpadeaba en el techo, arrojando un velo pálido sobre los rostros cansados del equipo que había empezado a reunirse uno a uno. Stephanie estaba de pie al frente de la sala de crisis, con los brazos cruzados y los hombros rectos, intentando parecer más serena de lo que se sentía. Una taza de café a medio beber humeaba a su lado en el escritorio, intacta desde hacía dos minutos. Había llegado pronto, demasiado pronto, y ya iba por el tercero.

En ese tiempo, había leído los informes diarios del equipo, escrutándolos en busca de preguntas de seguimiento y líneas de investigación. Para su sorpresa, todos eran detallados y exhaustivos, incluido el de Devon, del que esperaba que contuviera la mitad de trabajo que los demás.

Stephanie esperó a que el murmullo de las voces se apagara y entonces se aclaró la garganta. —Gracias por venir pronto —empezó—. Sé que no es agradable, sobre todo con el tiempo tan desapacible que hace.

Los cielos perfectamente despejados de la noche anterior los habían abandonado hacía mucho, reemplazados por nubes oscuras y plomizas que descargaban un chaparrón.

—Esperemos que no sea un presagio de lo que está por venir —continuó—. Sé que ya lo medio comentamos ayer, pero quería volver a mencionarlo. Mi ausencia. No fue más que un ataque de pánico. Había pasado la tarde con Maya Corcoran y verla así me afectó más de lo que pensaba. Así que necesité escapar un rato, despejar la cabeza. Pido disculpas por haber desaparecido. Devon, gracias por dirigir el equipo durante mi breve ausencia.

El inspector pareció visiblemente sorprendido por el comentario, tanto que no se le ocurrió qué decir.

—No pasa nada, jefa —dijo Olivia con dulzura—. Todos tenemos días malos. No tiene que justificarse ni decir nada más al respecto.

Stephanie exhaló un profundo suspiro de alivio. Se había expuesto. Se había mostrado vulnerable. Se había sincerado con el equipo. Y lo habían respetado.

Caso cerrado.

—He revisado vuestros informes de ayer y quiero comentar con vosotros los siguientes pasos —empezó Stephanie. Hizo un gesto hacia el inspector Mackenzie—. Noah, la universidad no puede obligar a los estudiantes a quedarse. Me importa un bledo si creen que dañará su reputación o que perderán un montón de dinero. Todo esto va de proteger a los estudiantes y, si quieren irse, deberían poder hacerlo sin temor a repercusiones. Son *adultos*. Ya es hora de que la universidad empiece a tratarlos como tales.

Noah asintió. —Entendido, jefa. Volveré a hablar con el rector y veré si podemos implantar algunas medidas de protección para los alumnos. Un toque de queda, ese tipo de cosas. También veré si podemos organizar alguna patrulla.

Stephanie le dio las gracias y luego centró su atención en Olivia. —Wellard, ¿alguna de las amigas o compañeras de piso de Maya con las que hablaste ayer te dio algún motivo de preocupación?

Olivia negó con la cabeza.

—¿Alguna había tenido noticias de ella antes de que la mataran?

Otra negativa con la cabeza. —Solo para decir que iba de camino a casa.

Stephanie se giró hacia la pizarra que tenía detrás. Debajo de una foto de Maya Corcoran, Stephanie había reconstruido una cronología de los hechos. Con el rotulador de pizarra, señaló la primera marca de tiempo. —Por lo que he podido averiguar, la dejaron en el campus a las nueve y cuarto. Vivía en Twyford Court, al otro lado del campus, que está a un par de minutos andando. ¿Alguna novedad sobre las cámaras de seguridad que la muestren caminando por el recinto?

Giles se encargó de esta. —Estuve echando un vistazo ayer y podemos verla pasar por delante del edificio Duke of Kent exactamente a las 21:17. Desde ahí se desvía por el campo y ya no se la ve salir.

—Entonces podemos suponer que la hora de la muerte es poco después —dijo Stephanie, rodeando con un círculo las 21:30 en la pizarra—. ¿Hay alguna grabación de coches entrando o de otras personas en el campus que entraran en el campo a esa hora?

Una negativa con la cabeza.

—¿Podría el asesino haberla estado esperando? —preguntó Eve.

—Posiblemente —respondió Giles—. Pero, como admite la propia universidad, hay puntos ciegos en el campus. No todo está cubierto por cámaras de seguridad, como ya hemos visto. *Especialmente* el campo.

Stephanie asintió, sumida en sus pensamientos. —Creo que el asesino sabía que iba a estar allí o la siguió a casa. Al igual que con Claudia Bellini y Paulina Potter, creo que Maya era un objetivo.

—¿Y qué hay de alguien de la clase de jiu-jitsu? —preguntó Eve, llevándose una mano a los labios como si hubiera hablado fuera de turno—. Sé que hablamos con el instructor, pero ¿no deberíamos hablar con la gente que asistió a la sesión?

—No se pierde nada por intentarlo —respondió Steph—. Pero tendrían que conocer a las otras dos víctimas, así que no tengo muchas esperanzas. No le dediques demasiado tiempo.

—Sí, jefa.

La conversación entró en una pausa natural y Stephanie aprovechó el silencio para sorber su café tibio. Estaba amargo y pasado, pero le daba algo que hacer con las manos. Dejó la taza y se quedó mirando de nuevo la cronología, entrecerrando los ojos en el espacio entre las 21:17 y las 21:30.

—La hora es clave —dijo—. Todas las chicas han sido asesinadas por la noche. Sí, el asesino ha aprovechado la oscuridad. Pero creo que hay algo más. Hay un fuerte elemento de preparación aquí. Se trata de alguien que ha pasado mucho tiempo planeando estos asesinatos. Fiona, ¿cuáles son los siguientes pasos con Tristan Penrose, el profesor de Claudia y Paulina?

—No tiene nada que ver con Maya Corcoran —respondió Fiona escuetamente—. Ella es estudiante de Historia, que es lo más alejado que se puede estar de lo que estudiaban las otras chicas.

—¿Sigue siendo sospechoso?

A Fiona la pregunta la pilló por sorpresa. —Yo... no lo sé, jefa.

—¿Y según tu experiencia? ¿Crees que sigue siendo sospechoso o deberíamos centrar nuestra atención en alguien como Damien Veitch?

Fiona no tardó en responder. —Ninguno de los dos sospechosos ha tenido nada que ver con Maya Corcoran. No veo nada hasta ahora que conecte a las tres víctimas con ninguno de esos dos sospechosos.

—Entonces... —Steph se puso las manos en las caderas.

—¿Entonces... qué?

—¿Cuál es tu veredicto?

—No creo que sean sospechosos, no. Pero no creo que debamos descartarlos del todo.

—Muy bien. Asunto zanjado. —Stephanie se volvió hacia Devon—. Inspector Lafferty, ya que lo has convertido en tu área de especialización, ¿cómo vamos con las muñecas?

Devon resopló con fuerza y se secó la parte inferior de la nariz antes de responder. —Todavía no ha llegado nada de criminalística. He buscado proveedores de muñecas por internet, pero nadie me ha contestado todavía, así que no sé de dónde han salido.

—Buen trabajo —dijo ella—. Sigue con ello. Ahora mismo, lo único que conecta a estas tres víctimas son esas muñecas. Y... todos sabéis lo que pasó con la de la escena del crimen de Maya. No podría perdonármelo si *eso* le pasara a alguien en el campus. Noah, habla con la universidad y haz que envíen un correo o un comunicado a los estudiantes, recordándoles que permanezcan en zonas iluminadas, que se queden en casa por la noche, y que si tienen que salir, se aseguren de ir en pareja. Lo he intentado dos veces y no ha servido de nada.

Noah le lanzó una de sus características pistolas con los dedos.
—Hecho, jefa.

—¿Algo más?

Se alzó una mano, la de Olivia. —No sé si servirá de algo, pero mientras estaba en el campus ayer, oí hablar de que algunos estudiantes están planeando una vigilia por las chicas en el lago donde encontraron a Maya.

—Es un detalle conmovedor, pero no creo que ayude en nuestra investigación. —Stephanie echó un vistazo rápido a la pizarra, mirando los rostros de cada una de las víctimas antes de continuar —. Mucho de esto es académico hasta que descubramos *por qué* el asesino tiene como objetivo a estas chicas —continuó Steph—. Si podemos resolver eso, podremos acotar el quién.

—En realidad, jefa, creo que esa es la forma equivocada de verlo.

Por supuesto, el comentario había venido de Devon. Se giró lentamente para mirarlo.

—¿Por qué dices eso, inspector?

—Porque creo que he encontrado algo que las conecta a todas.

—¿Te importaría compartirlo con el resto de la clase?

—Todas formaban parte del mismo grupo de corredores —dijo —. De hecho, tengo una reunión con el responsable del club esta mañana.

—Gracias por la invitación —dijo ella con sarcasmo—. Me encantaría acompañarte.

CAPÍTULO
CINCUENTA Y CUATRO

Los primeros minutos del viaje en coche habían transcurrido en silencio, a excepción del *zumbido* de los coches que pasaban a toda velocidad por el otro lado de la carretera. Durante ese tiempo, Stephanie había estado pensando en la mejor manera de abordar su conversación con Devon. Veía tres opciones.

Una, la más sencilla: no decir nada. Estaba acostumbrada a los silencios incómodos y a mantener la boca cerrada tanto tiempo como fuera necesario, así que no sería difícil.

Dos: lanzarle una perorata, haciéndole saber lo que de verdad pensaba de él y de su comportamiento. Si se hubiera tratado de Caleb, su antiguo sargento, habría elegido esta opción y habría ido a saco, dándole esa mano dura a la que él respondía tan bien. Pero Devon no era Caleb. Y Caleb no era Devon. Si quería lograr algún progreso con su nuevo sargento, tendría que intentar algo diferente. Hacerle un poco la pelota. Masajearle el ego tanto como su paciencia se lo permitiera.

Así que eligió la tercera opción: matarlo de amabilidad.

—Gracias por encargarte del equipo mientras estuve desaparecida ayer —dijo, colocando las manos en su regazo.

Devon la miró de reojo desde el asiento del conductor. Stephanie percibió un atisbo de sorpresa en su expresión. —De nada —su tono era incrédulo, como si no se creyera ni una palabra de lo que estaba diciendo.

—No lo habría conseguido sin ti —continuó—. Para eso está un sargento. Te lo agradezco.

—Eh...

—McGowan no estaba contento —añadió—. Pero estoy acostumbrada a tratar con inspectores jefes y todos sus desequilibrios hormonales. Te juro que a veces algunos son peores que las adolescentes.

Devon no supo si reír o darle la razón. Asintió brevemente con la cabeza, con la vista fija en la carretera. —Solo hace su trabajo. Igual que yo. No es que esto se vaya a venir abajo sin ti.

Stephanie reprimió el impulso de responder con una pulla. Se ceñía a la tercera opción, por ahora. —Bueno es saberlo. A lo mejor lo hago más a menudo. La próxima vez me tomo un par de días libres.

A él no le vio la gracia y condujeron en silencio durante un instante.

—¿Ya estás bien? —preguntó Devon de repente. La pregunta fue brusca y forzada, como si no estuviera seguro de si debería haberla formulado.

Stephanie miró al frente, su reflejo apenas visible en el parabrisas. —Nunca he estado bien —dijo—. Pero he aprendido a vivir con ello. ¿Y tú? ¿Alguna vez tienes tus momentos?

Él se señaló el pecho. —¿Yo?

—Eres el único que hay aquí.

—¿Debilidades? No se me ocurre ninguna.

—No te definen —dijo ella—. No pasa nada por tenerlas, Devon. Todo el mundo las tiene. El cómo las superamos es lo que demuestra quiénes somos en realidad.

Él volvió a fijar la atención en la carretera y redujo de marcha. No dijo nada.

—Háblame de ti —dijo ella.

—¿A qué te refieres?

—¿Quién eres, Devon? No pienso ir a ninguna parte en un futuro próximo. No puedes librarte de mí tan fácilmente. Así que más vale que te conozca un poco mejor. Ya he hecho algunos progresos con el resto del equipo.

—¿Y soy el último de tu lista?

Ella se encogió de hombros. —Tampoco es que me lo hayas puesto fácil.

Él la miró de reojo, captó el destello de sarcasmo y casi sonrió. Casi. —La verdad es que no hay mucho que contar.

—¿Nada de nada? ¿Te limitas a existir? ¿Unidimensional?

Un encogimiento de hombros. —Más o menos.

El coche dio un pequeño bote al pasar por un bache en la calzada. Volvió a cambiar de marcha, con el zumbido del motor bajo ellos.

Aquello no había ido tan bien como ella esperaba. No es que contara con que le contara sus memorias, pero sí esperaba algo más. Estaba claro que seguía llevando puesta su armadura y que le llevaría un tiempo considerable encontrar una brecha.

Continuaron conduciendo en silencio unos minutos más, aunque esta vez fue un silencio distinto. No había incomodidad en él, ni sensación de animosidad entre ellos. Ambos bandos del ejército habían firmado un armisticio temporal y se estaban haciendo progresos.

—¿Cómo encontraste mi dirección? —preguntó de repente, mientras pasaban junto a la estatua de Stag Hill de camino al campus.

—¿Que hice qué?

—¿Cuándo viniste a mi casa ayer?

—No sé de qué me hablas.

Ella se giró lentamente hacia él. —Mi vecina dijo que alguien que encajaba con tu descripción vino a mi casa, buscándome. Supuse que eras tú.

Devon metió el coche en el aparcamiento de la zona norte del campus y lo aparcó con suavidad en el primer sitio libre. —No. No tuve nada que ver —dijo mientras apagaba el motor—. Lo siento.

CAPÍTULO
CINCUENTA Y CINCO

Todos los pensamientos sobre su relación con Devon se desvanecieron en el momento en que entraron en el atrio de la biblioteca de la universidad. El lugar bullía de vida, era el corazón palpitante del campus. Grupos de estudiantes pululaban por la entrada, desplazándose en todas direcciones como corrientes en una marea inquieta. A la derecha, varios estudiantes que aferraban aperitivos y bebidas energéticas salían de un pequeño supermercado, la mayoría con los auriculares puestos y los rostros iluminados por el resplandor de sus teléfonos. A la izquierda, la librería del campus exhibía una modesta colección de libros de texto junto a estanterías repletas de sudaderas, tazas y cordones de la Universidad de Surrey. Allá donde miraba, había estudiantes con sudaderas y jerséis oficiales. Estudiantes de todas las formas y tamaños, de todas las edades y características demográficas, moviéndose de un lugar a otro. Un caleidoscopio de culturas, razas y etnias. De inmediato, se sintió invisible allí, el anonimato la envolvía como uno de aquellos jerséis. Era solo una estudiante más que buscaba un sitio en la biblioteca para proseguir con sus estudios.

El manto de anonimato no duró mucho. Se esfumó en el momento en que vio una hilera de mesas plegables que bordeaban la pared opuesta a la entrada. Había estudiantes de pie detrás de ellas, repartiendo folletos con una eficiencia mecánica. Las mesas estaban cubiertas de carteles caseros: *En memoria de Claudia. En memoria de Paulina. En memoria de Maya.* Unas velas de té parpadeaban en tarros de mermelada. Los retratos impresos de las fallecidas sonreían desde pósteres pegados a tablones, y sus ojos la seguían con una silenciosa acusación. Una mesa ofrecía información sobre clases de defensa personal y programas para volver a casa de forma segura. Otra anunciaba una vigilia programada para esa semana.

Stephanie se encontró caminando hacia las mesas.

—¡La reconozco! —dijo una chica de pelo morado que se plantó delante de ella—. Usted es la policía que investiga la muerte de las chicas. ¿Por qué no ha encontrado todavía al responsable?

Justo cuando Stephanie iba a responder, intervino otro estudiante.

—¡Están muriendo estudiantes! Ya nadie se siente seguro en el campus.

Otro dijo: —No tenéis ni puta idea. No os encontraríais los cojones ni aunque os dieran en la cara con ellos.

Stephanie buscó con la mirada al que había hablado, pero su rostro se perdió rápidamente entre el mar de estudiantes. Pronto, la multitud empezó a gritarle preguntas, a acosarla, agitando los brazos en el aire con indignación. Stephanie hizo lo que pudo por calmarlos, pero la sensación de claustrofobia no tardó en asfixiarla.

Estaba acostumbrada a los espacios reducidos, a esconderse en el armario o debajo de la cama durante horas y horas, un lugar de evasión.

Pero aquello era un ataque total a sus sentidos.

El ruido. La proximidad de quienes la rodeaban.

Frente a ella aparecieron fugazmente imágenes de su padre irrumpiendo en su habitación, sacándola de la cama de un tirón y gritándole en la cara antes de levantar el puño.

Las paredes empezaron a girar. Los rostros de sus torturadores comenzaron a derretirse y a fundirse en un borrón.

Hasta que, al final, la oscuridad absorbió la luz de la sala y ella se desplomó en el suelo.

. . .

Cuando despertó, la cegó una luz artificial muy intensa que le empeoró el dolor de cabeza. Intentó moverse, pero notaba los músculos débiles.

—¿Estás bien ahí abajo? —preguntó Devon, posándole una mano en el hombro.

Al levantar la vista y verlo de pie sobre ella, apareció otra imagen, esta vez de su padre, desnudo en el dormitorio.

Se encogió ante su contacto e intentó levantarse de la silla.

—¿Dónde estoy?

—En la sala de primeros auxilios —respondió una voz suave y amable. Pertenecía a una mujer de unos cincuenta años. Le tendió una mano y se la posó en la muñeca, calmándola al instante.

—Me llamo Jules. Trabajo en la tienda, pero, por suerte para usted, soy una de las pocas empleadas con formación en primeros auxilios. Les ha dado un buen susto a todos.

—¿Qué ha pasado?

—Se ha desmayado. —Jules le tendió una chocolatina. Un Kinder Bueno—. Coma. Necesita azúcar.

Stephanie la rechazó. —Tenemos que terminar el trabajo que hemos venido a hacer.

Empezó a levantarse de la silla, pero Devon la sujetó. —Tienes que calmarte antes de hacer más daño.

Demasiado tarde para eso.

Al volver a mirarlo, fue incapaz de quitarse la imagen de la cabeza. Por alguna razón, bajo la luz intensa, él le recordaba a su padre. Algo en los ojos. Algo latente en la expresión.

La incomodidad le invadió el cuerpo y lo apartó de un empujón, incorporándose de la silla. Le arrebató el dulce a Jules y dijo: —Venga. No tenemos tiempo que perder.

Tras varios momentos de discusión, Stephanie acabó convenciendo tanto a Devon como a Jules de que estaba bien para continuar, aunque solo podía irse si se terminaba la chocolatina.

Jugando con el envoltorio entre los dedos, con un sentimiento de culpa que empezaba a instalarse, abrió la puerta y salió al atrio de la biblioteca. De inmediato, la abordó un hombre alto y desgarbado

—de al menos un metro noventa y cinco— con unos brazos anormalmente largos para su torso. Le sacaba por lo menos una cabeza a Steph, con unos pómulos marcados y una mandíbula que parecía esculpida en piedra. Si no le hubiera sacado casi el doble de edad, lo habría encontrado atractivo.

—Disculpe —dijo él, con voz grave y un ligero deje de Bristol—. ¿Es usted de la policía?

—No me pongo este traje por gusto —replicó Devon con sorna, y luego le tendió la mano—. Usted debe de ser Elliot, ¿verdad?

El hombre de los brazos largos asintió y le estrechó la mano a Devon. Stephanie estaba tan ocupada intentando asimilar la envergadura del tipo que no se dio cuenta de que tenía la mano de él delante de la cara.

—¿Es usted el corredor? —preguntó ella, lamiéndose un trozo de chocolate de los labios.

—La gente suele suponer que juego al baloncesto por... bueno, ya sabe. Pero sí. Soy el presidente del club de corredores. Tenía una sala reservada arriba y la estaba esperando. Pero entonces he oído lo que ha pasado y he bajado directamente. ¿Vamos?

Devon le hizo un gesto al hombre para que los guiara. Stephanie sentía las piernas un poco inestables mientras subía las escaleras hacia la biblioteca del primer piso, pero rechazó la ayuda de ambos hombres, insistiendo en que podía arreglárselas. Aún no se había dado cuenta de lo que había sucedido. Al menos, no del todo. Se había desmayado delante de su sargento. Se había desmayado delante de un centenar de estudiantes universitarios. ¿Qué debía de pensar Devon de ella? Primero, desaparece sin dar explicaciones. ¿Y ahora esto? Tres palabras le vinieron a la mente: poco fiable, inestable, incompetente. El tipo de palabras que se susurraban detrás de los monitores de los ordenadores o en los pasillos. Del tipo que acaban en las evaluaciones de rendimiento. Había perdido el control de sí misma, y pronto, sin duda, perdería el control del equipo.

Tenía que espabilar.

Al final de la escalera, llegaron a una serie de tornos. Elliot pasó con su tarjeta de la biblioteca; a Stephanie y a Devon les dio acceso el empleado. El ambiente allí arriba era más tranquilo, silencioso. El bullicio de conversaciones y risas de la planta baja no existía, como si hubieran atravesado una barrera invisible al entrar.

Elliot los condujo a una sala privada que se usaba para reuniones de grupo. La sala era moderna, con una mesa en el centro y un televisor de pantalla plana fijado a una de las paredes. El resto de las paredes eran cristaleras de suelo a techo. Expuesta, diáfana. Sin nada ni ningún lugar donde esconderse.

—Elliot —empezó Stephanie, dejándose caer pesadamente en una silla—. ¿Le ha explicado mi compañero por qué estamos aquí?

Un asentimiento.

—Creo que deberíamos empezar hablando del club de corredores. ¿Qué es?

—Es lo que se imagina. Somos un grupo de treinta personas, todos entusiastas del *running*. Aceptamos a todo el mundo, desde estudiantes de primer año hasta los de posgrado. Incluso tenemos algunos exalumnos, gente que ha dejado la universidad hace poco pero no el deporte.

—¿Cuándo os reunís?

—Todos los domingos. Nos adaptamos a todos los niveles y experiencias, y solemos hacer carreras de entre cinco y quince kilómetros antes de ir a la cafetería o, a veces, al pub.

—¿Y usted es el organizador?

Asintió. —No tiene mucho misterio, la verdad. Solo me encargo del grupo de WhatsApp y le digo a la gente dónde tiene que estar y a qué hora. Todo el mundo llega a tiempo, así que parece que algo estoy haciendo bien.

Stephanie se giró hacia Devon, que estaba sentado al otro lado de la mesa. Él captó la indirecta y empezó a dirigirse a Elliot directamente.

—¿Es cierto que Claudia Bellini, Paulina Potter y Maya Corcoran eran todas miembros de su club de corredores?

Elliot entrelazó los dedos y los miró, hundiendo la barbilla en el pecho. Parecía que estuviera en medio de una entrevista de trabajo. —Sí, es cierto. Aunque a Claudia solo la vi una vez, el domingo pasado. Dijo que era uno de los primeros clubes a los que quería apuntarse. —Una sonrisa asomó a su rostro—. Además, era una buena corredora, la verdad. Tenía todo el equipo y consiguió seguir el ritmo de un par de los corredores de fondo también.

—¿Alguien se interesó por ella? —preguntó Devon—. ¿O por alguna de las chicas?

Elliot inclinó lentamente la cabeza hacia el sargento. —¿Qué está sugiriendo?

—Responda a la pregunta, por favor —intervino Stephanie.

—No me di cuenta de nada. Pero solo hay cinco hombres en el grupo, si es eso lo que está insinuando.

—¿Incluyéndose a usted? —preguntó Stephanie.

Él asintió con suavidad.

—¿Alguno de ellos de posgrado?

Otro asentimiento. —Uno lo es.

Stephanie compartió una mirada con Devon. —Vamos a necesitar los nombres de todos los hombres del grupo de corredores, por favor.

CAPÍTULO
CINCUENTA Y SEIS

Stephanie estaba sentada en el borde del sofá, con la mirada fija en el espacio vacío tras el mirador. De un momento a otro llegaría su hermana y tenía que asegurarse de que, bajo ningún concepto, Kimberley entrara en la casa. El piso era un desastre y no estaba de humor para una discusión (léase: bronca) al respecto. Había estado demasiado concentrada en la investigación como para que le importara, y en los últimos días, el número de cajas, la ropa, los montones de basura y el desorden en general se habían acumulado, ocupando cada vez más el poco espacio del que disponía.

La investigación había llegado a un punto muerto. Tras su entrevista y la de Devon con Elliot, el director del club de atletismo, ella había dado instrucciones al equipo para que hablaran con los miembros varones cuyos nombres les habían facilitado. De ellos, solo un miembro había surgido como posible sospechoso, únicamente porque era el único sin una coartada sólida para el asesinato de Paulina Potter, y al equipo solo le quedaba corroborar su versión de los hechos. Desde entonces, aunque su carga de trabajo había aumentado, el flujo de pistas serias prácticamente se había detenido.

Los pensamientos sobre la investigación y las chicas atormentaban a Stephanie a cada momento y la habían distraído tanto que había olvidado qué día era. En realidad, siempre lo había sabido; en el fondo, al menos. Pero quizá era su subconsciente el que la hacía olvidar, obligándola a elegir olvidar el día que le había costado aceptar durante más de treinta años.

Se rodeó el collar con los dedos de forma involuntaria. Un instante después, como si lo hubiera invocado, un 4x4 descomunal se detuvo con un derrape en la entrada.

Steph cogió sus cosas rápidamente y salió de casa.

—¿Para qué necesitas un coche tan grande? —le preguntó a Kimberley mientras se encaramaba casi dos metros hasta el asiento del copiloto—. No tienes hijos. No tienes mascotas. ¿Por qué?

—Yo también me alegro de verte, hermanita.

Se dieron un beso en la mejilla y luego Steph se abrochó el cinturón.

—Fue elección de Jason.

—¿Porque todo el mundo tiene uno? El estilo de vida de Surrey te va como anillo al dedo. Por aquí todo el mundo parece tener coches enormes, y siempre los conducen mujeres.

Kim arrancó sin mirar. El coche dio una sacudida y Stephanie se agarró al asidero del techo para sujetarse.

—Alguien se ha levantado hoy con el pie izquierdo —replicó Kim.

—¿Puedes culparme?

Kim miró de reojo a Stephanie y le puso una mano en el muslo. —¿No ves que no? ¿Cómo has estado?

Stephanie desvió la atención hacia las casas que se difuminaban al pasar. Aquella mañana, el cielo era de un gris plomizo y había una presión en el aire, como si se les echara encima a medida que se acercaban.

—Bien —mintió.

—¿El trabajo?

—Mucho lío. ¿Tú?

—Igual. Jason también. Apenas lo he visto esta última semana. Ha estado yendo y viniendo de Londres a todas horas de la noche. También ha salido a tomar unas copas con el equipo.

Esperemos que solo sea eso.

—Se está dando la gran vida —contestó Steph, para no preocupar a su hermana.

—¿No has vuelto a hacer ninguna de tus salidas peligrosas en bici ni a escalar sola? ¿Ni ninguna carrera a medianoche?

Stephanie confirmó que no. Lo cierto es que no había sido capaz de pensar en nada de eso —ni en correr, ni en escalar, ni siquiera en pintar— porque hacerlo solo serviría de doloroso recordatorio de las estudiantes que habían perdido la vida.

Kim dio un frenazo, lanzando a Stephanie hacia delante en su asiento. De no ser por el cinturón de seguridad que la sujetaba, se habría estampado de cara contra el parabrisas. Kimberley maldijo al conductor una y otra vez, haciéndole una peineta mientras pasaba a toda velocidad.

—Diríase que te iba a ver al salir de esa curva sin visibilidad —comentó Stephanie con sarcasmo.

—Gilipollas al volante. Las carreteras están llenas.

Stephanie se inclinó sobre el centro del coche y miró el salpicadero. —Sobre todo cuando vas diez kilómetros por hora por encima del límite de velocidad. —Se agarró al borde del asiento, aterrorizada—. He hecho cursos de conducción intensivos, he conducido a más de ciento noventa kilómetros por hora, he zigzagueado entre el tráfico en una carretera nacional; y, aun así, nunca he temido tanto por mi vida como en los últimos cinco minutos.

Su hermana desestimó el comentario con un gesto. —Pórtate bien.

—¿Tus clases son así? Un caos absoluto.

—Cállate.

—No creas que no te voy a multar por conducción temeraria solo porque seas mi hermana.

Más adelante, un semáforo en verde estaba a punto de cambiar a ámbar. Kimberley pisó a fondo el acelerador, haciendo que el coche se abalanzara hacia delante.

—Me gustaría llegar viva, gracias —dijo Steph.

Menos de cinco minutos después, tras haber rezado por su vida cada segundo del trayecto, llegaron al cementerio. Kim redujo la velocidad hasta casi detenerse y aparcó junto a un muro cubierto de musgo. El camposanto estaba casi vacío, a excepción de un anciano que cuidaba una lápida con una regadera y un par de guantes de jardinería. Stephanie lo reconoció del otro día.

Dave.

Al bajar del coche, la golpeó de inmediato el olor a tierra húmeda y hierba recién cortada. Las nubes se habían espesado sobre ellas, cerniéndose aún más, y el viento traía un frío que le puso la piel de gallina.

Kim abrió el maletero y sacó un pequeño ramo de margaritas.

—¿Has comprado flores?

—Lo hago todos los años.

A ella ni se le había pasado por la cabeza. Ahora se sentía eclipsada.

Caminaron juntas en silencio, serpenteando entre las lápidas torcidas y los parches de flores silvestres, hasta llegar a la tumba de su madre.

Stephanie nunca había conmemorado el aniversario de su muerte. Nunca había encontrado el valor para hacerlo. Siempre se mantenía ocupada con el trabajo. El recuerdo era demasiado doloroso.

Treinta años justos desde que presenció la muerte de su madre.

Treinta años justos desde que se quedó mirando sin hacer nada al respecto.

Treinta años justos desde que su vida y la de su hermana cambiaron para siempre.

Steph sintió un escalofrío por todo el cuerpo. Por el rabillo del ojo, vio a Dave de rodillas en la hierba, girando la cabeza hacia ella. Volvió a aferrar el collar.

Hola, mamá.

Kim se arrodilló para colocar las flores y limpiar la lápida, mientras Stephanie permanecía inmóvil. No lloró. No podía. No lo haría. No delante de Kimberley. Nunca había llorado delante de su hermana. Siempre había sido al revés. Había necesitado mantenerse fuerte, dura, resiliente. No había podido mostrar que algo iba mal.

Eso era parte del pacto que había hecho consigo misma a los diez años: sé fuerte, no digas nada, sigue adelante.

Permanecieron allí un buen rato. Solo el viento en los árboles, el susurro de las hojas, el canto ocasional de un pájaro.

—¿Alguna vez te preguntas qué pensaría de nosotras? —preguntó Kim de repente.

Stephanie miró fijamente la lápida y asintió.

—¿Crees que estaría orgullosa de nosotras?

Otro asentimiento. —Una detective y una maestra de escuela —dijo en voz baja—. Ambas ayudamos a los demás de diferentes maneras cuando nadie quiso ayudarnos a nosotras. Creo que estaría orgullosa. Porque hemos sobrevivido.

Stephanie contempló las tumbas, los tejados de las casas a lo lejos, el cielo plomizo sobre ellas.

En más de un sentido, pensó.

Stephanie volvió a subir al coche con una pesadez en el pecho. Cerró la puerta suavemente y se quedó inmóvil, mirando al frente a través del parabrisas. Un instante después, Kim entró a su lado y arrancó el motor; el leve rugido llenó el silencio entre ellas.

—¿Lista?

—Cuando tú lo estés.

Stephanie apoyó la cabeza en la ventanilla mientras el coche se alejaba, y su aliento empañó el cristal. Pensó en su madre: en su risa (las pocas veces que la oyó); en lo guapa que era; en lo abierta y sincera que era; en que siempre anteponía a los demás a sí misma. Un recuerdo le vino a la mente: su madre pintando de amarillo los armarios de la cocina un verano, diciendo que quería tener sol incluso en los días de lluvia. Aquello le había costado una paliza, a ella y a Stephanie también, pero no le había importado. Todo había merecido la pena solo por ver la sonrisa en su cara.

Al llegar al cruce al final del camino, Kim giró el coche a la derecha en lugar de a la izquierda, como Stephanie esperaba.

Se incorporó ligeramente. —¿Adónde vamos?

Kim no respondió. Ni siquiera la miró.

—*Kimberley.*

—Solo una parada rápida.

—¿Una parada? —repitió Stephanie, con voz más dura—. *¿Adónde?*

—Vamos a ver a papá.

Stephanie parpadeó. Una vez. Dos. Como si las palabras no le hubieran llegado bien. —No, no vamos.

—Paso este día con los dos, Steph. Con mamá y papá. Todos los años.

A Stephanie se le cortó la respiración. Apretó las manos en su regazo.

—No me lo habías dicho.

—Porque sabía que reaccionarías así. No va a estar aquí para siempre, Steph. No sé cuánto tiempo le queda, y quiero pasar tanto tiempo con él como sea posible. Se lo debemos. Las dos. Sin él, nunca habríamos encontrado a quien le hizo eso a mamá.

Steph cerró los ojos e inspiró bruscamente. Controló su respiración porque en ese momento era lo único que podía controlar.

—Da la vuelta.

—Es demasiado tarde. No pasará nada. *Estarás* bien.

—Kimberley. Da la vuelta. Ahora.

Kimberley no hizo nada. Mantuvo el coche en la carretera, en dirección a la residencia, recorriendo las sinuosas carreteras mientras los nudos se apretaban en el estómago de Stephanie. La idea de verlo, de mirar a los ojos del hombre que había moldeado gran parte de su trauma, le dio ganas de abrir la puerta del coche y tirarse a la A3.

Kim se estiró y le puso una mano en el muslo. —Por favor, Steph. Hazlo por mí. Es importante.

Steph empezó a hiperventilar. El pulso le retumbaba en el cuello. Tenía las palmas cubiertas por una fina capa de sudor y se desconectó de su propio cuerpo, como si sus piernas se movieran contra su voluntad.

De hecho, toda la visita era en contra de su voluntad.

Esta vez no había necesitado que una enfermera le indicara el camino. Kimberley la guio por el silencioso pasillo, saludando educadamente al personal a su paso. Stephanie la seguía unos pasos por detrás. Tenía el pecho oprimido, los pulmones encogidos. A lo lejos, resonaba el eco del televisor de la sala común.

Una pareja que estaba de visita salió de la habitación de al lado de la de su padre. Kimberley los saludó, intercambiando cumplidos como si fueran íntimos amigos. Stephanie esperaba torpemente detrás de su hermana, con la respiración cada vez más rápida y superficial.

Las paredes se estrecharon a medida que se acercaban a la habitación de su padre. El corazón le golpeaba contra las costillas. No podía respirar.

Kimberley fue la primera en entrar. Stephanie se quedó allí, en el umbral, mientras su hermana se acercaba a su padre, desplomado en su sillón de respaldo alto junto a la ventana, con una manta sobre las piernas y la atención centrada únicamente en el televisor que tenía delante. Tenía la mirada vidriosa, desenfocada.

Stephanie tragó saliva.

—¿Qué tal, papá? —empezó Kim—. Soy yo.

Colin Broadbent no le prestó atención a Kimberley. Pero en cuanto Stephanie cruzó el umbral, su mirada empezó a girar, lentamente, hacia ella.

—Tú —graznó, con la voz ronca—. Eres... —parpadeó—. Eres... Stephy.

—Es Stephanie, sí —intervino Kimberley cuando Steph estaba demasiado turbada para responder.

Kim se sentó en el brazo del sillón de Colin, rodeándolo con el brazo. —Ha venido a saludarte. Hemos venido las dos. ¿Sabes qué día es hoy, papá?

Obviamente, no hubo respuesta. La mirada de Colin no se apartó de Stephanie.

—Es el aniversario de la muerte de mamá. ¿Puedes creer que ya han pasado treinta años? ¿Adónde ha ido el tiempo? Acabamos de visitar su tumba y está preciosa. Le hemos puesto unas flores muy bonitas y le hemos dedicado unas palabras, ¿verdad, Steph?

Stephanie gruñó, mirando una mancha en la alfombra.

—Creo que está orgullosa de nosotras allá arriba, papá.

Cuidando de todos, protegiéndonos. De ti, de mí, de Steph... y dentro de unos seis meses, de tu nieta.

Stephanie giró la cabeza bruscamente hacia su hermana. —¿Qué acabas de decir?

Kim se llevó la mano al vientre. —Estoy embarazada.

—¿Desde cuándo?

—Hace unos tres meses. No queríamos decir nada hasta tener el visto bueno del médico, y...

Stephanie cruzó la habitación de un salto y abrazó a su hermana. —¡Es una noticia fabulosa! —exclamó—. ¿Por qué no me lo dijiste antes?

—No queríamos estresarte. Con toda la mudanza, el trabajo... no parecía el momento adecuado. Pero hoy, simplemente...

Colin levantó lentamente la mirada hacia Kim. —¿Un bebé...?

—Sí —contestó Kim—. Vas a ser abuelo, papá. Salgo de cuentas en marzo. —Se frotó el vientre de nuevo—. Tengo muchas ganas de que la conozcas.

Una potente mezcla de emociones abrumó a Stephanie. Las paredes parecieron estrecharse y le costaba respirar. —Necesito tomar el aire —dijo, dándose la vuelta y saliendo de la habitación.

Giró a la derecha y se encontró en un pasillo cualquiera. ¿Cómo podía perderse en una residencia? Entonces recordó que el lugar era como una prisión para ancianos.

Afortunadamente, encontró la entrada y localizó a un miembro del personal. Después de lo que le pareció una eternidad, por fin la dejaron salir. Fuera, inspiró bocanadas de oxígeno y, poco después, el mareo desapareció. A pocos metros, dos miembros del personal disfrutaban de un cigarrillo. El olor llegó suavemente hasta ella. A pesar de sus otros vicios, nunca había empezado a fumar.

En ese momento, pensó que podría necesitar uno.

—¿Cómo se encuentra? —le preguntó Wayne, el enfermero que había conocido anteriormente. Tenía los ojos muy abiertos detrás de las gafas y lucía un nuevo tatuaje en el antebrazo.

—Bien —respondió ella, poniéndose las manos en las caderas.

—Estuvo preguntando por usted el otro día —continuó Wayne, dando una profunda calada a su cigarrillo—. Dijo que la vio en las noticias.

No dijo nada, solo esbozó una sonrisa educada y deseó que dejara de hablarle.

Como por intervención divina, su móvil vibró en el bolsillo. Contestó a la llamada antes de que él pudiera decir algo más.

—Fiona, ¿está todo bien?

—¿Qué haces ahora mismo, SB?

—Estoy en un sitio en el que desearía no estar. ¿Por?

—Perfecto. Coge tus cosas, tráete el carné de identidad y vente para The King's Head. Eve y yo estamos aburridas y queremos que te unas a tomar algo. Tenemos una mesa reservada a partir de las siete.

CAPÍTULO
CINCUENTA Y SIETE

El pub era bullicioso, cálido y estaba abarrotado, un chocante contraste con el silencio estéril de la residencia de hacía apenas unas horas. Stephanie se quedó de pie junto a la barra con cierta incomodidad, con el abrigo todavía a medio poner, sin saber si había tomado la decisión correcta al venir. Pero entonces vio a Eve y Fiona metidas en un reservado cerca del fondo, haciéndole señas para que se acercara con sus gin-tonics a medio beber.

Pidió una copa en la barra y luego cruzó el local, zigzagueando entre las mesas y esquivando a un hombre que llevaba tres pintas como si lo hubiera hecho mil veces antes.

—¡Ahí está! —sonrió Eve, deslizando un vaso hacia el asiento vacío—. ¡SB! Empezaba a pensar que te habías rajado.

—Pues por poco —admitió Stephanie, sentándose a su lado. Dejó la copa sobre la mesa y se quitó el abrigo—. Pero ahora mismo, necesito esto más que nada.

Fiona ladeó la cabeza, estudiándola.

—¿Día duro?

—Sí y no. —Steph le dio el primer sorbo a la copa. El alcohol le estalló en la boca—. He ido a ver la tumba de mi madre con mi hermana, luego he visitado a mi padre en la residencia y después me he enterado de que mi hermana está embarazada de su primer hijo. Así que ha sido una montaña rusa de emociones.

Eve y Fiona se miraron. En apenas unas frases, Steph había

compartido más sobre su vida personal que en toda la semana que llevaba allí.

Fiona alzó su vaso.

—Bueno, un brindis por todos: por tu hermana y su bebé, por tu padre y su salud, y por tu...

—Por mi padre no —replicó Stephanie, bebiendo ya un sorbo.

—¿No?

—No nos llevábamos bien.

—De acuerdo. Por tu hermana, su bebé y tu madre...

—Por eso —dijo Steph mientras chocaban los vasos. Le dio un trago enorme, casi acabándose la copa de un tirón, y luego la dejó sobre la mesa—. ¿No os apetecía invitar al resto del equipo?

Fiona se humedeció los labios y negó con la cabeza.

—Solo queríamos algo tranquilo, civilizado. Solo las chicas.

—¿Y Wellard?

—Cuidando de los niños. Uno tiene entrenamiento de fútbol y la otra, clase de piano. Pobre mujer. Le consumen cada instante de su vida fuera del trabajo. Y a veces también dentro.

Steph miró alternativamente a Eve y a Fiona.

—Esto está bien. Gracias por invitarme.

—Solo lo hemos hecho porque eres la jefa —bromeó Fiona—. A lo mejor deberíamos hacer esto una vez al mes.

Su sugerencia fue recibida con un silencio, ya que ni Eve ni Stephanie se mostraron especialmente receptivas a la idea de una quedada mensual, excluyendo al resto del equipo. A Stephanie no le gustaba la idea de que se formaran camarillas. Ya había demasiada confusión y agitación entre ellos en ese momento; era lo último que necesitaban.

—¿Qué tal te va con tu casero? —le preguntó Fiona a Eve mientras se terminaba lo que quedaba de su copa.

Eve puso los ojos en blanco y dejó escapar un profundo suspiro.

—Te juro por Dios que, como tenga que llamarlo una vez más, voy a perder los estribos. ¡La última vez que hablé con él me llamó «cielo»! Si no arregla pronto la fuga de la caldera, le voy a tener que enseñar lo celestial que puedo llegar a ser. No va a saber ni de dónde le ha venido. O eso, o haré que venga mi madre. Puede quedarse mirándolo fijamente hasta que la avería se arregle sola.

Stephanie rio, un sonido suave y sorprendido.

—Tu madre suena aterradora.

—Mide metro y medio y está llena de ira. Se crio en el sur de Londres con cuatro hermanos y sin tiempo para tonterías.

Fiona sonrió.

—Eso lo explica. Mi madre es un trozo de pan. De verdad, no hay nada que no haría por esa... —Se interrumpió, con los ojos como platos—. Steph, lo siento muchísimo. No he pensado. Tu madre...

Steph hizo un gesto con la mano, restándole importancia al comentario.

—No pasa nada.

—He sido una insensible. Lo siento.

—No pasa nada, Fiona. De verdad. Murió cuando yo era muy pequeña. He tenido mucho tiempo para asumirlo.

—Aun así, me siento como una idiota.

—No lo eres. Es solo uno de esos días. Además, está bien. No suelo tener la oportunidad de hablar de ella.

Hubo una pausa mientras cada una apuraba su copa. Steph jugaba con su collar. Ya notaba cómo el alcohol se le subía a la cabeza.

—De hecho, me lo dio ella —empezó a decir—. Antes de morir.

—Es precioso —replicó Fiona, inclinándose para mirarlo.

—También me dio un osito de peluche.

—¿Y qué fue de él?

—Todavía lo tengo. Duermo con él todas las noches. Fue una de las primeras cosas que saqué de una caja cuando me mudé.

—¿Cómo se llama?

—Bart.

—¿Como el personaje?

Ella asintió.

—No te burles. Es muy distinguido.

A Eve se le iluminaron los ojos.

—¡Sí! Sabía que tenías tu lado tierno. Yo tengo una sudadera vieja de la universidad que todavía me pongo cada vez que estoy de bajón.

Era el turno de Fiona. Apoyó la barbilla en la mano.

—Yo tenía una caja de zapatos llena de notas debajo de la cama. Cosas que había oído decir a la gente. A desconocidos. A mis padres. A profesores. Creía que iba a ser escritora. Luego me di cuenta de que no quería crear misterios. Quería resolverlos.

—Eso es bastante bonito —dijo Eve—. Y ligeramente espeluznante.

—Gracias —replicó Fiona, impasible.

Stephanie miró a las dos y sintió, por primera vez en mucho tiempo, que volvía a formar parte de algo.

—Sois raras —dijo, alzando su vaso.

—¡Se necesita una para reconocer a otra, SB! —respondió Eve.

Volvieron a chocar los vasos. Esta vez, la sonrisa en el rostro de Stephanie se mantuvo un poco más.

CAPÍTULO
CINCUENTA Y OCHO

Los frenos chirriaron cuando frenó en seco. Priya bajó de la bici y se quitó el casco. —Ha sido una pasada —dijo sin aliento. Tenía el pelo pegado a la frente y una mancha de barro le surcaba una mejilla—. Había olvidado cuánto echaba de menos esto.

—Deberíamos haberlo hecho antes —dijo Tamzin, bajándose de la bici de un salto y estirándose. Le temblaban las piernas—. Vamos a hacer esto todas las semanas. Sin excusas.

—De acuerdo —añadió Megan, quitándose una aguja de pino de la manga—. Aunque mañana no me pueda ni sentar.

Se echaron a reír de nuevo y llevaron las bicis hacia el aparcabicis cercano. Pero, en el momento en que llegaron, Megan se detuvo en seco.

—Están todos llenos.

Priya parpadeó. —¿En serio?

Echó un vistazo al aparcabicis más cercano a su residencia de estudiantes. Estaba completamente ocupado. Decenas de bicis, incluidas las de alquiler del centro de la ciudad, ocupaban todos los sitios.

—Tendremos que buscar otro sitio donde dejarlas —dijo Megan mientras se subía a su bici.

—Tendréis que buscarlo vosotras —replicó Priya—. Yo paso. Voy a dejar la mía en el coche. Es más fácil.

Megan pareció inquieta. —¿Estás segura? Podríamos candar dos juntas.

Priya negó con la cabeza. —Qué va. Solo tardo un momento. Id vosotras, ya os alcanzo luego.

Se separaron y cada una se fue en una dirección. Mientras Megan y Tamzin subían la cuesta hacia el centro de estudiantes, Priya tomó la ruta larga que rodeaba el campus, pasando junto al lago, en dirección al aparcamiento del lado norte. Normalmente, el aparcamiento —y todo el campus, en realidad— estaba abarrotado de coches, con estudiantes y profesores peleándose por las escasas plazas. Pero ahora, a media mañana, estaba completamente vacío. Había oído rumores de que los estudiantes se estaban marchando y volvían a sus casas, pero no se esperaba que tantos lo hubieran hecho. «Quizá por eso los aparcabicis están llenos», pensó.

La gravilla crujió bajo las ruedas de Priya mientras se deslizaba hacia su Polo plateado, aparcado bajo una farola. Se detuvo, se desabrochó el casco y buscó las llaves en el bolsillo.

El coche se abrió sin problemas y entonces ella empezó el laborioso proceso de meter la bici dentro. Primero tuvo que abatir los asientos traseros, lo que requirió manipular con maña un mecanismo complicado hasta que cedió. Luego tuvo que quitar todos los trastos del maletero —el líquido limpiaparabrisas, el balón de fútbol de su hermano y un montón de latas de conserva que su madre le había dado para emergencias— antes de poder pensar en meter la bici. El coche era de principios de los dos mil, tenía más de ciento sesenta mil kilómetros en el marcador y a menudo era un verdadero coñazo de conducir. Pero era su pequeño coñazo. Fiable, resistente. Su primer coche, y la había ayudado a transportar todo desde Hastings hasta la universidad. No le habría cambiado nada.

Priya todavía estaba en el primer paso, forcejeando con el mecanismo bajo el asiento, cuando algo se estrelló contra su cráneo.

La visión se le tornó blanca y se le doblaron las rodillas.

Recibió otro golpe, esta vez más fuerte, y cayó con un ruido sordo sobre el asfalto.

Unas manos la agarraron. Intentó gritar, pero se había quedado sin aire. Sintió que la arrastraban; notaba las extremidades pesadas e inútiles. La puerta trasera de su coche se abrió de golpe y la metieron dentro a empujones. La puerta se cerró de un portazo tras ella.

Arañó la manilla, pero no se movía. Estaba encerrada.

Entonces lo olió. Un olor agudo y amargo. Gasolina.

Todavía tenía la vista nublada, la cabeza le retumbaba y la sangre le corría por un ojo.

El sonido de un líquido chapoteando. Una pisada. Luego otra.

Gritó. Aporreó las ventanillas. Intentó patear la puerta.

Un chasquido, el sonido inconfundible de un mechero. Y después, fuego.

Se expandió en un instante, un destello anaranjado contra la ventanilla, y a continuación, calor.

Chilló, agitando los brazos con violencia; ya se le estaba ampollado la piel por el aire abrasador. Lo último que vio fue la silueta de alguien que se alejaba. Con calma. Sin prisa. Mientras las llamas lo devoraban todo a su alrededor.

CAPÍTULO
CINCUENTA Y NUEVE

Stephanie llevaba cinco minutos sin moverse; y aún más tiempo sin poder apartar la vista de la escena que tenía delante.

Todavía le retumbaba la cabeza por los efectos de la borrachera de la noche anterior. Pero en ese momento, un dolor diferente le crecía en el cráneo. Todo se le venía encima. Las imágenes de la muñeca encontrada en la escena del crimen de Maya Corcoran le aparecieron en la mente: la chispa inicial, la combustión inmediata, los restos carbonizados de la muñeca.

La escena del crimen que tenía delante era idéntica. Los cordones se extendían a lo largo de todo el aparcamiento, los coches del personal y de los estudiantes estaban intactos, iluminados por las luces azules junto con los árboles circundantes. Los restos del vehículo yacían ennegrecidos y arrugados. Los bomberos todavía estaban rociando el suelo, y un siseo bajo se elevaba del hormigón empapado. El inconfundible hedor a goma quemada, plástico carbonizado y acelerante se le pegaba a la garganta.

La destrucción era tan extensa que Stephanie ni siquiera podía discernir la marca o el modelo del coche. No era más que un montón ennegrecido en el suelo.

Y, sin embargo, la caja de metal que habían colocado a pocos metros del maletero permanecía perfectamente intacta.

La bilis le subió por la garganta, una combinación del alcohol y la idea de otra víctima. No quería abrirla. No sabía si sería capaz.

La cuarta víctima en menos de dos semanas.

¿Qué historias se escondían tras esta? ¿Qué esperanzas, sueños y aspiraciones le habían robado? ¿Y *por qué*? ¿Por qué le habían arrebatado la vida? ¿Por qué el asesino la había elegido a ella en concreto?

Y entonces el mundo se oscureció. Volvía a tener seis años, sentada en el sofá, intentando ver la tele mientras su madre atendía a una Kimberley que no paraba de chillar en la cocina. Papá estaba al otro lado de la habitación, jugando con su mechero, aburrido, bebiendo, fingiendo mantenerse ocupado. No tardó en quedarse sin cerillas que quemar; se acercó a ella tambaleándose, la agarró con fuerza del brazo y no la soltó. Por mucho que intentara moverse y defenderse, no la dejaba escapar. Él era mucho más fuerte que ella físicamente. Pero no mentalmente. Jamás la vencería mentalmente.

—Dame el pulgar —dijo él.

—¡No quiero!

La siguiente vez, no preguntó. Clavándole su pulgar en el punto de presión, liberó el de ella y encendió la llama. Siempre recordaba el sonido que hacía: el clic, seguido del olor explosivo del combustible.

—A ver quién grita más fuerte —dijo mientras acercaba la llama a su pulgar—. Tú o tu putita de hermana.

En dos segundos, su pulgar empezó a quemarse por encima de la punta de la llama. Tiró y se retorció, pero fue inútil. Seguía siendo demasiado fuerte para ella.

Aun así, se mantuvo en silencio. A pesar del dolor insoportable, mantuvo los labios sellados y gritó por dentro hasta que le dolieron las entrañas. No le daría la satisfacción de verla llorar.

Por suerte, se aburrió a los pocos segundos y dejó caer la mano de ella sobre el brazo del sofá. Stephanie no perdió el tiempo y corrió al baño para meterla bajo el grifo de agua fría.

Sus dedos recorrieron la cicatriz de su pulgar mientras alguien la llamaba por su nombre.

Giles.

—Inspectora —dijo él con cautela, colocándose a su lado—. Los bomberos han terminado. El coche está listo para que nos acerquemos.

Ella apenas le escuchaba. —¿Sabemos el nombre de la víctima?

—Testigos presenciales han dicho que el coche pertenecía a una tal Priya Chadha. Una estudiante de primero que estudiaba biomecánica.

—¿Son fiables?

—Son sus compañeras de piso, inspectora.

—¿Sabe cómo ha acabado así?

Giles se quitó la mascarilla y se rascó la nariz. —Esta mañana fueron a hacer ciclismo de montaña por los Chantries, mientras estaba tranquilo. Eran tres. No tenían clases ni nada más que hacer. Al volver, no encontraron sitio en el aparcamiento de bicis junto a su residencia, así que Megan y Tamzin, las que iban con ella, fueron a buscar uno en otra parte del campus, y Priya vino a meter la suya en el coche.

Stephanie examinó los restos del coche. Entre la masa de metal derretido, vio lo que parecían ser los radios de una rueda.

—¿Quién la ha encontrado?

—Sus compañeras de piso, inspectora. Vinieron a buscarla cuando regresaron.

—¿Vieron a alguien huyendo? ¿A alguien siguiéndola cuando se fue hacia el aparcamiento?

Giles se volvió a poner la mascarilla sobre la boca. —No, inspectora. No vieron nada. Ambas señalaron que el campus estaba muy tranquilo, como si el lugar se hubiera quedado desierto de la noche a la mañana, y se habrían dado cuenta si alguien la hubiera estado siguiendo o hubiera salido corriendo. Pero no vieron a nadie.

Stephanie inspiró hondo, cerrando los ojos. ¿Cómo se estaba saliendo con la suya el asesino? Para los asesinatos anteriores, debió de haberse desplazado a pie; de lo contrario, lo habrían pillado con las cámaras de seguridad y los lectores de matrículas al salir del campus. Pero si ahora iba a pie, ¿adónde podría ir?

Y entonces le llegó la respuesta: el sonido de un tren avanzando con estruendo por las vías al otro lado del aparcamiento, oculto tras una larga hilera de árboles que recorría el lado norte del campus. O bien el asesino huía por allí de alguna manera, colándose por las vallas y saltando las vías, o bien rodeaba el perímetro del campus, manteniéndose fuera del alcance de las cámaras. O era un estudiante o un profesor que conocía el terreno, o alguien que había pasado un tiempo considerable analizando sus puntos débiles, explorando los escondites perfectos.

—¿Es eso lo que creo que es, inspectora? —preguntó Giles, sacándola de su ensimismamiento. Señaló sin mucho entusiasmo la caja en el suelo.

—Me temo que sí —respondió ella—. ¿Dónde está Devon?

Giles echó un vistazo rápido detrás de ellos. —No estoy seguro, inspectora.

—¿Todos los demás están aquí pero él no?

—¿Quiere que lo encuentre?

—Iba a pedirle que abriera la caja. Es todo un experto.

Giles hizo ademán de irse, pero Stephanie lo detuvo.

—¿Puede hacerlo usted por mí, Giles? —le pidió en voz baja—. No creo que pueda soportar otra más ahora mismo.

A ver quién grita más fuerte.

Giles vaciló. —Inspectora... yo...

Tú o tu putita de hermana.

—Busque a alguien del equipo que *sí* esté dispuesto.

Sin pensarlo dos veces, Giles se dio la vuelta y se dirigió hacia la multitud. Un instante después, Eve lo había reemplazado.

—¿Te sientes tan mal como pareces? —preguntó Stephanie, refiriéndose a la expresión cansada y demacrada de la joven agente detrás de su mascarilla.

—Solo tomamos un par —respondió Eve—. ¿Me necesitabas?

—La caja.

Stephanie no necesitó decirle qué hacer. No necesitó explicarle por qué. Era una tarea necesaria, una con la que ella era demasiado débil para lidiar.

El miedo se dibujó en el rostro de Eve cuando fue consciente del desafío que se le estaba pidiendo. Controló su respiración durante varios instantes antes de empezar a caminar. Stephanie se aferró a su collar mientras la observaba.

La agente se movía lenta y cautelosamente, como si se acercara a una bomba. Tenía el corazón en un puño y los dedos empezaron a sudarle dentro de los guantes. A medida que la caja se acercaba, también lo hacía su pavor por lo que había dentro.

Eve se detuvo. Contuvo el aliento. Se agachó.

La caja de metal era de acero y estaba caliente al tacto. Recorrió el borde con los dedos hasta que encontró el cierre. Entonces, a la de tres, la abrió con cuidado por su lado más largo, con las bisagras chirriando en señal de protesta.

Allí, colgando de la parte superior de la tapa, había otra muñeca, con una soga de ahorcado alrededor del cuello. La muñeca se balanceó de un lado a otro mientras abría la tapa, y finalmente se detuvo, apoyada contra el metal, con un par de ojos de botón sin alma devolviéndole la mirada.

CAPÍTULO
SESENTA

Una hora más tarde, Stephanie se encontraba de nuevo en el anfiteatro. Solo que esta vez, la multitud de estudiantes petrificados había sido sustituida por una pequeña cohorte de periodistas y cámaras. La rueda de prensa la había convocado la inspectora jefa McGowan sin su autorización; sin embargo, como cara visible de la investigación, se esperaba que asistiera, aunque no había preparado nada y no sabía qué iba a decir.

El atril que tenía delante lo habían cogido prestado de una de las aulas magnas y de él colgaba, desordenadamente, más de una docena de micrófonos, como un enjambre de víboras metálicas que le sisearan. El dolor de cabeza no había remitido y el olor a goma quemada seguía adherido a su ropa, a pesar de haberse quitado el mono forense y haberse rociado con perfume.

Detrás de ella había una fila de directivos de la universidad, entre ellos Martin Bell, el orientador, y agentes de uniforme la flanqueaban, con rostros solemnes y en silencio. Giles permanecía en un extremo de la fila mientras el resto del equipo se ocupaba de la escena del crimen. Por lo demás, el campus permanecía extrañamente silencioso, como si todos los estudiantes hubieran desaparecido. No había ni rastro del bullicio ni del alboroto que solía recorrer las avenidas y los edificios.

Stephanie ajustó ligeramente el micrófono y se aclaró la garganta.

—Buenas tardes —empezó—. Mi nombre es Stephanie Broadbent, inspectora de la policía de Surrey. Esta mañana hemos recibido varias llamadas alertando de un coche al que habían prendido fuego. Los servicios de emergencia han llegado poco después para extinguir las llamas, y ha sido entonces cuando nos han alertado de que había alguien dentro del vehículo durante el incidente. Lamentablemente, la víctima ha fallecido en el incendio. Ahora estamos tratando este caso como una investigación por asesinato y no revelaremos el nombre de la víctima al público hasta que hayamos notificado a la familia.

Sus ojos se desviaron hacia el rostro de Louis Brown entre la multitud.

—Nos pondremos en contacto con la familia, por supuesto, y le ofreceremos todo nuestro apoyo. Lo que ha sucedido hoy es una auténtica tragedia y haremos todo lo que esté en nuestra mano para encontrar al responsable. En estos momentos estamos investigando varias líneas de actuación y colaborando estrechamente con el equipo de investigación de incendios, los forenses y la seguridad de la universidad. No es la primera vez que la tragedia golpea este campus y estamos haciendo todo lo posible para garantizar que no vuelva a ocurrir.

Hizo una breve pausa para recuperar el aliento. La imagen de la muñeca, colgando de un fino hilo, apareció en su mente, inhibiéndola momentáneamente.

—Nosotros... Nosotros... —Perdió el hilo de sus pensamientos y se agarró el collar, como si eso pudiera recuperarlo—. Sabemos que no es un incidente aislado y que existen similitudes entre cada una de las víctimas. Por ello, estamos tratando estos incidentes como si estuvieran conectados y estamos buscando vínculos entre cada una de las víctimas.

Otro destello de la muñeca.

Y la anterior.

Y la anterior a esa.

—Lo estamos tratando como parte de un patrón; quienquiera que sea el responsable ha dejado una muñeca en cada una de las escenas del crimen. Comprendemos el miedo y la ansiedad que esto ha causado, especialmente entre el alumnado, y quiero asegurar a la comunidad que estamos haciendo todo lo posible para protegerlos y llevar al responsable ante la justicia. Pedimos a cualquiera que haya podido ver u oír algo sospechoso en el campus durante la última semana que, por favor, lo comunique a la línea directa que hemos habilitado. A estas alturas de la investigación, no hay ninguna prueba o indicio que sea demasiado pequeño. Eso será todo por ahora. Gracias.

Stephanie sentía cómo le palpitaba el pulso detrás de las sienes y cómo el dolor le estallaba entre las orejas. No fue hasta que se apartó de las cámaras cuando se dio cuenta de lo que había dicho: que le había revelado a la prensa su pista más importante.

CAPÍTULO
SESENTA Y UNO

Stephanie empujó la puerta del despacho del inspector jefe McGowan sin esperar permiso. Él levantó la vista hacia ella, mirándola por encima de las gafas de leer, con el ceño fruncido en una mezcla de sorpresa y preocupación, como si lo hubiera interrumpido. Dejó lo que estaba haciendo y se recostó en la silla. Los músculos de su mandíbula se tensaron, lo que sugería que aquello iba a ser más que una conversación.

—Gracias por venir con tan poca antelación —dijo él.

No le hizo ningún gesto para que se sentara, pero ella se tomó la libertad de todos modos. Se dejó caer en la silla y se cruzó de brazos, sin humor para una pelea. Pero si eso era lo que él quería, eso era lo que iba a tener.

—Explíqueme —empezó él—. ¿Qué ha pasado esta mañana?

—¿A qué se refiere? ¿Al cadáver que han quemado vivo en un coche o a la rueda de prensa con la que me ha pillado por sorpresa?

Él entrecerró los ojos. Cogió un bolígrafo de la mesa y empezó a clavarlo en el escritorio. Con fuerza. Stephanie se preguntó si le gustaría que ella fuera el escritorio.

—Ya hablaremos del asunto de la rueda de prensa. Primero, quiero que me diga qué ha pasado con la última víctima.

Stephanie respiró hondo. —Sospechamos que se llama Priya Chadha. Dieciocho años. Estudiante de primer año de Biomecánica. Había vuelto con sus amigos de una excursión a los

Chantries y había ido sola a su coche para meter la bicicleta. Sospecho que la atacaron y luego le prendieron fuego dentro.

—¿Dónde encontraron el cuerpo?

Steph recordó las imágenes del perito de incendios abriendo la puerta trasera del coche y el cuerpo carbonizado que yacía dentro, acurrucado en posición fetal, con la piel encogida y negra.

—En el asiento trasero —respondió, con un nudo formándosele en la garganta.

—Así que, a menos que se metiera en el asiento trasero de su propio coche y se prendiera fuego, diría que alguien le ha hecho esto. ¿Correcto?

No le gustó el tono que empleó.

—Sí —respondió ella.

—Y ese alguien es el mismo asesino en serie que llevamos buscando estas dos últimas semanas. ¿Correcto?

—Sí.

—Suponiendo que sea el mismo asesino, ¿dejó otra muñeca?

—Sí.

—¿Y cómo morirá la próxima víctima?

—La... —sorbió por la nariz con fuerza—. La ahorcarán, señor.

—Bien. Con esta ya van cuatro víctimas en dos semanas, Steph. Con una quinta que llegará muy pronto, estoy seguro. Esto se ha alargado demasiado. Se han perdido demasiadas vidas y no se han tomado suficientes medidas. Voy a traer a un psicólogo forense para que ayude a elaborar un perfil de este asesino.

—Señor...

La interrumpió levantando una mano.

—También voy a traer a varios agentes de condados vecinos que han ofrecido su apoyo.

—Señor, eso no será...

—Tendremos que organizar la logística, pero habrá mucha gente en la oficina en los próximos días.

—Señor, por favor. Puedo...

—Muchos de ellos serán agentes de policía, a los que puede...

—¡Escúcheme!

El estallido salió de su boca antes de que tuviera la oportunidad de detenerlo. Las palabras resonaron en la habitación antes de escapar por la ventana entreabierta. Después de eso, se hizo el silencio, como si ella hubiera destruido cualquier otro ruido. El rostro de McGowan era una mezcla de conmoción y apoplejía.

—Señor, lamento lo que he dicho —dijo ella, presa del pánico—. Pero tiene que escucharme. Nada de esto es necesario. Todo está bajo control. Yo...

—Esta es la primera y última vez que me levanta la voz de esa manera, inspectora —dijo él, con voz serena e inquietantemente tranquila—. Entiendo que está estresada, que la tensión es alta y que a veces la tapa puede saltar por los aires, así que voy a disculpar ese pequeño arrebato, pero ese es un ejemplo perfecto de que las cosas no están bajo control, Stephanie. No tiene control sobre usted misma, y mucho menos sobre esta investigación. Tiene que entender que nada de esto es para menospreciarla ni para manchar su nombre o su reputación. Lo hago por el bien de la investigación. Su equipo *y usted* se beneficiarán del peso que los nuevos agentes podrán quitarles de encima. Tengo la impresión de que, al igual que nuestras víctimas, todos ustedes se están ahogando, quemando o asfixiando por el peso de esta investigación. Mi decisión es firme.

—Señor... —Su voz era apenas un susurro.

—Estaba advertida. Dije que la próxima vez que tuviéramos esta conversación, no sería tan comprensivo.

Steph se tragó el nudo que tenía en la garganta.

—Ahora, dígame qué pasó durante la rueda de prensa —empezó él.

Ella bajó la mirada y empezó a juguetear con las uñas en su regazo, hurgándoselas hasta que empezó a dolerle.

—Fue un descuido —respondió—. Yo... no estaba pensando con claridad. Nunca debí hablarles de las muñecas. Es solo que... no estaba pensando bien. La rueda de prensa... me pilló por sorpresa. Y el cuerpo... acababa de verlo, así que todavía lo tenía muy reciente.

Se pasó los dedos por la carne de la cicatriz de su pulgar, distraídamente.

—Le pido disculpas —añadió.

Durante un buen rato, él no respondió. Solo la miró con una mezcla de lástima y sorpresa en el rostro.

—Pensé que lo había visto... —dijo él.

—¿Ver el qué?

—Anoche, en la web y las redes sociales de *Surrey Live*, anunciaron la noticia de que se habían encontrado las muñecas en los escenarios del crimen.

Los ojos de Stephanie se abrieron como platos. —¿Que hicieron *qué*?

—Como es natural, ha causado un gran revuelo en internet. Mucha gente está llamando al asesino «el Asesino del Vudú», lo cual estoy seguro de que se pondrá de moda... ¿Está segura de que no fue cosa suya?

Estaba demasiado aturdida para negar con la cabeza. —Alguien debe de haberlo filtrado.

Y sabía exactamente quién había sido el responsable.

Clive se tomó un momento para evaluarla. —Creo que debería tomarse un respiro —le dijo—. Váyase de aquí. Despeje la cabeza. Dé un paseo. Vuelva cuando esté lista.

Distraídamente, con la mente a medias en la habitación con McGowan mientras la otra mitad imaginaba lo que le diría y le haría al sargento Lafferty cuando lo viera, se levantó de la silla.

Se le ocurrió una idea.

—¿Sigo siendo la inspectora jefa de la investigación? —preguntó.

—Sí. Sigue siendo mi inspectora jefa. Porque se lo merece. Pero su reputación solo la llevará hasta cierto punto. No quiero que me dé un motivo para cambiar la situación.

CAPÍTULO
SESENTA Y DOS

—¿Dónde está?

Eve levantó la vista de su escritorio de repente, con el pánico brillando en sus ojos.

—¿Quién?

—¿Devon? ¿Dónde está?

Justo cuando Eve iba a responder, el sargento entró por la puerta principal. En cuanto lo vio, cargó contra él y señaló su despacho.

—Tenemos que hablar —siseó, con un tono que no admitía réplica.

—¿De qué? —respondió Devon con un aire de desafío que ella aborrecía.

—Ya lo descubrirá cuando entremos.

Dicho esto, Devon dejó las llaves sobre su mesa y se dirigió al despacho de ella. Stephanie le seguía de cerca, pisándole los talones.

La puerta estaba entreabierta cuando comenzó su diatriba, incapaz de controlarse.

—¿Qué es eso que he oído de que ha filtrado información a la prensa? ¿Quién se cree que es? Esa no es una decisión que le corresponda a usted.

—Hice lo que tenía que hacer.

Ella soltó una risa despectiva. —¿Así que no lo niega?

Él se metió las manos en los bolsillos y se encogió de hombros.

—¿Qué le dio derecho a hacerlo? —preguntó ella.

—Usted no estaba aquí —dijo él sin rodeos—. Había desaparecido, así que tomé cartas en el asunto. Como he dicho, hice lo que tenía que hacer.

—Publicaron el artículo anoche. Entonces usted no estaba al mando de la operación —replicó ella, mientras su mente procesaba la información a mil por hora.

—No tengo nada que ver con lo que tarden Louis y su equipo en publicar un artículo —su continuo desafío la llenó de rabia. Apenas podía mirarlo.

—De ahora en adelante, no tendrá nada que ver con Louis ni con nadie más de *Surrey Live*. Ni con nadie de los medios, para el caso. Cada vez que alguien intente ponerse en contacto con usted, quiero saberlo.

Él levantó las manos en señal de rendición. —Por supuesto, jefa. Sus deseos son órdenes para mí.

—Ahora salga de mi despacho antes de que cause más daño a esta investigación.

Pero temía que el daño ya estuviera hecho.

Stephanie salió de su despacho hecha una furia y se dirigió directamente a la salida, con la cabeza gacha y evitando la mirada de su equipo. Sentía que todos la observaban, que la juzgaban. Pero no se atrevía a mirarlos. No podía soportar sus preguntas ni enfrentarse a las consecuencias. No solo Devon la había desacreditado filtrando información a la prensa, sino que McGowan estaba a punto de hacer lo mismo apartándola y trayendo ayuda extra. Claro, ella seguía siendo la inspectora jefe de la investigación —eso era lo que él había dicho—, pero ¿por cuánto tiempo? ¿Cuánto tiempo le daría McGowan antes de que se le agotara la paciencia y le quitara la alfombra de debajo de los pies?

Fuera, los pájaros graznaban y los ladridos guturales de los perros de adiestramiento retumbaban por los campos en la distancia. Pero ella no los oía por encima del ruido de su cabeza. Al salir del edificio, un zumbido estático le recorrió la piel, desde la punta de los dedos hasta la nuca. Tenía las palmas de las manos pegajosas de sudor. Notaba la piel tirante, demasiado tirante. El corazón empezó a latirle con fuerza en el pecho y luego los pulmones se le encogieron hasta el tamaño de un puño. A pesar de estar al aire libre, azotada por una brisa fresca, le costaba respirar, como si acabara de entrar en un vacío.

Al cruzar el aparcamiento, la visión se le empezó a volver en túnel y los oscuros rincones de su mente se abrieron paso. Se apresuró tanto como sus piernas se lo permitieron, arrastrando los pies por el asfalto y la grava, jadeando y boqueando en busca de aire.

Finalmente, abrió de un tirón la puerta del coche y se metió dentro, cerrando de un portazo. De un gran trago, se llenó los pulmones de aire viciado, un aire que contenía un toque de comida rápida. A los pocos segundos de estar dentro del coche, su respiración volvió a la normalidad y el ataque de pánico remitió; estaba de nuevo en su armario, escondida. A salvo.

Excepto que esta vez no había ningún osito de peluche al que aferrarse en busca de apoyo. Ningún apoyo emocional que la ayudara a superar el episodio.

Tendría que cambiar eso.

Sus ojos se posaron en el envoltorio de kebab que había en el suelo del copiloto. Todo lo que quedaba era el papel, pringoso de grasa y restos de cebolla y lechuga, y el aroma empalagoso del coche.

Metió las llaves en el contacto, puso la marcha atrás y salió del aparcamiento. Afortunadamente, el trayecto hasta el local de kebabs fue corto, y para cuando llegó, su respiración había vuelto a una apariencia de normalidad. Al menos, lo suficientemente normal como para no levantar sospechas.

Aparcó el coche sobre la doble línea amarilla que había frente al establecimiento, sin hacer caso de los coches que le pitaban detrás, y entró corriendo en el edificio. Inmediatamente, el olor la abofeteó y sintió que la fuerza volvía a su cuerpo.

Empezaba a sentirse normal de nuevo.

—Buenas tardes —dijo el dueño—. ¿Qué le pongo, jefa? ¿Lo mismo de la última vez?

Stephanie se quedó de piedra. —¿Se acuerda de mi pedido?

—Claro. Recuerdo que pensé: una mujercita de su tamaño, es

imposible que pueda comerse toda esa comida. Y luego la vi zampárselo en el coche. Pensé: «Vaya saque que tiene», ¿sabe?

Una punzada de arrepentimiento y vergüenza se encendió en su interior. Normalmente, mantenía sus atracones en secreto, fuera de la vista de los demás. Pero la última vez, no había pensado en eso. No había pensado en los coches que pasaban ni en el dueño del kebab observándola desde detrás del mostrador.

¿Qué le estaba pasando? Estaba perdiendo el control de sí misma.

De repente, Stephanie se sintió avergonzada.

Bajó la cabeza y empezó a salir de la tienda.

—¿Adónde va, señorita?

—He cambiado de idea. No tengo hambre.

Al poner un pie en la acera, un hombre chocó con ella. Se tambaleó ligeramente; era ancho y fornido, vestido con vaqueros negros y un polo ajustado que se ceñía sobre un pecho endurecido en el gimnasio. Lo primero que le llegó fue su colonia, seguido del brillo de una cadena de oro que descansaba sobre su garganta.

—Dios mío, lo siento mucho —dijo él—. No ha sido mi intención.

—Sería raro que lo fuera.

El hombre sonrió con ironía, levantando una comisura de la boca, y luego entró en el local de kebabs. Cuando Stephanie se apartó de él, la llamó de nuevo.

—¿Te conozco de algo?

«Seguro que tú también me viste el otro día atiborrándome de comida en el coche, ¿a que sí?», pensó ella.

—¿Eres la poli que trabaja en el caso de la universidad?

Ella no respondió.

—Te reconozco de la rueda de prensa de esta mañana. Un par de compañeros tuyos vinieron el otro día a hacerme preguntas sobre la chica a la que mataron en su piso.

Estudió sus rasgos. —¿Eres el dueño de Red One?

Él levantó las manos en señal de rendición. —Culpable. Pero de eso es de lo único que soy culpable, antes de que pienses que estoy confesando algo.

Se descubrió riendo involuntariamente. No sabía por qué.

—Me llamo James Daniels. El novio de mi hermana estaba con la chica que vino aquí —continuó—. Está bastante afectado por el tema. Creo que todos lo están. Debe de ser duro para ellos lidiar con esto. Pero ni de lejos tan duro como lo es para ti, imagino.

—Y que lo digas.

—¿Estáis haciendo algún progreso?

—No tanto como nos gustaría.

Él se encogió de hombros, como si el resultado de la investigación no le importara. —Seguro que lo conseguiréis. Pareces tener la cabeza bien amueblada; vienes al mejor local de kebabs de la ciudad. —James se giró hacia el dueño—. ¿A que sí, jefe?

—¡Sí, jefe! —replicó el dueño, señalando a James mientras se echaba un paño de cocina al hombro.

—Te digo que es peligroso estar justo al lado de este sitio. El olor me puede cada vez.

—Pues te sienta bien —replicó Stephanie, observando la mitad inferior del hombre. Por primera vez en mucho tiempo, la idea de intimar con un hombre le pasó por la cabeza. Y en ese instante, el hombre en cuestión era James.

Él sonrió con ironía, como si se hubiera dado cuenta. Ahora fue su turno de recorrerla con la mirada. —Tú tampoco estás nada mal —dijo él.

Lo dejó allí. Al subirse al coche, se miró en el espejo retrovisor y se sorprendió al ver que la sonrisita seguía en su cara.

CAPÍTULO
SESENTA Y TRES

Stephanie entró en el estrecho camino de entrada. Los faros barrieron los setos de las casas vecinas antes de apagarse cuando paró el motor. Su casa estaba a oscuras, a excepción del suave resplandor de la farola. Apagó el motor y se quedó sentada un momento, con la frente apoyada en el volante y los ojos cerrados. El dolor tras las sienes le latía al ritmo del pulso.

Cuando salía del coche, su vecino, Jimmy, apareció en la puerta de su casa con una bolsa verde de reciclaje.

—Llegas tarde a casa —dijo él mientras abría su contenedor de reciclaje y dejaba caer la bolsa dentro—. ¿Un día largo?

—Por decirlo de alguna manera.

—¿Te apetece un té? Acabo de poner el agua a calentar.

Miró el reloj. No era tarde en absoluto, pero en ese momento no estaba de humor para hablar ni ver a nadie. Normalmente, en ese estado, saldría a correr por la noche, pintaría un poco más o iría en bici, pero la idea de hacer cualquiera de esas actividades le recordaba a Paulina, Claudia y Priya. En ese momento, lo único que quería era quedarse en casa, sola. Podía controlar lo que ocurría entre sus cuatro paredes.

—Hoy no —respondió—. Quizá en otro momento.

—Claro —dijo él, dedicándole una sonrisa comprensiva; una que sugería que lo entendía todo.

—Te alegrará saber que ningún hombre extraño ha preguntado por ti esta noche.

—Debo de haberlos espantado —dijo ella mientras sacaba las llaves del bolso.

—A lo mejor he sido yo.

Jimmy abrió la puerta de su casa. Stephanie hizo lo mismo.

Justo cuando se iba a despedir, él la llamó:

—Ah, y no te olvides de sacar el cubo de la orgánica esta noche.

—¿Otra vez? Es un no parar.

Cerró de un portazo el maletero del coche, y el sonido retumbó por toda la calle. Stephanie se detuvo a escuchar la quietud de la noche. En lo alto, una fina capa de nubes había aparecido, ocultando las estrellas. A lo lejos, creyó oír el chillido de un zorro. O eso, o estaba disfrutando de una noche de cortejo con un amigo.

Con una caja de carpetas en los brazos, se dirigió hacia la casa. Dentro, fue al salón, donde había despejado un pequeño espacio en el suelo delante del sofá. Dejó caer la caja y se sentó en la alfombra con las piernas cruzadas.

La casa estaba en silencio. Ni televisión. Ni música. Ni radio. Ni siquiera se oía a Jimmy moverse o prepararse para irse a la cama en la casa de al lado.

Silencio.

Cogió la carpeta que estaba encima del montón y la puso frente a ella. Durante los minutos siguientes, sacó cada expediente y los extendió sobre la alfombra. Las carpetas contenían notas del equipo, informes de interrogatorios y declaraciones de testigos, fotografías de las víctimas, informes de las autopsias... Todas las pruebas que ella y el equipo habían reunido hasta ahora en la investigación. Y en algún lugar dentro de todo aquello, esperaba ella, se encontraba la respuesta a todo. La respuesta a la identidad del asesino. Acechando entre la información. Escondida entre la masa de letras e imágenes.

El equipo había trabajado sin descanso durante las últimas dos semanas, y la culminación de todo ello estaba justo delante de ella.

Habían hecho su trabajo. Y ahora le tocaba a ella hacer el suyo.

Hacer lo que mejor se le daba: ver las conexiones, encontrar las pistas que no estaban a la vista y obtener resultados.

Era lo que la había hecho llegar tan lejos en su carrera. Lo que le había granjeado la reputación que McGowan insistía en recordarle.

No era especial en absoluto. No había ningún talento particular que le permitiera encontrar cosas que otros no veían. No había ninguna parte de su cerebro que otros no tuvieran y que ella pudiera activar para encontrar un nombre.

La única ventaja que tenía sobre sus compañeros era su historia, su pasado. Haber crecido con el mal le había permitido verlo, tratarlo como a un amigo. Veía cosas que quizá otros no veían. Detectaba patrones y tendencias.

Al menos, esa era la esperanza.

La mañana siguiente, Stephanie se quedó dormida. Estaba tan profundamente dormida que no había oído el despertador. Para colmo de males, no había cargado el móvil y le quedaba menos de un veinte por ciento de batería cuando salió de casa.

Eran las ocho de la mañana cuando entró en la comisaría, más de una hora después de lo que le habría gustado, y el lugar ya era un hervidero de actividad, lleno de gente que no conocía ni reconocía. Todos los escritorios que quedaban libres habían sido ocupados; había desconocidos sentados en los extremos de las hileras de mesas, encorvados sobre los portátiles o leyendo notas. De la noche a la mañana, la capacidad de la oficina se había quintuplicado. Buscó a su equipo, una cara conocida, pero no fue capaz de encontrar a nadie.

Antes de que empezara a caminar hacia su despacho al otro lado de la sala, la abordó una mujer de pelo espeso y rizado que llevaba un jersey a rayas blancas y negras con otro jersey negro sobre los hombros. Parecía el tipo de persona que tenía una segunda residencia en el sur de Francia y disfrutaba de la puesta de sol con una copa de vino de su pequeño viñedo en el jardín trasero. Stephanie no esperaba que hablara como si acabara de salir de una película de Guy Ritchie.

—¿Todo bien? —preguntó la mujer, tendiéndole la mano—. ¿Es usted la inspectora jefe Broadbent?

—¿Quién es usted? —preguntó Stephanie, con más brusquedad de la que pretendía.

—Jordyn Snow. Psicóloga forense.

Stephanie la examinó con atención. —¿Qué hace aquí?

—El inspector jefe de detectives McGowan me pidió que viniera lo antes posible. Llegué anoche.

A Stephanie le daba igual. Quería que esa mujer se fuera. —¿Quién es toda esta gente? ¿Vienen con usted?

—Creo que son de diferentes cuerpos de policía. Les he preguntado a un par de personas dónde podía encontrar las cosas y la mayoría no tenían ni idea.

—Bueno, es muy amable por haber venido hasta aquí, sea de donde sea, pero no deberían haberla llamado. No necesitamos sus servicios.

Stephanie se dirigió a su despacho, pero se quedó helada en cuanto vio a McGowan salir del suyo. El inspector jefe de detectives se fue directo hacia ella.

—Veo que ya se han conocido —empezó—. Jordyn ha estado repasando los expedientes del caso toda la noche. ¡Es como un superordenador, la cantidad de información que ha asimilado!

Stephanie no dijo nada. *¿Por qué no la deja a ella dirigir la investigación, entonces?*

Sintió que el suelo se movía bajo sus pies...

Resbalando...

Resbalando...

—También han llegado refuerzos de la policía de Kent y de Hampshire. Creo que se alojan todos en el Holiday Inn junto al parque deportivo, así que están todo lo cerca de la universidad que se podría pedir.

¿Qué se suponía que tenía que hacer con esa información? ¿Darle las gracias? No lo creía.

—Llega más tarde de lo habitual —añadió McGowan.

—Lo sé —replicó ella bruscamente.

No necesitó añadir nada más; él captó la entonación y asintió con la cabeza.

—Pero llega justo a tiempo. Era la última en llegar. Ahora podemos empezar la reunión.

—¿Qué reunión?

McGowan señaló a Jordyn. —En la que nuestra psicóloga forense nos dirá a quién estamos buscando.

Toda la sala de operaciones, que se había extendido hasta la cocina y el pasillo contiguos, se quedó en silencio cuando Jordyn empezó a hablar. Stephanie flotaba detrás de ella, con los brazos cruzados sobre el pecho, de pie junto a las pizarras blancas mientras todos los ojos se centraban en la psicóloga forense.

—Pasé todo el día y la noche de ayer familiarizándome con la investigación hasta ahora. Entiendo que hay algunas caras nuevas aquí, así que mucho de lo que voy a decir puede que no tenga ningún sentido para vosotros todavía, pero espero que, al final, sí lo tenga.

—Normalmente, cuando me piden que asesore en investigaciones de asesinato como esta, me gusta fijarme en las víctimas: similitudes, conexiones, razones por las que el asesino las ha elegido. Por lo que he podido deducir, todas son personas muy diferentes. Son de todas partes del país. Todas tienen antecedentes y crianzas diferentes. Algunas pertenecen a las mismas clases y a las mismas asociaciones, pero todas viven en distintas partes del campus. Lo único que las conecta, sin embargo, es su género. Todas son mujeres de edades más o menos similares. Y, por lo tanto, creo que se trata de un hombre que desprecia a las mujeres. Está ejerciendo poder y control sobre ellas de la peor forma imaginable.

—Las muñecas que deja en las escenas del crimen son prueba de ello también. Son, además, un elemento de control. Está controlando la investigación con ellas y está comunicando su próximo método de asesinato antes incluso de empezar. Como tal, eso requiere un alto nivel de planificación. Así que se trata de alguien que ha tenido mucho tiempo para planificar estos asesinatos. Mucho tiempo para seleccionar a sus víctimas. Mucho tiempo para vigilar sus movimientos y preparar el terreno en muchos aspectos.

—Eso no se aplica a Claudia Bellini, nuestra primera víctima —interrumpió Steph—. Con ella, estuvo en el lugar adecuado en el momento oportuno. Habría pasado la noche con el chico de la discoteca si no hubiera vomitado y se hubiera vuelto a casa corriendo sola. Cuanto más lo pienso, más sospecho que fue un encuentro casual. Lo mismo con Priya; tuvo suerte de que ella no encontrara sitio en un aparcamiento para bicicletas y fuera a su coche en su lugar. Él estaba en el lugar adecuado en el momento oportuno. Vio su oportunidad y la aprovechó. Igual que con Maya.

Jordyn giró el cuello unos grados, mirando a Stephanie de reojo.

—Sabía lo que hacía con todos esos asesinatos. Sabía que Maya Corcoran cruzaría el campo. Sabía que Paulina Potter estaría en el estudio de arte. Sabía que Priya estaría en el aparcamiento.

—¿Cómo puede estar tan segura?

—¡Por las muñecas! —Jordyn se giró para mirar a Stephanie—. Con cada asesinato, ha estado transportando la caja que contenía la muñeca. Si no sabía con precisión lo que iba a hacer, ¿por qué otra razón la llevaría consigo?

Stephanie no tuvo respuesta para eso. Se cruzó de brazos con más fuerza y se apoyó en la pizarra blanca.

Jordyn se giró para dirigirse al resto de la sala.

—Como decía, este asesino es muy inteligente y está muy preparado. También es alguien que se mimetiza muy bien con su entorno. Para preparar el terreno, tendría que estar en el campus, estoy segura. Por lo tanto, no creo que sea alguien que dé clase a estas estudiantes, ya que no tienen tiempo. Mi mejor suposición sería que están buscando a un estudiante de algún tipo. Un posgraduado o posiblemente un estudiante de más edad. Alguien mayor que la cohorte común, pero alguien que también encaja. Quizás tenga cara de joven. En cuanto a complexión y tamaño, creo que tendría que ser un hombre grande o alguien físicamente fuerte.

—Golpeó a Maya Corcoran en la nuca —la interrumpió Stephanie—. La autopsia encontró pruebas de un traumatismo por objeto contundente en la parte posterior izquierda del cráneo. Claudia Bellini estaba borracha como una cuba cuando la encontró; no habría opuesto resistencia. Y Paulina Potter medía uno cincuenta y siete y estaba como un palillo. Además, fue apuñalada, así que dudo que hubiera hecho mucho para defenderse de alguien que empuñaba un arma blanca. En cuanto a Priya Chadha, supongo que también fue golpeada en la nuca. Todas estas chicas son pequeñas y menudas. No pesan casi nada.

Jordyn le lanzó otra mirada de reojo. Stephanie podía leer las palabras en la punta de la lengua de la mujer: «Un poco como usted, entonces».

—En cuanto al momento de los ataques —continuó Jordyn, ignorando a Stephanie—, todos han ocurrido en una rápida sucesión. Muy rápida, de hecho. Lo que también me sugiere que el asesino está trabajando con un plazo, quizás un calendario. Como tal, creo que su próxima víctima, la que debe ser ahorcada si nos guiamos por la última muñeca, será asesinada *pronto*. Ahora bien, según tengo entendido, andan bastante escasos de pistas y, por lo tanto, no creo que los métodos habituales sirvan si quieren atraparlo.

—¿Qué sugiere?

—Necesitarán gente en el campus —respondió Jordyn, mirando a la multitud como si la pregunta hubiera venido de uno de ellos—. Quizás incluso enviar a alguien de incógnito. Alguien que se funda entre los rostros del campus.

—¿Por qué haríamos eso si usted sospecha que el asesino ya ha seleccionado a su próxima víctima? —replicó Stephanie.

Jordyn dudó un buen rato. —Este es solo mi consejo. No tiene que escucharlo si no lo desea. Lo único que digo es que podrían beneficiarse de enviar a alguien que parezca una estudiante — Jordyn señaló a Eve entre la multitud—, alguien como ella, que parece joven y que parece que encajaría perfectamente. Hacer que vayan a los mismos sitios que las víctimas, que asistan a las mismas reuniones de las asociaciones. A ver si detectan a alguien actuando de forma sospechosa.

—Hay una vigilia esta tarde —anunció la agente Olivia Willard —. Está abierta a estudiantes y al público en general para presentar sus respetos a las víctimas.

Jordyn se encogió de hombros. —Es un punto de partida tan bueno como cualquier otro.

—No —dijo Steph, dando un paso adelante—. No quiero que nadie se infiltre. Es demasiado peligroso; el riesgo es demasiado alto. Tendremos a varios agentes uniformados allí para proteger a los estudiantes que asistan, y con eso bastará. Si algunos de ustedes desean presentar sus respetos, está bien, pero nuestro tiempo está mejor empleado tratando de encontrar a este asesino. Va a ahorcar a alguien en el campus. No lo hará en medio de una vigilia cuando el lugar esté lleno de gente.

CAPÍTULO
SESENTA Y CINCO

Llamaron a la puerta con suavidad, a pesar de quién se encontraba al otro lado.

Un instante después, Devon asomó la cabeza por la puerta.

—¿Tiene un minuto? —preguntó.

—¿Qué quiere?

—Hablar con usted.

—¿Viene a disculparse?

Devon ignoró la pregunta y entró en el despacho, cerrando la puerta con cuidado tras de sí. Se acercó a la mesa de ella antes de decir nada. —Creo que debería reconsiderarlo.

—¿Reconsiderar *qué*?

—Asistir a la vigilia.

—Vaya usted por su cuenta si quiere, faltaría más.

—Me refería como equipo. Por trabajo.

Ella cerró los ojos y negó con la cabeza. —No vamos a enviar a nadie de incógnito ni como cebo. La última vez que envié a alguien a un lugar remotamente peligroso, la cosa no acabó bien.

—Señora —continuó Devon, cruzándose de brazos—, no me gusta decirlo, pero tengo la sensación de que el asesino podría estar allí.

—¿Y qué le hace estar tan seguro? —inquirió ella, enarcando una ceja e inclinando la cabeza hacia él.

—Instinto de detective.

—No sabía que fuera usted inspector... —dijo ella en tono burlón. A Devon no le hizo ninguna gracia—. Incluso si estuviera allí, ¿qué espera que hagamos? ¿Ir por ahí apuntando a la gente a la cara con una linterna hasta que alguien parezca sospechoso?

—Podríamos observar, elaborar un perfil. Fijarnos en el comportamiento.

—No tenemos ni idea del aspecto de esa persona. Cada movimiento nuestro será observado por gente con móviles y posiblemente por la prensa, si asisten, que lo más probable es que sí, gracias a usted. Incluso si el asesino estuviera allí, o si estuviera allí para hacerle algo a alguien, no se arriesgaría. Habría demasiada gente. A todas sus otras víctimas las ha cogido a solas, sin nadie alrededor que pudiera oír o ver nada.

Devon abrió la boca para responder, pero Stephanie lo interrumpió.

—Por no mencionar que tendremos presencia policial uniformada. Sería estúpido si intentara algo. Y este tipo no es estúpido.

Devon la señaló con el dedo. —Exacto. Nosotros estaremos allí, lo que me hace pensar que es aún más probable que ocurra algo.

—¿Por qué?

—Piénselo. Desde Claudia, ha matado a tres estudiantes delante de nuestras narices, sin dejar ni una sola prueba. El cabrón incluso nos ha dicho cómo va a matar a la siguiente víctima, y no hemos hecho nada al respecto.

—No necesita recordármelo —dijo ella.

—Si yo fuera él, lo aprovecharía como una oportunidad para lucirme de una forma diferente, para llevarme a una víctima delante de nosotros.

Se hizo un largo silencio entre ellos. Stephanie se frotó el interior de la muñeca con el pulgar, pensativa. Soltó una larga y lenta bocanada de aire por la nariz, sopesando la decisión, dándole vueltas en la cabeza.

Al final, negó con la cabeza.

—No. No vamos a hacerlo.

La ligera sonrisa que se había dibujado en el rostro de Devon se desvaneció. —Señora...

—He dicho que no. —Su tono se agudizó—. No vamos a convertir una vigilia en una caza al hombre. No con cámaras por todas partes. No con la universidad y la prensa pisándonos los talones. Y no mientras yo siga siendo responsable de manteneros a todos a salvo. He dicho que no, y mi decisión es firme.

Devon permaneció allí un momento más, con la mandíbula tensa como si quisiera discutir. Pero, al final, asintió brevemente.

—Entendido, señora. Por supuesto, señora.

Se dio la vuelta y se dirigió a la puerta. Cuando la abría, ella lo llamó. —Y, Devon, si vuelve a desautorizarme, no seré tan indulgente con usted.

Él respondió con una sonrisa que sugería que no la creía. —Entendido, señora —dijo, y luego se fue, dejando que la puerta se cerrara lentamente tras él.

Devon cruzó la sala de operaciones y se deslizó en la silla junto a Eve. La joven agente levantó la vista hacia él, enderezando la postura al instante.

—¿Y bien? —preguntó esperanzada. Su conversación era un susurro bajo el bullicio general de la oficina.

Devon asintió rápidamente, sin mirarla directamente a los ojos. —¿Qué te parecería hacerte pasar por una estudiante por una noche?

—¿Ha dado luz verde?

Otro asentimiento. —Ha dicho que después de todo era una buena idea.

Eve enarcó las cejas. —Me sorprende.

—Le he dicho que mantendríamos un perfil bajo. Solo una presencia discreta. Los ojos abiertos. Ha estado de acuerdo, con la condición de que lo hagamos con discreción y no intervengamos a menos que sea absolutamente necesario.

Eve pareció dudar, tamborileando el bolígrafo contra su libreta. —Antes se oponía radicalmente.

Devon se encogió de hombros con indiferencia. —Esta investigación necesita una inyección de instinto tanto como de procedimiento.

—¿Vamos solo nosotros dos?

—Giles también. No queremos que sea demasiado obvio.

Eve asintió lentamente, mirándolo un momento más. —De acuerdo. Si ella lo ha autorizado, entonces me apunto.

—Fantástico. —Dio un par de golpecitos en la mesa—. Te veo esta noche.

CAPÍTULO
SESENTA Y SEIS

Martin Bell se había afeitado lo poco que le quedaba de barba desde la última vez que ella lo vio. Cuando entró en la silenciosa e íntima sala de reuniones del centro de atención al estudiante, dejó un vaso de agua en el escritorio frente a ella, junto a una cajita de pañuelos de papel. Le llegó un vaho a tabaco de su aliento.

—Gracias —dijo ella, observándolo con atención mientras él se dejaba caer en el asiento de enfrente.

—Debería ser yo quien le diera las gracias por venir con tan poca antelación.

—Ha dicho usted que era urgente.

—Cierto. —Titubeó, y luego se inclinó hacia delante, con los codos apoyados en el borde del escritorio—. Se trata de Tristan Penrose.

—¿El profesor de Ciencia de los Alimentos?

Martin asintió. —Sé que ya ha hablado con él. Y sé lo que le contó. Pero... hay algo más que necesita saber.

Ella se le quedó mirando, esperando a que continuara. —Lo vi anoche. Nos encontramos en el campus y nos pusimos a hablar. Él... creo que le ha mentido, inspectora. Les ha mentido a todos ustedes.

Intentó mantener la voz neutra, sin traslucir ninguna emoción. —¿En qué sentido?

—Según tengo entendido, le dijo que Paulina fue la primera en dar el paso durante ese momento íntimo que tuvieron en su despacho. ¿Es así?

Ella no respondió.

—Pues tengo motivos fundados para creer que fue al revés. Tristan fue el primero en insinuársele a Paulina durante una de sus horas de tutoría. Ella fue a hablar de un trabajo de la asignatura, y entonces él le tiró los tejos. Dijo que había estado pensando en ella. Que no podía quitársela de la cabeza. Que la veía en TikTok y le parecía despampanante. Incluso le dijo que dejaría a su mujer por ella.

Stephanie asimiló lo que estaba oyendo. Fuera de la sala, una puerta se cerró de un portazo.

—¿Quién le ha dicho eso? No me imagino que haya sido él.

—*Paulina* —respondió Martin—. A finales del año pasado, vino a verme y me lo explicó todo. En aquel momento no dio su nombre, pero ahora he podido atar cabos, ¿entiende? —Las comisuras de sus labios se elevaron en una sonrisa lasciva—. Estaba preocupada, no sabía qué hacer. Dijo que se sentía incómoda y que le preocupaba empezar el segundo año con él. Pero también dijo que a ella le atraía.

—¿La cosa fue a más entre ellos?

Se encogió de hombros. —Es posible. No creo que hubiera ocurrido nada cuando Paulina vino a verme. Pero eso no significa que no pasara después; durante el verano, por ejemplo.

Stephanie se inclinó ligeramente hacia delante. —¿Qué cambió? ¿Por qué iba a mentirnos?

—Porque, y *esto* me lo dijo él anoche, Paulina lo amenazó con hacerlo público. No sé qué pasó, pero algo cambió, y a principios de este curso académico, lo amenazó con hacerlo público.

—¿Qué hizo él?

—Le suplicó que parara —contestó Martin con una mirada de complicidad—. Quizá llevó las cosas un paso más allá.

El comentario quedó suspendido en el aire. Ella sopesó su trascendencia asintiendo levemente.

—¿Sabe él que ella vino a verle a usted a finales del curso pasado?

Martin negó con la cabeza. —Y le dijo a Paulina que sería su fin si alguien más se enteraba. Me dio la impresión de que haría lo que fuera necesario para mantener su trabajo, su matrimonio y su vida intactos. Tenía mucho que perder.

Después de que ella terminara de explicárselo, el agente Giles Swinger parecía que acabara de recibir un examen de matemáticas para resolver.

—¿Se ha enterado de todo? —preguntó ella, entrelazando los dedos.

—Creo que sí, inspectora —respondió él. Bajó la vista hacia sus notas—. Tristan Penrose. Sospecha de relaciones con una alumna. Un gran sospechoso.

—Podría decirse así, sí. Quiero que contacte con él y averigüe la verdad. También le sugiero que hable primero con las amigas y compañeras de piso de ella. A ver si saben algo sobre el incidente.

Giles asintió. —Amigas. Compañeras de piso. Entendido. Delicioso.

—Y llévese a Eve o a Fiona. Repartan el trabajo.

—¿No quiere que se lo encargue a alguno de los nuevos que han venido del otro lado de la frontera?

Ella negó con la cabeza enérgicamente. —Nos las hemos apañado muy bien sin ellos —dijo—. Demostrémosles que podemos seguir haciéndolo mientras estén aquí.

Los labios de Giles esbozaron una sonrisa irónica mientras garabateaba algo en su libreta.

—¿Alguna otra pregunta? —inquirió Stephanie.

Él se detuvo un momento. —Perdone si sueno obtuso, inspectora, pero ¿qué tiene que ver esto con las otras víctimas? Claudia, Maya, Priya... No estaría también intentando algo con ellas, ¿verdad?

Stephanie se rascó un lado de la cara. —Dígamelo usted, agente. ¿Qué piensa *usted*?

El rostro de Giles se contrajo, sumido en sus pensamientos, mientras golpeaba la punta del bolígrafo contra su libreta. El silencio se alargó, pero Stephanie no lo interrumpió. Podía ver los engranajes girando lentamente en su cerebro. Sus labios se separaron ligeramente y volvieron a cerrarse. Pasaron unos segundos más antes de que sus ojos se iluminaran de repente al comprender.

—El club de corredores —dijo en voz baja—. Todas formaban parte del mismo club de corredores. Así que se conocerían todas por eso.

—¿Incluso Maya?

—Me han dicho que fue un par de veces y luego lo dejó. Allí, las chicas podrían haber hablado. Quizá Paulina se lo confió a una de ellas. O a todas. Quizá alguien más del club lo oyó por casualidad. Si sabían lo que él había hecho... y si él pensaba que iban a delatarlo...

Dejó la frase en el aire; la implicación pesaba en el ambiente.

Stephanie se echó hacia atrás, cruzándose de brazos. —Esa es su línea de investigación.

Giles asintió; su confusión inicial había desaparecido, reemplazada por una concentración férrea. —Sí, inspectora. Me pongo a ello. —Se dirigió hacia la puerta, pero se detuvo y se dio la vuelta—. Pero si él es el responsable, entonces ¿por qué dejaría las muñecas, inspectora? ¿Por qué no matarlas sin más?

—Aún no tengo la respuesta a esa pregunta, Giles. Con suerte, la tendremos pronto.

CAPÍTULO
SESENTA Y SIETE

La televisión estaba encendida, pero no le prestaba ninguna atención. Tenía la mente en otra parte. Pensaba en la investigación. En la psicóloga forense que se había metido con calzador en la investigación de Stephanie. En Devon y la vigilia. En si había hecho bien en denegarla.

Antes de que pudiera seguir dándole vueltas, sonó el timbre, sacándola de su ensimismamiento. Consultó la hora en el móvil: las 19:41. No esperaba a nadie. No esa noche.

Seguro que es Jimmy, pensó mientras se levantaba del sofá. ¿Cuántas puñeteras recogidas de basura hay más esta semana?

Stephanie caminó descalza desde el salón, sorteando el desorden del pasillo hasta la puerta de entrada. Al abrirla, se encontró a su hermana allí de pie, con el móvil en la mano, el rostro contraído por la furia y a punto de llorar.

—Kim, ¿qué haces aquí?

—Hemos discutido. Una gorda.

—Vaya.

—Necesitaba escapar. Un sitio para despejarme. —Kim pasó junto a ella y dejó caer la bolsa en el pasillo con un golpe sordo. Se detuvo en cuanto se fijó en el desorden del suelo—. Joder, Steph.

La mirada de Stephanie siguió a la de su hermana.

—Ya sé que has estado ocupada, pero...

—Ha sido una semana dura —respondió Steph—. El tiempo...

—Ya lo veo. Pero esto no es normal. ¿Siempre has vivido así?

Steph abrió la boca para responder, pero no le salió nada.

—¿Estás bien? —preguntó Kim—. Pero ¿de verdad?

—Cuéntame tu discusión con Jason.

Kim gruñó. —Uf. Tenía que irme de allí antes de darle un puñetazo en la garganta. Pero ahora no estamos hablando de mí. Estamos hablando de *ti*. ¿Por qué no pediste ayuda antes?

Steph se sintió avergonzada al ver el desorden. No podía mirarlo durante mucho tiempo, ni tampoco la mirada de su hermana. —Estoy bien. Te lo he dicho... *falta de tiempo*.

Kim hizo una pausa y luego resopló con escepticismo. —¿Me dirías si fuera algo más que eso, verdad?

Stephanie consiguió esbozar una pequeña y tensa sonrisa. —Claro.

La expresión en la cara de Kim sugería que no se lo creía. Al menos, no del todo. Se arremangó las mangas de la camisa y dijo: —¿Dónde tienes las bolsas de basura? Vamos a limpiar.

—¿Ahora?

—Necesito algo para no pensar en mi marido durante unas horas.

—¿Dónde está?

Kim le lanzó una mirada a su hermana. —¿Dónde va a estar? A punto de irse al extranjero por trabajo. O de coger un tren nocturno a alguna otra parte del país, qué sé yo. Lo han vuelto a llamar, así que eso significa que tengo otra noche sola.

Steph miró a su hermana por un momento. La idea de limpiar, de ordenar el desastre que llevaba acumulando un mes, la llenaba de tanto pavor como la propia investigación. Pero ahora no tenía a nadie tras quien esconderse ni adónde huir. Kim era de esas personas que hacían todo lo que se proponían y, con el humor que gastaba, Stephanie temía que nada la fuera a detener.

CAPÍTULO
SESENTA Y OCHO

Decenas de estudiantes la rodeaban, hombro con hombro en el prado, con los rostros iluminados por velas a pilas y las linternas de los teléfonos móviles. El murmullo de las conversaciones entre la multitud ahogaba el sonido de la fuente del lago. Flotaba un ligero frescor en el aire y una fina capa de nubes había descendido, ocultando las estrellas.

Junto al lago se había montado un altar improvisado. Ramos de flores —rosas, lirios, flores silvestres recogidas a mano— metidos en tarros de mermelada reposaban bajo las fotos de cada una de las víctimas. Un orador acababa de pronunciar unas palabras, con la voz quebrada hacia el final. Una oleada de aplausos recorrió la multitud. Había más gente de la que Eve esperaba. Más de quinientas personas habían acudido a presentar sus respetos. Estudiantes. Vecinos. Chavales.

Eve permanecía en medio de la multitud, escudriñando en silencio los rostros cercanos, en busca de algo sospechoso o fuera de lugar. Se tomó un momento para sí misma y rezó por las víctimas. No era religiosa en ningún sentido de la palabra, pero sintió que el ambiente la absorbía. Terminó justo cuando su teléfono empezó a sonar.

Devon.

—¿Sí? —contestó.

—¿Ve algo?

Examinó los rostros adolescentes que la rodeaban.

—Nada por ahora.

—Me han dicho que se supone que va a haber fuegos artificiales. No estoy seguro de que la universidad lo haya aprobado. Siempre y cuando no le importen los ruidos fuertes.

Ella se rio entre dientes.

—He estado en unas cuantas fiestas con fuegos artificiales en mi vida.

Devon le dijo que permaneciera atenta y luego colgó.

Cinco minutos después, un puñado de estudiantes abandonó la multitud y se apresuró hacia una pequeña zona de césped donde había una caja de fuegos artificiales. Eve observó cómo sacaban los cohetes de la caja y los colocaban en el suelo. No era una experta, pero no le pareció que tuvieran un aspecto seguro.

Tras unos instantes, uno de los estudiantes prendió la mecha de un cohete. Un silencio expectante se apoderó de la multitud mientras esperaban.

Entonces... ¡Fsssh! El cohete se encendió y salió disparado de su base en el suelo. Pero, en lugar de volar hacia arriba, la fuerza de la combustión dobló el soporte y lanzó el cohete directamente contra la multitud, como si fuera un misil.

Antes de que Eve o cualquiera de los estudiantes pudieran reaccionar, el cohete explotó, desatando una lluvia de chispas sobre decenas de estudiantes que chillaban. Alguien gritó. Otro tropezó y cayó hacia atrás, arrastrando a dos más en su caída. Entonces estalló otro cohete; esta vez se lanzó horizontalmente hacia el lago, donde siseó y chisporroteó antes de desaparecer bajo la superficie.

Cundió el pánico.

El murmullo de las conversaciones se convirtió en un torrente de gritos, llantos y una estampida de pies corriendo por la hierba húmeda. Las linternas de los móviles se agitaban como locas en la oscuridad, iluminando rostros aterrorizados. La vigilia se convirtió en un caos absoluto.

Eve se vio envuelta en todo aquello. Se apartó de los fuegos artificiales, que un par de estudiantes intentaban apagar a pisotones estúpidamente, y echó a correr, arrastrada por la multitud que se dispersaba hacia la seguridad de los edificios cercanos. Más cohetes empezaron a estallar desde la caja, uno tras otro en rápida sucesión, disparándose mal en todas direcciones.

Eve se apartó de un salto cuando una estela morada pasó junto a ella, crepitando al rozar el borde del abrigo de alguien. Al acercarse a la carretera, alguien chocó contra su espalda y la hizo caer de bruces. Aterrizó con fuerza en la hierba. Intentó levantarse, pero una masa de pies y piernas la pisoteó, hundiéndola en la tierra.

Durante unos dolorosos y angustiosos momentos, permaneció tendida en la hierba hasta que sintió un par de manos que la agarraban y la ponían en pie. Para cuando se detuvieron en el borde del césped, habían llegado a las afueras del campus y estaban ocultos tras una residencia de estudiantes.

Eve estaba encorvada, intentando recuperar el aliento. Estaba desorientada, magullada y dolorida, sin idea de dónde estaba ni de lo que había pasado.

Cuando levantó la vista para ver a la persona que la había rescatado, él dijo:

—Vaya, qué casualidad encontrarte aquí, Eve.

Y entonces, antes de que pudiera responder, él levantó la mano y sumió su mundo entero en la oscuridad.

El tobillo le palpitaba con cada movimiento. No podía moverse y se vio obligado a permanecer quieto mientras hordas de estudiantes y adultos pasaban corriendo a su lado, escapando del caos.

Se metió la mano en el bolsillo y sacó el móvil. El teléfono sonó varias veces, pero no hubo respuesta. Otro tono. Seguía sin haberla.

Al tercer intento, la llamada se cortó. Después de eso, nada. Comunicaba. Como si el teléfono se hubiera apagado.

Giles no sabía qué hacer. Aquello era un manicomio. Gritos y llantos rasgaban el aire. Afortunadamente, sin embargo, los fuegos artificiales habían cesado, y las últimas carcasas habían terminado de explotar y de cubrir la hierba de destellos multicolores.

Buscó en su agenda de contactos hasta que encontró el número de la oficina. Unos instantes después, la llamada se estableció.

—Habla el agente Willard —llegó la tranquilizadora respuesta al otro lado de la línea.

—Willard, soy yo. Ha habido un incidente. Unos fuegos artificiales han estallado durante la vigilia, esto es un pandemonio. Yo... he intentado localizar a Eve y a Devon, pero no contestan al teléfono. Me he destrozado el pie, así que no puedo moverme. ¿Puede enviar ayuda?

CAPÍTULO
SESENTA Y NUEVE

Stephanie no había tardado en darse cuenta de que su vida sería más fácil si oponía menos resistencia y dejaba que Kimberley limpiara la casa a solas. Sus interrupciones no hacían más que alargar el proceso. Así que se quedó sentada, acurrucada en una esquina del sofá, con las piernas pegadas al pecho y una taza de té intacta enfriándose en el brazo del sillón de al lado. La televisión seguía susurrando de fondo —un *reality* parpadeaba en la pantalla —, pero ella no estaba mirando.

Estaba demasiado ocupada compadeciéndose de sí misma, preguntándose en qué momento se había torcido todo y cómo había podido bajar tanto el listón.

Preguntándose cómo había perdido el control de todo tan rápido.

De su equipo. De la investigación. De sí misma.

Los intentos previos de Giles de hablar con Tristan Penrose, el profesor, habían resultado infructuosos. No había podido encontrarlo ni en el trabajo ni en su casa. En consecuencia, se había pasado el resto de la tarde hablando con los amigos de Paulina, que no habían sido capaces de confirmar el alcance de la relación entre Paulina y Tristan.

Desde la cocina llegaba el raspar y el repiqueteo constantes de su hermana limpiando, que sonaba como si estuviera intentando desmontar la tostadora con un cuchillo de untar.

El estómago le rugió y apoyó la cabeza en las rodillas. Otro día sin una comida decente. Otro día en el que su mente deshidratada y cansada no había pensado ni funcionado como es debido.

—Steph, ¿quieres guardar esto? —la llamó Kimberley desde la cocina.

Justo cuando Stephanie se levantaba del sofá para echar un vistazo, su móvil sonó en la mesa de centro. Miró la pantalla y vio que era Giles.

—Señor Swinger —dijo—. Trabaja hasta tarde.

—Jefa —dijo él, presa del pánico y sin aliento, como si hubiera estado corriendo—. Ha pasado algo.

—¿Qué?

—Eve. Devon. Estamos en la vigilia...

—¿*Qué*?

—Todo iba bien. Y entonces han empezado los fuegos artificiales, pero algo ha salido mal. La multitud se ha vuelto loca. Y ahora... ahora no consigo localizarlas. He probado a llamar a sus móviles unas veinte veces y no hay manera. Me temo que les haya podido pasar algo.

—¿*Steph*? ¿Quieres esto?

No le hizo ningún caso a su hermana, sino que se apresuró hacia el armario al otro lado de la habitación y cogió las llaves.

—¿Dónde está usted ahora? —le preguntó a Giles.

—En la uni.

—Vale. Voy para allá. Quédese exactamente donde está.

—Sí, jefa. No podría moverme ni aunque quisiera.

CAPÍTULO
SETENTA

Stephanie saltó del coche antes incluso de que el motor terminara de apagarse. La calle estaba abarrotada, con corrillos de gente apiñada a un lado de la calzada. Algunos lloraban, mientras que otros se reían, tomándose a broma que una caja de fuegos artificiales explotara en todas direcciones. Solo que no sabían lo que estaba pasando en realidad. No sabían lo que había ocurrido de verdad.

Lo que Stephanie *esperaba* que no hubiera ocurrido.

Encontró a Giles junto al edificio Rik Medlik, en la zona norte del campus. Cojeaba, apoyando todo el peso en un pie. Su cabeza giraba a izquierda y derecha mientras escudriñaba los rostros a su alrededor.

En cuanto vio a Stephanie, la saludó con la mano y empezó a avanzar hacia ella a la pata coja.

—Has llegado rápido —empezó él.

—Estás herido —espetó ella, sintiéndose como una madre sobreprotectora—. Quédate quieto. Solo vas a empeorarlo. ¿Qué te has hecho?

—Me he torcido el tobillo —dijo él con desdén—. He sufrido cosas peores en mi carrera. Estaré bien. Solo necesito un poco de hielo.

Intentó apoyar algo de peso en el tobillo dañado e hizo una mueca de dolor cuando este le recorrió la pierna.

—No te hagas el héroe. —Steph se puso las manos en jarras, inspeccionando su entorno. Desde su posición, podía ver la fuente y el lago, pero en la oscuridad, la visibilidad era escasa. Sin embargo, pudo distinguir un grupo de gente arremolinada en torno a un montón de cajas en la distancia—. ¿Qué demonios ha pasado aquí?

—No lo sé —empezó él—. Estábamos entre la multitud. Un par de personas dijeron unas palabras, otros dejaron flores junto a las fotos y algunos encendieron velas. Y entonces empezaron con los fuegos artificiales. Ahí fue cuando todo se torció. Solo recuerdo oír un *estruendo* tremendo, como si se hubiera disparado una pistola.

—¿Los fuegos artificiales?

Asintiendo, replicó:

—Directos a la multitud.

—¿Hay heridos?

—Me imagino que sí.

—Necesitamos sanitarios aquí.

—Ya me he encargado —respondió—. He llamado a la oficina para avisarles y luego he pedido que vinieran los servicios de emergencia para evaluar la situación. Estoy seguro de que hay un par de víctimas con quemaduras por ahí.

Eso explicaba por qué la gente lloraba. Y no solo por la conmoción.

—¿Con quién más estabas aquí?

—Con Devon y Eve, inspectora.

—¿*Solo* con ellos dos?

Un asentimiento.

—¿Has conseguido contactar con ellos ya?

—He intentado llamar a sus números, pero ninguno de los dos contesta. ¿Crees que podrían estar ayudando a la gente?

Eso espero.

Aunque la intuición, el nudo que se le estaba formando rápidamente en el estómago, le decía lo contrario.

Sacó el móvil del bolsillo y empezó a marcar el número de Eve.

—Tú intenta localizar a Devon. No pares hasta que lo consigas.

Durante cinco minutos, permanecieron en el mismo sitio, intentando contactar con sus compañeros varias veces. Al sexto minuto, pararon. Ninguno había contestado a las llamadas. Ambas iban directas al buzón de voz.

—No pensarás que les ha pasado algo, ¿verdad?

—No creo que nos estén ignorando.

Giles se pasó los dedos por su espeso pelo.

—¡Oh, Dios! ¡Sabía que era una mala idea!

Stephanie no dijo nada. Se limitó a mirar el celofán de los ramos de flores, que brillaba con la brisa. Ya tendría *esa* conversación en particular más tarde.

—Lo siento —dijo Giles de repente.

—¿Por qué?

—No se suponía que estuviéramos aquí, ¿verdad?

—Eso depende. ¿Estabas aquí a título profesional o personal?

—Profesional.

—Entonces, no. En absoluto se suponía que estuvieras aquí. ¿Quién te lo dijo?

Justo cuando Giles abría la boca, Steph lo interrumpió.

—En realidad, no contestes. Ya sé la respuesta.

Más de una hora después, regresaron a la comisaría. Un equipo de sanitarios había llegado y prestado rápidamente los primeros auxilios a las víctimas de las quemaduras. Afortunadamente, solo habían sido unas pocas, y ninguna de sus heridas justificaba un traslado al hospital cercano. Durante ese tiempo, Stephanie y Giles habían seguido intentando contactar con Devon y Eve, sin éxito. Así que habían dado por terminada la noche y se habían marchado a la comisaría.

Stephanie esperaba que estuviera tranquila —eran poco más de las nueve— y le sorprendió ver a tanta gente moviéndose de un lado para otro, yendo de un sitio a otro a toda prisa. Había un murmullo de actividad en el edificio, pero también una corriente de miedo oculta bajo él. Stephanie no quería aceptar que algo había salido mal. Al menos no todavía. Eso vendría después. Quizá por la mañana, si seguían sin poder contactar con ninguno de los dos detectives.

Quería mantener la calma y la cabeza fría. No infundir pánico y terror en el resto del equipo. Aunque internamente, su mente empezaba a dar volteretas.

Stephanie dio una palmada, haciendo que toda la sala se detuviera en seco. Todas las cabezas se giraron hacia ella.

—Buenas noches a todos. Me sorprende ver a tantos de vosotros todavía aquí. Os lo agradezco. Tenemos problemas para contactar con dos miembros de nuestro equipo: el sargento Devon Lafferty y la agente Eve Hope. Agradecería que alguien fuera a sus casas, solo para ver si han aparecido por allí. Para que estéis al tanto, se vieron envueltos en un incidente en la vigilia que ha tenido lugar esta noche. También agradecería que un puñado de vosotros, junto con algo de apoyo uniformado, os apostarais en la universidad, por si acaso aparecen.

Al instante, un puñado de caras que no reconoció se levantaron y se ofrecieron voluntarios. Con la ayuda del sargento Noah Mackenzie, indicaron a los voluntarios adónde ir y a quién buscar.

Después de que se marcharan, Noah la llevó aparte.

—No pensarás que les ha pasado algo, ¿verdad?

Steph aplacó el miedo del hombre diciendo:

—Estoy segura de que todo está bien. Ahora, si me disculpas, tengo que asegurarme de que Giles está bien.

Dejó a Noah en la sala de crisis y encontró a Giles en la cocina, rebuscando en la nevera comunitaria una bolsa de hielo.

—¿Qué haces? —preguntó.

—¿Dónde está Wellard cuando se la necesita? Ella tendría una bolsa de guisantes o algo en el bolso. Es muy apañada para eso.

—Nunca encontrarás hielo en la nevera, memo. —Stephanie apartó a Giles y empezó a buscar en los cajones del congelador. Dentro había un puñado de helados sueltos, cubiertos de escarcha, que parecían llevar allí años. Pero, para su sorpresa, encontró una bolsa de hielo. La sacó, la envolvió en un paño de cocina y se la estampó a Giles en el tobillo. El hombre aulló de dolor, y el sonido llegó hasta la oficina principal.

—Perdón, ¿te ha dolido? Es lo que te pasa por seguir a ciegas todo lo que te dice el sargento Lafferty.

Entonces, casi como por arte de magia, Devon apareció en la

puerta. Estaba aterrorizado, sin aliento y con el pelo alborotado, como si acabara de venir corriendo desde la universidad.

—Devon —siseó, dejando caer la bolsa de hielo al suelo—. Tiene mucho que explicar. ¿Dónde ha estado?

—El...

—¿Qué ha pasado? ¿Dónde está Eve?

Devon entró en la cocina con aire avergonzado.

—Yo... no lo sé. He intentado contactar con ella. Pero no tengo ni idea.

—Se la llevó a ella y a Giles en contra de mi voluntad, en contra de mis instrucciones, y ahora mire lo que ha pasado. ¿Quién se cree que es usted?

Mantuvo la voz baja para no montar una escena. Giles permanecía de pie, incómodo, en un rincón de la sala, incapaz de mirar a ninguno de los dos por miedo a quedar atrapado en el fuego cruzado.

—Inspectora —empezó Devon.

Antes de que Steph pudiera interrumpirlo, el inspector jefe McGowan apareció detrás del sargento Lafferty. Vestía de paisano y parecía como si acabaran de despertarlo de una siesta.

—Lafferty, Broadbent. A mi despacho. ¡Ahora!

Todo el ruido del exterior fue absorbido al cerrar Devon la puerta. El inspector jefe McGowan ya estaba en su silla, pero no les ofreció asiento. Devon y Stephanie se quedaron de pie uno al lado del otro, con las manos a la espalda, como si estuvieran en el despacho del director del colegio.

—Parece que tenemos un problema...

—Sí, señor —dijo Stephanie.

—¿A quién le gustaría explicarme lo que ha pasado?

Ninguno de los dos se decidió a hablar primero. Finalmente, Stephanie cogió el toro por los cuernos.

—Esta mañana, Devon se me ha acercado y me ha preguntado si debíamos enviar a parte del equipo a la vigilia que ha tenido lugar esta noche en el campus. Creía que podríamos atrapar al asesino, o al menos evitar que pasara algo. Estuve de acuerdo y le dije que era una buena idea, y entre los dos decidimos enviar a Devon, Eve y Giles. En retrospectiva, deberíamos haber enviado a más gente; sin embargo, iba a haber una pequeña presencia uniformada allí también.

»Ahora, por lo que tengo entendido, el espectáculo de fuegos artificiales ha salido mal y algunos han acabado disparándose directamente contra la multitud. A partir de ahí, todo el mundo ha entrado en pánico y se ha dispersado. Como resultado, Giles se ha torcido el tobillo y el equipo se ha separado.

McGowan jugueteaba con un bolígrafo entre los dedos. Miró a Devon.

—¿Es eso correcto, sargento?

Devon miró de reojo a Stephanie, pero ella decidió no mirarlo. Lo que saliera de su boca era elección suya.

—Sí... —dijo, con la voz quebrada—. Sí, es correcto.

—El problema que tenemos ahora, sin embargo, es que no podemos encontrar a Eve —continuó Steph—. Hemos intentado llamarla repetidamente, pero no contesta al teléfono. He enviado a algunos de los agentes del condado a su casa, pero no creo que haya acabado allí.

—¿Qué quiere decir? ¿Ha desaparecido?

—Posiblemente, señor.

—¿Devon? ¿Le importaría dar más detalles?

El sargento Lafferty se rascó la nuca.

—No me gustaría hacer suposiciones. Pero es extraño. Hablé con ella momentos antes de los fuegos artificiales, y parecía estar bien, y todo estaba bajo control. Y después de eso... nada. Simplemente desapareció.

McGowan inspiró profundamente, contuvo el aire y luego lo soltó de sus pulmones.

—¿Cómo se ha podido permitir que ocurriera esto? ¿Qué medidas de seguridad tenían? ¿Qué precauciones tomaron para evitar que algo así sucediera?

—Nosotros...

—Usted no, Broadbent. Ya ha respondido bastante por esta noche. Quiero que Devon responda a esta.

La boca de Devon se abrió y se cerró repetidamente.

—No teníamos nada, señor. Nosotros... queríamos pasar desapercibidos. No queríamos que nadie supiera que estábamos allí.

—Y aun así, uno de los nuestros parece haber desaparecido. Me atrevo a decir que, si le ha pasado algo, le haré a usted responsable.

Stephanie dio un paso al frente.

—La responsabilidad es mía, señor —dijo con firmeza—. Devon no ha hecho nada malo ni ha cometido ningún error. Y si lo ha hecho, si ha habido algún descuido, entonces son todos míos. Soy la inspectora. La última responsable soy yo. Si algo le pasa a Eve, entonces es... todo... cosa... mía.

CAPÍTULO
SETENTA Y UNO

El bosque estaba en silencio esa mañana. Quieto, sin un soplo de aire. El sol apenas empezaba a colar sus hilos dorados entre los árboles. La tierra bajo los pies de Roy Lavender estaba húmeda, prueba de otra noche lluviosa que él había dormido de un tirón mientras que Caroline no. O eso la había mantenido despierta, o habían sido sus ronquidos otra vez.

Un clásico.

Roy se ajustó la correa en la muñeca y le dio un tirón rápido.

—Vamos, Ruby —masculló.

Ruby, su spaniel, se lanzó de repente hacia delante, con el hocico pegado al suelo cubierto de musgo y meneando la cola mientras empezaba a olisquear entre la maleza. Llevaban cinco años recorriendo ese sendero de Chantry Wood cada mañana, desde que él se jubiló. Era uno de sus favoritos. A esa hora de la mañana, siempre estaba tranquilo, salvo por algún que otro corredor de maratón o paseador de perros esporádico. Pero, por lo general, en un buen día, tenían todo el lugar para ellos solos. Podían oír el silbido del viento entre los árboles y el trinar incipiente de los pájaros. El bosque cobraba vida por la mañana, respiraba, le hablaba. Él solía responderle. Pero, por alguna razón, esa mañana no le apetecía.

Sintió una presencia. Siniestra, amenazadora. Como si lo estuvieran observando.

—Ruby, vamos, pequeña.

Le dio otro tirón a la correa y la guio por un sendero diferente. Llegaron a una pequeña pendiente. Ruby se detuvo junto a un árbol caído y empezó a olisquear.

Olisquear, olisquear y más olisquear.

Parar, arrancar. Parar. Arrancar.

Nada que ver con el ritmo vivo al que estaban acostumbrados.

A medida que se adentraban en el bosque, la sensación de inquietud crecía. Roy miraba por encima del hombro de vez en cuando, con los sentidos aguzados ante el más mínimo sonido. Ruby, mientras tanto, estaba completamente ajena a todo. Devoraba los olores, las vistas y los sonidos.

Hasta que captó un olor que la desvió de su nuevo camino y la metió en un sendero estrecho. Se abalanzó hacia un árbol y empezó a escarbar en algo bajo una rama caída, ladrándole para que se moviera. Tiró y tiró del brazo de Roy, casi haciéndolo caer.

Pero él apenas le prestó atención. Su mirada estaba fija en algo que tenía justo delante.

Algo sacado de una pesadilla, de una película de terror. No el tipo de cosa que uno se encontraría en Guildford.

Un cuerpo, colgado de la gruesa y retorcida rama de un roble sobre su cabeza.

Una mujer, suspendida en lo alto.

Tenía la cabeza vencida hacia delante. Su pelo largo y oscuro se movía con el viento. Vestía ropa oscura —vaqueros negros, botas, un abrigo entallado— y tenía los brazos fuertemente atados a los costados. Había sido izada con una precisión casi mecánica. Como si alguien se hubiera tomado su tiempo.

Un rayo de sol matutino atravesó la frondosidad e incidió en su rostro pálido y sin vida.

A Roy se le cerró la garganta. Por un momento, no pudo respirar. Retrocedió un paso, trastabillando, se apoyó en un árbol cercano para no caer y alzó la vista, horrorizado. La mujer parecía muy joven. Veintitantos, quizá treinta y pocos. El pelo oscuro, recogido hacia atrás. Podría haber sido la hija de alguien. La amiga de alguien.

La compañera de trabajo de alguien.

—Ay, Dios mío —susurró.

Buscó a tientas el móvil; le temblaban tanto las manos que casi se le cayó. Necesitó tres intentos para desbloquear la pantalla. Consiguió marcar el 999 y se llevó el móvil a la oreja.

—Hay... hay un cuerpo —dijo con voz ronca—. En el bosque. Una mujer. Colgando de un árbol. En Chantry Wood.

La operadora empezó a hacerle preguntas —nombre, ubicación, ¿la víctima respira?—, pero Roy no podía dejar de mirar.

Había algo escalofriante en la forma en que la habían izado, como un atrapasueños meciéndose con la brisa.

Ruby soltó otro gemido ahogado y se apretó contra la pierna de Roy, con el rabo entre las patas.

—Está muerta —dijo en voz baja—. Dios nos asista, la han asesinado.

CAPÍTULO
SETENTA Y DOS

Amaneció y seguía sin haber ni rastro de Eve. Ni una palabra, ni un contacto. Efectivos de los condados vecinos habían ido a su casa de Guildford y habían permanecido de guardia todo el tiempo, pero no había habido ni rastro de ella. No había llamado. No se había comunicado con nadie. Habían rastreado su móvil y no tardaron en darse cuenta de que estaba apagado. Para colmo, nadie en el campus la había visto tampoco. Habían estado allí hasta altas horas de la madrugada, preguntando a los transeúntes y a los estudiantes si sabían algo o habían visto a alguien que correspondiera con su descripción. Pero, para entonces, la mayoría de los estudiantes ya se habían acostado, y había demasiadas habitaciones y edificios como para poder preguntar puerta por puerta.

Stephanie, junto con la mayor parte de la oficina, se había quedado a pasar la noche en vela trabajando. El inspector jefe McGowan había intentado mandarla a casa, pero ella se había negado. Había conseguido dar alguna cabezada en su despacho, pero casi todo el tiempo se lo había pasado mirando el móvil, deseando que sonara, aunque sabía que quizá no lo haría nunca. Mientras tanto, su hermana dormía plácidamente en la cama de Stephanie. Kimberley le había mandado un mensaje para decirle que había terminado de limpiar tarde y estaba demasiado cansada para volver a casa, por no hablar del par de copas de vino que se había bebido.

La tenue luz del nuevo día se colaba por las rendijas de las persianas venecianas y le recordó que era hora de moverse. Llevaba horas sin salir de su despacho. Y más tiempo aún sin comer.

Café.

Esa era la solución. La llenaría, saciaría las punzadas de hambre, pospondría lo inevitable. Como ventaja añadida, la despertaría.

Al abrir la puerta, un teléfono sonó en algún lugar de la oficina. Apenas le prestó atención mientras se dirigía perezosamente a la cocina. Llenó el hervidor, lo encendió, preparó el café soluble y se hizo la bebida de forma mecánica. Cuando terminó, se arrastró de vuelta hacia su despacho.

Tenía la mano en el pomo de la puerta cuando una voz la llamó por la espalda.

Era Fiona, que había llegado en algún momento de la noche.

—Señora... —Su voz sonaba quebrada. Forzada.

Stephanie levantó la cabeza y miró hacia la oficina con los ojos empañados.

—Han encontrado un cuerpo colgado en Chantries. Dos de los chicos de aquí han ido a echar un vistazo. —Su pausa estaba cargada de pavor. A Stephanie ya se le empezaba a formar un nudo en la garganta.

—Es Eve. Lo han confirmado.

Lo primero que se destruyó en aquella masacre fue la taza de café. Se estrelló contra la pared, haciéndose añicos mientras una cascada de líquido marrón oscuro se derramaba. Lo siguiente fue su silla: la volcó y la pateó con toda la fuerza que su cuerpo pudo reunir. Poco después le siguió el resto de su despacho. Una potente combinación de rabia, furia, venganza y culpa crecía en su interior.

Recuerdos de ella y Eve en el pub la otra noche, en el depósito de cadáveres, juntas en el coche, le vinieron a la mente mientras descargaba su frustración contra los pocos objetos inanimados que tenía en el despacho. Entonces gritó. Fuerte. Casi tan fuerte como cuando había descubierto a su madre en el sofá, fría, con la mirada fija en el techo.

Un instante después, la puerta de su despacho se abrió. Fiona y Devon entraron bruscamente. Fiona fue la primera en sujetarla, asiéndola por los hombros y apartándola de la siguiente posible víctima de su arrebato antes de darle la vuelta y abrazarla, aferrándose a ella sin soltarla.

Stephanie se retorció y forcejeó —se resistió todo lo que pudo—, pero, en su debilitado estado, Fiona era demasiado fuerte para ella. Por no mencionar que la mujer era sorprendentemente fuerte. Al final, Stephanie cedió y se dejó llevar por Fiona, se dejó acoger por alguien a quien solo conocía desde hacía unas pocas semanas.

Juntas, sollozaron.

Cuando Stephanie se apartó, vio a Devon, de pie en el umbral de la puerta. Lo señaló con el dedo.

—*Tú*. *Tú* has hecho esto. Si no hubieras desobedecido mis órdenes, ella no habría ido a la vigilia y seguiría aquí. —Su voz era un gruñido profundo, casi demoníaco.

—Puedo...

—¡Quiero que te quites de mi vista! ¡No te quiero en mi despacho! ¡Fuera!

Devon no tardó en marcharse a toda prisa. Dejó la puerta abierta tras de sí, y Stephanie salió detrás de él. Empezó a dirigirse a la sala.

—Noah, ¿dónde estás?

El hombre se levantó de detrás de su escritorio.

—Noah, quiero que vayas a Chantries. Quiero que alguien de nuestro equipo confirme que la víctima es, de hecho, Eve. Y si es así, quiero que hasta la última persona de este edificio que trabaja en el caso se ponga a buscar a ese cabrón. Se ha llevado a una de los nuestros. No vamos a permitir que se lleve a nadie más.

CAPÍTULO
SETENTA Y TRES

La alfombra de hojas chapoteaba bajo sus pies, empapada y húmeda. Una suave brisa le acarició los tobillos, agitando con delicadeza los faldones de su abrigo contra la pierna. A pesar de las numerosas figuras que se movían por el bosque —agentes uniformados estableciendo los cordones interiores y exteriores, y agentes de la policía científica levantando una carpa en mitad del sendero—, en el bosque reinaba un profundo silencio. Un silencio contenido, como si les hubieran colocado una cúpula gigante encima.

Noah caminaba despacio, con cuidado de no pisar los marcadores del suelo. Mantuvo la cabeza gacha, con la vista clavada en las rocas y las raíces de los árboles hasta el último momento, cuando se vio obligado a levantar la mirada y verla.

Eve.

Colgaba con una quietud antinatural, una silueta contra el telón de fondo de los árboles, con el rostro azul e hinchado, los ojos cerrados, la cabeza ladeada y el pelo apelmazado contra la piel.

Pobrecilla.

No parecía real. Era joven, acababa de empezar su carrera y, sin embargo, se lo habían arrebatado todo. Aunque solo la conocía desde hacía un par de semanas, le había cogido bastante cariño. La hija que nunca tuvo. Amable, educada y siempre dispuesta a compartir las galletas que traía, mientras él se autoengañaba pensando que le hacía un favor al impedir que se las comiera todas ella sola. Era enérgica, alegre y todavía poseía el entusiasmo y el ímpetu de la juventud, ese ímpetu que aún no le habían arrebatado meses de duro trabajo sin nada que demostrar.

Noah tragó saliva para deshacer el nudo que tenía en la garganta y se acercó.

—¿Qué demonios te han hecho? —musitó, casi en un susurro.

Lentamente, un puñado de agentes de la científica empezó a bajar el cuerpo de la rama, soltando la cuerda poco a poco. Noah fue incapaz de verla descender a la tierra como un ángel caído. Se dio la vuelta y esperó hasta oír el golpe sordo de su cuerpo.

Pero al posar la vista en un árbol cercano, vio algo extraño. Algo fuera de lugar.

Negro. Rectangular. Del tamaño de una caja de zapatos.

Al instante supo lo que era.

Noah corrió hacia allí, pidiendo ayuda a un fotógrafo de la científica que andaba cerca, y se agachó a su lado.

—Fotografíe todo lo que pase —le indicó—. ¿Entendido?

El agente asintió y preparó la cámara.

Noah centró su atención en la caja. Mientras la sacaba, dijo: —No oigo disparar el obturador. Fotografíe *cada* paso, ¿recuerda?

En cuanto oyó el sonido de la cámara en funcionamiento, depositó la caja en el suelo. Conteniendo el aliento, abrió con cuidado el cierre frontal y levantó la tapa con delicadeza.

Dentro, en el centro de la caja, había otra muñeca de vudú.

Cosida a mano. Ojos diminutos hechos con botones desparejados.

Un cuchillo había hecho un corte en la tela a la altura de la garganta de la muñeca, dejando al descubierto el relleno de dentro, que se derramaba por el tajo como un torrente de sangre. Noah casi había esperado un artilugio que le rebanara el cuello a la muñeca, pero esta simplemente se quedó ahí, devolviéndole la mirada.

La contempló fijamente, incapaz de apartar la vista, mientras un escalofrío le recorría el cuerpo.

Entonces recuperó la compostura, cerró la tapa con cuidado y se giró hacia el agente. Puso una mano delante del objetivo y le bajó la cámara, como si le ahorrara a la muñeca la vergüenza de ser fotografiada.

Otra muñeca.

Otra víctima.

Otro método de asesinato.

Pero seguía sin tener ni idea de a quién le ocurriría.

CAPÍTULO
SETENTA Y CUATRO

Stephanie se quedó mirando el llamador de latón con forma de cabeza de zorro. La casa era moderna: ladrillo rojo, hiedra trepando por el canalón y por el lateral del edificio, con un jardincito bien cuidado en la parte delantera que a todas luces alguien atendía.

Levantó la mano y llamó a la puerta.

Durante el trayecto en coche, había pensado en cómo abordar la conversación y qué decir. Pero, mientras esperaba allí de pie, seguía sin tener ni idea.

Un instante después, la puerta se abrió y dejó ver a una mujer de un metro cincuenta y siete que parecía tan formidable como la había descrito Eve. Karen Hope llevaba unos vaqueros y un jersey rosa claro que se le ceñía a la piel y a los músculos.

—¿Señora Hope? —empezó Stephanie.

—Sí... —había reticencia en la voz de Karen.

—Me llamo inspectora Stephanie Broadbent. Soy la jefa de su hija. ¿Puedo pasar? Necesito decirle algo.

Omitieron las formalidades y no hubo ofrecimiento de té o café mientras se dirigían al salón. Las paredes estaban repletas de fotos familiares: Eve de pequeña, Eve con aparato, Eve de adulta, flanqueada por sus padres, sonriendo radiante a la cámara.

—¿Está su marido en casa?

—Está en el trabajo. Yo estoy teletrabajando. ¿Qué ocurre? ¿De qué se trata? ¿Le ha pasado algo a Eve?

Stephanie tragó saliva, con la voz más quebradiza de lo que había esperado. —Lo... lo siento muchísimo. Anoche, su hija asistió a la vigilia en la universidad y hubo un incidente.

—¿Un incidente? —La voz de Karen se quebró a mitad de la frase.

—Esta mañana han encontrado su cuerpo en Chantry Wood. La ha ahorcado la misma persona que creemos que está matando a estos estudiantes.

Karen Hope inspiró bruscamente y se tapó la boca con la mano. —¿Está muerta? ¿Me está diciendo que mi pequeña está muerta?

Antes de que Stephanie pudiera responder, Karen rompió a llorar. Gritó, se llevó la cabeza a las manos y empezó a sollozar sin control. Stephanie fue al baño y regresó con papel higiénico, pero cuando se lo tendió a Karen, la mujer apartó el rollo de un manotazo.

—¿Cómo ha podido ocurrir? ¿Cómo ha podido permitir que ocurriera?

Stephanie no dijo nada mientras volvía a su asiento.

—¿Qué hacía en la vigilia? ¿De quién fue la idea de enviarla? ¿Fue suya?

Stephanie se quedó helada. Aunque hubiera querido hablar, no habría podido.

—¿En qué estaba pensando? ¿Sabía que corría peligro? ¿Sabía que iba a pasarle algo?

Stephanie decidió no corregirla. Optó por asumirlo todo, por absorber la furia de la madre al completo. Era lo mínimo que merecía por no haber atrapado al asesino antes. Si lo hubiera hecho, ninguna de las dos estaría en esta situación. A pesar de no haber tenido nada que ver con la decisión de enviar a Eve a la vigilia, Stephanie sentía que la culpa era suya.

—¡No me lo puedo creer! Mi preciosa niña..., ¡muerta! ¿Cómo? ¿Cómo le ha pasado esto? Usted la ha enviado a la muerte. Lo sabe, ¿verdad? ¿Qué le hizo pensar que era una buena idea? La dejó ir a esa vigilia. —Cada palabra destilaba veneno.

Stephanie bajó la mirada. —No estuve a la altura.

Silencio.

Karen Hope se quedó mirándola largo rato. —¿Cree que eso lo mejora? ¿Reconocerlo? ¿Venir aquí con su abrigo bonito y su pelo bonito, pensando que con eso se gana algún tipo de favor?

Stephanie negó lentamente con la cabeza. —No. No es así.

—No puede traerla de vuelta.

—Lo sé.

—Espero que encuentre a quien hizo esto. Pero no cambiará lo que *usted* dejó que pasara.

¡No eres más que una niñata tonta y malcriada, Stephy! Mira lo que le pasó a tu madre por tu culpa. Todo esto es culpa tuya. ¡Todo!

Stephanie asintió una vez. —Eso también lo sé.

De repente, las lágrimas cesaron y la expresión de Karen se endureció. —No quiero volver a ver su cara. Ya puede marcharse.

No hizo falta que se lo dijera dos veces. Stephanie se levantó, se quedó un instante dudando, pensó en decir algo, pero luego decidió no hacerlo. No había nada que pudiera decir que fuera a mejorar la situación. Así que se dirigió a la puerta y salió a la calle, dejando que el viento frío le azotara la cara. Era lo mínimo que merecía.

De vuelta en el coche, permaneció inmóvil durante diez minutos antes de girar la llave.

En lugar de regresar a la comisaría, hizo una parada en su establecimiento de comida rápida favorito.

CAPÍTULO
SETENTA Y CINCO

Tenía un sabor agrio en la boca; el regusto acre del vómito aún le quemaba la garganta a pesar de los varios chicles que se había metido. Cruzó el aparcamiento a toda prisa y se dirigió a la sala de crisis. La oficina estaba inmersa en el murmullo de las conversaciones, y el tecleo de los teclados y el chasquido de los ratones ponían ritmo a la banda sonora. Todo cesó en cuanto llegó ella.

—Quiero a todo el mundo en la sala de crisis en dos minutos.

La autoridad en su voz desgarró el silencio. Las sillas chirriaron al arrastrarse hacia atrás de inmediato. Los teclados dejaron de sonar. La detective Olivia Willard, que estaba a la mitad de una lata de Coca-Cola, se bebió el resto de un trago. Giles se levantó de la silla y cojeó hacia la sala, apoyándose en Wellard.

En cuestión de instantes, todos se habían reunido, y ella se abrió paso entre la multitud de cuerpos para llegar a la cabecera de la sala. Al detenerse, contempló el mar de dolor que tenía frente a ella. Un tapiz de rostros conmocionados y angustiados miraban sin ver los cuadernos y portátiles que tenían en el regazo.

Todos esperaban de ella una guía, apoyo, los siguientes pasos.

Antes de hablar, le sobrevino una oleada de náuseas y se sintió mareada. Las esquinas de su campo de visión parpadearon en negro y volvieron a la normalidad al instante. Cerró los ojos y, cuando volvió a abrirlos, la sala se había inclinado ligeramente. Stephanie se aferró al collar, lo que le alivió un poco las náuseas.

—Esta mañana, un miembro de nuestro equipo ha sido encontrado muerto en Chantry Wood. Esto ocurre tras un incidente en la vigilia que tuvo lugar anoche en el campus de la Universidad de Surrey. Quiero que se interrogue y se tome declaración a todo el que estuviera en esa vigilia. Nuestro asesino estaba allí, escondido a plena vista. Tuvo que llevarse a Eve entonces. Alguien tuvo que verlo. No habría podido moverla en contra de su voluntad sin que lo vieran o lo oyeran. No me importa cuánta gente se necesite ni cuánto tiempo lleve; manden a tantos agentes como sea posible al campus.

Hizo una pausa para recuperar el aliento y ahuyentar de nuevo las náuseas con un parpadeo.

—Sugiero que también aumentemos el número de agentes uniformados desplegados en el campus en todo momento. Hagan que establezcan patrullas más frecuentes para disuadir al asesino. Gracias a Noah, sabemos cuál es su próximo método: va a degollar a alguien. Tenemos que asegurarnos de que eso no ocurra bajo ninguna circunstancia.

—Ayer me reuní con Martin Bell, el responsable de bienestar estudiantil, y me transmitió algunas inquietudes sobre Tristan Penrose. Giles, quiero que usted siga investigando esto. Vea si puede encontrarlo hoy.

—Lo haría, jefa, pero me temo que no voy a ser de mucha utilidad con este pie.

Le echó un vistazo al tobillo del hombre y soltó un profundo suspiro. —De acuerdo. Noah, Devon, quiero que se encarguen ustedes de eso.

—Sí, jefa.

—Nos ha estado mintiendo, y quiero saber por qué. Eve formó parte del equipo que habló con él la primera vez, así que si se está vengando de la gente que conoce su secreto, entonces Fiona... me temo que usted podría ser la siguiente. Por esa razón, quiero que se quede aquí y se asegure de estar con alguien en todo momento.

—¿Cree que *yo* podría ser el próximo objetivo del asesino?

—Esperemos que no.

Mientras dirigía su atención al resto de la oficina, la vista se le nubló y la sala se inclinó.

Parpadeó y tragó saliva. El sabor a ácido le subió de nuevo, ardiente e implacable. El corazón le martilleaba en las costillas. Se agarró al respaldo de una silla.

Fiona frunció el ceño. —¿Jefa?

Stephanie abrió la boca para hablar, pero al segundo siguiente, el suelo pareció venirse abajo.

La pizarra se volvió borrosa. El zumbido de las luces y los ordenadores se hizo más fuerte. Las rodillas le flaquearon.

Oscuridad.

Se desplomó de lado y cayó al suelo con un golpe sordo que retumbó por toda la sala.

Los vómitos, la presión, Eve, la culpa, la responsabilidad; todo se le había venido encima.

Y ahora su equipo, ya destrozado por la muerte de Eve, veía cómo su inspectora jefe se derrumbaba ante sus propios ojos.

CAPÍTULO
SETENTA Y SEIS

Giles puso buena cara al entrar en la sala de interrogatorios, ignorando el dolor que le recorría la pierna. Sentado en una esquina de la sala, apoyado en la pared, estaba Tristan Penrose. Tras varias llamadas telefónicas e intentos de encontrarlo en el campus, él y un agente de la policía de Kent, con la ayuda de un miembro del personal de la universidad, habían localizado al profesor en su despacho, respondiendo a unos correos electrónicos. Por un momento, Giles se planteó realizar el interrogatorio donde el hombre se sintiera cómodo, pero entonces recordó lo que Stephanie había dicho. Si aquel era el asesino, si el hombre que tenía delante había asesinado brutalmente a cinco chicas, incluida Eve, entonces quería que estuviera lo más incómodo posible.

Mientras cojeaba hacia la mesa, intentó apartar de su mente las imágenes del cuerpo de Eve colgando en el bosque.

Eve. La bella, la perfecta Eve. Su rostro, atrapado en una imagen congelada de inocencia y belleza. No merecía morir. Ninguna de las víctimas lo merecía.

Giles miró a Tristan con furia mientras apartaba la silla y se sentaba. Cuando la grabadora terminó de pitar, empezó.

—Tristan Penrose, ha sido traído en calidad de sospechoso de los asesinatos de Claudia Bellini, Paulina Potter, Maya Corcoran, Priya Chadha y Eve Hope. No está obligado a decir nada, pero...

—¡No he sido yo! —exclamó el hombre, girándose bruscamente

en la silla—. Por favor. No he tenido nada que ver con esto. Tiene que creerme.

Giles terminó de leerle al hombre el resto de sus derechos y luego abrió una carpeta que tenía delante. —Querría empezar con su relación con Paulina Potter.

—Ya hemos hablado de esto. Ya se lo dije: ella quería empezar algo y yo le dije que no. Se lo tomó a mal y me preocupaba que pudiera tergiversarlo. Pero nunca pasó nada entre nosotros.

Giles enarcó una ceja. —¿Está seguro?

—¡Sí! Al cien por cien.

—Ha llegado a nuestro conocimiento que *sí* pasó algo entre ustedes dos. Una reunión en su despacho. Según los informes, usted se insinuó a Paulina, y después continuó acosándola, enviándole mensajes y pidiéndole más durante el resto del verano.

Tristan abrió y cerró la boca como un pez fuera del agua.

—A usted le preocupaba que fuera a la universidad, le preocupaba perder su trabajo, su mujer, su casa, así que empezó a amenazarla.

—No... —la voz de Tristan sonaba débil, casi un susurro. Rota.

—¿La mató usted, Tristan? ¿Descubrió que se lo había contado a sus amigas del club de corredoras y por eso las mató a ellas también?

Los ojos de Tristan se abrieron como platos, llenos de miedo. Empezó a negar con la cabeza enérgicamente. —No —dijo—. Nada de eso es cierto. Todo es mentira. Se equivoca.

Giles dejó el documento sobre la mesa y se cruzó de brazos. Reclinándose en la silla, dijo: —¿Por qué no me cuenta la verdad entonces? ¿Qué pasó entre usted y Paulina Potter?

Tristan movía la rodilla arriba y abajo repetidamente, tan rápido y con tanta fuerza que golpeaba la mesa. Estaba aterrado, asustado, y su expresión era la de alguien que intentaba pensar en algo a toda prisa.

—Sí, de acuerdo. Sí. *Parte* de lo que ha dicho es cierto. Sí que pasó algo entre Paulina y yo. El año pasado, en mi despacho. Pero fue un error. Me di cuenta después de que ocurriera. Me pasé todo el verano muerto de miedo, preguntándome si iría a la universidad a chivarse de mí. Me preguntaba si tendría un trabajo al que volver.

Pero no tuve nada que ver con lo que le pasó. Se lo prometo. Estaba en casa la noche que murió. Estaba en casa las noches que murieron todas las chicas. Sus muertes han sido trágicas, pero no he tenido nada que ver con ninguna de ellas. No soy un asesino, no mataría ni a una mosca. Jamás podría hacer algo así. No tengo ni un ápice de maldad.

—Puede que su mujer tenga algo que decir al respecto —replicó Giles, inclinándose hacia delante en su asiento—. Dígame, ¿qué sabe de Eve Hope?

—¿Quién?

—Mi compañera. La que fue a verle a su casa el otro día.

Tristan frunció el ceño, confuso. —¿Qué pasa con ella?

—La han encontrado muerta esta mañana en Chantry Wood.

—Oh, Dios mío. Siento mucho oír eso.

—¿Qué estuvo haciendo anoche?

—Estuve jugando al fútbol. Fútbol siete en el Surrey Sports Park, y me quedé a tomar algo después.

Giles se sintió incómodo. No era la respuesta que esperaba.

—¿No estuvo en la vigilia?

Tristan negó con la cabeza. —No. No quise ir porque sabía qué podría parecer. Estuve en el polideportivo hasta las diez más o menos, antes de irme a casa. —Su rostro se iluminó de alegría al empezar a asimilarlo—. Tengo una docena de personas que pueden corroborarlo. Aunque siento mucho la muerte de su compañera, no tuve nada que ver. No estuve ni cerca del campus ni de Chantries en toda la noche.

Durante un buen rato, Giles no dijo nada, solo cavilaba sobre lo que el profesor había dicho. Pensando en Eve.

Entonces Tristan se aclaró la garganta. —¿Puedo hacer una sugerencia?

Giles le hizo un gesto al hombre para que continuara.

—No sé cómo sabe la verdad sobre Paulina y yo, pero si tuviera que adivinar, mi mejor baza sería Martin Bell, el responsable de bienestar estudiantil. No sé por qué, pero tengo la impresión de que podría haber dicho algo sobre mí, supongo que porque Paulina fue a verle por nuestra relación. Pero creo que él podría saber más de lo que aparenta. No es inocente en todo esto. Si Paulina fue a verle, entonces puede que pasara algo entre ellos, y ahora está cubriendo sus huellas.

—¿Qué pruebas tiene para respaldar eso?

Tristan levantó las manos en señal de derrota. —Ninguna en absoluto. Pero lo que sí sé a ciencia cierta es que Martin estuvo presente en la vigilia de anoche. Y apuesto a que podría saber algo de lo que le pasó a su compañera.

CAPÍTULO
SETENTA Y SIETE

Stephanie se despertó con el sonido de movimientos a su alrededor, el sigiloso trajín de dos personas que hacían lo posible por no hacer ruido y no molestarla. Cuando abrió los ojos, vio a Fiona y a Olivia de pie junto a su cama.

Estaba en una cama de hospital, conectada a un gotero intravenoso.

Ambas mujeres la miraban con rostros cálidos y compasivos. De repente, Stephanie se sintió muy cohibida. Se removió en la cama, intentando incorporarse sobre los codos, pero Fiona la retuvo.

—Tranquila —dijo—. Acabas de despertarte.

—¿Qué ha pasado?

Stephanie sintió una punzada de dolor en la cabeza al mirar la luz fluorescente del techo.

—Te desmayaste —respondió Wellard.

—¿De verdad?

Y entonces lo recordó. La oficina. Los rostros. El suelo abalanzándose hacia ella.

—¿Cuándo fue la última vez que comiste? —preguntó Fiona—. El médico ha dicho que estabas tremendamente deshidratada y desnutrida. Ha dado a entender que la última vez que comiste fue cuando fuimos al pub la otra noche y tomaste unos cacahuetes.

Steph no respondió. Clavó la mirada en Olivia, que esquivó sus ojos.

—Tienes que cuidarte —continuó Fiona—. No puedes dirigir este equipo si sigues así.

Stephanie paseó la mirada de Fiona a Olivia, de una a otra como si estuvieran en un partido de tenis. Finalmente, se detuvo en Olivia y fulminó con la mirada a la mujer de más edad.

—¿Se lo has contado?

—Tenía que hacerlo —respondió Olivia, avergonzada.

—Y me alegro de que lo hiciera —terció Fiona—. No te enfades con ella. La obligué, le retorcí el brazo hasta que me lo contó. Se me da bastante bien conseguir información así. Sabía que algo iba mal por la forma en que Wellard reaccionó. —Puso una mano en el brazo de Stephanie—. Deberías haber dicho algo.

Stephanie cerró los ojos, invadida por una oleada de vergüenza.

—¿Lo sabe alguien más?

—Solo nosotras tres —respondió Olivia.

—Y así se quedará —añadió Fiona—. Nuestro pequeño secreto.

Stephanie la miró, la miró de verdad, y no vio piedad en sus ojos, sino lealtad. Preocupación. La clase de preocupación de alguien a quien le importa de verdad la gente con la que trabaja.

—¿Cuánto tiempo llevas haciéndolo? —preguntó Fiona.

—Desde que tengo uso de razón. Viene de muy atrás.

—¿Alguna vez ha sido tan grave?

La mirada de Stephanie cayó sobre su regazo. Negó con la cabeza.

Apareció una imagen de su padre. Sostenía una manzana y la tiraba al suelo. La llamaba «cerdita gorda» mientras ella se veía obligada a rebuscar las sobras.

—Lo controlaré —dijo al fin—. Cuando todo esto acabe. Me ocuparé de ello. Lo prometo.

Fiona resopló con fuerza. —Si no lo haces, te arrastraré yo misma a terapia. Eres demasiado valiosa como para perderte. Además, necesito verte ponerle las pilas a Devon.

Stephanie esbozó una sonrisa.

—La investigación...

Olivia le puso una mano tranquilizadora en el hombro. —No te preocupes. Está todo bajo control. Giles está ahora con Tristan. Deberíamos saber pronto el resultado de eso.

—¿Y Devon...?

—¿Qué pasa con él?

—¿Dónde está?

—En la oficina. ¿Por qué?

—Por nada... —dijo en voz baja.

—La doctora ha dicho que deberías descansar —empezó a decir Olivia—. Y me inclino a estar de acuerdo con ella. Igual que McGowan. Ha dicho que no quiere verte cerca de la sala de crisis hasta que te sientas mejor. Así que te llevaré a casa en cuanto estés lista.

Stephanie no dijo nada y siguió con la vista fija en las sábanas.

Por primera vez en su vida, alguien había logrado atravesar su armadura; su secreto había salido a la luz y, sin embargo, en contra de lo que se había convencido a sí misma, la aceptaban.

Quizá, solo quizá, este fuera el principio de su propia salvación.

CAPÍTULO
SETENTA Y OCHO

Steph no había sabido nada de su hermana en todo el día. Nada que indicara que se hubiese ido a casa. Nada que sugiriera que hubiese hecho las paces con su marido. Así que, cuando abrió la puerta —con cansancio y más esfuerzo de lo habitual—, esperaba ver a su hermana en la casa, seguramente aún limpiando y ordenándolo todo por ella.

En lugar de eso, lo único que encontró fue una pila de cajas en el recibidor y el leve y persistente olor a lejía. Junto a la puerta principal había una hilera de bolsas de basura negras y verdes, listas para que las sacara.

—¿Kim? —llamó Steph mientras recorría la casa.

Se asomó a la cocina, al baño de abajo y al salón. Nada.

Extraño.

—¿Kim? —volvió a llamar. Al no obtener respuesta, Stephanie subió las escaleras y comprobó el piso de arriba. Seguía sin haber rastro de ella.

Stephanie probó a llamar a su móvil. Nada.

El pánico no tardó en apoderarse de ella mientras bajaba corriendo las escaleras y llamaba a la puerta de su vecino. La espera fue terriblemente larga. Finalmente, Jimmy abrió la puerta y le sonrió radiante; la pálida luz anaranjada a su espalda creaba un cálido resplandor alrededor de su cabeza.

—Siento molestarte —dijo, con pánico en la voz—. ¿No habrás visto por casualidad adónde ha ido mi hermana?

—¿Tu hermana?

Jimmy salió de la casa y miró hacia la puerta de Stephanie, como si Kimberley hubiera estado allí todo el tiempo y Stephanie no se hubiera dado cuenta.

—Más o menos de mi altura, solo que tiene el pelo rubio. Nos parecemos, pero a la vez no —añadió Stephanie.

—Había un hombre —dijo—. Ahora que lo pienso. Salió de un coche, llamó a la puerta y luego ella salió con él.

—¿Viste al hombre?

Jimmy negó con la cabeza.

—¿Se fue... se fue *por voluntad propia*? ¿Parecía que la estuvieran forzando?

Esta vez se encogió de hombros. —A mí me pareció bastante amistoso. Creo que llevaba las maletas.

—¿A qué hora fue?

—Sobre mediodía, más o menos.

—¿Viste hacia dónde fueron?

Negó con la cabeza. —Pasaron los arbustos que están delante de mi ventana.

Se detuvo un momento. ¿Habría vuelto Jason del trabajo, conducido hasta aquí y se la habría llevado de vuelta? ¿Se habrían besado y reconciliado? ¿O había algo más siniestro en juego?

Nunca había querido decirlo en voz alta, nunca había querido lanzarlo al mundo, pero en el fondo de la mente de Stephanie rondaba la sensación persistente de que Jason, el hombre al que solo había visto un puñado de veces, tenía una aventura, usando sus largos periodos de ausencia por trabajo como excusa, como una oportunidad para cumplir con sus otros compromisos.

Pero entonces otro pensamiento le vino a la mente: quizá había estado controlando a Kimberly, manipulándola de alguna manera. Su llegada esa misma tarde no era más que otro ejemplo de ello. Que su hermana, al igual que su madre tantos años atrás, se había visto atrapada en una relación de maltrato.

No le gustaba pensar mal de su cuñado, sobre todo cuando no tenía ninguna prueba. Pero su instinto maternal, su instinto de *hermana mayor*, estaba haciendo sonar todas las alarmas. Stephanie rememoró la noche anterior. ¿Qué aspecto tenía Kimberley cuando llamó a la puerta? Enfurecida, llena de frustración, desde luego. ¿Pero había habido un trasfondo de algo más? ¿Una petición de auxilio que no había captado porque su mente había estado demasiado agotada y distraída?

No lo sabía, pero en su actual estado de debilidad mental, nada tenía mucho sentido.

Al final, le dio las gracias a Jimmy por su tiempo, volvió a disculparse por molestarlo y luego se arrastró hasta el final del camino de entrada. No vio el coche de su hermana por ninguna parte.

Una vez dentro, volvió a llamar al móvil de Kimberley.

—Hola, Kim, soy yo. Solo llamo para ver si estás bien. Esperaba que todavía estuvieras aquí cuando llegara a casa, pero no estás. A no ser que hayas salido a por algo de comer, en cuyo caso supongo que te veré en un rato. Por favor, llámame cuando oigas esto.

Se guardó el teléfono en el bolsillo y entró en el salón, asimilando por fin la cantidad de trabajo y esfuerzo que Kim había invertido la noche anterior. El espacio estaba impecable. Había recogido todos los trastos. Las cajas vacías que llevaban allí una semana estaban desmontadas y metidas en bolsas de basura. Podía volver a ver el suelo. Había quitado el polvo y pulido la televisión y el mueble que la rodeaba, así como la mesa de centro. Kim debió de pasarse horas en ello. A Stephanie no le extrañaría que se hubiera pasado la noche en su cama, frita.

Sin embargo, una cosa que Kimberley había dejado intacta era la carpeta con las notas del caso de Stephanie, que descansaba sobre la mesa de centro. En cuanto la vio, Stephanie pensó en Eve. En su muerte. En que el asesino seguía ahí fuera, jugando con ella.

¿Ya le habría cortado el cuello a la siguiente víctima? No podía soportar pensarlo.

Desde el principio, había ido un paso por delante. Había elegido meticulosamente a sus víctimas, planeándolas con antelación. ¿Cuántas más habría antes de que todo terminara? ¿Se detendría alguna vez?

Stephanie se dejó caer en el sofá y se quedó mirando su reflejo borroso en la pantalla del televisor. En el espacio negro, empezó a aparecer la pizarra de la sala de crisis, llenándose con los nombres y las caras de las víctimas. Pensó en cada una de ellas, situándose en cada una de las escenas del crimen, siguiendo sus pasos, buscando pistas o cosas que podría haber pasado por alto la primera vez.

En su mente cansada, no sacó nada en claro de ninguna.

Lo sabían todo sobre las chicas —qué estudiaban, sus movimientos, con quién hablaban, qué hacían para divertirse— y, sin embargo, no había nada que las conectara entre sí.

Y ahora Eve...

Su muerte lo había complicado todo. Antes, el modus operandi del asesino había sido atacar a estudiantes universitarias. Pero ahora había elegido a una agente de policía. Y Stephanie creía que el asesino sabía quién era Eve y la había elegido como objetivo por una razón. La única pregunta que quedaba era: ¿por qué? ¿Cómo encajaba ella en todo esto?

Y entonces un nombre le vino a la cabeza: Devon.

No estaba segura de si era porque el hombre le caía mal o si tenía motivos justificados, pero había algo sospechoso en él. La forma en que había intentado controlar la investigación desde el principio. La forma en que había manoseado la caja en la escena del crimen de Paulina Potter; ¿lo había hecho a propósito para que sus huellas fueran descartadas de forma natural? ¿O había colocado él la caja en primer lugar y solo intentaba cubrir sus huellas? ¿Por qué no había estado presente en la escena del crimen de Priya Chadha? Había sido el único que faltaba. Y Eve... Habían pasado varias horas antes de que finalmente regresara a la comisaría tras su desaparición. ¿La había secuestrado en el campus y la había colgado de la rama en ese tiempo?

Stephanie se estiró, bostezando ruidosamente. Estaba cansada y hambrienta. Pero no tenía ni el tiempo ni la paciencia para cocinar y comer, así que decidió irse a la cama.

Arriba, fue directa a su dormitorio y se derrumbó sobre el colchón, boca abajo, dejando que la comodidad de su edredón la envolviera. Estaba a años luz de la incomodidad que había experimentado en el hospital solo un par de horas antes.

Unos instantes después, un sabor nauseabundo se formó en su

boca, recordándole que debía lavarse los dientes. Mientras se levantaba del colchón, algo le llamó la atención.

Faltaba Bart. Su querido osito de peluche.

—Esa zorra —dijo Steph.

Kimberley debió de cogerlo cuando se fue. Su hermana siempre lo había querido de pequeñas. Se lo había suplicado y le había preguntado por qué ella no tenía uno. Pero Stephanie nunca se lo había dado. Nunca había permitido que pasara a manos de otra persona. Así que Kimberley finalmente había visto su oportunidad y se lo había llevado.

Stephanie estaba a punto de coger el teléfono cuando sonó el timbre de la planta baja. El ruido repentino y discordante la tomó por sorpresa.

—Más te vale devolvérmelo ahora mismo —susurró mientras se levantaba de la cama y bajaba las escaleras.

Abrió la puerta principal de golpe. Al otro lado, cubierto con un largo abrigo negro y recortado contra la farola que tenía detrás, estaba Devon. Por un momento, creyó estar mirando a los ojos del asesino, que había venido a reclamarla como su próxima víctima. Pero había algo en su rostro que no sugería animosidad, ni un malvado deseo de atacarla y matarla. Al contrario, tenía las mejillas sonrojadas y los ojos inyectados en sangre. Si no lo conociera, diría que había estado llorando.

—Devon —dijo—. ¿Qué haces aquí?

—He oído que habías vuelto a casa del hospital. Solo quería pasar a ver si estabas bien.

Aflojó su agarre en la puerta. —He estado mejor. Pero estaré bien.

Se quedó allí, incómodo, con la mirada fija en el felpudo a sus pies. —¿Puedo pasar? Tengo algo de lo que quiero hablar contigo.

Sin pensarlo, se hizo a un lado y lo dejó entrar. Él se quitó el abrigo y lo dobló bajo el brazo. Mientras se descalzaba, Stephanie le quitó el abrigo, lo colgó en la barandilla de la escalera y lo condujo al salón.

—Te diría que disculpes el desorden, pero mi hermana ha limpiado, y lo ha hecho mejor de lo que yo podría hacerlo jamás. ¿Quieres algo de beber?

Él negó con la cabeza. —No me quedaré mucho tiempo. —Rodeó el sofá y se sentó educadamente en el borde—. Creo que tengo que dar algunas explicaciones —empezó una vez que Stephanie se sentó a su lado—. Sobre todo.

Ella no dijo nada, solo apretó más las piernas contra el pecho.

—Lo siento —dijo—. Siento haber sido un completo gilipollas. No merecías que te tratara como lo hice. Eres nueva en el equipo y deberías haber sido tratada con calidez y amabilidad. En lugar de eso, me comporté como un niño. Estuvo mal. Yo... no debería haber hecho eso, y me siento culpable por mi comportamiento. Incluso avergonzado. No es que esto lo excuse de ninguna manera, pero creo que deberías saber que estoy pasando por un divorcio complicado y estoy luchando por la custodia de mi hijo. Yo...

—Lo sé —respondió Stephanie.

—¿Lo sabes?

—No exactamente. McGowan no me dio los detalles. Solo dijo que tenías algo entre manos. Así que decidí darte *algo* de cuartelillo por ser un completo imbécil.

Devon soltó un bufido. —Gracias. Te lo agradezco. No ha sido fácil, y parte de ello se ha trasladado a mi trabajo a través de mis acciones y mi comportamiento. He perdido los estribos, y eso ha estado mal por mi parte. Espero que puedas perdonarme.

—Todos estamos lidiando con algo, Devon —dijo ella en voz baja—. No pasa nada si se traslada a nuestro trabajo o a nuestras carreras. Solo somos humanos. No podemos reprimirlo todo. Si lo hiciéramos, explotaríamos.

O nos desmayaríamos delante de cincuenta personas, pensó.

La tensión en el rostro de Devon se relajó. —También quiero darte las gracias —continuó—. Por lo de antes. Con Clive. Tú... podrías haberme echado a los leones y haberme dejado allí por lo que hice en la vigilia. Podrías haberme servido en bandeja a McGowan. Pero no lo hiciste. ¿Por qué?

Steph inspiró bruscamente. —Porque siempre he dicho que me sacrificaré para proteger a mi equipo. La responsabilidad final es mía. Cualquier error que cometáis, lo cometo yo. Nadie más debe cargar con la culpa excepto yo, sin importar cuánto hayan hecho para convencerme de lo contrario. Es simplemente mi forma de liderar, siempre y cuando eso signifique que tengáis un respiro. Aunque, sabe Dios que no te lo merecías.

Él se rio con torpeza. —Lo sé.

—Pero no sirve de nada si no aprendes de ello —dijo, recolocándose en el sofá en una posición más cómoda y abierta—. Dime, ¿qué estuviste haciendo después de que Eve desapareciera?

—¿Qué quieres decir?

—Desapareciste. Giles y yo intentamos llamarte cientos de veces, pero no lo cogiste.

Devon empezó a jugar con los dedos, amasando la palma de la mano con el pulgar. —Entré en pánico —empezó, con la voz entrecortada—. Perdí el control. Yo... intenté llamar a Eve, intenté encontrarla, la busqué por todas partes, pero cuando no pude encontrarla, supe que algo había pasado. Así que simplemente... me quedé sentado en mi coche un par de horas, con un ataque de pánico. No podía enfrentarme a mí mismo ni a la idea de que le hubiera pasado algo.

Steph escuchó atentamente. Todo en su historia sugería que no debería creerle. Pero lo hizo. Dudaba que ella hubiera sentido o reaccionado de forma muy diferente si hubiera estado en su lugar. El shock, la conmoción, el miedo.

—Me culpo por su muerte —continuó, con un nudo formándose en su garganta. Intentó aclararla, pero no lo consiguió —. Si no hubiéramos ido a la vigilia, ella seguiría con nosotros. Es todo culpa mía.

Stephanie le puso una mano en la espalda. Sus músculos estaban tensos bajo la camisa. —No deberías culparte. Hasta ahora, este asesino ha hecho todo por una razón. Parte de mí piensa que Eve iba a ser una víctima de una forma u otra.

Él la miró, confundido. —¿Cómo puedes estar tan segura?

—Intuición —respondió ella con un guiño.

—Bueno, espero que la tuya sea mejor que la mía.

Devon se secó las lágrimas de las mejillas.

—Sabes —empezó Stephanie—, hubo un momento en que pensé que podrías ser nuestro asesino.

El color desapareció de su rostro, sus ojos se abrieron de par en par por el pánico.

—No me diste muchas razones para pensar lo contrario —dijo en tono de broma—. Te estabas comportando como un capullo. Siempre estabas cerca de la investigación. Abriste la caja en la escena del crimen de Paulina Potter. Desapareciste en la de Priya...

—Tuve que recoger a mi hijo —respondió él.

—Y obviamente el incidente con Eve. Todas las pistas estaban ahí. Las alarmas estaban sonando.

—¿Alguien más piensa lo mismo?

Ella negó con la cabeza. —Creo que tu secreto está a salvo conmigo. ¿Cómo les ha ido hoy? ¿Qué me he perdido?

Devon la puso rápidamente al día sobre la entrevista de Giles con Tristan Penrose y cómo había metido el nombre de Martin Bell en el asunto. El equipo se había pasado la tarde buscándolo, pero sin éxito.

—Pondremos al equipo en ello mañana —añadió—. Con un poco de suerte, una de sus huellas dactilares coincidirá con la que encontramos en la habitación de Claudia.

—Y también hay algo más... —Devon se levantó de un salto y fue a por su abrigo. Le habló mientras estaba en el pasillo—. Noah se ha pasado horas en la escena del crimen con la científica esta mañana, registrando el bosque. No estoy seguro de por qué, quizá fue intuición de nuevo, pero menos mal que lo hicieron. Porque encontraron esto...

Regresó un momento después con una bolsa de pruebas de plástico en la mano. Stephanie vio inmediatamente lo que había dentro y sintió que su cuerpo se tensaba.

—Lo encontraron en otra caja, a la vuelta de la esquina de la primera —dijo, pasándosela—. Ahora bien, no soy un experto, pero eso se parece muchísimo a un muñeco de vudú de un bebé...

Mantuvo la taza de café junto a los labios unos instantes después de terminárselo, saboreando el gusto y dejando que le hormiguearan las papilas gustativas. Era la tercera de la mañana y no le estaban haciendo absolutamente ningún efecto. Como era de esperar, el sueño se le había escapado. No porque hubiera estado pensando en que el asesino también había elegido a un bebé como una de sus próximas víctimas, sino porque Bart había desaparecido. Se lo habían arrebatado y ella había sufrido las consecuencias.

La única culpable de esa noche en vela era Kimberley, quien, tras varios intentos, seguía sin coger el teléfono. Stephanie había recurrido a enviarle varios mensajes con un lenguaje muy explícito. Sin embargo, apenas pasaban las siete de la mañana, así que era muy posible, por no decir probable, que su hermana todavía estuviera durmiendo y, con suerte, en los reconfortantes brazos de su marido tras una noche de amor.

Dejó la taza en la mesa y se dirigió a la salida de la oficina. A pesar de lo temprano que era, la oficina se había llenado rápidamente. Contó no menos de treinta personas moviéndose de un lado a otro, muchas de ellas de los condados vecinos, mientras que de su equipo solo vio a Devon, Noah y Giles. El resto llegaría pronto, sin duda.

Mientras esperaba, se apresuró hacia el escritorio de Giles.

—¿Qué tal el pie?

—Ni me hables... —Giró en la silla y levantó la pierna para mostrar unos dedos peludos que asomaban por debajo de una escayola en el pie y el tobillo—. Seis horas en Urgencias anoche —dijo—. No he pegado ojo, y estoy bastante seguro de que he pillado el sida o algo, por la cantidad de gente que había allí tosiendo y farfullando. —A Giles le dio un escalofrío solo de pensarlo.

—La mejor noche de tu vida, por lo que parece —replicó ella—. ¿Por qué no me lo dijiste? Te habría dicho que no vinieras.

—Tengo que encontrar a Martin Bell, inspectora. Lo hago por Eve.

—Lo entiendo, y es muy honorable por su parte, pero si la ve venir y echa a correr, no servirá de mucha ayuda. Haré que el resto del equipo se ponga con ello y usted se dará el lujo de interrogarlo. ¿Qué le parece?

—Me parece delicioso, inspectora.

Stephanie se rio entre dientes y, por un momento, se olvidó de Eve y de su hermana. El humor se le ensombreció al oír su nombre desde el otro lado de la oficina.

McGowan rondaba la puerta de su despacho, esperándola como un médico en su consulta.

Terminó de dar instrucciones a Giles y luego se apresuró a ir hacia él, con la cabeza gacha.

—Buenos días, Steph —dijo él mientras ella entraba—. No esperaba verte por aquí esta mañana. Creía que te había dicho que te quedaras en casa a descansar.

—Así fue, señor. Decidí ignorarlo.

—Ahora tenemos mucho apoyo, mucha gente trabajando día y noche en esta investigación.

—Y, aun así, ni rastro del asesino.

McGowan soltó un bufido. —¿Supongo que tú tienes la varita mágica que nos ayudará a encontrarlo?

Ella negó con la cabeza, sonriendo con orgullo. —Solo mucho trabajo, determinación y un poco de suerte, señor. Es todo lo que se necesita en la vida.

McGowan levantó la barbilla unos centímetros, mirándola desde arriba. —Solo... cuídate. Tómatelo con calma. No quiero tener que lidiar con Recursos Humanos si te pasa algo. Ya tengo demasiados líos como para que encima me estorbes.

Se le ocurrió una idea.

—¿Ha hablado con los padres de Eve? —preguntó.

—Sí, y quieren celebrar el funeral lo antes posible. No quieren que retengamos el cuerpo más tiempo del necesario.

—Comprensible. —Bajó la mirada a la moqueta en un momento de reflexión.

—No te culpes, Steph —dijo él—. Me enteré de lo que pasó con tu antiguo sargento. Sé que te culpaste por eso. Pero no tuviste nada que ver con lo de Eve. No fue culpa de nadie.

—A veces siento que la mala suerte tiene una forma de seguirme a todas partes, ¿sabes? Como si, a veces, no tuviera tanto control como creía.

McGowan bufó. —Lamentablemente, no creo que ninguno de nosotros lo tenga.

CAPÍTULO
OCHENTA

Afortunadamente, el dolor del pie había remitido, pero seguía doliendo como un demonio. Giles no era ajeno al dolor —jugar al fútbol aficionado con un grupo de tíos resacosos y con sobrepeso los fines de semana te curtía en eso—, pero nunca había sentido tanto dolor como este. Y todo por culpa de una piña. No sabía de dónde había salido ni cuándo había llegado allí, pero lo único que recordaba era mirar el objeto en el suelo después de haberse desplomado. La piña le había devuelto la mirada, casi burlándose de él. Por vergüenza, se había guardado ese detallito para sí mismo.

Era media mañana, y el único trabajo de verdad que había hecho consistía en arrastrarse desde el despacho hasta la sala de interrogatorios mientras los demás se dejaban la piel a su alrededor. Pero ahora le tocaba a él lucirse. Demostrar de lo que era capaz.

Por Eve.

Entre Noah y Devon habían localizado a Martin Bell, el responsable de bienestar estudiantil, en el campus universitario. Martin estaba preparándose una segunda taza de café cuando la pareja de sargentos había llegado, y los había acompañado de buen grado, aunque esa naturaleza más bien dócil no se reflejaba en la expresión del hombre en ese momento.

—Me llamo agente Giles Swinger —empezó Giles—. Gracias

por venir esta mañana. Entiendo que es usted el responsable de bienestar estudiantil de la Universidad de Surrey, ¿es correcto?

—Ya lo sabe.

—¿Cuánto tiempo lleva en el puesto?

—Seis años.

—Imagino que habrá tratado con muchos estudiantes en todo este tiempo.

—Unos cuantos. Como todo el mundo en la universidad.

—¿Le suena algún nombre en particular?

—Imagino que quiere que le diga los nombres de las víctimas, ¿no? —Martin pasó el dedo a lo largo del escritorio—. Mire, no sé de qué va esto, pero de verdad, no creo que debiera estar aquí. No he estado en una comisaría en mi vida, y por una buena razón. Nunca he hecho nada malo. ¿Para qué me han traído exactamente? Sus compañeros no han sido muy comunicativos con la información.

Giles abrió su cuaderno. —¿Asistió a la vigilia que tuvo lugar la otra noche, Martin?

Mientras hacía la pregunta, el dolor en el tobillo se agudizó.

—Había mucha gente. Y creo que también había personas que no eran estudiantes. Pensé que era un bonito homenaje a las víctimas... hasta que todo se torció, claro. Pero sigo sin entender qué tiene que ver eso con nada.

—¿Le importaría decirme dónde estuvo esa noche?

A Martin se le dilataron las fosas nasales. —Se lo acabo de decir. Estaba en el campus.

—¿Cuándo?

—Todo el día. Me quedé después del trabajo.

—¿A qué hora se fue?

Martin se lo pensó un momento. —Debió de ser sobre las nueve.

Una hora después de que explotaran los fuegos artificiales.

—¿Recuerda dónde estaba usted?

—¿Perdón? —Martin se inclinó hacia delante como si no hubiera oído bien la pregunta.

—De pie. ¿Dónde estaba en relación con los fuegos artificiales?

—Estaba en el césped, donde estaba todo el mundo...

El tono de Martin se estaba volviendo más brusco, más cortante.

Giles sacó un mapa del campus y lo deslizó sobre el escritorio. —Muéstremelo.

—¿Qué es esto? En serio.

—Por favor —dijo Giles, con voz serena y tranquila—. Esto ayudará a nuestra investigación.

Martin dejó escapar un profundo suspiro mientras dirigía su atención al mapa. —Esto no me parece muy «rutinario», la verdad.

Giles no dijo nada mientras esperaba. Un instante después, Martin señaló un punto en el mapa. Estaba al este del césped, a poca distancia de Millennium House, la residencia de estudiantes. A un tiro de piedra de donde Eve había estado destinada.

—Cuénteme qué pasó después de que explotaran los fuegos artificiales —continuó Giles, sin que su expresión revelara nada.

—Entré en pánico, como todo el mundo. Me vi envuelto en todo aquello, así que me retiré a una distancia segura.

—¿Dónde?

—Junto a Millennium House, por la carretera principal.

—¿Y luego qué hizo? Estuvo en el campus una hora más. ¿Por qué?

—Porque estaba intentando calmar a un par de estudiantes. Una de ellas se había herido de bastante gravedad, le explotó un petardo junto a los tobillos, así que me quedé con ella hasta que recibió atención médica adecuada. Como es comprensible, estaba hecha pedazos.

—¿Cómo volvió a casa?

Otro destello de confusión cruzó su rostro. —En coche. Como hago siempre.

Giles metió la mano en su carpeta y sacó una foto de Eve. —¿Le resulta familiar esta persona?

Martin arrastró la hoja por el escritorio, la levantó y la inspeccionó por un momento. Giles se dio cuenta de que los ojos del hombre recorrían cada contorno del joven y hermoso rostro de Eve, deteniéndose en el hoyuelo de su mejilla.

—Me suena vagamente, aunque no sabría decir de qué. — Martin dejó caer la hoja sobre la mesa.

—Se llama Eve Hope. ¿Le dice algo ese nombre?

—¿Es estudiante?

—No. Es agente de policía. Fue asesinada la noche de la vigilia.

—¿Y cree que yo tuve algo que ver?

—Solo estamos haciendo preguntas, buscando testigos. Según lo que ha dicho sobre su paradero la noche de la vigilia, estaba a un tiro de piedra de ella.

—Eso no significa que tuviera nada que ver con lo que le pasó. No la vi allí. Ni siquiera sabía que estaba allí. Vi a *algunos* policías, pero iban todos de uniforme. Ninguno de ustedes...

Giles retiró la hoja hacia sí, mirando a Eve un instante de más antes de continuar. —¿Vio algo sospechoso? ¿Quizá alguien tratando bruscamente a una mujer y metiéndola en la parte de atrás de un coche, o sacándola del campus a toda prisa? Estamos tratando de reconstruir lo que le pasó.

—Vale, bien —dijo Martin con un fuerte suspiro de alivio—. Por un momento, he pensado que estaba usted asumiendo que lo había hecho yo. Porque eso sería ridículo. No tienen ninguna prueba contra mí, nada que demuestre que le he hecho algo a ninguna de estas chicas. —Volvió a tirar de la hoja hacia él, como si estuvieran jugando al tira y afloja con una de las últimas fotos de Eve —. Ahora, en cuanto a que alguien fuera metido a la fuerza en un coche..., pues mire... No. Aquello era un manicomio. Había hombres y mujeres, chicos y chicas, todos agarrándose unos a otros, corriendo lo más rápido que podían. Que un par de personas se movieran juntas no habría parecido fuera de lugar, para ser sincero.

Eso era lo que Giles se había temido.

—Preguntaré por ahí, a ver si alguien de mi equipo vio algo, pero lo dudo —continuó Martin—. Pero las caras se confundían unas con otras y se me creó una especie de visión de túnel. En ese momento, solo te centras en ti mismo y en nadie más.

Era cierto. A él le había pasado lo mismo. Tumbado allí en el suelo, docenas de rostros habían pasado a su lado y, sin embargo, no recordaba ninguno. Eran un borrón.

—Antes de terminar, ¿estaría dispuesto a darnos unas muestras de sus huellas dactilares para que podamos descartarlo?

Martin asintió. —Por supuesto. Lo que necesiten. No tengo

nada que ocultar. —Levantó la mano, en un gesto de buena voluntad.

Al final, Giles le agradeció al hombre su tiempo, le dijo que se pondrían en contacto si fuera necesario y luego lo envió con el oficial de pruebas antes de emprender el largo y doloroso camino de vuelta al despacho.

CAPÍTULO
OCHENTA Y UNO

Los nudillos de Stephanie golpearon la puerta principal por tercera vez, de forma seca e insistente. El sonido resonó en la tranquila calle residencial, pero siguió sin haber respuesta. Una ligera brisa agitó los setos que bordeaban la entrada. El coche de Jason estaba aparcado en su sitio de siempre, sobre la gravilla.

Pero no se apreciaba ningún movimiento tras el panel de cristal esmerilado. No había nadie en casa.

Steph se agachó, pegó la cara al borde de la ranura del buzón y la abrió con la punta de los dedos. La luz del día inundó el recibidor, pero seguía sin haber señales de vida, sin el revelador repiqueteo de unos pies que se acercaran hacia ella.

Se enderezó despacio, con el pulso acelerado y la garganta contraída, cortándole la respiración. Algo andaba mal.

Kim seguía sin contestar al móvil. Jason tampoco.

Ambos habían desaparecido de la faz de la tierra.

Retrocediendo, alzó la vista hacia las ventanas de los dormitorios del primer piso. Las cortinas estaban echadas. Luego examinó el lateral de la casa. A la izquierda había una verja. Corrió hacia ella y tiró.

Cerrada con llave.

Dio un paso atrás y echó un vistazo rápido a ambos lados de la calle antes de mirar el alto muro de ladrillo que separaba su casa de la de los vecinos. Por fin había llegado el momento de poner en práctica sus lecciones de escalada. Trepó torpemente por la pared de ladrillo y luego caminó de puntillas hasta la valla de madera. Gruñó mientras se descolgaba por el otro lado y aterrizó con un golpe seco que le hizo resentirse en las rodillas.

El jardín trasero estaba cuidado. Se había dedicado mucho tiempo y esmero —el tiempo y el esmero de Kimberley— a mantenerlo. Pero algo no encajaba. El vaso de agua sobre la mesa del jardín. La colada, que todavía estaba tendida en el tendedero.

Por encima de su cabeza, un mirlo salió disparado de detrás de la casa antes de desaparecer tras otra.

Stephanie se acercó a las puertas correderas del patio y ahuecó las manos sobre el cristal. El comedor y el salón estaban impecables. Ni platos en la mesa. Ni tazas olvidadas. Seguía sin haber rastro de su hermana.

Probó el tirador. También estaba cerrado con llave.

Frunciendo el ceño, se arrodilló junto a la puerta y sacó una horquilla plana del bolsillo; ya lo había hecho antes, en una entrada forzosa en sus comienzos. Manipuló un poco la cerradura, pero no cedió. Así que se levantó y se dirigió a la ventana lateral.

Estaba entreabierta.

Deslizó los dedos por debajo del pestillo, lo subió y empujó con cuidado. Las bisagras estaban duras, pero cedieron. Metió primero la mano, luego un brazo, después ladeó el hombro para entrar, apretando los dientes mientras se colaba dentro.

—¿Kimberley? —llamó. Nada.

—¿Jason?

Seguía sin haber respuesta.

Stephanie fue de una habitación a otra: la cocina, el pasillo, el salón. Nada.

Subió las escaleras de dos en dos, con el corazón desbocado. El dormitorio estaba intacto. Ni rastro de la bolsa de viaje de Kimberley ni del oso Bart sobre la cama. Ningún móvil cargando en la mesita de noche. El baño olía ligeramente a lejía, como siempre. No faltaba ningún cepillo de dientes. Ni toallas húmedas.

Era como si simplemente... se hubiera desvanecido.

Sacó el móvil del bolsillo y volvió a llamar rápidamente a su hermana. Buzón de voz. *Otra vez.*

Inhalando bruscamente, buscó el nombre de Fiona en sus contactos.

—¿Steph? —contestó Fiona, con la voz ahogada como si estuviera a medio bocado.

—Necesito que compruebes una cosa —dijo Stephanie—. Kimberley, mi hermana, y su marido, Jason. Apellido: Taylor. Necesito los datos de contacto de sus empresas, de sus familiares más cercanos, lo que sea. Estoy en su casa, pero ellos no están.

—¿Crees que ha pasado algo?

—No lo sé. Pero me da mala espina.

—Me pongo a ello ahora mismo.

Stephanie terminó la llamada y echó un último vistazo al pasillo, donde vio una foto familiar que le dio escalofríos. Stephanie, Kimberley, su madre y su padre posaban en el jardín: Kimberley en brazos de su madre y Stephanie de pie delante de su padre, que la rodeaba con los brazos por los hombros. Todos sonreían felices a la cámara.

Excepto que no había nada de feliz en esa familia.

Ni tampoco había nada feliz en la situación familiar actual de Kimberley.

No si sus peores temores se hacían realidad.

Stephanie ignoró la foto al salir de la casa, con los dedos temblorosos, y se dirigió directamente al coche.

Regresó a la comisaría veinte minutos después y se dirigió directamente al escritorio de Fiona. La agente se apartó el auricular de la oreja cuando llegó.

—¿Tienes algo? —preguntó Stephanie.

Fiona señaló un pósit en su escritorio—. Ahí tienes los datos de contacto de las empresas de Jason y Kim. No he llamado porque he pensado que preferirías hacerlo tú.

Stephanie se lo agradeció rápidamente y luego se apresuró a su despacho con la lista en la mano. Cerró la puerta de un portazo y echó el pestillo. Necesitaba silencio absoluto. Silencio para calmar los pensamientos en su cabeza. Silencio para apaciguar sus temblores.

Se apresuró a su escritorio, se metió debajo y apoyó la espalda contra uno de los bordes de madera. Inmediatamente empezó a sentirse segura. Su respiración se calmó y su pulso se ralentizó.

El trayecto en coche desde casa de Kimberley hasta la comisaría le había dado la oportunidad de pensar, de procesar. Y fue entonces cuando se dio cuenta de algo. Por primera vez, se planteó si su cuñado era la persona que habían estado buscando.

Por lo que recordaba, él había estado fuera, de viaje por trabajo, las noches de las muertes de cada una de las víctimas. Y eso nunca le había parecido más evidente que la noche en que Eve desapareció, la noche en que Kimberley y Jason discutieron. Quizás Jason había ido a la vigilia, había secuestrado a Eve y luego se la había llevado al bosque.

En ese momento, una imagen de la muñeca encontrada en la escena del crimen de Eve apareció en su mente, y un sudor frío le recorrió el cuerpo.

Estoy embarazada. Las palabras de su hermana resonaron en su cabeza. *No queríamos decir nada hasta que el médico nos diera el visto bueno...*

¿Y si Jason se había llevado a su propia mujer para matarla? ¿Y a su bebé?

No se atrevió a pensar en ello más tiempo. Centró su atención en el pósit y empezó a marcar el número de la empresa de Jason. Era una centralita, y pasó los siguientes diez minutos sorteando varios obstáculos, tratando con un puñado de robots y humanos, hasta que finalmente consiguió hablar con la persona adecuada.

—Habla Lamar.

—Buenas tardes —dijo ella—. Soy la inspectora jefe Stephanie Broadbent. Me preguntaba si podría ayudarme. Intento ponerme en contacto con uno de sus empleados, Jason Taylor. ¿Podría...?

—¿Jason?

—Sí. Necesito saber dónde está. Es urgente.

—¿De qué se trata?

—Es un asunto policial, señor. Y le agradecería su total cooperación.

—Yo..., no me siento cómodo compartiendo esta información por teléfono.

Sintió que estaba a punto de colgar, así que le gritó que esperara —. Por favor —dijo, más tranquila esta vez—. No se lo pediría si no fuera absolutamente necesario. Jason es mi cuñado y solo necesito saber dónde está o cuándo fue la última vez que tuvieron noticias suyas. Si le sirve de ayuda, puedo decirle que está casado con Kimberley y que llevan juntos los últimos diez años. Están esperando su primer hijo.

—¿Ah, sí? —Había auténtica sorpresa en la voz de Lamar.

—Sí. Y de eso se trata. Su mujer, Kimberley, mi hermana, está en el hospital, pero no logramos localizarlo. ¿Puede ayudarnos, por favor?

Hubo una pausa. Casi podía oír la indecisión en el cerebro del hombre.

—Está en Edimburgo —respondió Lamar—. Por negocios.

—¿Está seguro?

—Sí —dijo—. He hablado con él esta mañana. Tuvimos una videollamada a las nueve.

A Stephanie se le cayó el alma a los pies y sintió cómo todo el peso de su cuerpo se hundía más en el suelo.

—Se quejaba de que tenía muy mala cobertura y problemas con el móvil —continuó Lamar—. Quizá por eso no ha podido contactar con él.

Pero Stephanie no estaba escuchando.

—Puedo ponerme en contacto con él y pedirle que la llame, si le parece bien.

No hubo respuesta. Pensó en su hermana y en la foto del pasillo. En la familia feliz que nunca habían sido.

—¿Señorita? ¿Sigue ahí?

Poco a poco, volvió en sí—. Sí... Lo siento. Por favor... por favor, dígale que se ponga en contacto conmigo tan pronto como pueda. Necesito hablar con él.

Stephanie no se había movido desde que terminó la llamada. Estaba atrapada, treinta años en el pasado. Encerrada en el armario. Su padre sujetaba la puerta para que no pudiera moverse mientras cogía a Kimberley y empezaba a pegarle. Su risa resonaba con fuerza en su cabeza, haciendo eco, martilleando contra su cráneo. Stephanie gritaba y pataleaba, golpeaba la puerta con los brazos y usaba todo su peso para abrirla, pero era inútil. Él era demasiado fuerte para ella.

Y entonces su móvil vibró. Número desconocido.

Cogió el aparato del suelo y respondió a la llamada.

—¿Steph? Steph, ¿eres tú?

—Jason... —dijo débilmente.

—¿Qué pasa? Me acaba de llamar mi jefe diciendo que Kim está en el hospital. ¿Está bien? ¿Está todo bien con el bebé? ¿Necesito bajar?

—Estás de verdad en Edimburgo, ¿no? —dijo, frotándose la frente, masajeando el dolor punzante.

—¿Qué? Sí. Tuve que coger un vuelo de última hora la otra noche. Kim dijo que se quedaba en tu casa. ¿Qué pasa, Steph? Me estás preocupando.

Su respiración se volvió superficial, presa del pánico. Su cuerpo temblaba de miedo. No sabía qué decir, ni cómo decirlo.

Al final, soltó: —No sé dónde está. He intentado llamarla y he ido a vuestra casa, pero no sé dónde está. Creo que ha desaparecido.

—¿De qué estás hablando?

Stephanie le explicó la situación lo mejor que pudo.

—¿Por qué no me has dicho esto antes?

—Lo intenté... —A Stephanie se le llenaron los ojos de lágrimas; estaba a punto de derrumbarse—. No contestabas.

—Por el amor de Dios. Vuelvo para allá. Cogeré el primer avión que salga. Estaré en casa tan pronto como pueda. Por favor, por favor, por favor, mantenme al corriente.

Stephanie asintió—. Lo haré.

Jason maldijo mientras colgaba el teléfono. El silencio se hizo en la habitación, pero no dentro de su cabeza, donde mil pensamientos diferentes volaban en mil direcciones distintas, chocando entre sí, explotando, disparando sus niveles de estrés. De repente, los confines de su escritorio ya no funcionaban, y las paredes que la rodeaban empezaron a cerrarse, envolviéndola gradualmente en la oscuridad. Su respiración se volvió más superficial y empezó a hiperventilar. Se giró sobre un costado y se llevó las rodillas al pecho.

¡Zorra rencorosa! ¡No vuelvas a hablarme así! Cumplirás mis reglas mientras vivas en mi casa.

Mientras yacía allí, con las lágrimas corriendo por el lado de su cara, su móvil empezó a sonar de nuevo.

Con los ojos empañados, miró la pantalla.

Residencia Firstlings.

Respondió a la llamada—. ¿Diga?

—Hola, ¿Stephanie? Soy Wayne, de Firstlings. La llamo solo para comunicarle que su hermana está aquí. Ha dicho que está teniendo algunos problemas con su móvil y que tal vez usted ha estado intentando localizarla. No quería que se preocupara.

Stephanie se incorporó de un salto y salió a trompicones de debajo del escritorio—. ¿Está con usted?

—Sí. Lleva aquí un buen rato, de hecho. Es…, es por su padre, verá…

CAPÍTULO
OCHENTA Y DOS

—Estaba perfectamente por la tarde —empezó a decir Wayne mientras la guiaba por el pasillo hacia la habitación de su padre—. Parecía el de siempre. Estaba contando chistes, dedicándonos alguna de sus sonrisas descaradas y, de repente..., bum. Se desplomó en el suelo. Si no llega a ser porque Meredith lo vio, no quiero ni pensar qué podría haber pasado.

Doblaron la esquina y siguieron por otro pasillo. Stephanie ya sentía que el pavor le invadía el cuerpo, como si una presencia maligna, una burbuja malévola, rodeara la habitación de su padre.

—Avisamos a la enfermera de la residencia y ella sugirió que llamáramos a su hermana —continuó Wayne—. Es la única que tenemos registrada como contacto de emergencia, ¿sabe?

—Es lo mejor.

Wayne no hizo ningún gesto ni le dedicó una mirada de extrañeza. Stephanie imaginó que no era la primera vez que lo oía. No todas las familias eran un camino de rosas.

—¿Y dice usted que mi hermana ha estado aquí todo este tiempo?

Asintió. —Llegó en menos de una hora y no se ha separado del lado de su padre desde entonces.

Aquello explicaba por qué se había marchado de casa, pero no por qué Kimberley no le había enviado un mensaje ni respondido. Quizá su móvil se había quedado sin batería; si no se había llevado un cargador para pasar la noche en casa de Stephanie, la residencia habría sido el último sitio donde encontraría uno.

—¿Dónde está ahora? No he visto su coche en el aparcamiento.

—Creo que ha salido a por algunas cosas. Le hemos ofrecido comida mientras ha estado aquí, pero, entre usted y yo, no la culpo por querer salir.

Antes de que Stephanie pudiera responder, llegaron a la habitación de su padre. Todo estaba exactamente igual que en su última visita. No se había movido nada, y parecía que la habitación había sido preparada para una puesta en escena. Las fotos reposaban ordenadamente sobre la cómoda. La funda del edredón seguía siendo la misma. Los zapatos estaban en la misma posición en el suelo. Al igual que su padre, sentado erguido en su sillón.

Sinceramente, Stephanie no veía ningún cambio en él. Tenía el mismo aspecto de siempre. Bien. Demasiado bien para un hombre lleno de maldad. Una parte de ella había esperado que la noticia fuera diferente; que Wayne le dijera que su padre había fallecido. Que por fin se había ido, que las había dejado para siempre. Por desgracia, no iba a ser así.

Se agarró el collar al cruzar el umbral de la habitación.

Él la miró y su rostro se iluminó con una sonrisa. —¿Stephy? ¡Cariño! ¿Has venido a ver a tu viejo padre?

Parecía más lúcido que antes.

Stephanie no dijo nada mientras se sentaba en el borde de la cama, incapaz de mirarlo a los ojos. Él extendió una mano. Ella no se movió. Su cuerpo se tensó, rezando para que no la tocara. Afortunadamente, estaba demasiado lejos y su mano no llegó a alcanzarle la rodilla.

—Bueno... —empezó Wayne—, los dejaré solos. Veré si puedo localizar a su hermana para decirle que está usted aquí.

«Por favor, no se vaya», pensó ella. «Por favor, no me deje aquí con él».

Antes, había contado con el manto protector de Kimberley. Kimberley era la que hablaba, mantenía la paz, sostenía la farsa.

La habitación se sumió en un silencio incómodo. Por el rabillo del ojo, vio a su padre mirándola, con el brazo todavía extendido, deseando que estableciera contacto. Se estremeció al pensar en su contacto y se movió, incómoda, en la cama. Al apartarse de él, su mirada se posó en algo en la cabecera de la cama. Se quedó helada. Lo miró fijamente.

Bart. Su adorado oso de peluche.

Se quedó boquiabierta al mirarlo. Kimberley debía de haberlo cogido de su dormitorio y habérselo dado. Imaginó que sus intenciones habían sido puras y bondadosas, pero dudaba que su hermana hubiera considerado el impacto psicológico que aquello tendría.

Aunque, pensándolo bien, ¿cómo podría haberlo hecho? ¿Sabiendo tan poco?

Colin se dio cuenta de que su atención se había desviado y alargó la mano hacia el osito de peluche. Cogió el muñeco de la almohada, se lo puso en el regazo y empezó a hacerlo botar arriba y abajo como si fuera un niño.

—Bart... —dijo él, y unos vestigios de un recuerdo le iluminaron la cara.

—Yo... tengo que irme —dijo ella, y empezó a salir de la habitación. No se detuvo al oírlo llamarla para que volviera. La frustración crecía en su interior. Quería acercarse y arrancarle el oso de las manos. Quería asfixiarlo con él. Pero no se atrevía a estar cerca de aquel hombre más tiempo del estrictamente necesario.

Al doblar la esquina, apareció Wayne, empujando un carrito lleno de material de limpieza. Se detuvieron en seco.

—Perdone —dijo ella—. Necesito encontrar a mi hermana...

Justo cuando Wayne iba a responder, un zumbido estridente recorrió el pasillo. Una alarma. Provenía de la habitación de su padre.

—Es el timbre de emergencia —dijo Wayne. Dejó el carrito y corrió hacia la habitación—. Su padre...

En contra de su buen juicio, ella lo siguió. Quizá fue su deseo innato de ayudar a la gente. O quizá fue la curiosidad morbosa lo que la hizo seguirlo. La posibilidad de que realmente estuviera muerto. O, al menos, moribundo.

Cuando llegó a la habitación, lo encontró en el suelo, desplomado, con el dedo pulsando el botón de emergencia del lateral de la cama.

CAPÍTULO
OCHENTA Y TRES

Una caída. Se había caído.

De la silla a la moqueta. Eso era todo. Una distancia de apenas un metro. Pero por la forma en que el enfermero y el personal lo trataban, era como si se hubiera caído de un edificio de treinta pisos.

Para colmo, ante la prolongada ausencia de Kimberley, le habían pedido que se quedara.

Más bien, la habían obligado. El personal la había hecho sentir culpable para convencerla de que era lo correcto. Que en ese momento él necesitaba a alguien porque, en la opinión profesional de Wayne, no parecía que le quedara mucho tiempo. Que quizá el final estaba cerca.

A regañadientes, sintiendo que no tenía otra opción, había accedido y se había pasado la última hora sentada en el borde de la cama, consultando el móvil, respondiendo a correos electrónicos, poniéndose al día con el resto del equipo y avisando a Jason de que ella y su hermana estaban en la residencia. Hizo todo lo posible por evitar hablar con su padre o siquiera mirarlo. Había notificado a Fiona y al equipo su paradero, se había disculpado por las molestias en una fase tan crucial de la investigación y después había pedido que la pusieran al día.

La entrevista de Giles a Martin Bell había sido de poca ayuda. Sin embargo, había esperanza. Uno de los agentes de la policía de

Kent había hablado con un testigo de la noche de la vigilia que había informado de que creía haber visto a Eve y a un hombre subiendo a la parte trasera de un coche. Sus descripciones tanto del hombre como del coche habían sido vagas, pero les habían dado lo suficiente para empezar a trabajar. Como resultado, el equipo estaba ahora rastreando las pocas cámaras de seguridad que había en el campus y los alrededores en busca de un vehículo que coincidiera vagamente con la descripción del testigo. Todo el mundo estaba manos a la obra, y por el ajetreo que se oía de fondo mientras hablaba por teléfono con Fiona, Stephanie no podía imaginarse un lugar en el que menos quisiera estar.

Para colmo, Kim seguía sin coger el teléfono.

Toda la situación la preocupaba. Pero no tenía ni idea de adónde ir ni qué hacer.

Al final, decidió hacer algo que llevaba mucho tiempo queriendo hacer. Desde hacía treinta años.

—No sabrás dónde ha ido Kimberley, ¿verdad, Colin?

Él gruñó, negando con la cabeza.

Stephanie se levantó de la cama y empezó a pasearse por la habitación. Estaba frustrada y furiosa. Mientras había estado allí sentada, había estado pensando en todas las cosas que él había hecho en su vida. En cómo le había arruinado la infancia. La había destrozado mental y físicamente. Llevaba treinta años queriendo decirle algo, vengarse. Pero nunca había sido capaz.

Había llegado su momento.

Empezó a abrir su cómoda, de la misma manera que él había hecho cuando ella era una niña.

—¿Sabes? Kimberley y yo hemos salido adelante. —Sus ojos se posaron en un par de sus calzoncillos—. No gracias a ti. Yo la cuidé, la traté como si fuera mi niña. Di un paso al frente, me aseguré de que tuviera todo lo que necesitaba. Y tú no apareciste por ninguna parte. Yo no te eché de menos. Pero ella sí. Y vivo cada día con el peso de la decisión de no haberle contado la verdad.

Abrió otro cajón. Se quedó helada.

—Lo sé —fue la respuesta.

Con las manos aferradas al borde del cajón, se giró bruscamente y lo miró. Sintió un escalofrío por todo el cuerpo; se había quedado paralizada de miedo.

—Sé por qué no vienes —empezó Colin, con voz lúcida, casi demoníaca. Como si hubiera viajado atrás en el tiempo—. No soy tonto, Stephy. Nunca he sido tonto.

Abrió la boca, pero no le salió nada.

Tenía la mente demasiado ocupada pensando en lo que había visto en el cajón.

Hilo.

Relleno.

Botones.

Otra muñeca.

Antes de que pudiera pensar en hacer algo, Wayne apareció en la puerta. En la mano sostenía un rodillo de amasar.

Stephanie se quedó clavada en el sitio; su mente estableció la conexión al instante.

Lo miró a los ojos. Había desaparecido el cuidador tranquilo y obediente. Tenía el rostro desfigurado por el pánico y la rabia, y su boca se torció en una mueca burlona y lasciva.

Levantó el rodillo, listo para descargarlo sobre ella. Pero fue más rápida. El instinto se apoderó de ella. Se agachó y esquivó el golpe. El rodillo de amasar pasó silbando y se estrelló contra la cómoda, haciendo saltar astillas de madera por los aires.

Stephanie agarró el rodillo y forcejeó con él. Para ser un hombre menudo, solo unos centímetros más alto y ancho que ella, era sorprendentemente fuerte. Justo cuando estaba a punto de quitárselo, él le dio una patada en la espinilla y la empujó hacia atrás. Ella trastabilló y cayó a la moqueta, golpeándose la nuca contra el armario.

Cuando Wayne bajó el rodillo por segunda vez, ella le dio una patada en la entrepierna, le agarró la mano y lo lanzó por encima de su hombro al suelo. Al estilo jiu-jitsu.

El hombre aulló cuando ella le dobló la muñeca hacia atrás. Intentó coger el rodillo del suelo, pero él fue más rápido. Lo agarró antes que ella y se lo clavó en el hombro. El dolor del accidente de moto de hacía unos días se reavivó, y ella le soltó la muñeca y cayó hacia atrás.

Mientras recuperaba el equilibrio, Wayne salió disparado hacia la puerta. Stephanie se lanzó tras él, corriendo por el pasillo mientras sacaba el teléfono del bolsillo. Usando a Siri, llamó a la oficina.

Devon respondió.

—¡Enviad ayuda! —dijo entre jadeos—. ¡Residencia Firstlings. ¡Rápido!

Wayne se abrió paso por el pasillo, esquivando un carro de limpieza, y luego se abrió paso a empujones por una salida de emergencia. La alarma se disparó, resonando por el pasillo. El aire frío de la tarde golpeó a Stephanie en la cara mientras lo seguía fuera del edificio por la parte de atrás, con sus zapatos martilleando el sendero de grava.

Wayne era rápido. Eso había que reconocérselo. Pero ella era más rápida.

Un instante después, él llegó al aparcamiento, zigzagueando entre los vehículos. Stephanie recortó la distancia, con la respiración entrecortada pero concentrada. Él miró hacia atrás, solo una vez, y eso fue todo lo que ella necesitó. Se abalanzó hacia delante.

Su hombro impactó en su costado.

Wayne gruñó, giró sobre sí mismo y ambos cayeron con fuerza sobre la grava. Él lanzó golpes alocados y le alcanzó la mejilla con el dorso de la mano. Ella ignoró el dolor punzante en el pómulo y lo rodeó con los brazos, inmovilizándole el brazo y el cuello con uno de los suyos y asegurando la presa con el otro.

—¡No te muevas! —gruñó.

El hombre volvió a aullar de dolor, pero ella no aflojó la presa. Mantuvo los brazos firmemente en su sitio. Por mucho que él se retorciera y pataleara por encima de ella, estaba inmovilizado, atrapado.

El único problema era mantenerlo así. No tenía ni idea de a qué distancia estaban los refuerzos. Ni idea de cuánto tardarían en rescatarla.

A los pocos instantes, otros miembros del personal empezaron a salir del edificio, hablando entre ellos, preguntándose qué estaba pasando.

—¡No os acerquéis! —les gritó Steph—. ¡Que alguien llame a la policía!

Afortunadamente, al decirlo, el sonido de sirenas en la distancia rasgó el aire.

Un minuto después, llegaron los refuerzos. Sus músculos gritaban bajo el peso de Wayne, pero no les hizo caso. Estaba aliviada.

Más aún cuando vio a Devon salir de su coche y correr hacia ella.

No perdió tiempo en soltar la presa de Stephanie del cuello del hombre, lo puso boca abajo en el suelo y lo inmovilizó con la rodilla clavada en la espalda. Los agentes uniformados que llegaron momentos después de Devon se abalanzaron y le esposaron las manos a la espalda.

Mientras lo levantaban del suelo, Devon se acercó y preguntó:

—¿Estás bien? ¿Estás herida?

Ella no respondió.

—¿Steph? ¿Estás aquí? ¿Está todo bien? ¿Y tu padre?

Sus ojos se desviaron hacia Devon antes de girar sobre sus talones y correr de vuelta a la residencia. Se abrió paso entre la multitud, esquivó los obstáculos del pasillo y corrió hacia la habitación de su padre.

Cuando llegó, encontró la habitación vacía. Se había ido. En el sillón, en su lugar, todo lo que quedaba era otra muñeca de vudú, devolviéndole la mirada.

CAPÍTULO
OCHENTA Y CUATRO

Su vista se había vuelto borrosa y desenfocada. Tenía la mente embotada. Apenas era consciente del revuelo de cuerpos que se movían a toda prisa a su alrededor y de las voces de sus preocupados compañeros que intentaban comunicarse con ella.

No fue hasta que Fiona le plantó un vaso de agua en la cara que se le aclaró la vista y volvió en sí.

—Bebe.

No era una pregunta, sino una orden.

Stephanie le cogió el vaso a su compañera y se lo llevó a los labios con aire ausente, como si hubiera olvidado cómo beber, cómo siquiera funcionar. Fiona la ayudó inclinando el vaso para que el agua le bajara por la garganta.

—¿Estás bien? —le preguntó—. ¿Necesitas algo?

Stephanie examinó lo que la rodeaba. Estaba en su despacho, con otras cuatro personas; demasiada gente para un espacio tan pequeño. Desde fuera, se filtraba el sonido de las charlas, las conversaciones y los teléfonos. A su lado estaban McGowan, Fiona, Devon y Olivia. Los miró a todos por turnos.

—¿Dónde está mi hermana? —preguntó.

—Estamos en ello —respondió McGowan—. Estamos interrogando a Wayne ahora mismo. Esperamos que pueda decirnos dónde está.

—Es inútil —replicó ella, bajando el vaso hasta su regazo.

—¿Por qué?

No respondió. En su interior, sabía que el secreto del paradero de su hermana lo tenía su padre, el hombre que se había empeñado en arruinarle la vida desde el principio. Que él lo había controlado todo desde el principio, el titiritero, y Wayne no era más que su marioneta.

—¿Ha dicho algo? —preguntó, sin mirar a nadie en particular.

Un instante de vacilación. —De momento, ha sido bastante predecible. «Sin comentarios» a todo, como era de esperar.

Esbozó una sonrisa de suficiencia sin poder evitarlo. —Claro. Lleva tanto tiempo controlando y manipulando a ese hombre... Por supuesto que no va a contaros lo que queréis saber.

Eso solo puede salir del hombre en persona.

—Steph, ¿qué intentas decir? —La pregunta fue de Fiona.

Quería responder a su compañera, a su amiga, pero no podía. No se atrevía a compartir la verdad con ellos.

Todavía no.

—Necesito un poco de espacio —dijo, mientras un dolor le nacía de repente en el cráneo. Se inclinó hacia delante, haciendo una mueca—. Solo necesito tiempo para pensar.

—¿Estás segura?

—*Por favor*, dejadme sola. —Se aseguró de que en su tono hubiera la desesperación suficiente para que obedecieran.

En cuestión de segundos, el equipo salió del despacho y la habitación se quedó en silencio.

Sentada en la silla de su escritorio, sus ojos se posaron sobre su bolso. De él asomaba la muñeca que había encontrado en la silla de su padre. Algo la había impulsado a cogerla, a llevársela, a sacarla de allí a escondidas. También en el bolso estaba Bart, su osito de peluche. Por razones obvias, había querido rescatarlo antes de que los investigadores de la escena del crimen empezaran a poner patas arriba la habitación de su padre.

Mientras iba a coger el osito de peluche, el móvil le vibró en el bolsillo. La sensación le provocó escalofríos por toda la espalda, llenándole el cuerpo de pavor.

Sacó el aparato y echó un vistazo a la pantalla.

Número desconocido. Pero sabía perfectamente quién la estaba llamando.

Respondió a la llamada y se llevó el teléfono a la oreja con cuidado, conteniendo la respiración.

—Hola, Stephy —dijo aquella voz que encendió en ella un fuego de miedo y furia—. Supongo que te estarás preguntando qué demonios está pasando. Pero, claro, tú siempre has sido una chica lista, demasiado lista para tu propio bien, así que sospecho que ya habrás conseguido atar algunos cabos.

¿Qué crees que haces, niña mala? ¡Ven aquí, ven aquí ahora mismo!

—¿Te gustaría ver a Kimberley?

Se aferró a su collar.

—Le gustaría que vinieras a saludar. Creo que hay una conversación familiar que tenemos que tener los tres.

—¿Dónde?

—Tú ya sabes dónde, Stephy. Siempre has sabido cómo acabaría esto; en el lugar donde todo empezó.

CAPÍTULO
OCHENTA Y CINCO

Llevaba más de treinta años sin ir a la casa de su infancia, desde que su madre murió y a ella y a Kimberley las enviaron a un centro de acogida. Desde aquella noche, la noche en que todo cambió, había jurado no volver jamás. No pensar nunca en ella. No volver a pisarla nunca.

Todo eso estaba a punto de cambiar.

Se había criado en Park Barn, al norte de Guildford, en una pequeña casa adosada de dos dormitorios. Durante años se había preguntado qué pensarían los vecinos de lo que ocurría en su casa. Tenían que haber oído los gritos, los golpes, haber visto los moratones, y, aun así, no habían hecho nada al respecto. Ningún soplo a la policía. Ninguna visita para hablar con su madre. Nada. Complicidad en forma de saludos educados y miradas esquivas.

Dudaba que siguieran allí; los vecinos de ambos lados rondaban los cincuenta cuando ella era pequeña, así que o habrían fallecido o se habrían mudado. Una parte de ella quería preguntarles por qué nunca habían dado la voz de alarma a la primera señal de maltrato.

Si lo hubieran hecho, quizás su madre seguiría viva.

Stephanie redujo la velocidad y detuvo el coche frente a la casa que la había forjado. Y que la había destrozado. No había cambiado mucho. La entrada para el coche estaba agrietada y llena de malas hierbas. La fachada de revoco tirolés estaba desgastada y decrépita, cubierta de manchas marrones por años de suciedad y agua de lluvia acumuladas. Los marcos de madera de las ventanas estaban desconchados y podridos. La casa se había venido abajo con los años, un declive que se había acentuado desde que su padre ingresó en la residencia. Pero lo que más la sobrecogió fue el silencio. Un silencio denso, expectante. El tipo de silencio que recordaba de su infancia, cuando unos pasos en el pasillo significaban peligro y lo más seguro era respirar sin hacer ruido y volverse invisible.

Una ráfaga de viento le azotó las piernas al salir del coche y cerrar la puerta tras de sí. A pesar de la urgencia de la situación, no tenía prisa. Sabía que, por el momento, mientras ella estuviera fuera de la casa, su hermana seguía con vida. Su padre no le haría ningún daño a Kimberley. No sin que ella estuviera presente.

El aire olía a lluvia, un olor agrio y penetrante. Se ciñó el abrigo al acercarse a la casa. Cada paso le traía el pasado de golpe: el sonido de un cinturón al ser arrancado de unas trabillas; el calor de un mechero encendido demasiado cerca de su piel; los gritos de su madre mientras él la forzaba.

Stephanie respiró hondo al llegar a la puerta principal. Para su sorpresa, estaba abierta, entornada solo para ella.

La empujó con suavidad y de inmediato la asaltó el olor a humedad, acompañado de fogonazos de recuerdos de su infancia. Llegar a casa del colegio y encontrar a su madre llorando al pie de la escalera; Kimberley gritando en el piso de arriba; su padre vociferando desde la cocina...

—¡Stephy!

La llamada la pilló por sorpresa y la llenó de pavor. Casi como si pudiera leerle la mente, apareció en la cocina, al final del pasillo, con un brazo rodeando el cuello de Kimberley y un cuchillo de cocina apretado contra su piel. Stephanie mantuvo una mirada de acero. No le daría la satisfacción de ver el miedo en su rostro. Ni ahora. Ni nunca.

El hombre que estaba en el umbral de la puerta era completamente distinto al que había visto en la residencia. El hombre encorvado y corpulento había dado paso a alguien alto, más alto de lo que recordaba. Y la expresión ausente y catatónica, la máscara que había llevado durante tanto tiempo, había sido reemplazada por la de alguien lúcido y calculador, que sabía cuál era su siguiente paso y el que vendría después. Kimberley, en cambio, estaba hecha un desastre. Parecía que no había dormido en todo el tiempo que había estado desaparecida; llevaba el maquillaje corrido por la cara, el pelo revuelto y los ojos rojos de llorar.

—Dame el móvil —empezó Colin, apretando más el cuchillo contra la garganta de Kimberley. Stephanie mantenía un ojo en la hoja y otro en su padre. Esto no tenía que ver con Kimberley. Era entre ellos dos—. Sé que has venido sola —continuó—, pero más vale prevenir.

Colin le hizo un gesto para que le diera el móvil. Ella se lo sacó del bolsillo y se lo lanzó. Él lo cogió al vuelo y apagó el dispositivo. Nada de contacto con el mundo exterior. Solo ellos tres.

—¿No es bonito? —prosiguió Colin—. La familia reunida de nuevo.

—Deja marchar a Kimberley —dijo ella—. No tiene nada que ver con esto.

—No, a menos que me llames «papá».

A Stephanie se le secó la boca involuntariamente.

—Steph, ¿qué está pasando? —preguntó Kimberley, jadeando—. ¿Por qué ocurre esto?

—¿Quieres contárselo tú o lo hago yo? —dijo Colin.

—¿Contarme el qué? ¿Por qué haces esto, papá?

Stephanie contuvo la respiración mientras el cuchillo se hundía más en el cuello de Kimberley. En ese instante, mientras temía por la vida de su hermana, lo vio todo claro.

—Eras tú... —dijo Stephanie, con la voz entrecortada—. Todo el tiempo.

Colin mostró una dentadura amarillenta al asentir con cinismo, con un atisbo de regocijo asomando por cada rincón de su expresión.

—Pero no podías hacerlo solo —continuó—. Tuviste ayuda. Wayne...

—No es el trabajador dulce e inocente que tu hermana cree.

Stephanie no dijo nada. Esperó a que él continuara por voluntad propia, dejando que su ego alimentara la conversación.

—Nos conocimos en la cárcel —empezó Colin—. Él era uno de los trabajadores que ayudaban a los delincuentes con su rehabilitación. Lo conocí una tarde y le vi un lado oscuro. Sentía una fascinación peculiar por la gente que estaba allí y las cosas que habían hecho. Le caí especialmente bien, y él a mí también. Era callado, reservado, tímido. Intuí que había una parte de él que podía ser fácilmente manipulada. A lo largo de los meses y los años, nos vimos mucho más; lo convencí para que me pasara algunas cosas de contrabando; incluso nos intercambiamos los números de teléfono. Y fue entonces cuando supe que podía conseguir que hiciera cualquier cosa que le pidiera. No me preguntes por qué; quizás me respetaba de alguna manera. Quizás le recordaba a un padre que nunca tuvo. Entonces nos pusimos a hablar de lo que habíamos hecho, de por qué yo estaba allí. Y se nos ocurrió un plan.

Colin retiró la hoja del cuello de Kimberley y apuntó a Stephanie. Bajo la luz tenue, la hoja brillaba ominosamente. —La cárcel es un lugar horrible, pero ¿sabes para qué viene bien? Para tener tiempo. Tiempo para pensar las cosas. Tiempo para planear y perfeccionar, tiempo para sembrar las semillas que luego darán sus frutos. Tiempo para vengarme.

—Nunca deberías haber salido de ahí —siseó Stephanie, con voz gélida.

—Para empezar, nunca debería haber *entrado*.

Los ojos de Stephanie se desviaron hacia los de Kimberley, que la miraba desesperadamente.

—¿Cómo lo hiciste? —preguntó ella.

El orgullo cruzó su rostro. —¿Qué parte?

—Todo. La residencia. Los asesinatos. Las muñecas...

Su sonrisa se convirtió en una mueca burlona. —Las muertes fueron fáciles. En el campus puedes ser anónimo; puedes ser cualquiera, pasar desapercibido. Hay tanta gente que nadie se va a fijar en ti, nadie va a pensar nada distinto de ti. Así que, después de un poco de trabajo de campo —explorar las distintas asociaciones, vigilar los movimientos de las chicas—, supimos cuándo era el momento adecuado.

—Wayne lo hizo todo mientras tú te quedabas sentado. Él asumió todos los riesgos.

Colin se encogió de hombros. —Es un adulto. Puede tomar sus propias decisiones.

—Salvo que tú lo manipulaste. Le contaste mentiras. Lo *controlaste*.

—He oído que eso es lo que se me da bien...

Stephanie no tuvo respuesta. Su mente iba a toda velocidad, tratando de seguir el ritmo. Pero a pesar del ruido en su cabeza, sintió una repentina claridad, como si todo tuviera sentido.

—Wayne siguió a Claudia Bellini a casa la noche que la mató, vio que iba borracha perdida y la ayudó a entrar en su piso. Ella no tenía ni idea de lo que estaba pasando. Podría haberle hecho cualquier cosa, y digo cualquier cosa, si no hubiera sido por mis instrucciones. La llevó a su habitación, les envió mensajes a sus amigas y luego la mató. Salió de allí antes de que volviera nadie.

—¿Cómo escapó?

—Es fácil escabullirse del campus si sabes cómo —respondió—. Hay puntos ciegos por todas partes.

—¿Y Paulina Potter?

—Fácil. Estaba sola en la habitación. Esa no requirió mucho esfuerzo. Solo tuvo que escabullirse... volver a fundirse con el entorno.

—¿Maya...?

Su voz se animó, como si se deleitara en el relato de sus muertes. —Ah, esa *sí* que fue difícil. Por lo que me contó, era un monstruo, alguien con quien no te metes en un enfrentamiento cara a cara. Así que desequilibramos el terreno de juego, lo hicimos injusto.

—La golpeó en la nuca y luego la ahogó.

—No habría sucedido si no hubiera improvisado —añadió Colin—. No habíamos contado con que la llevaran al campus. Afortunadamente, Wayne es inteligente y la siguió en su bicicleta.

Claro, una bicicleta. Nunca se le había ocurrido que el asesino huyera del lugar en bicicleta. Había supuesto que a pie o en coche. Una punzada de estupidez y culpa le explotó en el estómago.

—Priya. ¿Cómo la mató? —preguntó.

—Con esa tuvo suerte —respondió Colin, cada vez más emocionado—. Esperábamos prenderle fuego en su habitación, pero nos brindó una oportunidad fantástica en su coche. No estábamos en posición de rechazarla.

Stephanie sintió náuseas por la forma en que describía los asesinatos, la alegría que obtenía de ello, la sensación de logro.

—Ahora, en lo que respecta a Eve —continuó—, sabía que teníamos que tener cuidado. Sabía que teníamos que jugar bien nuestras cartas.

—¿Cómo sabías que estaría en la vigilia?

—No lo sabía. Solo supuse que querrías que hubiera gente allí para evitar que pasara algo, y Wayne sabía qué aspecto tenía después de seguiros por el campus, así que fue una feliz coincidencia.

«No me conoces tan bien como crees», pensó.

—¿Los fuegos artificiales fueron cosa tuya? —preguntó.

Colin negó con la cabeza. —Otra feliz coincidencia. Wayne protegió a Eve, la alejó de los fuegos artificiales y luego la metió en la parte de atrás de su coche. —Los ojos de Colin se posaron en la alfombra—. Con esa le costó. Dijo que pesaba más de lo que esperaba. Tampoco ayudó que estuviera todo oscuro en el bosque.

—¿Cómo se las apañó si se suponía que estaba trabajando...?

—Solo trabaja a tiempo parcial. Aunque eso no quiere decir que no haya tenido problemas con sus jefes. Cuando estaba trabajando, siempre estaba conmigo, creando las muñecas y perfeccionando el plan. Cuando no, estaba en el campus, un estudiante más que se fundía con la realidad. Incluso se unió a una de sus carreras —extraoficialmente, claro—, corriendo detrás de ellas a distancia. —Ladeó la cabeza—. Planear los asesinatos fue fácil. Lo que llevó más tiempo fue sentar las bases, hacer que pareciera que estaba perdiendo la cabeza lentamente, convencer a mi familia de que tenía demencia y necesitaba que me metieran en una residencia. —Besó a Kimberley en la mejilla—. Lo siento, Kimbo. Todo era parte del plan. Al principio no fue fácil. Hubo mucho ensayo y error, y tuve que empezar todo el camino cuando aún estaba dentro. Para cuando salí, solo había una opción: enviarme a la residencia donde Wayne ya me estaría esperando.

La confusión se apoderó de la expresión de Stephanie.

—Todo parte del plan —repitió Colin—. Dejó el trabajo de rehabilitación y se las arregló para que lo contrataran primero en la residencia, y luego esperó a que yo llegara. Pensamos que habría problemas para que me admitieran, dado mi historial delictivo, pero no pareció importarles.

Los ojos de Stephanie se desviaron hacia su hermana. Recordó la cantidad de veces que Kimberley se le había acercado para preguntarle cuál era la mejor residencia para ingresar a su padre. Aparentemente, había comenzado a mostrar signos de demencia y necesitaba un lugar a donde ir. A Stephanie no le había importado ni había querido saber nada, así que le había dejado la decisión a Kimberley, una decisión que ahora ambas lamentaban.

—¿Por qué? —La pregunta vino de Kimberley y los sorprendió a ambos—. ¿Por qué has hecho esto?

Para entonces, las lágrimas en el rostro de su hermana habían cesado, y la expresión de angustia había sido reemplazada por una mezcla de miedo y desesperación.

—¿Por qué has hecho esto?

Colin soltó una risa demoníaca. —¿Quieres contárselo tú o se lo digo yo, Stephy?

Stephanie intentó tragar, pero tenía la boca seca. Se movió incómoda y empezó a sentir calor bajo el jersey y el abrigo.

Era el momento. El momento que había esperado que nunca llegara.

—Es hora de que sepas la verdad, Kim. —Steph miró profundamente a los ojos de su hermana, y por un momento, fue como si estuvieran solo ellas dos, escondidas en el armario, agarradas de la mano—. Phillip nunca mató a mamá —empezó, su voz casi un susurro—. Fue papá. Años antes de que sucediera, incluso antes de que tú nacieras, abusaba de nosotras; de mí y de mamá. Física, emocional y mentalmente. Mamá se llevaba la peor parte. Siempre era ella la que salía de casa con más moratones que el día anterior. Yo también recibí mi parte, pero lo de mamá era peor. Los gritos, las voces mientras la golpeaba y la violaba. Algunas noches no podía soportarlo, así que entraba para defenderla, pero eso solo lo empeoraba para mí. Y entonces llegaste tú, y supe que tenía que protegerte, por eso tú y yo solíamos escondernos en el armario o debajo de la cama. Cantábamos canciones para que no oyeras. Empezamos a colorear para lidiar con el dolor; por eso me dediqué a la pintura. Eras demasiado pequeña para recordar nada de esto, aunque creo que a algún nivel probablemente lo has reprimido, lo has empujado a lo más profundo, donde nadie, probablemente ni siquiera tú misma, podría encontrarlo. Sin embargo, intenté protegerte. Y... —Una lágrima se formó en su ojo y sintió un nudo en la garganta, que tragó—. Y esa noche, supe que algo tenía que cambiar. Porque mamá estaba muerta, y sin ella, nos habría matado a nosotras después.

—Pero siempre dijiste que la mató Phillip —dijo Kimberley, con voz ausente.

—Para protegerte. Papá la estranguló en el sofá. Lo vi todo. Fui yo quien llamó a la policía. Pero para protegerte de ello, mentí y te dije que lo había hecho otra persona y que papá lo había matado en represalia. Phillip era solo una persona cualquiera que me inventé. No sé por qué no te dije la verdad. Habría sido más fácil para las dos.

—¿Cómo pudiste?

Steph desvió la mirada al suelo. —Quería protegerte.

Kimberley intentó secarse las lágrimas que le corrían por la cara, pero Colin la detuvo con un gesto de la mano. —¿Papá? —preguntó—. Por favor, dime que esto no es verdad. ¿De verdad mataste a mamá?

Colin no respondió. Su expresión se ensombreció y sus ojos se clavaron en Stephanie.

—¿Qué te dije cuando la policía se me llevó, Stephy?

—Que te vengarías.

—Que me vengaría —repitió—. Sí. ¿Y cómo dirías que ha ido hasta ahora?

Ella no respondió.

—Lo he conseguido. Puede que no sea visible para todos —al fin y al cabo, ¿cómo matar a un montón de mujeres al azar es una venganza contra la mujer que me metió en la cárcel?—, pero *tú* puedes verlo, ¿verdad, Stephy? En el fondo, sabes que ha funcionado. Poco a poco, víctima a víctima, has muerto por dentro. Por lo que me cuenta tu maravillosa hermana, la pintora que hay en ti ha desaparecido; has dejado de correr, de escalar, de hacer ciclismo de montaña o de ir a clases de jiu-jitsu. Tu vida entera se ha vuelto monótona y estancada. Todo lo que eres, cada parte de tu identidad

—tu fracaso en la universidad, tu carrera policial, incluso tu trastorno alimentario—, todo ha sido erosionado hasta que no queda nada. Todo lo que defendías ha sido aniquilado. Estás muerta por dentro. Y lo sabes. Lo veo en tu cara.

Stephanie se sentía paralizada. Era verdad. Estaba muerta por dentro. La había matado, poco a poco. Ahora veía la relevancia de cada víctima, la verdadera conexión detrás de ellas: *ella*. Ella había estado en la cima del árbol, y cada una de sus muertes había sido otra rama que conducía a ella.

Solo que nunca lo había visto.

La sonrisa burlona volvió al rostro de Colin. —Impresionante, ¿verdad? Ahora todo lo que tengo que hacer para matarte por completo es quitarte lo último que te mantiene entera: tu familia. Empezando por tu...

Kimberley soltó un grito desgarrador que atravesó el pasillo. En la fracción de segundo que el sonido tardó en registrarse en la cara de Colin, ella agarró la hoja con la mano, la apartó de su cuello y se agachó para esquivarla, liberándose de su agarre. Empezaron a forcejear por el cuchillo, los gritos llenando el aire, la sangre brotando de la palma de Kimberley sobre el acero. Cuando Stephanie corrió hacia ellos, Colin apartó a Kimberley de un empujón, dándole una patada en el estómago. Su hermana se desplomó en el suelo, gritando de agonía y agarrándose la barriga.

En la refriega, la hoja cayó a la alfombra. Ni Stephanie ni Colin le prestaron atención. Se abalanzaron el uno sobre el otro, agarrándose como podían de la ropa. Stephanie intentó forcejear con el hombre, poniendo a prueba su entrenamiento en artes marciales, pero nada funcionó. Las manos de él se aferraron a su cara, los dedos hundiéndose en sus ojos. Cuando se apartó, vio sangre, la sangre de Kimberley, por todo su brazo y su abrigo.

Se lanzó hacia él, descargando un puñetazo en su mejilla. Él retrocedió un paso, aturdido por un instante antes de recuperar la compostura. Cuando Stephanie intentó derribarlo, él le puso la zancadilla y la inmovilizó en la alfombra. En un instante, sus manos se cerraron alrededor de su garganta, presionando su tráquea y robándole el aire. Sobre ella, vio la mirada demoníaca en sus ojos y la sonrisa malvada y siniestra en su rostro. Era la misma expresión que había mostrado cada vez que ella se había resistido a que él le levantara la falda y le bajara la ropa interior. Cada vez que había intentado forzarla.

Rápidamente, sintió que la presión aumentaba en su cabeza mientras luchaba por respirar. Colin gruñía y hacía muecas como un hombre poseído.

—¡Estúpida zorra! —siseó, mientras gotas de flema caían de su boca—. Nunca fuiste lo bastante fuerte para decirme que no. Tampoco tu puta madre. Ahora es el momento de que mueras como ella...

Chilló como un cerdo mientras su cuerpo se estremecía. De repente, soltó la garganta de Stephanie y giró el cuello para mirar el objeto metálico y brillante que sobresalía de su omóplato derecho. Detrás de él estaba Kimberley, con el rostro pálido.

Stephanie boqueó, aspirando grandes bocanadas de aire. Pero era demasiado. Tosió y farfulló mientras se arrastraba sobre los codos, y luego sobre las manos y las rodillas.

Mientras tanto, Colin miraba la hoja, a su hija, y luego de nuevo a la hoja. Solo estaba a un par de centímetros de profundidad. No lo suficiente para herirlo de gravedad o matarlo.

Se tambaleó hacia Kimberley, que estaba de espaldas a la pared. Al acercarse, se arrancó la hoja del hombro como un zombi rabioso de una película de terror y se preparó para descargarla sobre ella. Kimberley se quedó helada, clavada en el sitio, con las manos levantadas ofreciendo poca protección.

Justo cuando Colin bajaba el cuchillo, Stephanie lo agarró, dejándolo atónito. Con la otra mano, se lo arrancó de las garras y tomó el control.

La herida de su hombro no era suficiente para detenerlo.

La herida de su hombro no era suficiente para matarlo.

Pero ella se aseguraría de que la siguiente sí lo fuera.

Así que le hundió la hoja en el estómago, insertándola profundamente en su abdomen. Tan pronto como el cuchillo penetró en sus entrañas, los ojos de Colin se abrieron de par en par y su boca se abrió. Retrocedió un paso, con el arma sobresaliendo de él como un palillo de cóctel, la sangre brotando inmediatamente de la herida.

Se desplomó en el suelo, farfullando, convulsionando, muriendo.

Pero no era suficiente.

Tenía que *asegurarse*.

Sacando la hoja de su vientre, lo apuñaló una y otra vez, repetidamente, lentamente. Seis veces en total.

Una por cada víctima.

Saboreando cada incisión.

—Eso es por mamá —dijo mientras asestaba la última cuchillada.

Mantuvo el contacto visual con él mientras se inclinaba sobre la hoja, hundiéndola más en su cuerpo. Él abrió la boca, pero no salió nada. Entonces ella buscó en su bolsillo, sacando la muñeca vudú que él le había dejado en el centro de acogida.

La colocó sobre su estómago, retiró la hoja y luego la clavó a través de la muñeca. —Esta es para ti —dijo, con voz neutra, serena.

Lentamente, observó cómo la vida abandonaba su cuerpo hasta que dio un último jadeo y sus miembros cayeron inertes a su lado.

En ese momento, ella rodó para apartarse de él y se apoyó contra la pared, jadeando y recuperando el aliento. Sentada en el lado opuesto, acurrucada contra la pared, estaba Kimberley, con lágrimas corriendo por su rostro. Se miraron e intercambiaron una mirada.

Stephanie asintió. —Está muerto —dijo—. Ya no controlará nuestras vidas, Kim.

Justo cuando Kimberley iba a responder, un coche se detuvo fuera, y un momento después, Devon apareció en la puerta principal abierta. No se había dado cuenta, pero se había olvidado de cerrarla. El sargento corrió hacia ellos, y luego frenó en seco al asimilar la escena.

—¿Qué coño...?

Stephanie echó un vistazo al cuerpo, al cuchillo, a la sangre. Luego sus ojos se posaron en su hermana antes de volverse hacia Devon.

—¿Está bien? —empezó él.

—La situación está resuelta —respondió ella con frialdad—. No aparecerán más muñecas vudú. ¿Qué hace usted aquí?

Devon soltó una pequeña risa. —No se lo va a creer: intuición.

Ella sonrió de lado.

—Se fue de la oficina sin avisar, así que supuse que algo iba mal. Una comprobación rápida de la señal de su móvil mostró que su última ubicación era aquí, así que vine a echar un vistazo. Y entonces descubrí por qué.

—¿Viene solo?

Él asintió. —Pero voy a tener que informar de esto.

Mientras hablaba, el sonido de las sirenas de la policía se acercaba en la distancia. —Parece que alguien se le ha adelantado —dijo ella, estirando las piernas.

Quizás, después de todo, había algunos buenos vecinos en el mundo.

CAPÍTULO
OCHENTA Y SEIS

El débil sol de otoño caía sobre ellos mientras serpenteaban por el frondoso sendero verde, arrastrando los pies por la grava. Estaban encajonados a ambos lados por setos y árboles, repletos de zarzas, ortigas y otras sorpresas desagradables. Pero por el camino, a través de los huecos entre los árboles, se vislumbraban impresionantes campos que se extendían en la distancia, delimitados por hileras de arbustos y árboles.

Ninguno de los dos había hablado desde que habían empezado a andar.

Al llegar a un pequeño claro en el seto, el inspector jefe McGowan se detuvo. Al otro lado de la valla había un pequeño grupo de guías de la unidad canina con sus perros, practicando en el campo. Los perros saltaban obstáculos mientras sus guías ladraban órdenes, corriendo más rápido de lo que la vista de Steph podía seguir.

Stephanie sintió que una sonrisa se le dibujaba en la cara, la primera en los días transcurridos desde su suspensión y el inicio de la investigación de la CIOP sobre su conducta.

McGowan se puso las manos a la espalda. Ella sintió que el sol comenzaba a calentarle ligeramente el cuello.

Pasaron unos instantes antes de que ella hablara. —¿No irá a echarme a los perros, verdad, inspector?

McGowan la miró de soslayo, con un destello de calidez tras sus ojos habitualmente inescrutables. —Creo que ya te han hecho bastante daño estos últimos días, ¿no crees?

Stephanie soltó un pequeño resoplido divertido.

—He hablado con los de la CIOP y les he comunicado que tienes una suspensión temporal mientras todo sigue su curso en segundo plano.

—Gracias, inspector. —Observó a uno de los perros perseguir a un sospechoso que huía, vestido con ropa protectora, y saltar sobre él, derribándolo al suelo—. Ojalá le hubiera soltado uno de esos a mi padre.

—Aun así, conseguiste el mismo resultado —replicó McGowan lentamente.

—No sufrió lo suficiente.

Al menos, extraoficialmente. Su versión oficial de los hechos había sido que él había tenido un episodio maníaco y, durante un ataque de ira, las había atacado a ella y a su hermana con una fuerza casi sobrehumana, no dejándola más remedio que defenderse como lo hizo.

Clive se giró a medias hacia ella. —Hablando de sufrimiento...

Ella dejó escapar un pequeño suspiro. —Sé lo que está haciendo —murmuró.

—¿Ah, sí?

—Esta es la parte en la que me dice que necesito un descanso.

Él no lo negó.

—Has pasado por mucho. Perdiste a un compañero, a un amigo. Casi pierdes a tu hermana.

Agradeció que no mencionara que había perdido a un padre.

—Estoy bien.

—Steph... —McGowan la estudió durante un buen rato. Una suave brisa susurró en el seto junto a ellos. Los ladridos y los gritos en el campo parecieron desvanecerse en el fondo—. Necesitas pasar el duelo como es debido —dijo finalmente.

—No, no lo necesito.

—Sí que lo necesitas. Simplemente no te lo permites.

Permanecieron en silencio de nuevo, salvo por el lejano golpeteo de las patas contra la hierba blanda.

McGowan se acercó un paso, bajando la voz. —Me recuerdas a

alguien que conocí. Una detective brillante. Abarcaba demasiado. No compartía la carga con nadie.

—¿Qué le pasó?

Miró hacia el campo. —Se quemó. Simplemente... parpadeó y luego se apagó. Nunca volvió.

Stephanie tragó saliva.

—He pasado por lo suficiente como para conocer mis límites —respondió—. Yo... yo tengo el control. Por primera vez en mi vida, siento que por fin tengo el control.

Él la miró profundamente a los ojos, sopesándola.

—Es curioso, ¿no? Estuvo fuera de mi vida durante treinta años, quizá más. Y aun así sentía que tenía poder sobre mí, aunque nunca hablara de él, nunca lo viera. Era como si estuviera ahí, ¿sabe? Acechando...

—¿Y ahora?

—Se ha ido.

—Me alegro de oírlo. Pero necesito que me prometas una cosa, Steph.

Ella se volvió hacia él.

—Si empieza a ser demasiado, si de verdad empiezas a sentirlo, entonces acude a mí. Sin recriminaciones. Lo que necesites.

Steph sintió un nudo en la garganta. Pero asintió.

—Bien. —Le dio un brevísimo apretón en el hombro—. Ahora, vamos. He oído que Giles por fin se quita la escayola hoy, y el equipo ha hecho una porra sobre lo mal que olerá.

CAPÍTULO
OCHENTA Y SIETE

S oltar la pared supuso un grato alivio para sus antebrazos.

La música pop llenaba el ambiente mientras descendía poco a poco desde lo alto del rocódromo. Unos instantes después, con los pies ya en el suelo, se desenganchó del arnés y alzó la vista hacia la vía que acababa de coronar para batir su marca personal.

—Buen trabajo —dijo el instructor que la había estado guiando—. Debería probar el búlder la próxima vez. Sin arnés. Solo usted y la pared. Es un poco más arriesgado, pero es usted quien tiene el control.

Lo tenía. No solo en la escalada, sino en todos los aspectos de su vida. Sentía que lo estaba recuperando, poco a poco.

Sin embargo, había un ámbito de su vida en el que se sentía impotente.

—Tal vez —dijo, y añadió—: Con permiso —mientras cruzaba la colchoneta hacia su bolsa. Se agachó, la abrió y sacó el móvil. Tras desbloquearlo, buscó el número de Jason y marcó.

La llamada entró a los pocos tonos.

—Hola —dijo—. Soy yo.

Una pausa.

—Ahora no es un buen momento, Steph. Todavía no está lista para hablar.

Sus palabras la empaparon como un jarro de agua fría.

—Lo entiendo —replicó Stephanie—. ¿Y el bebé?

Otra pausa. Esta vez, Jason habló en voz más baja.

—Está bien. El médico ha dicho que no tiene secuelas, pero me preocupa el aspecto psicológico. No come bien, no duerme. Lo está pasando mal.

—¿Puedo pasar a verla?

—No creo que sea buena idea.

—Por favor, Jason. Es mi hermana.

—Ahora mismo no es el momento adecuado. Ya la verás cuando esté mejor.

Stephanie dejó escapar un largo suspiro.

—Al menos dile que he llamado.

—Lo haré.

Stephanie le dio las gracias y colgó. Durante un buen rato, se quedó sentada, con la vista clavada en la colchoneta, rodeada de gente que reía, charlaba, escalaba y caía. Pensando en su hermana, pensando en Colin. Habían pasado dos semanas y había empezado a encarrilar su vida de nuevo. Volvía a comer bien. Corría, hacía ejercicio y, lo más importante, pintaba. Estaba empezando a sentirse ella misma; una nueva versión de sí misma que no albergaba la influencia de su padre en lo más profundo de su ser.

Salvo por su relación con Kimberley. Su hermana no le había dirigido la palabra desde la noche del incidente, y no había nada que pudiera hacer para convencerla de lo contrario.

Aunque estuviera muerto, sentía como si su padre siguiera controlando ese aspecto de sus vidas y, de algún modo, hubiera convencido a su hermana de que la excluyera por completo. Por un instante de desesperación, se preguntó si aquello cambiaría alguna vez. Pero entonces recordó todo lo que había superado, el control que había recuperado en tan poco tiempo y lo mucho que aún le quedaba por crecer.

Con el tiempo, estaba segura de que su relación sanaría.

El futuro era prometedor, y estaba decidida a asegurarse de que todos los miembros de su familia formaran parte de él.

FIN

Pero no del todo. La historia continúa en EL COCO, el segundo libro de la serie:

A veces, para encontrar la verdad, hay que enfrentarse a las pesadillas de tu pasado.
Hace treinta años, los habitantes de Guildford vivían atormentados por una figura que se colaba en los dormitorios de los niños y los observaba mientras dormían.
Cuando se iba, dejaba tras de sí un único globo de fiesta.
Y luego desapareció. Las visitas cesaron.
Ahora vuelve a suceder.
¿Ha vuelto El Coco o es un imitador quien está aterrorizando a una nueva generación de víctimas?
Mientras aumenta la presión y cunde el pánico, la inspectora detective Stephanie Broadbent debe desentrañar el pasado para detener a un depredador que acecha en el presente. Pero lo que descubra podría llevarla más cerca de casa de lo que jamás imaginó...

¡Descubre qué sucede en EL COCO en Amazon ahora! ¡Haz clic AQUÍ para conseguir tu copia!
O da la vuelta a la página para leer un extracto exclusivo.

EL COCO - VISTA PREVIA EXCLUSIVA

CAPÍTULO
UNO

No hay nada más hermoso que un niño dormido. El ascenso y descenso constante, casi angelical, de su pecho es como las olas en un mar en calma. La preciosa sonrisa en su rostro inmaculado mientras sueña feliz con sus series de televisión favoritas y el recreo en el colegio. La forma en que su cuerpo está acurrucado, profundamente dormido, ajeno a lo que le rodea.

Esta niña no es diferente.

Pósteres de Gabby's Dollhouse y Dora la Exploradora compiten por el espacio en las paredes. Aunque, en lo que respecta a su funda nórdica, hay una clara ganadora: Dora la Exploradora y su compañero el mono ocupan un lugar de honor, a juego con su pijama. Apoyado a su lado descansa un peluche del oso Paddington. Viejo y gastado, posiblemente de segunda o tercera generación, transmitido de madre a hija. En la mesilla de noche hay un pequeño globo terráqueo que emite un débil pero cálido resplandor amarillo. Una luz quitamiedos. Encima, unas estrellas especiales que brillan en la oscuridad relucen suavemente. Esta noche, la niña no se ha rendido a la oscuridad. No del todo. Tiene los brazos extendidos y los labios ligeramente entreabiertos.

Todo es tan seguro, tan corriente.

Pero el pestillo de la ventana de abajo ni siquiera estaba echado. Nunca piensan que vaya a ocurrir aquí.

Me quedo inmóvil, respirando hondo, inhalando el aroma a

polvos de talco, gel de ducha de fresa y champú. Es dulce y delicioso, igual que la estampa. No sé cuánto tiempo esperaré, hasta que me harte, hasta que lo haya aprovechado al máximo.

O hasta que me sienta en peligro, que oiga algún ruido. Lo que ocurra primero.

La niña se remueve ligeramente bajo el edredón. Me quedo helado, observando la pequeña contracción de sus dedos, el batir de sus pestañas, la repentina y entrecortada inspiración que se escapa lentamente de sus labios. Pero no se despierta.

Me acerco más a la cama. Su mano cuelga del edredón y del borde de la cama, con los dedos curvados como si se estuviera preparando para una pelea. Tiene una costra en un nudillo. Dos. Tres. La prueba de una infancia vivida plenamente. Claro, probablemente pase mucho tiempo delante de la pantalla, viendo sus series favoritas en el iPad, pero esto demuestra que la infancia no ha muerto. Que juega en la calle, experimentando el mundo y todo el dolor que este puede ofrecer. Está aprendiendo valiosas lecciones de vida desde una edad temprana.

Permanezco allí otros diez minutos, en silencio, observando, escuchando, manteniendo la mirada perfectamente fija en la hermosa criatura que tengo delante. No quiero hacerle daño. No quiero asustarla.

Solo quiero mirar.

Como un ángel, un guardián.

Mientras yo esté aquí, ella está a salvo.

Cuando llega el momento de irme —cuando por fin me he hartado—, me meto la mano en el bolsillo y saco un globo. Azul, brillante, suave bajo mi pulgar. Lo inflo despacio, en silencio. El siseo del aire es apenas más fuerte que el zumbido de su luz de noche. Ato el nudo con facilidad y luego, del otro bolsillo, saco el cordel. Lo anudo alrededor del pitorro del globo y lo coloco en la alfombra, sujetándolo con uno de sus juguetes para que quede justo a su lado.

Un recordatorio. Un regalo. Un gracias por dejarme pasar tiempo con ella.

Cuando se despierte, será lo primero que vea. Espero que le guste.

CAPÍTULO
DOS

Aquella mañana, como todas las mañanas desde hacía seis años y medio, la cocina era un caos. El televisor estaba puesto de fondo —Bob el Manitas estaba arreglando algo para alguien—, aunque todavía nadie lo miraba, porque a Becky le gustaba que ya estuviera encendido cuando bajaba. El lavavajillas estaba a mitad de ciclo porque su marido se había olvidado de ponerlo la noche anterior. El grifo llenaba el fregadero a toda prisa, salpicando sobre los platos apilados sin orden. El hervidor preparaba agua para su segunda taza de café y el microondas zumbaba mientras calentaba sus gachas de avena.

Un caos.

Las encimeras de la cocina no estaban mejor. Un confeti de migas y sobras de la cena de la noche anterior cubría la superficie. Un pegote de zumo de naranja brillaba bajo el frutero, ignorado por tercer día consecutivo. Varios paquetes de jamón, lechuga y queso reposaban sobre la encimera, junto a medio tomate.

Laura se movía por todo aquello en piloto automático, sacando las tostadas de la tostadora con una mano y rebuscando con la otra en un cajón en busca de un cuchillo de untar limpio. Abrió la nevera con un nudillo y sacó una tarrina de mantequilla y un cartón de leche antes de cerrarla. Al hacerlo, echó un vistazo al batiburrillo de fotos, pósits e invitaciones de cumpleaños con purpurina pegadas a la puerta de la nevera con imanes.

El cumpleaños de Kerry era en dos semanas, así que tendría que comprar una tarjeta y un regalo.

Y Jeremy organizaba una barbacoa el fin de semana. Otra más. Que no pegaba nada con el tiempo que hacía. Pero era más dinero que tendría que gastar en vino y algo de picar. Por no hablar de que tendría que llamar a la canguro.

Esperaba que su contacto habitual estuviera ocupado.

Quizá podía fingir. Decir que no había conseguido canguro y que, por lo tanto, no podrían ir. Le ahorraría un montón de tiempo, dinero y energía.

Tiempo, dinero y energía que en ese momento destinaba a preparar a Becky para el colegio.

Laura dejó caer la tostada sobre la encimera, la untó apresuradamente con una gruesa capa de mantequilla y se la metió en la boca mientras vertía agua del hervidor y terminaba de preparar el almuerzo de Becky. Justo cuando metía el sándwich de su hija en una bolsa de zip nueva, sonó la alarma de su móvil: las siete en punto.

—¡Becky! —la llamó Laura—. ¡Hora de levantarse, cariño!

Cogió la botella de agua reutilizable del escurridor, buscó el zumo concentrado y la llenó hasta arriba con agua del grifo. Pasaron unos minutos y seguía sin haber respuesta, ni señal de que Becky saliera de su cuarto. Ni el sonido de la cisterna. Ni el de sus pasos soñolientos bajando las escaleras.

—¡Becky! —volvió a llamar.

Normalmente, a estas alturas, su hija ya estaría abajo, sentada en el sofá, aferrada a su mantita, viendo la tele, esperando a que mamá le preparara los cereales.

—¡Becky! ¡Baja a desayunar, pequeña! O llegarás tarde.

Frunció el ceño mirando al techo. El dormitorio de Becky estaba justo encima, y habría oído crujir la tarima bajo los pies de su hija. Pero nada.

La quietud le secó la garganta. El pánico empezó a apoderarse de ella.

—¿*Becky*?

Lo soltó todo y empezó a subir las escaleras.

—Becky, como sigas dormida, no me va a hacer ninguna gracia, cariño.

Al llegar a lo alto de la escalera, moviendo los pies más rápido de lo habitual, contuvo el aliento mientras se dirigía al cuarto de Becky. De la puerta colgaba un bonito cartel que habían hecho juntas. Escrito con ceras, ponía el nombre de Becky y un pequeño dibujo que había hecho del perro que les había pedido insistentemente a ella y a Dean durante las últimas semanas.

Laura rodeó el pomo con la mano y abrió la puerta. Temía que su hija estuviera muerta, que hubiese fallecido durante la noche, o que se la hubieran llevado de algún modo.

En lugar de eso, encontró a Becky, aún en pijama, sentada en la cama, jugando con un globo azul, golpeándolo como un saco de boxeo.

Laura se quedó helada en el umbral. Por un instante, no reconoció a su hija. Había algo tan inquietante, tan siniestro en la imagen que la pilló por sorpresa, como si estuviera viendo a Pennywise, el payaso de la película *It*.

—¡Mami, mira lo que tengo!

Laura cruzó el umbral con cautela. Quería inspeccionar la habitación, asegurarse de que no había nadie escondido en el armario, detrás de una silla o debajo de la cama, pero era incapaz de apartar la vista del globo.

—¿De dónde has sacado eso, cariño? ¿Te lo ha dado papá?

Dean no se había pasado por su cuarto antes de irse a trabajar, ¿verdad? Nunca lo hacía entre semana. Se iba a trabajar tempranísimo —antes incluso de que se despertaran los pájaros— y nunca quería molestar a nadie. Un beso en la frente antes de dormir cada noche era suficiente para él.

—No —fue la seca respuesta de Becky.

—Quién... —empezó Laura, mientras la verdad se abría paso rápidamente en su mente—. ¿Quién te lo ha dado, Becky?

Becky apartó el globo a un lado para que Laura pudiera verle la cara. —Me lo ha dejado el monstruo de debajo de la cama, mami.

OTRAS OBRAS DE JACK PROBYN

Serie de thrillers *policíacos de la inspectora Stephanie Broadbent:*

LIBRO 1: EL ASESINO DEL VUDÚ

Regresó a casa para empezar de cero. En su lugar, despertó la oscuridad que creía haber enterrado. Antes siquiera de haberse instalado, una estudiante universitaria aparece muerta en su residencia de estudiantes tras una noche de fiesta. Lo que en un principio parece un caso sencillo da un giro más siniestro cuando encuentran un muñeco de vudú cerca del cadáver. Stephanie se ve obligada a enfrentarse a los fantasmas de su pasado mientras lucha contrarreloj para detener a un asesino cuyo próximo movimiento ya está tomando forma con hilo y tela.

Lee El Asesino del Vudú en Kindle y Kindle Unlimited

LIBRO 2: EL COCO

Hace treinta años, los habitantes de Guildford vivieron aterrorizados por una figura que se colaba en los dormitorios de los niños y los observaba mientras dormían. Al marcharse, dejaba un globo de fiesta. Y luego, se esfumó. Las visitas cesaron. Ahora, está ocurriendo de nuevo.

Lee El Coco en Kindle y Kindle Unlimited

LIBRO 3: EL HOMBRE EN LLAMAS

Cuando aparecen los restos carbonizados de un cuerpo en las pintorescas colinas de Surrey, el trauma del pasado de la inspectora Stephanie Broadbent se reaviva. Cuando aparece otro cadáver, Stephanie descubre una conexión que amenaza con prenderle fuego al mundo y a más cuerpos.

Lee El Hombre en Llamas en Kindle y Kindle Unlimited

OTRAS OBRAS DE JACK PROBYN

La serie de misterio y asesinato del DS Tomek Bowen:

LIBRO 1: LA JUSTICIA DE LA MUERTE

Southend-on-Sea, Essex: El detective sargento Tomek Bowen — dedicado, tenaz y atormentado por la muerte de su hermano— es llamado a una de las escenas del crimen más impactantes que jamás haya visto. Un hombre ha sido asesinado ritualmente y abandonado en un huerto cerca del aeropuerto local. Las primeras investigaciones indican que se trataba de un hombre con un pasado. Un pasado que le ganó muchos enemigos.

Descargar La Justicia de la Muerte

LIBRO 2: LAS GARRAS DE LA MUERTE

Annabelle Lake creyó reconocer el Ford Fiesta que esperaba fuera de su escuela, y al conductor. Se equivocó. Su cuerpo es descubierto algún tiempo después, colgando de un columpio en un parque infantil local en Canvey Island.

Descargar Las Garras de la Muerte

LIBRO 3: EL TOQUE DE LA MUERTE

Cuando la niebla se despeja una mañana de diciembre en Essex, se descubre el cuerpo de una adolescente tendido boca abajo en un campo. Como resultado, el caso rápidamente llega al escritorio del DS Tomek Bowen quien, mientras intenta compaginar su nueva vida como padre soltero de una hija de trece años, debe desentrañar la mortal secuencia de eventos y sacar la verdad a la luz.

Descargar El Toque de la Muerte

LIBRO 4: EL BESO DE LA MUERTE

Los secretos más oscuros nunca permanecen ocultos por mucho tiempo...

Cuando el cuerpo de un hombre sin hogar es descubierto en el paseo marítimo de Southend, encajado entre las casetas de playa de Thorpe Bay, la gente de Essex ni siquiera arquea una ceja.

Pero cuando la autopsia revela que la identidad es la del diputado local, Herbert Tucker, el pueblo comienza a prestar atención.

Descargar El Beso de la Muerte

LIBRO 5: EL SABOR DE LA MUERTE

Algunos secretos nunca se desvanecen...

En una mañana ventosa y gélida, Morgana Usyk, propietaria del Café Morgana, visita el puerto Mulberry a poco más de un kilómetro y medio mar adentro. Poco después, su cuerpo es encontrado en las aguas poco profundas, flotando junto al puerto.

Descargar El Sabor de la Muerte

LIBRO 6: EL ÁNGEL DE LA MUERTE

Cada ángel merece sus alas... Cuando la azafata Angelica Whitaker es reportada como desaparecida tras una noche en uno de los clubes nocturnos más populares de Southend, el caso es asignado al DS Tomek Bowen por primera vez en su carrera. Tan pronto como comienza la investigación, las sospechas recaen sobre el hombre con quien ella bailó en el club, pero cuando su cuerpo es encontrado posteriormente en una iglesia, colocado como un ángel, las mismas sospechas empiezan a apuntar hacia un asesino calculador, sereno y sádico.

Descargar El Ángel de la Muerte

LIBRO 7: EL SALVADOR DE LA MUERTE

Durante una fuerte tormenta, un DJ de radio local es brutalmente asesinado en su mansión de Essex. Cuando las nubes y la lluvia se disipan a la mañana siguiente, el DS Tomek Bowen y su equipo descubren una escena del crimen que parece sacada de los libros de historia.

Las pruebas sugieren que se trata de un asesinato aleatorio. Pero a medida que Tomek va desvelando las capas de la vida de la víctima, se da cuenta de que hay más en el DJ de lo que aparenta.

Descargar El Salvador de la Muerte

LIBRO 8: EL ALIENTO DE LA MUERTE

Isla de Mersea. Más de 2.500 acres de tierras de cultivo, marismas y varios parques de caravanas. Normalmente, alberga a 7.000 personas. Pero durante el fin de semana festivo de agosto, cuenta con dos residentes más: el DS Tomek Bowen y su hija, Kasia, que buscan aprovechar al máximo el final de las vacaciones escolares, el final del verano y el final del prolongado tiempo de Tomek fuera del trabajo.

Descargar El Aliento de la Muerte

DEJA UNA RESEÑA

Aquí estamos. Fin.

Bueno, digo "nosotros"... Me refiero a ustedes. Gracias.

Gracias por llegar hasta aquí y acompañarme mientras imagino estas historias tan disparatadas y extrañas en mi cabeza, y luego las traduzco al papel (o mejor dicho, a archivos digitales).

Amazon está repleto de millones de libros (literalmente, y no uso ese término a la ligera), por lo que a menudo es difícil encontrar tu próxima lectura. Solo quieres saber qué libro leer a continuación. Pero a veces no tienes tiempo para revisarlos todos, así que ¿qué haces?

Mira las reseñas, por supuesto.

Las usamos en todos los aspectos de nuestra vida. Restaurantes. Películas. Nuestro próximo televisor. Unos auriculares. Casi todo está regido por los pensamientos de otras personas.

Una locura, ¿verdad?

Pero ¿qué pasa cuando te encuentras con un libro sin reseñas? Puede que lo rechaces. Es difícil confiar en el libro.

Tu tiempo es oro. Tu tiempo es valioso. No quieres desperdiciarlo en historias decepcionantes. Nadie lo hace. Y yo no quiero eso para ti. A veces me preocupa que le pase lo mismo a esta historia. Pero hay una solución.

Una reseña es muy valiosa. Y me da la confianza para seguir dándole vueltas a las ideas locas que tengo en la cabeza. Si tienes un momento libre, te agradecería mucho que dejaras una reseña. No tiene que ser larga, solo unas palabras sobre tu opinión del libro.

Gracias.

Tu amable autor,

Jack Probyn

SOBRE EL AUTOR

Jack Probyn es un escritor británico de novela negra y autor de la serie de thrillers policíacos de Jake Tanner, ambientada en Londres.

Actualmente vive en Surrey con su pareja y su gato, y está trabajando en una nueva serie de misterio y asesinatos ambientada en su ciudad natal de Essex.

¿No deseas registrarte en otra lista de correo? Puedes mantenerte al día con los nuevos lanzamientos de Jack siguiendo alguna de las siguientes cuentas. Te enterarás cuando tenga un nuevo libro a punto de salir, sin la molestia de unirte a mi lista de correo.

Botón de "Seguir" en la página de autor de Amazon:

1. Haz clic en este enlace: https://geni.us/AuthorProfile

2. Debajo de mi foto de perfil hay un botón que dice "Seguir"

3. Haz clic en él y Amazon te enviará correos sobre nuevos lanzamientos y promociones.

Botón de "Seguir" en la página de autor de BookBub:

1. Similar al de Amazon, haz clic en este enlace: https://www.bookbub.com/authors/jack-probyn

2. Junto a mi foto de perfil hay un botón que dice "Seguir"

3. Haz clic en él y BookBub te notificará cuando tenga un nuevo lanzamiento

Si quieres información más actualizada sobre nuevos lanzamientos, mi proceso de escritura y todo lo demás, el mejor lugar para estar al tanto es mi página de Facebook. Tenemos una pequeña comunidad creciendo allí. ¿Por qué no formas parte de ella?